遥远的风

——天涯八万里

陈平／著

知识产权出版社

全国百佳图书出版单位

图书在版编目（CIP）数据

遥远的风：天涯八万里 / 陈平著 . -- 北京：知识
产权出版社，2016.11
ISBN 978-7-5130-4339-7

Ⅰ.①遥… Ⅱ.①陈… Ⅲ.①游记—作品集—中国—
当代 Ⅳ.① I267.4

中国版本图书馆 CIP 数据核字（2016）第 178593 号

内容提要

本书是一部游记。作者记述了他在四川、西藏、新疆等地自驾游、徒步游和攀登雪山的所见所感。全书配图精美，语言雅致而不失风趣，作者笔下风光旖旎的高原、雪峰、湖泊与他时时迸发的思考和感悟相得益彰，读来令人耳目一新。

责任编辑：卢媛媛

遥远的风：天涯八万里
YAOYUAN DE FENG:TIANYA BAWANLI

陈平　著

出版发行：知识产权出版社 有限责任公司	网　　址：http://www.ipph.cn
电　话：010-82004826	http://www.laichushu.com
社　址：北京市海淀区西外太平庄 55 号	邮　编：100081
责编电话：010-82000860 转 8597	责编邮箱：31964590@qq.com
发行电话：010-82000860 转 8101 / 8029	发行传真：010-82000893 / 82003279
印　刷：三河市国英印务有限公司	经　销：各大网上书店、新华书店及相关专业书店
开　本：720mm×1000mm　1/16	印　张：25.25
版　次：2016 年 11 月第 1 版	印　次：2016 年 11 月第 1 次印刷
字　数：310 千字	定　价：45.00 元

ISBN 978 - 7 - 5130 - 4339 - 7

自 序

　　去高原（藏地）作攀登与探险旅行，是我很早以前就有的梦想。当梦还仅仅是梦的时候，我只能将之深深地埋藏于心底，默默地期待着可以出发的那一天。

　　当我终于等到了出发的那一天，才发觉，途中，像我这般年纪的人很少、很少。显然，这样的旅行，是属于年轻人的疯狂，于今天的自己似乎不太适合了。但是，我们这代人曾失去了太多，包括可自我支配的人生中最宝贵的时光。所以，我只能用自虐式的付出去弥补从前的遗憾。

　　我知道，到了这个年龄段，不管自己如何努力，是绝对成不了职业登山者或旅行家的，我攀登的高度与行走的长度，仅是满足自己已经打了折扣的目标。但我依然执着于此，原因很简单，只是为着追寻美好。

　　曾有人问我，你干吗要冒着风险，一次次去高原上摸爬滚打呢？这是一个难以用三言两语解释得清的问题。我只能说，你也去高原上走走吧！去看看雪山和蓝天，去看看草原和湖泊，当你领略了这一切之后，或许就会理解了。

　　每一次，当我站在雪山的顶端或垭口，举目眺望，展示在面前的是一幅幅史诗般的画卷，其气势之磅礴，能瞬时让人不由地屏住呼吸。我曾在书中写道，雪山是有灵魂的，行走在途中，只要有雪山与你相伴，你就

遥远的风——天涯八万里

不会寂寞，你的内心能与她默默地交流。因为，我觉得，雪山的壮美已然超越了其所具有的自然属性，她奇妙的神韵能给人以深刻的启迪：在大自然面前，你太过渺小。由此，你或许会变得谦逊一些，让自己归于应有的本真。

还有一点也不得不说，那就是高原上的人们所具有的精神至上、至简至诚的秉性。在当下这个物质主义盛行的年代，这种秉性更是弥足珍贵，其光辉也照亮着人们通往天堂的路途。

在拉萨的大昭寺门口，不管是否风霜雪雨，你总能见到一批批极其认真的匍匐朝拜者。要知道，他们都是从百里、千里之外，一步步地以五体投地的方式叩拜过来的。可见，他们才是真正的信仰的实践者。

在与藏胞的接触过程中，我很快就能对他们产生天然的亲近感，原因很简单，因为他们的处世哲学与我的价值观多有吻合：自净其心，看淡一切！这也是我所景仰的。尽管我是一位彻底的无神论者，但他们对信仰所持的态度，着实令我感动。在神祇面前，他们不但虔诚，且绝不带有丝毫的功利企图。

在与我的藏族朋友交流的时候，可明显感觉到他们的思想没有多余的枝蔓，举手投足间尽显仁者之蔼然。他们的内心是纯洁的，纯洁得如同雪山上的冰川。与他们相处，自己也时时会被那高贵的慈和之态深深地感染。

高原上的攀登或探险旅行，不是人生之书的全部，但却是一个重要的章节，若不曾缺少，那么，你的人生一定会更加出彩！所以，当有朋友问我该不该走向高原时，我会不假思索地回答：当然！你必须去！

目　录

遥远的风——天涯八万里

三、独行滇西北

遥远的风——天涯八万里

尾声——向着诗和远方

一、初闯川、滇、藏

从很早的时候开始，我便对遥远的川、滇、藏高原和新疆的风光产生了极为浓厚的兴趣，炽烈的向往与日俱增，总是梦想着能抽出大段的时间去尽情地饱览。但公务的繁冗与生活的琐碎，好似总也扯不尽的乱麻，使自己很难实现这个夙愿。由此，我一直觉着，当一名职业摄影家或旅行家应是最令人羡慕的职业了，尽管辛苦，但身心却是最自由的，工作、生活的节奏都可由自己做主。至少，可在个人意愿的实现过程中，少些人为的干预和限制。毕竟，在人生已逾中途之时，再去奢想择业显然是太过虚幻和不切实际了。

至于为何对那片陌生的高原有着如此执着的念想，个中原委实在难以解释清楚。或许，是一种神秘的力量在驱使着自己；或许，一如米兰·昆德拉所言那样，"没有一点疯狂，生活就不值得过了"；也或许，在过于循规蹈矩的人生历程中，开始在骨子里厌倦了一些东西。但是，而今的自己，理应已过了追求这种所谓的"疯狂"的阶段。总之，我想过很多的"或许"，但始终未有明晰的答案。

不过，有一点是可以肯定的：城市的浮躁、环境的逼仄和世风的颓衰，迫使自己去寻得一片宁静和辽远，哪怕只是短暂的。因为只有在这种宁静和辽远中，思绪才能飞翔得更高、更远，才能彻悟在日常芜杂中所看不见的东西。

记得有一年，我站在"冰山之父"——帕米尔高原的慕士塔格峰的

遥远的风
——
天涯八万里

脚下，面对皑皑雪山和明镜般的卡拉库勒湖，心中竟会涌上阵阵莫名的震撼与感动。这是我从未见过的大自然的威仪，壮丽的画面深深地启迪了我的内心，崇拜自然和舍弃名利的感悟在瞬间抹掉了之前根植于灵魂中的某些可笑而粗陋的认知。带着洗涤过的心灵再回到浮躁的红尘之中，或许自己不再浮躁。

我以为，所谓人在旅途，既是指狭义上的旅行，更是指广义上的人之一生：短暂的生命亦如旅行，分分秒秒都只是在途中而已，直至年华老去。死亡，就是你这趟旅程的终点。生命旅程的长短从时空概念上而言，于每个人都是绝对平等的。依此，当然可以认为，时空以外的一切则未必是平等的，因为旅程的容量是可以由每个人自己掌控的。这就是生命的一种无形且无限的张力，这种张力的强弱就是生命质量的差异。

人生若始终如井蛙般地坚守一隅而终，哪怕是活上千年、万年，又有什么意义可言呢？既然如此，那我何不趁自己还身强力壮之时，让人生的旅途更增添些奇异的色彩？同时，我更觉得，一个人，思想的深浅和见识的多寡，与步履的远近是有着直接的关系的。因此，我必须毫不犹豫地抓紧时间去远行，以此延伸我的目光，丰富我的内心。

诚然，我不可能走遍世界，但我要尽量地多在这个世界上走走。

有一次，我偶然读到一本书，上面有这样一句话让我感触颇深：读书与旅行，即灵魂与身体，必须有一样时时在途中。这应是对生活与生命内涵的深刻理解。当然，我认为在这句话中应再增加两个字：写作——把途中的所见所思写下来，也不失为一段美好记忆的固化，更可让阅读者共享自己的历程。若一个人能具有这样的认知，那么，我想世俗意义上的一切都可以轻松地放下了，如此，便是一种孤独而高贵的追求。放下了，就可以心无旁骛地轻松上路，追寻美好。如同约翰·丹佛在《回乡之路》

的旋律中，飞向永恒的归宿。

在遥远的路途中，在天高地阔的蓝色高原上，心，才能像最没有羁绊的鸟儿，自由地翱翔。这，或许就是我执着地向往那片土地的主要原因吧。撇开一切空洞的说教与虚伪的概念，我更是以为，做自己想做的事、走自己想走的路、写自己想写的文字、过自己想过的生活。在途中，去找寻美好，去完善自己的精神世界，去实现最本真和最富有意义的人生。古罗马哲学家奥古斯丁曾说："探究的是我自己，我的记忆，我的心灵"。我亦如此！

当我有了撇开一切去拥抱山水的机会时，心中的欣喜自是无法形容的——这一刻的到来，终于使我有时间来支配属于自己的生活，去追求从前无暇追求的东西了。尽管这一刻到得有些晚，但应该还来得及。或许，我从此再不会被曾经的缛节和无奈所围。我甚至觉得，这应是我的全新意义的生命的开始。

于是，我便开始了去西域的谋划。在很长一段时间里，我为西域之行做着各种功课：上网查询路线，路况，查看卫星地图，联系租车公司、购置专用的行装物品，等等。当然，这繁杂的过程也是令人愉快的，尤其当自己在放大了的卫星地图上看到连绵的雪山和湛蓝的湖泊时，仿佛已是逍遥在西域的路上，不禁产生跃跃欲试的冲动，恨不得立刻出发前往。

身尚未动，心却已远！在蓝色的高原，在天的尽头，一段漫长而美好的故事……

上路

在我的人生旅程中，曾有过无数次的远行，如果说哪一次出行是最让我难忘的，那只有 20 世纪 70 年代初的那个早晨，也是我人生的一大转

遥远的风
——天涯八万里

折：少不更事的自己在迷茫中跟随一支懵懂的队伍踏上西去的列车，路的这头，是家乡的热土，而路的那头，是遥远而陌生的边陲。自己当然不会想到，此后的支边岁月竟会长达八个年头。每一年的探亲往返，是一次次兴奋与伤感的转换，难舍的回望，竟是如此地刻骨铭心。那个场景，像是一种无奈的决绝，至今忆及，心里仍会泛起淡淡的痛楚。

斗转星移，人间已换，今天，即将踏上旅程的我，已然没有了从前的那种苍凉与惘然的情感，我的步履应是轻松和快乐的，只是还无法预料，这样的旅行，于我今后的人生会落下多少新墨？在没有尽头的天涯，旅行，又会让我发现什么，感悟什么？急切地盼望着都市里的喧嚣早点离我远去。那不是逃避，而是一次好奇而美妙的探寻，尽管我知道，自己最终还是要回到喧嚣之中的。对的，生活中的有些规则是我们无法轻易改变的。

当时，与我一同从定海出发的还有两位——唐女士和张女士，她俩都是小学教师，系利用此次暑假出行。我们这支小小的队伍之所以能够组成，还是靠了朋友的牵线搭桥，因为我与上述两位原先并不熟悉。待到了上海后，还有一位我的老朋友——许兄与我们会合，然后再一同坐火车抵达成都。

我的路线设计是这样的：在成都租用一辆越野车，经318国道从理塘往南拐入216省道至稻城、亚丁、香格里拉，再经217、214省道入芒康，复走318国道至西藏。当我坐上从上海开往成都的火车，心中自然是难以抑制的兴奋，其他三位也是如此。这一方面是由于西藏本身所具有的巨大吸引力和神秘感；另一方面则是由于这种旅行方式是从未有过的。每个人对之后的一切都充满着强烈的好奇与憧憬，气氛也是格外的愉悦。

在火车上的那两天，是一段值得回味的美好时光，虽很短暂，但至今想起，仍会让我泛起几分怀念。那是一种身心的彻底放松，在这样一个空间里，我感觉时间似变成了瞬间膨松起来的棉花糖，可供我们随意地挥霍。此时，手头没有任何亟待去做的事，只等着这个飞驰的平台将我们载往陌生的目的地。大家慵懒地或倚或坐在床铺上，叙说着各自以往的故事，了无边际地东拉西扯，调侃彼此，时间也在嘻嘻哈哈的欢笑声中溜得飞快。

许兄是个极富"自来熟"秉赋的人，此时的他，已与两位女士混得相当热络了，乍一看，像已相识百年之久。想当初，在去上海的长途车上，两位女士还不知许兄为何许人也，一个劲地问我其高矮胖瘦之类的问题。对即将谋面的陌生异性产生好奇是很自然的事，但她们的这种好奇却大大地激发了我爱开玩笑的天性。我说："那位许兄呀，块头可壮了，身高两米有余吧，与姚明差不多，体重三百来斤，一屁股坐下去比你们两个人还要宽。"

"真的？"她俩眼珠子都快瞪了出来。

"是真的！"我竭力不让自己笑出来，依然一脸的认真。

她们一听立时犯了愁，说："这可咋办？那他一个人要占多大的位置呀，我们的越野车怎么坐得下？"

我很一本正经，"那没办法，既然同行了，大家就只好挤挤呗，怎么也得克服一下呀！"如此一说，她们更是满脸愁云了，途中还不断地为此犯着嘀咕，"路近点吧还能挤一挤，可这么远的路，不挤死呀！这可咋办？这可咋办？"

汽车抵达上海车站后，许兄前来接站。其实，许兄身高约一米七五，身形瘦削。一下车，老远就见他嬉皮笑脸地向我招手，为了使这场小恶作剧更具效果，我故作未见，径直往前。直至他笑嘻嘻地贴到我身上，那两位女士仍将之视作无物，决然地将目光投向别处，翘首仰脖地在人群中努

力寻找着我所描述的那位体重三百斤的大块头。当最终知晓身旁站着的这位一脸坏笑的家伙就是许兄时，她们先是一脸的惊愕，转而是弯腰撑肚的长时间的大笑，就差没岔了气。

经过三十多个小时的行驶，我们终于抵达了成都。当地租车公司的小李前来接站，他是此次为我们开车的驾驶员。我们一行四人都是头一次来成都，但对都市形态的东西都没什么兴趣，且大家似乎都迫不及待地想快点踏上西行的路途。再说，当下的中国，几乎所有的城市，都已在盲目和疯狂的利益追求中，将自身最宝贵的原色给毁灭殆尽了，多已成为没有丝毫文化底蕴的"镀金之城"。有些城市即便尚留存着一些旧街区或文化遗迹，要么是碎片化的，要么是"重获新生"的赝品，谈不上任何吸引力了。

第二天一早，小李开车来客栈接我们。小李是位不到三十岁的年轻人，之前在福建当过几年汽车兵。这么说来，我认为他开车的技术应该还不错吧，因为福建是山区，对驾驶技术的要求还是蛮高的，走了这么一趟后，也印证了我的猜想。但不足的是，他在川藏南线跑的时间不长，对沿途的人文和自然景观都不甚了解。而且，我们设计的这段滇藏线他从前并没有跑过，因此在行程及景点等方面的细节安排上，难以主动为我们提供有用的建议。

正式出发了。那个云淡风轻的早晨是多么令人难忘！西藏，多少年来我为之魂牵梦萦的地方，今天终于向着她迈开了真实的第一步。当车轮启动时，心情无疑是激动的，两位年轻的女士更是显得兴高采烈，形如出笼之鸟，举手欢呼：向着西藏，向着高原，出发！

头一次入川，大家都对当地这种与沿海地区迥异的地理形态感到既陌生又好奇。车驶出成都后，倚窗望去，渐渐可见大西南所独有的地势：高峰耸立，绝壁万仞。岩石间裂隙纵生，结构松散，似乎随时会有巨石垮塌下来。随着我们的不断前行，崎岖起伏的高原地貌也愈加明显，但山上的植被却愈发葱郁氤氲，从山川底部升腾上去的雾气在空中形成乳白色的薄云，缠绵地缭绕着山腰间，若隐若

茶马古道入口处合影

现，虚无缥缈，犹如一幅巨大的山水泼墨。

　　10点左右，我们来到了天全县。天全县隶属雅安市，位于二郎山东麓，邛崃山脉南端。根据记载，从新石器时代起，天全即已成为人类聚居之地，日月交替，沧桑变幻，经历朝历代，至民国二年建县至今。天全，是一个汇集着丰富的历史信息的地方：三国时期蜀相孔明率军南征平定西炉、茶马古道的蹄声、保路同志军激战清军、红军长征等，都在此地刻下了深深的历史印痕。

　　越往西走，高原的特质就越发明显，尤其是到了泸定，扑面而来的山水更显粗犷不羁，威仪十足。泸定位于四川甘孜藏族自治州东南部，属四川盆地与青藏高原的过渡带，因有邛崃山脉与大雪山脉相夹，暖湿气流在此有所迟滞，故雨量也更为充沛，沿途时可见到高山上翠色之中悬挂着条条清澈的溪流。车开在路上，总可见到蜿蜒的山溪顺着下行的沟壑激烈地翻腾着，发出震耳的喧嚣。车行至一上坡处，忽见另一山坳的小道上筑着一两三米见方的混凝土碑，上书"二郎山茶马古道"几个大字。我们遂下车察看。从前，我仅在电视或书上见过关于茶马古道的描述，现在真真

切切地站在这个古道上，自然让人觉得有些新奇。对今人而言，茶马古道无疑有着相当的历史纵深感，不仅仅因其对当年西南经济的发展起过极大的作用，更由于传说于这条古道上的故事实在太多。

这条长达4000余公里、有着1300余年历史的古道，神秘而遥远，时光的流逝，使之渐渐淡去了记忆的痕迹，唯有这崎岖的羊肠山道依然在絮叨着岁月的沧桑。我们是匆匆的过客，只能在此驻足眺望，面对着延绵的远山空发一番感慨。在岔口旁稍作停留，我们四个人匆匆照了张合影，旋即起身赶路。

回到车上，许兄道："怎么样？我们来徒步走一走茶马古道如何？"这种方式的旅行当然是我所向往的。我当即表示赞成，但随即一想，又觉得这似乎不太现实，这条马帮之路的许多地方现已中断，路途艰险且又缺少相应的服务保障设施，想走全程是不可能的。我说："如果现年纪还轻，我或许还有这冲动，而今到了这个年龄段，显然已过了做这种梦的时候了。"当然，若仅是徒步某一段，哪怕只有几天，找找感觉，领略一下沿途的风情倒是挺好。

我们这代人，想想也怪可怜，年轻时无闲也无钱，现在快退休了，总算有了闲，钱嘛，虽不多，但也够用了，却已失去了最佳的生命时段。是呀！人生是如此的短暂，梦还做着呢，人却已不知不觉地老去了！

新沟——路边的记忆

中午时分我们到达新沟，新沟人少，地方却很大。或许是水汽格外丰沛的缘故，沟沟坎坎上长满了各种树木和玉米、高粱等作物，清风习习，绿影摇曳。若不是公路上时时有一些载重大卡车威风凛凛地驶过，在飞扬的尘土中发出粗野的吼叫，打破了迷人的静谧，此处绝对是一派"雨晴人踏晓，山静鸟啼春"的好去处。

这儿的山势陡峭，山脚下长满了密密匝匝的竹子和各种树木，而民居就稀稀落落地建于这些绿色之中。一些头脑活络的村民则将自家的屋子盖在了公路旁，天长日久，就渐渐形成了一长溜的路边饭店。已到用餐时间，我们便随机进了一家叫"骑游之家"的小饭店，想先把温饱问题解决掉。这一段318线上的饭店不但多，而且开得随意。只要有陋室两三间，再加上一块可供停车的空地，便具备开店的条件了。至于烹饪的手艺如何似乎并不太重要。川菜嘛，只要多放些辣椒就成！因此，一路前去，你总会时不时地看到俊丑不一的厨娘们脸上挂着像花儿一样灿烂的笑容，倚在店门口热切地迎候着你。

从饭店留言板上写着的密密麻麻的"驴友语录"看，"骑游之家"的客流量还真是不小。那所谓的留言板其实是一面贴着瓷砖的墙，让你随便涂鸦，这种表现形式我还是头一次见到。上面的语录多是驴友们的幽默细胞突然迸发时的产物，譬如："某某某，俺爱你，愿俺们的爱像川藏线一般绵长！""某某，如果我骑到了西藏，你会答应嫁给我吗？"林林总总，别出心裁，虽像是在耍贫嘴，但细细读来，倒也很有点逗乐的意味，让人忍俊不禁。

一路上，这种驴友语录随处可见，岩石、树墩、路牌、残墙都是抒发豪情、展现文采的平台。涂鸦文化在这种地方的出现似乎找到了最合适的受众和最大的合理性，一点也不讨人嫌。至今留给我印象最深的一句语录是："到西藏把自己晒黑，就没人说我是白痴了。"这句话写在芒康路边的一块路牌上，路人见之无不大笑，太有才了！我想，能诌出这种奇语者，其思维能力定在常人之上。这些发自行者内心的调侃式表白，

是一种最简单、最直露、最无拘束的情感，也是人生艰辛历练过程中的心得，没有丝毫的虚伪和扭捏作态。这，也或许就是所谓的"驴文化"的要义吧。

那天在饭店里，我们遇到了一位来自东南大学的研究生小徐，他是独自骑自行车去西藏的，人看上去很精干，言谈举止间充满着朝气。他是我们遇到的第一位骑行者，自然也引起了我们的好奇。我问他："你骑行西藏，父母知道吗？"他笑道："我没敢告诉他们，怕他们担心，等顺利到达西藏了我再跟他们说吧。"我觉得他说得也有道理，反正横竖是要出来，告诉家人只能是徒增他们的牵挂，何必呢！我又问他："这么艰辛地骑行西藏，为了啥？"他嘿嘿笑道："这还真不好说，反正我一直想去西藏，再不去，等以后工作了，恐怕就没机会了。当然，我也很想借此试试，看看自己究竟行不行。"他说得对，人生很短暂，有些事必须趁早做，不然，可能永远也做不了。

许兄是个既有点特立独行，又易心生横枝的主儿，他常常会莫名地对某些东西突然来念头。此时，他对小徐的坐骑产生了浓厚的兴趣，便自作主张地骑着人家的车在公路上溜达起来，还摆出很青春的造型让我给他照上几张。

"可惜你再怎么装也只是个假骑行者呀。"我笑他。

许兄仍自顾自地陶醉着："不错！不错，这种感觉真好！"

听得出来，他的话语间流露着的是对年轻人和他们的旅行方式的由衷羡慕。许兄年轻时多少也算得上是位叱咤风云的人，当过兵，做过媒体人，干过摔跤教练，又开过房地产公司。这一切无不是以年轻人天然的闯劲为本钱。

是呀！年轻真好！谁不羡慕年轻呢！江山代有新人出，各领风骚数十年！这个世界向来是属于年轻人的！

不知是哪根神经被触碰到了，许兄对这位刚认识一会儿的小徐显得很是关怀有加。就餐时，他见小徐菜点得简单，便热情地将他请过来与我们一同用餐，还一个劲地往他的碗里夹肉，再三关切道："多吃点，多吃点，路上会很辛苦的。"混迹商海多年的许兄倒还挺有一番古道热肠的。

用完餐，我们与小徐作别。开出一段路后，大家突然想起：哎呀！刚才怎么没跟小徐要个手机号码呀，我们也可知道他沿途的情况。显然，小徐的安危在大家心中已占据了一个位置。后来，我们到了拉萨，凡在街上见到骑车的驴友，总会特意多瞧上几眼，看会不会是小徐。但是，此后我们再也没有遇见他。我们只能在心里默默地祝愿他的西藏之行和今后的人生能平安顺利。

下午一点多，车到了二郎山隧道。二郎山位于雅安市与甘孜州交界处，洞口位置海拔 2200 米左右。这座山在我心里一直有着一种奇怪的情结。因为小时候看过修筑 318 公路的纪录片，留下了极其深刻的印象。除了系着吊绳悬空施工的战士冒死打凿炮眼的镜头外，再就是旋律独特的《歌唱二郎山》，让人一听就忘不了。时隔几十年后，自己突然到了这二郎山跟前，熟悉的旋律竟又莫名地在耳边回响起来。我本想下车在隧道前留个影，但路窄，身后又跟着长长的车队，无法停车，只好将相机伸出窗外，匆匆拍了几张隧道口的照片。

穿出隧道，我环视四周，只想寻找到一点从前残存于脑海中的二郎山的印象。当然，也更想寻找到一点当年张大千先生在国画《二郎山》中所浸润的山峻谷幽的奇神异韵。但是，自二郎山隧道打通后，原先的盘山路基本上不走了，故再也不会有居高临下饱览二郎山全貌的机会了。

徒步海螺沟

　　海螺沟，位于四川甘孜藏族自治州东南部的贡嘎雪山东坡，属泸定县境内。那儿的主题景观是冰川，其次是森林和溪流。在一般人的理解中，冰川应都在高海拔的寒区。但海螺冰川却是在海拔相对较低处，最低点甚至还不到 3000 米，这主要是由于整个贡嘎雪山处于南亚季风的迎风面，降水充沛，为冰川的形成提供了条件。对于内地许多未见过冰川的人而言，来此观赏应是一条最可行的捷径，交通方便，路途也不算太远。

　　说来惭愧，海螺沟这个地方，原先我居然一点也不知道，直到看了在旅行社工作的一位朋友送给我的《中国国家地理特辑》后，才被其深深吸引。对于西域许多自然景观的概况，我基本上都是从这本书上获悉的，甚至连进藏的路线也是按照书中的推荐而设定的。

　　我们抵达海螺沟景区门口的磨西镇时，已是下午三点半左右了。磨西镇曾是茶马古道上的重镇，至今还保留有较完整的老镇古街区。虽名曰镇子，却小得出奇，人口不过二三百，故在景区外面从事各类经营活动的多是从外地过来的人。因事先对磨西镇未做了解，不知其详，故也未作留宿游玩的打算。后与朋友聊起磨西镇，他告诉我应该在那儿住上一晚的。他说，这是个有着文化积淀的小镇，晚上或清晨，在古巷里走走看看，感觉很好，能让人在此找到旧时那淡淡的情调。这不由地让我有些责怪自己了，因事先未对整条线路做足功课，不仅仅是磨西，在后面的行程中也与许多好地方失之交臂。

　　一番繁杂的折腾后，我们终于在下午五点左右到达景区的下榻处——三号营地的银山大酒店。由于要完整地看到冰川，需爬至接近山顶的高度，故我们一放下行李便赶紧往山上走。

　　看海螺沟冰川有两个途径：一是坐缆车上去从上往下观看，这样速度快，且不累。不得不说的是，在此修建观光索道，实在是一种在美人脸上扎刀的行为。在青山蓝天间突兀地拉起一道粗黑的长索，怎么看都觉得别扭。二是徒步上山到观景台，单程约需两个小时。我们四人体力尚可，更觉得爬山观景才有真味道，再说这儿全是原始森林，穿行其间，感觉一定很好。所以，大家都决定徒步上去。

　　三号营地海拔约 2800 米，随着我们不断向上行进，高度渐增，再加上走得急，没多久，大家便开始气喘吁吁了。幸亏这地方天黑得晚，待我们赶到观景台时，西面的阳光还洒在山顶的雪坡上。作为低海拔的冰川，海螺沟是极具特色的，其虽没有高海拔冰川的那种危耸，却具迥异于世的特质，不但冰层很厚，且晶莹剔透，色泽洁白。冰川依山势而行，由高向低，匍匐于贡嘎山脉东坡，其状犹如一匹安睡的白马。据资料介绍，冰舌的最厚处甚至可达 300 米左右。我们虽未到冰川内与冰雪亲密接触，但通过肉眼也可将冰川的质地和形状看得非常真切。

　　从观景台看冰川，不足之处是不能看到其全貌，呈现在眼前的是横向的冰川侧峰。当然，这种独特的仰视效果似乎比在缆车上的俯视效果还要好些，因为我比较过别的游客从缆车上拍的照片，尽管看到的范围较大，但没有了挺拔竣峭的山势，高度感消失了，画面也就显得平淡了许多。由于最大的一面雪坡朝着西南方向，若待至夕阳西下之时，晚霞洒落，雪面便会像燃烧的火焰一般。我本想，来一趟不容易，应拍些霞光下的冰川，因为这种近距离的拍摄机会是极难得的。但是，返回的山路崎岖漫长，如果拍得日照金山，那下山的时间就会不够，届时，天色暗下，行路就会很困难。无奈，为了安全，我们只得选择立刻回返。

尽管自以为返回得还算及时，但还没走完一半的路程，天已渐暗。大家在森林小路里小心地摸索着，生怕遇到狗熊之类的野兽。当然，我们始终未知这山上究竟有没有此类凶兽，只是凭想象，认为应该是有的。待我们走至山腰下的大路上，天已完全黑了。大家又累又饿，正倍感疲惫之时，忽见不远处的林子旁有一间屋子亮着灯，走过去一看，原来是家小饭店，更确切地说，是一家半露天的卖野蘑菇汤的小铺子。不过，那野蘑菇都是店主从这大山上刚采摘来的，味道实在鲜美。我们每人要了一大碗，喝罢似未觉过瘾，便要求再买一些。那老板很是热忱大度，说，买啥呀！你们自己去锅里添好了。一边还拿出他刚烙的青稞饼子，让我们品尝。告别了那老板，便又向下榻处走去。虽说只是喝了些汤，但身上的疲惫感却消除了不少，让我们在接下来的路程中轻松了许多。

晚餐时，我们在宾馆的餐厅里点了好几个当地的特色菜，许兄还买了杯宾馆自制的药酒。但奇怪的是，这美酒佳肴并未让我们形若饕餮。大

朝霞下的海螺沟

家都觉得，这几盆菜还远不如刚才那家小铺子的蘑菇汤味美。

第二天早晨，未待闹铃响起，我已醒来了。天未亮，宾馆院子里的人却已聚了不少，他们个个都端着"长枪短炮"，有的还扛着很专业的三脚架，看上去活像是一支庞大的采风摄影团队。众人延颈举踵，急切地等待着。当雪峰上终于洒下第一缕霞光时，刹那间，快门的噼啪声顿时响成一片，这热闹的场面我还是第一次遇见。

那天的天气正遂我愿，天蓝云淡，风轻日丽。海螺沟的霞光或许是因为空气特别明透的缘故，短时间内可呈现出缤纷斑斓的色彩，初始时是绛红，不一会儿渐呈大红，慢慢地又呈金黄，且几种色彩之间的过渡更是让人叫绝，红中带黄，黄中又带着些紫，复杂的光谱在瞬间的千变万化，让你很难形容眼前的光芒究竟是何种色彩。大自然真是高超的调色大师，天地就似随意扯过来的一块画布，信手涂抹间就可将之变得美轮美奂，真让人惊叹。

正当我们对着雪峰竭力拍照之时，不知是哪位突然高声喊道："我们到金山大酒店那个平台上去拍吧，那儿没有遮挡。"金山大酒店就在我们所住宾馆前面二三十米处，二楼有一个大平台。我回头望去，只见平台上已有十来个人正朝着雪峰方向拍照。那个位置比我们所在的位置要高出不少，可完全避开各种遮挡，视野明显要好许多。于是，我们便一起朝那儿涌去。

不料，刚到了那酒店的台阶处，我们这帮"摄影家"便被金山大酒店的工作人员给拦住了，理由是我们没住在他们的宾馆里。

众人遂一起恳求，就差没跪下来叫他亲爹了。但任凭我们好说歹说，却依然难以通融这位门神的铁石心肠。眼瞅着太阳越升越高，再磨下去怕彻底耽误了拍摄的时机，大家只得悻悻然地离开，又转身赶往原处。我庆

幸自己带了长焦镜头，可将景物适当拉近，才避开了一部分地面建筑物的遮挡，算是勉强保证了"日照金山"的拍摄效果。

康定一瞥

当日上午十点左右，我们离开海螺沟前往康定。离开海螺沟，还真是有点舍不得，因为一则与冰川未曾近距离接触，二则还未窥得海螺沟的全貌，尽管昨日在山上徒步穿行了四个多小时，但因未到最高处，视角所限，欣赏的只是其中的一部分。再则，海螺沟的原始森林本身就很美，仅用半天时间，远未看够。但既定的日程安排使我们难以在此逗留太久。走吧，还有下回呢，希望有机会再来！我们只能这样安慰着自己。

对于接下来要去的康定，应是一个极具吸引力的地方，大家都盼着早点赶到。因为一讲康定，自然会让人联想到那首脍炙人口的《康定情歌》，那座跑马山也一直是人们心中的浪漫之隅。所以，往康定去，总会对其怀着极其强烈的好奇与期待。

康定位于甘孜州东部，作为古代的羌地，从三国开始，康定渐成川滇藏要冲。从海螺沟至康定的路程并不远，仅 100 多公里。但由于泸定河正在修建大型水电站，故许多道路都被迫改道绕行，而那些被称为"便道"的临时性简易公路的路况都极差，路面要么是碎石凌乱，要么是洼坑遍布，或泥泞不堪，或尘土飞扬。

在我们驶出泸定县城时，其中一段路不但崎岖难行，且左侧的山体上刚刚发生过一场大滑坡，我们的车经过，陡坡上还不断有零星的碎石土屑滚下，相当危险。按理，此时我们应加速通过这段危险地带，多停留一分钟就会多一份危险。但要命的是，前面偏偏发生了堵车，进不得也退不得。为了预防万一，我们只得将头探出窗外，两眼紧盯着上面的山体，高度警惕，时刻准备在有大的土石落下时及时跳车躲避。在这种险象环伺之处，小命是否无虞，全靠自己的反应速度了。漫长的等待之后，车队终于开始缓慢地蠕动起来。逃出高危地带，我们长长地舒了口气。

由于一路交通不畅，我们抵达康定县府[①]的所在地炉城镇时，已是下午两点多了。一百多公里的路跑了近四个多小时，速度慢得跟自行车差不多了。康定地处四川盆地西缘山地和青藏高原的过渡地带，东部多为高山峡谷，西部和西北部则呈丘陵状高原，故一到康定境内，两者巨大的高差，瞬间能给人以强烈视觉冲击：山峦间被雅拉河和折多河冲刷而成的深壑和造山运动形成的断崖，时不时地出现在眼前，向我们展现着骇人的威仪。此时，山在云中，路在天上，从高处俯望，山谷底下的车辆竟渺如蝼蚁，慢如蜗牛。

康定老城呈狭长状，由于两边都是高山，故房屋基本都是紧依山坡及河岸而建，而本已略显逼仄的县城又被奔流不息的折多河一分为二，就显得更为狭窄了。所以，为了开拓发展空间，康定的市政建设重点已逐渐向新城区转移。藏区的县城总是显得那么安静，安静得似乎连时间也消失了。康定也不例外，除了穿城而过的折多河放肆地咆哮着，耳边再无其他任何的声音，而这永无休止的喧闹，又衬托着康定城的静谧。

我有些茫然地站在折多河边，正面是高高的山崖，侧面是冷清的街道，县城的全貌这么一瞥便尽收眼底了。如此看来，就没有必要再刻意去逛了。其实，在四川藏区和整个西藏，多数县城都呈这样的简单化特征：东西百米一条街，南北两边开商店，这样倒也好，走到街上，是绝对不会迷路的。

---

① 2015 年，撤县建市，以原康定县的行政区域为康定市的行政区域。

从人文的视角去深入了解一下康巴文化还是挺有意思的。康巴文化以其多元性著称，其中尤以康定这一区域为代表，这个小范围内的多民族系统文化和多族源特性迄今已具相当的比重，再及非同寻常的区位优势，使之在整个康区的政治、文化和经济中占着日益突出的位置。由于这一带除藏族为主体民族外，还居住着汉、彝、羌、纳西、回等民族，各民族间的相互交往、交融，使康巴的农耕文化与游牧文化长期得以并行发展，故从非物质文化层面看，这里的民俗、民情是很值得深入地探究的。

康定还有一点也令人印象深刻，那就是康巴汉子。据说，典型的康巴汉子多在雅江。但在康定城里我们却看到了好几位特征明显的康巴汉子。硕壮的身形、盘辫的长发、炯炯的目光、挺拔的鼻梁、桀骜的神情，都体现了康巴汉子与众不同的气质。我好几次想向他们举起相机，但不知这是否会显得突兀不恭而引起人家的不快，故最终也未拍。

在康定，我最关注的地方就是那个著名的"跑马溜溜的山上"了。跑马山在康定城的南边，现在那儿是一个依山而建的公园。一问，说要爬至山顶来回需两个小时左右。显然，这是来不及的，因为我们必须在傍晚赶到新都桥。于是，我们只能在车经过的时候向这座爱情之山行注目礼了。

跑马山并不高，实际高度仅约两百米，但因海拔高，山顶常有云雾缭绕。公园建在半山腰的位置，远远望去，山上有寺庙、凉亭等建筑物，也可看到一些游客在上下走动，但不多。不知道在这些红男绿女中有多少是当今的"张大哥"和"李大姐"？

隐约间，山上轻轻地飘来《跑马溜溜的山上》的旋律，像是有谁在高处歌唱，又像是扩音器在播放。我呆呆地望着山上的云儿，忽地在脑子里蹦出一个大问号。这是一首藏族歌曲呀，那歌中的角色怎么是"张家大哥""李家大姐"，而不是达瓦、卓玛呢？而且，其旋律又明显有别于其他的藏族民歌，这是否与当地藏、汉混居形成的文化交融相关呢？我想，如果就此搞一个专题性的研究，应该是有点意思的吧。

康定城的街道

道路狭窄且弯道多，车辆没法停，在行进中也没遇到合适的角度，故我们最终也未能拍上一张这"爱情之山"的照片。面对着这座景致并不十分突出的跑马山，我不禁想道，而今，赋予康定的，远非单纯的地理概念和地标符号了，更多的则是那首歌本身所具有的热烈浪漫和诱人的意境。爱情，世世代代的人们为之痴、为之狂、为之乐、为之哀，这个人类生活的重要主题，向来是人们心中最珍贵的情愫！康定，人因歌而可爱，地因歌而美好！当然，若仅从其外表而言，这个地方好像并无特别之处，她，完全因着这优美的情歌重塑了自己的形象，使之成为人们深情的向往。

一首歌竟然唱响了一个如此偏远的康定，可见文化所蕴含的力量是何等的巨大！多少年后，当今人都已不在人世的时候，"张大哥"和"李大姐"却依然活着，那动人的歌儿还会与现在一样，被人们含情脉脉地传唱着。

"摄影天堂"新都桥

离开康定后，我们遂向新都桥进发。新都桥属康定县，在318线的南北岔路口一带，是新都桥风景的精华所在。该镇离康定县城约80公里，

遥远的风
——天涯八万里

路途虽不遥远，但车速却是提不起来，因为途中好些地方路况很不好，而且还要翻越川藏318线的第一个高山垭口——海拔4290米的折多山。

折多山，这名称本身就很有意思，折多，在藏语中是指弯曲。这折多山倒真是名副其实的"折多"呀！从海拔3000米左右一直到4000多米，其间的上升过程中，始终循环往复地在山上绕弯盘旋，故一千多米的上升几乎呈现垂直状态。由于海拔过高，山的上部已见不到类似海螺沟那样的森林了，只有少量的灌木零星地点缀在山脊上，泥土上覆盖着的多是一些青草。由于正值当地的雨季，故草的长势还不错，远远望去，山体像是铺上了一层绿色的绒毯。

当我们到达山顶时，不由让人眼前一亮！这是我第一次领略到藏区高山垭口的场景：白塔耸立，经幡密布。在狂风的吹拂下，五彩的经幡剧烈地抖动着，发出噼噼啪啪的巨大声响，给冷寂的山头平添了几分闹意。驴友们纷纷驻足观景拍照，很是兴奋。站在观景台上本可远眺"蜀山之王"贡嘎雪山，但那天的空气通透度不是很好，远山显得有点儿朦朦胧胧，雄伟的气势未能尽显。听几位摄影爱好者讲，四五月份来最好，那时雪线低，雪也厚，天空特别明朗，照片拍出来效果奇好。

下了折多山，沿途所见的民居就越发具有藏族风格了。厚重的墙壁、平缓的屋顶、狭窄而涂着粗大黑色边框的窗户，以及房屋外墙和窗框边沿上所涂的各种色调，都昭示着我们已进入了真正的藏区。不知不觉中，车已驶入新都桥境内。新都桥海拔3300米左右，是一个由十几个村落构成的乡镇，素以"摄影家天堂"而著名。原先，我以为新都桥是一个有着许多自然景观的地方，到了之后才知道，其实新都桥并没有什么标志性的景观，其之所以被称为"摄影家天堂"，是因为那一段沿318线两侧的村庄田野很具有一种恬静和美的情调：山坡和村落、溪河与农田、草地与牛羊、

新都桥的小村落

树林与鸟儿，等等，这一系列元素构成了田园牧歌般的光影效果。

当然，除了上述的沿途景观，新都桥一带值得深游浅玩的地方还是不少的，如有着一千多年历史的塔公寺、面积广袤的塔公草原以及被誉为"神山"的雅拉雪山等。不过，听藏族朋友讲，游玩上述这些地方，以五六月份为佳，因为那时的植被最好。

如到新都桥寻找画面，摄影者首先要有一双识景的慧眼。若以为新都桥处处都是拈手可得的美景，则肯定会令人有所失望，因为仅看表象的话，那些独立成景的元素并不是很多，景象的差异性似乎也不太大，要轻松地拍得一张别致的好照片并非易事。也就是说，在那里，不但要善于发现美景，还要善于将相关的景物元素有机地融合在一起。这样，画面就会出彩许多。

还有一点也不得不说，若单从唯美的角度看，我认为新都桥应以秋景为最美，因那时辰各种林木红橙黄绿相间，色彩斑斓多姿，不似春夏，

一、初闯川、滇、藏

21

山野和田地里的植物皆为绿色，略显单调了一点。

我们到达新都桥的时候，已是下午六点多了，故也无法久留，许多美景只能匆匆掠过。当车驶过一座不知名的小村庄时，一幅极美的田园景色吸引了每个人的眼球。于是，我们让司机把车开到村边停下。

为了节省时间，我早在车停稳之前就已选好了要拍摄的画面，故车刚一停，我即跳下，迅速端着相机朝远处奔去。凝神定气，迅速取景拍照，又跑回车中。

到新都桥镇已是傍晚七点多了，在镇里未找到合适的住处，便又往前开了几里路，在郊外找了一家客栈住下。吃罢晚饭，闲来无事，我与许兄到屋后的草滩上去散步。这片草滩很大，间或可看到一些牧民用于圈牧的围栏，青翠的牧草里还开着各种颜色的野花。漫步于草滩上的感觉真好，微风轻轻吹着，熟悉的草香扑面而来，这不禁让我想起了从前在内蒙古放牧时的情景：坐在树荫下的田埂上，默默地看着羊群在身边啃吃青草。羊是最安静的动物，挨得再近，除了咀嚼声之外，不会发出任何惊扰你的声音。看着它们，似乎向自己内心传递着一种单纯和安静。那岁月虽已很遥远，记忆却仍是那么的顽固。

翻越三山

这一天的路程约有 200 公里，目的地是理塘，途中要翻越三座高山。自进入 318 线以来，这段行程算是最长的了。而最让人不安的是，听对面过来的司机说，这条路的路况极差，这不禁让我们心生了一丝怯意。但事已至此，也容不得我们犹豫了。

要翻越的三座山分别是：高尔寺山、剪子弯山、卡子拉山，垭口的高度分别是：4412 米、4659 米、4718 米。高尔寺山位于新都桥至雅江中间，川藏南北两线（317 线与 318 线）也是从此段路开始分岔。剪子弯山是康巴地区最高的山口，从山口下去，海拔越低的地方塌方也越多，在雨季，更是天天修，天天塌。卡子拉山的垭口是当天要经过的最高海拔，待翻过垭口，往下都是没完没了的盘山路。

这么长的路，又是长时间的高海拔，我不由地替唐、张两位女士担忧起来，因为她们早上一起来就说昨晚睡得很不好，头有点疼。无疑，她们已出现了高原反应。虽说出发时都带了些应对的药品，可真要是犯起高原病来，这类药其实也起不了多大的作用。

随着前路的不断延伸，才知司机们说的这段烂路究竟烂到何等程度，尤其是挨着雅江前后那两段，根本就不叫路，车开在上面，摇晃得人根本无法坐稳，尽管我们乘坐的算是专用的越野车，但底盘仍不断地被遍布的洼坑和石块磕得砰砰直响。感觉这车仿佛不是用轮子在滚动，倒似蚱蜢一般在跳跃着前行，颠得人浑身散了架。两位女士连摇晃带高反，被折腾得脸色发白，嘴唇发紫，人一直显得蔫蔫的。

最要命的是因为长时间的雨水侵浸，塌方路段时有出现，导致不停地堵车。好多地方的塌方是连体式的，从山坡下端一直塌到路基。而路基的坍塌抢修起来难度更大，因公路的一侧紧挨着江边，路基一垮，土石全滑入到雅砻江中，致使整条路都被拦腰切断。遇到这种情况，相向的两路车队的人马便隔"壑"而望，谁也动弹不得。

下车等待中，与其他司机闲聊后得知，上个月中旬，当地的一场暴雨引发泥石流，瞬间冲走了二十多辆车，多段道路损毁，部分民房垮掉。听罢，我便有点责怪自己事先未将沿途的气候特征搞清楚，后悔不该在雨季走这条线，但现在只有硬着头皮继续往前闯，因为此时即使想回去也不

可能了，拥挤而狭窄的路面根本调不了车头。

约 10 点，我们赶到了高尔寺山。高尔寺山是横亘在康定与雅江之间的一道巨大屏障，虽两地相隔约只有 140 多公里，但由于车辆一直在这连绵的大山上盘旋，所以，速度如蜗牛爬一般。从山下开始绕，直至绕到山顶的垭口，不知转了多少个圈，其状极似折多山，只是没像折多山的弯道那么险峻。

从高尔寺山上往下看去，当地的植被基本被不同的海拔高度划出迥异的特征：山脚是茂盛的森林，芳草萋萋，参天古木；山腰则是小片的高山草甸和一簇簇野杜鹃及零星的针叶类树木夹杂着，形成翠绿和褐绿相间的色彩；山顶及上部的缓坡上覆盖着黄绿色的草皮，基本全是草甸的模样了。

站在高山之巅，极目远眺，只见群峰如簇，云烟浩荡，天地恢弘，气势磅礴。白云之上，雄鹰驾着轻风自由地翱翔着，远处的雪山在阳光的照耀下熠熠生辉，这一切勾勒出了川藏高原所独有的大美画面。

经过高尔寺山的时候，我们看到山脚下正在打隧道，显然，一旦隧道通车，以后走川藏南线就不用如此大费周折了。但是，在享受方便的同时，也会使你失去欣赏另一番风景的机会，先前那种登高望远，一览无余的巨幅画面肯定会减少，这一点已被二郎山隧道打通后的现状所印证。

从高尔寺山下来时，忽见到对面的山上正在修筑新路。因那山体没有整体性的坚硬石质，故挖掘机就直接停在半山腰用铲斗凿挖路面。掘机的履带悬在路沿上，路沿下面就是万丈深渊，看着让人心惊胆战。干这般活，简直就像是在玩命了。路过施工队居住的工棚时，居然还看到了他们放养的猪。全身黝黑的山猪像牛羊一样在山坡上吃着草，悠哉悠哉的。这些猪个头不大，没有我们家乡的猪那么肥硕，小蹄子踩着山坡的碎石上"啪啪"作响，显得十分机灵。或许，这就是所谓的"藏香猪"吧。在这种地方养猪定是施工者的无奈之举，大山深处，买肉极为不易，自己养猪也不失为一个解决肉类供应困难的好办法。这些工人长年累月在如此恶劣的高海拔环境里从事着危险的作业，且生活单调枯燥，其精神的确令人感动和敬佩。

约行驶了 50 公里，车过了雅江便直接向剪子弯山进发。从路边望向对岸的雅江，觉得这个小县城真是袖珍得可爱，许多房屋都是沿江而建，使县城只有了长度而没有宽度。与雅砻江相对一侧的山体是峭岩绝壁，而房子就盖在山脚下，看着会让人心中发紧。

雅江到剪子弯山落差达 2000 多米。这段路也是烂得难以形容，没完没了的泥坑和搓板路，颠簸的车子把人晃得脖子直发疼，面对着远方醉人的景色，也根本无法将相机端稳。在这里，不得不提一下那些勇敢的骑士们，在这样的路上，人骑车已变成了车骑人。因为一则是上坡，二则洼坑密布，遍地泥泞，即使想推着车走也是奢望。故所有的骑士只得将自行车扛在肩上艰难地行走着。我们见状打开车窗，向他们呼喊、鼓劲。而他们则只是向我们招一下手，算是礼节性的回应，因为张着的大嘴只顾着喘气了。不少骑士由于高原反应，体力不支，则搭上了藏民的皮卡车。望着这些蜷缩在后车厢里，浑身沾满泥浆，蓬头垢面、疲惫不堪的骑士们，我不由地担心起来：他们能顺利地到达西藏吗？

此前，我曾从网上看到一资料，说真正骑行（指完全靠自己力量骑行而不搭车者）到西藏的，十之一二。但即便是这样，我仍然对所有的骑行者，不管他们有没有走完全程，都充满着敬佩之情。因为他们毕竟挑战了自己，挑战了极限，只要有这种信念和勇气，即便没有实现预想，也是真正的英雄！

　　从望文生义的角度去理解，剪子弯山的弯道确有点像张开的大剪子，远远看去，很怀疑车子是否爬得上这长长的陡坡。下了剪子弯山，前方依然是坑坑洼洼的稀泥路！但好在从剪子弯下来后海拔本已较高，故再往卡子拉山翻越时，垂直高度没有上升很多，再加上山体巨大，感觉就像仅仅爬了一段长长的缓坡而已。但这一带如同前面走过的地段一样，也在无休止地修路，路边堆着好些施工用的碎石。

　　我问小李："这路什么时候可完工？"

　　"这路？"小李撇了撇嘴，"恐怕得永远修下去吧，今天这儿修好了，明天那里又塌掉了，川藏线就是这样。"

　　这样的路况，车子是无论如何也开不快的。待登上卡子拉山顶，天空忽然变得明澈起来，云朵也更加浓郁而多姿，如同大片大片洁白的羊群挤在天上，瞬聚瞬散，奇幻无比。毕竟是海拔4718米呀！温度也骤然低了许多，风吹在身上感觉凉飕飕的。而让人异常兴奋的是，这里景色奇美。卡子拉山口以及周边的山顶由于海拔太高，连灌木也见不到了，但高山草甸却长得极好，云层中一旦有阳光透出，便会把草甸照成一片晃眼的翠绿。垭口海拔虽高，却无峭崖危壁，形如平地一般，绿绒绒的草甸子这么一铺，感觉好似置身于一个大牧场里。

　　经过一天的颠簸，我们终于在傍晚七点多抵达了理塘。理塘位于四川甘孜州西南部，著名的长青春科尔寺和格聂神山也在此地。理塘

理塘县城

县城的地貌与康定、雅江大为不同，它不是挤在逼仄的山沟里，而是有点铺张地摊在平缓宽阔的丘陵状的高原上。从高处往下看，县城全是低矮的房子，像一个大的村落，但城区的面积明显要比康定、雅江大不少。

理塘，可是仓央嘉措的爱人桑吉卓玛的家乡呀！仓央嘉措虽未到过理塘，但因情之所系，理塘始终是仓央嘉措思念的地方。尽管我对理塘了解的并不多，隐约而存的情愫也仅缘于仓央嘉措那充满沧桑的传说。而我始终认为，这就够了，足以让理塘予自己以一种神圣。

或许，我真的是太过浪漫，极易莫名地让历史人物的某些细节左右自己的理智。许多时候，当硬生生地触碰到与意念相悖的现实时，才会发觉从前的许多充满温情与浪漫的思维是很不着边际的。更或许，从前的理塘，在我的印象中是完全被诗化和虚化了的世界，故当我跳出诗中的意境，实实在在地站在寄托着那位圣人的灵魂的土地上时，方才觉得这个县城更像是一张泛黄的旧照片，沉郁而单调。

这里的一切，从街道到建筑立面仿佛都被蒙上了一层历史的尘埃，全无一点光鲜的色泽，也缺少现代的气息。除了偶有汽车驶过，提醒着我这是在 21 世纪的某个时间和空间里。否则，我真的不会感觉到脚下踩着的居然是曾令仓央嘉措魂牵梦萦的地方。但是，我忽又觉得，理塘或许就该如此，她或许应该带着些忧郁。理塘，到过之后，竟让我越发觉着她的某种神秘，看不清，又理不净，像一首撩拨着伤感的歌儿，在心头久久萦绕。

由于路况差和堵车，时间耽误得过多，车流在同一个时间段内都涌进了这个小县城，旅馆也随之紧俏起来，顿时价格大涨。我们在城里转悠了好半天，才找到了一个有卫生间的客栈，条件很差，一个标房却要收180 元，没法子，这个时候，再贵也只能住下。

原先我一直听人讲，理塘是世界上海拔最高的县城（海拔约 4100 米）。其实不然，后来在西藏跑的地方多了，便知比理塘海拔高的县城还有好几个呢。吃罢饭，夜色悄然降临。面对这么简陋的一个县城，逛街是提不起兴致了。再说，今晚是否能安然度过还是个未知数，因为大家都是第一次在这样的高海拔区域过夜。虽然我们已在前面翻越了好几座比理塘海拔还要高的大山，但毕竟留滞时间较短，现整晚都要待在这么个高度显然是不一样的。于是，大家便匆匆洗涮，早早地歇息了。躺在床上，我却睡意全无，总想着明天的事。明天要去稻城。

奔向稻城

一觉醒来，便觉偏头痛这老毛病又犯了，再加所住的房间前不久刚刚刷过油漆，味儿特别重，而朝南的唯一一扇窗户竟是全密闭的，透光不透气，一个晚上下来，把人熏得很不舒服。从理塘拐向稻城后，我们就暂时离开了 318 国道，走的便是 216 省道了。从这个时候开始，路况开始好了起来，虽然此后也曾遇上过一些较差的路，但总体上已不似前面走过的那么烂了。最令人高兴的是，近 150 公里的行程中，多数路段不时有美景相伴，总会让人处于极度亢奋的状态。

让人难忘的有两处地方：一处是海子山一带的青藏古冰帽地质群。古冰帽也叫古冰盖。按资料介绍，其系第四纪冰期被冰川长期覆盖所留下的遗迹，面积有 3200 多平方公里。这是一个称不上秀美却极具特色的地方。海子山海拔近 5000 米，这是我们迄今为止所到的海拔最高处了。到得山顶，我们四处寻找标着海拔高度的路牌，却未找到，只是偶然在路边见到了观景台的指引牌，便沿着指向朝山上走去。后我问客栈的老板，他说，天气一转冷，海子山的风奇大，标着海拔高度的铁皮牌子总是被吹掉，后来就索性不挂它了。

海子山很像地球的洪荒年代甚至是尚无生命的外星球。那是个漫山巨石、小措（海子）无数的地方。这石头不但个儿大且更是多得出奇，似乎是某个造物主以某种超凡之力在某个时辰故意散布于此的。大自然的鬼斧神工真是不可思议呀！站在这儿，环顾四野，周遭满目荒芜，寂静无声，忽强忽弱的寒风也透着些原始的气息，天空上竟连一只飞鸟的影子都没有。

真不敢想象，地球上居然还有这种看似与生命无缘的，抑或粗犷到极点的地方。但要说与生命无缘其实也并不太准确，待到了山坡顶上，我们竟在石头间隙积有土壤的地方见到许多不知名的植物，长得很低矮，却也开着绚丽的小花，在寒风中瑟瑟发抖，似在向我们倾诉着它的凄楚。可惜我不懂地质学，无法就海子山硕广无垠的"乱石阵"的形成机理作出靠谱的解释，面对着大自然的奇异造化，几个人只是不时地发出"哇！哇！"的喊叫，或用最空洞贫乏的词汇去抒发感叹。再往山下望去，巨石连绵的缓坡、平地间，蓄着许许多多大小不一的海子，在偶露的阳光下，那些海子如同一只只盛满水的盆子陈列于坡下。

那天的天空不是特别清明，朦胧中可见远处的大小海子闪烁着粼粼波光，水，似乎给这远古造就的野山稍稍增添了一丁点儿的生气。但在这样的能见度里，那些海子似少了些许美感。由于没有远处蓝天雪山的映衬，那些海子与滚满乱石的山坡混沌一片，更是显得透迤莽苍。奇怪的是，海子山的气温特别低，寒风吹来竟如针扎刺拉一般，眼下可是七月盛夏季节呀！我裹着内有扎绒的冲锋衣却还觉得冷得不行。这么一路过来，在别的地方可都没这么寒风料峭过，看来海子山这地方确有其特殊的气候环境。

许兄说，太冷了，受不了！受不了！赶紧走吧！于是，大家纷纷下山，

拉起衣领躲进了车里。翻过几个山岭，我们便远远地望见了兔儿山。兔儿山比海子山略低一些，整个山体尤其是上端，寸草不生，怪石嶙峋。及至山前，那巨大石峰能让人感到无形的压顶之势，颇有凛然不可冒犯的威仪。而兔儿山称谓的由来一定是山顶上那处很像兔子的巨石了，特别是那两只兔耳朵，高高地直竖在天际线上，醒目且可爱。

另一处让人难忘的地方是一个叫不上名的山谷，因无从打听，我们便自作主张地给它起了个好听的名字，叫"天堂峡谷"。"天堂峡谷"离稻城大约四五十公里左右。从海子山上下来，随着海拔高度的不断下降，路边景致也在明显地发生着变化，植被越来越多，许多平缓的山坡上出现了成片成片的高大林木。而"天堂峡谷"一带的林木最为茂盛，这在海拔近4000米的高原地区是较为罕见的。

那山谷长约四五千米，宽约几十至几百米，山谷中间及两边的山坡上长满了茂盛的青草及挺拔的松树和杉树。一条湍急的溪流从远处奔腾而来，给这宁静的山谷增添了几许闹意。细细欣赏，便可发觉这里的风景格调与藏区的其他地方很不相同，靠近溪流的河床边上，几乎全是嫩绿的草滩，草滩的边缘则围着一排排松柏，颇有新疆阿勒泰一带高山草原的韵味。站在路肩上往下看去，山谷中间的溪流像长蛇一般蜿蜒，水面泛动着银色的光芒，像一条铺在翠色大地上的哈达，飘向无尽的远方。

由于见惯了一路上太多的荒芜，猛地进入这满目苍翠的山谷，多少让人有些兴奋。"天堂峡谷"里还有另一个特点，那就是与海子山一样，坡上和挨近山脚的地方也是布满着乱石，只是个头比海子山的要小，而山坡上的有好些已变成片状的大砾石，而那些高矮不一的树就是从乱石中生长出来的，可见这些植物生命力之顽强。我们分析，"天堂峡谷"的地质特征应与海子山相似，也属古冰帽遗址区域，只是因为这里的海拔高度比海子山略低，谷中的暖湿气流能够形成，再及有雪山的融水下来，为植被创造了较好的生长条件。

天堂峡谷

这一路上，只要条件允许，我们都会半途停下来欣赏风景，但驻足的时间都不会太长。而在"天堂峡谷"里，谁都没有吝惜时间，大家走到溪边拍照、赏景、蹚水、采花，每个人都开心得不得了。两位女士则大发感慨：不走啦！不走啦！在这儿住下算了！在小李的再三催促下，大家才恋恋不舍地上了车。

从"天堂峡谷"的豁口处拐下，前面的地形渐趋平缓，周遭溪流淙淙，野花摇曳，微风拂面，飞鸟鸣翠，让人好不惬意。突然，一座依崖而建的寺庙赫然展现在我们面前。原来，这是有着900多年历史的蚌普寺。

后我在查阅蚌普寺的相关资料时，意外见到一段介绍蚌普寺的创建人噶玛巴·都松钦巴对这个山谷的评述，其大意是：我走遍康区，这里是最美丽的地方！古今之人，虽相距千年，但对美的认知仍是那么的一致！如此想来，我们将这个地方称为"天堂峡谷"应该还是很贴切的。

下午12点左右，我们抵达了稻城金珠镇（县府所在地）。稻城并不产稻，但为何这么叫，我一直未弄明白，或许，这是藏语的译音？稻城处青藏高原东南部，横断山脉东侧，面积达7300余平方公里。因属高原季风气候，一年中有三个月是雨季，再及冬季的高山地区十分寒冷，时可积起厚雪，水源相对丰沛，故形成了独特的自然生态环境。所以，

稻城这个地方确如其好听的名称一样，城里城外，处处能让人感受到一种盎然的生机。

稻城县的人口藏族占了绝大多数，还有少量的汉、纳西、回、彝等民族。城区不大，但很整洁。我们入住的是稻城国际青年旅舍，之所以一路上尽量选择青年旅舍，主要是因其价格相对便宜，虽配套设施差些，但住着较为随性自在，而且干净。我们入住的这家青年旅舍坐落在德西路，老板是一对来自成都的年轻夫妇，这座藏式民居院落是他们向当地人租用的。

安顿完毕，大家立即上街美美地享用了一顿实惠且正宗的川菜。吃罢饭，才1点左右，下午干什么去呢？去亚丁景区要待明天早上才能出发。自出来以后，每天的时间总是紧巴巴的，这还是我们第一次拥有这么充裕的闲暇时光。客栈的老板娘建议我们下午可去后面的林子里采蘑菇，她说那个林子很大，前些日子刚下过雨，应该是有蘑菇的。我们一听都说这主意好，便立刻向老板娘借了个篮子兴冲冲地向林子走去。

野蘑菇一直留给我很美好的记忆，因为这与自己青春岁月的经历相关。在内蒙古支边时，我的连队驻地北面的渠道上有长长的杨树林。夏末初秋，每当雨后，我们都会去那个林子里去采蘑菇，采回来后再买个猪肉罐头炖在一起。那时，物质生活极端贫困，常常是一两个月不见肉腥，每天吃的都是清汤寡水的白菜土豆加倭瓜，肚里没一点油水，能有这等美味，

采完磨菇，小唐、小张与四位藏族姑娘合影

犹如尝到了天堂里的盛宴，那味道让我至今也忘不了。我把这段往事讲给那三位听，他们似乎也都被我勾起了馋虫。

蘑菇还未采来，我已打起了如意算盘：晚上好好炖上一锅野菇炖肉，犒劳一下自己。但结果却是有点悲催。我们在偌大个林子里转悠了一个多小时，只找到了三四个干瘪的蘑菇，失望至极，只好打道回府。我们刚走出林子，迎面碰上了三位当地的藏族姑娘，她们都是回家度暑假的在读大学生，在仔细端详了篮中这几个可怜的蘑菇后，她们有些不屑地说：这蘑菇都有毒，不能吃。天哪！忙活了半天，采来的竟还是毒蘑菇，只好统统扔掉。扫兴！

从林子里回来，时间还早，许兄拉着张女士上街潇洒去了，我和唐女士则在客栈的休息区里聊天休息。这是一个闲适的下午，短暂的悠然很是让人放松。我随口说了句：现在要是能来杯咖啡就好了。老板娘闻罢便说，哎！这儿有咖啡豆，我给你们现磨，稍等会儿。少顷，两杯香喷喷的咖啡便端到了我们面前，我要付给她钱，可她却怎么也不肯收。好温馨的客栈呀！

这家旅舍共有三层，约可住二三十人，房间收拾得也十分干净。我问老板娘生意如何，她说尚可，只是一年中顶多只有一半时间可接待客人，因天一冷，大雪封山后便没游客了。到那时，他们就回成都住上几个月。我觉着这种生活模式也挺好，不一定要赚很多钱，却自由自在，又时时能与天南海北的背包客交往，领略一下这些人的仆仆风尘和各自的故事，感觉定然不错。

午后的阳光照在地板上，门边有好几只还在吃奶的小猫像绒球一样在地板上滚来滚去，那只母猫则反复地将跑远的小崽叼回窝里，看着可爱极了。

吃晚饭时，许兄告知我们说，下午他认识了一家藏民，晚上我们去走访一下怎样？我们都说好，因为大家此前都从未去过藏民家。于是，我们便凑了些随身带来的巧克力之类的糖果，作为小礼物送给他们。

在曲扎家里

我们要去的那户人家主人叫曲扎，是位跑运输的司机，人长得很壮实。藏民的居住条件现都不错，特别是县城里，经济状况稍好些的一般都建有两层以上的宽敞住宅。曲扎家也不例外，三层高的住宅（第一层一般用来关牲口、放杂物）加起来至少得有三百平方米。庭院也很大，里面还种着些花花草草，很有情调。

曲扎的妻子为我们沏了酥油茶，还端上自酿的酸奶和刚做的糌粑、菜包子等面点。只可惜我们才吃过晚饭，即便这食物再诱人也吃不下了。但是为了不拂主人的盛情，我们还是象征性地吃上一点。曲扎的母亲已年近八旬，是一位很容易让人产生亲近感的老者，因为不会说汉语，她只能用手势与我们打着招呼。她坐在最里端，笑眯眯地看着我们，在柔和的灯光映照下，神态显得十分和蔼慈祥。这不由地让我想到了自己已经去世的母亲，当了一辈子乡村教师的她，每天总是被众多的孩子围绕着，在孩子们面前，母亲的眼神也是这样的柔和、亲切。

大家正聊着，进来了一个藏族小孩，他手里拎了满满一篮刚采摘来的松茸。我猜曲扎大概在从事松茸收购，因当地有藏民专门从事这类生意的，主要是转售和出口。豪爽的曲扎竟要将这一篮松茸送给我们，说让我们拿到旅舍去煮着吃。这当然不行，我们知道松茸是很珍贵的野生菌类，好的松茸在当时要卖到三四百元一斤，藏民们一般都舍不得自己吃，仅是用来换钱。见我们实在不肯收，曲扎便又从里屋拿来几本《稻城亚丁画册》送给我们。这画册价格也不菲，见曲扎非常执意和诚恳，我们便只好收下。

曲扎一家人的热情，让我们对藏民有了初步的了解和认识。后来，随着自己在藏区待的时间长了，才渐渐知道，其实藏民多是极其淳朴的，待外人非常友善，只是那时的我们还不太懂得他们。

亚丁——真正的香巴拉

早上八点，我们启程前往亚丁。当我现在动笔写这篇游记时，自然想先啰嗦一句：如果你是喜欢旅游的，那么，亚丁是一定要去的。为何？因为我觉得亚丁是一个最具有香巴拉元素的地方。从稻城至亚丁约需行驶三小时，在快抵达亚丁时，我们先是进入了香格里拉乡。看到香格里拉乡的路牌时，我们有点糊涂了：这里的香格里拉与云南的香格里拉是何种关系？究竟哪个才是"原版"的香格里拉呢？这个问题在整个旅途结束后才彻底弄明白。

云南的香格里拉县即是原来的中甸县，于 2001 年经国务院批准改为香格里拉县。其实，之所以改名为香格里拉，显然是受了《消失的地平线》这本小说宣传效应的影响。紧接着，四川也将稻城县的日瓦乡改称为香格里拉乡，这显然都有点抢注的意味了。但是，不管是云南还是四川的藏区，类似《消失的地平线》那样的世外桃源又何止这两处？我甚至觉得，整个川、滇、藏高原其实就是一个美丽的大香格里拉！

如果站在更高的层次上去看待这个问题，香格里拉不能被认为是特

一　初闯川、滇、藏

35

定的某一个地方，它只是一个抽象的概念和想象而已。所以，但凡与这一概念和想象相近的地方，都应是人们心目中的香格里拉，去过分地细究其所谓的对应，则显得过于机械和呆板了。

如今，外面的车子已不能进入亚丁景区了，所有游客都须换乘景区的中巴车才能进去，因为据说前些年外地车在景区的盘山路上出了好几起恶性交通事故，为安全起见，便采取了现在这个做法。上路后，我们发觉进山的路段有几处都是急转弯，而路的外侧就是悬崖，外地司机在此开车的确有一定的安全隐患。

亚丁的最精致之处在于雪山和高原草场。雪山就是央迈勇、仙乃日、夏诺多吉三座神山；草场就是洛绒草场。亚丁绝对是一个称得上仙境的地方，因为这里的景色除了山水的绮丽形态之外，还散发着一种神秘的气息。如果你阅读过《消失的地平线》这本书，那么，这种气息就会来得更浓烈。倘若能在此处多待上一段时间，这种发自心灵深处的感知或许会越发明显。但是，晚上我们还得赶回稻城去，故此行只能是浮光掠影、走马观花了。

从景区起点到雪山下的洛绒草场，可选择乘观光车和步行两种方法。乘观光车虽然快捷，但从观景的角度看肯定没有步行来得过瘾和尽兴。再

亚丁风光

说，我们浏览的时间本来就短，如此匆匆而过，岂不可惜？！于是，我们都毫不犹豫地选择了步行。当然，选择步行的前提是必须克服高原

反应，否则，在近4000米的海拔高度上长时间疾行是不容易的一件事。好在我和许兄的身体一直很过硬，两位女士也渐渐地适应了高原的环境，故大家还是有些底气的。至于那段路全程究竟有多少距

央迈勇

离，我至今也未弄清楚，只记得那天我们来回用了近6个小时。粗略算来，单程距离十几公里总是有的吧。

由于一路上要拍照，所以，为了不耽误赶路，我总是走得很快。好在这一路的景色格外引人入胜，疲劳也早已浑然不觉。走在崎岖的羊肠小道上，抬头望去，高耸云端的雪山时隐时现。当云雾骤然散去之时，遁形的雪峰会很突兀地屹立在你眼前，雄伟的气势会让人惊诧得透不过气来。尤其是央迈勇山，其险峻恐再也无山可比。整座山简直就是一块几近九十度直角的千仞巨石，巨石下方的折皱处积存着厚厚的冰雪。难怪奥地利植物学家洛克先生曾说，央迈勇是他见过的世界上最美的山峰。我完全认同这个说法。当然，如此的险势，迄今为止，也应无人登上过这峥嵘的央迈勇吧。因为，攀爬这样的山峰几乎是不可能的！即便上得去，恐怕也下不来。

那天，留给我们的时间实在太少，以致我们来不及进入到洛绒草场深处，故除了央迈勇有幸一睹外，夏诺多吉也只是在时散时聚的云雾中好似惊鸿一瞥。仙乃日则因纵向山形的遮挡，未能窥得，不知以后可再有机会谋面？不过，想来应该知足了，因为正值雨季，这里水汽甚重，常常云裹雾罩，而我们初来乍到便见着了最美的央迈勇，已算是运气不错了。

　　亚丁之美，当然是不止那三座神山，其与山脚下的草场、溪流、森林的有机组合，才是更艳丽的画卷。由于八月份是草木最盛的季节，四处绿色如云，清澈的溪流从草甸中蜿蜒穿过。蓝天之下，淡淡的云雾如薄絮轻丝，忽降忽升，让人恍若身在仙境。据当地人讲，此时这里还不是最美的季节，到了春天会更漂亮，那时节，野杜鹃盛开，团团簇簇，漫山红翡。

　　当我们四人走完全程从山上折返时，已是傍晚六点多了。这一整天我们只凭着随身携带的两瓶水和少许干粮，居然在高原上走了几十里的山路，虽极度疲劳却也未出现任何明显的不适，这不禁让我们自己也感到有点吃惊。晚上在稻城就餐时，我们点了从未尝过的青稞酒，大家高举酒杯，为自己喝彩。

壮美马熊沟

　　翌日的目的地本是甘孜州的德荣县，倒不是德荣有何特别的景致，而是因为按路况和里程测算，只能到达德荣。但据了解，德荣这地方条件较差且住宿也贵，于是，我们便临时将当日的目的地改为云南的中甸。因额外增加了行程，故出发的时间也提前了一个小时。那天的旅途中，最令人兴奋的，是意外地见到了一处绝美之地——马熊沟。说其意外，是因为我们从未听人说起过这个地方，事先在网上做功课时也未曾见到关于此处的资料。

　　马熊沟，是一个巨大峡谷，甫至此，即会被峻朗的山势深深吸引。马熊沟属四川乡城县境内，具体位置在桑堆至乡城的 217 省道上。其虽名不见经传，但风景绝不亚于任何重量级的名胜之地。马熊沟的景致特点如果用两个字来形容的话，那就是"险"与"秀"。说其险，主要是整个马熊沟是典型的峡谷地貌，构成峡谷的山体不但高，而且壁陡如切，奇峰雄立，而这一段的217省道就盘旋于万仞危崖之间。

马熊沟旁的村落

山上气候变化多端，忽晴忽雾。有时，车刚转入一个弯道，厚厚的浓雾就会迎面扑来，似一堵墙挡在前方，湿冷的水汽将我们的头发都沾得湿漉漉的。在这样的气候中行车，不免让人感到心里发虚。那天，几乎所有的驾驶员都没了往日的自信，显然谨慎了很多，不但全都打开大灯，且还不停地鸣着喇叭，以提醒对面来车。山道本来就窄，而路沿的咫尺之外就是见不到底的深渊，稍有不慎便会粉身碎骨。

我们坐在车上，峡谷里飞渡的乱云不断地从身旁擦过，感觉如同在空中飞翔一般。开着窗子，湿漉漉的雾气会不断地涌入，才不一会儿工夫，头发和外衣上就凝结了一层密密的水珠。由于视线严重受限，好几次，相向而行的车子在拐弯处猛然相遇，差点迎头相撞，伴随着极度刺耳的刹车片的摩擦声，双方车辆戛然而止。好在车速都不快，不然，大家都得坠下山崖。在这种地方开车，小命全攥在自己手里，容不得丝毫的粗心大意。我们的驾驶员小李从前在福建当汽车兵时开惯了山路，技术还是不错的，面对不断出现的险情，总是处变不惊，应对自如。看着他这般沉稳的样子，我们也放心了不少。

马熊沟之"秀"，首先是体现在这奇特的地理环境上。在有人居住的山谷，山体似三级巨大的台阶：谷底是奔腾不息的河流；山腰是突出的

呈十几度的缓坡，坡上长满了翠绿的庄稼和牧草；山腰至接近山顶处是浓密的森林，山的顶端则是高耸入云的山崖。而在更多无人居住的地段，从河岸至山顶，坡度甚陡，但高大的冷杉、云松等却在裸露的岩石缝隙间昂然挺立，气势卓然。行进在山道上，有时刚拐过一个弯，雾气突然散开，仰望天际，风推云移，湛蓝一片；俯瞰山谷，危岩嵯峨，满目苍翠。谷底的河流从簇簇绿色中匆匆掠过，鸟儿在长满青苔的树干上欢快地跳跃鸣唱着，看着这般景色，心灵也变得格外纯净安宁！

在藏区，许多地方远离人烟，因此在植被、地理风貌等方面均保持着极好的原始状态。而像马熊沟这类名气不大，却天成大美的地方，无疑是值得人们去陶醉、去遐想的。这也从另一个角度说明，好风景不见得都是上书上册的，不经意间的遇见或许才是最令人惊艳的，在藏地更是如此。当然，因路途僻远，交通不便，游历这样的地方是颇费周折的，必须做缜密的计划和准备，且也很耗时间。除此之外，还要具备一副好身板和坚定的自虐式的意志，不然，一切都无从谈起。后来听说，经驴友们的宣传和推荐，马熊沟现也渐渐有了些名气，不少人在游玩亚丁后，也会将马熊沟列入必去之地。看来，酒香还真不怕巷子深呢！

对于马熊沟，我常常在想，或许，我还会有经过此地的机会，但想以充裕的时间作保障，真正地融入其中，看来是很难的。因为，这样的风景极不适宜作粗枝大叶式的旅行，要静下心来，像旧友相聚一般，从容闲逸，安然踱步。然而，我能有这么奢侈的时间吗？但这个念头我一直没打消过。

顺着山道盘旋而下，海拔又渐渐回落。山谷间散落着几座村庄，被薄云轻覆的绿野中，错落有致地点缀着幢幢白色的藏民居，大家又不禁大呼小叫起来：太漂亮啦！这里也应该叫"天堂峡谷"呀！

中甸——那个叫香格里拉的地方

下午两点半左右，我们进入了云南境内，路况也骤然变差，虽不似雅江段那般泥泞，但尽是坑坑洼洼的"麻子路"。考虑到今抵达中甸的时间恐怕会晚，担心找不着住处，因此，我们在路上便开始与那里的青年旅舍预约房间。但电话接通了，对方却不愿接受我们的预订，说是他们常常被人爽约。我们好说歹说，甚至庄重地搬出人格来担保，对方这才勉强答应给我们预留三个房间。

待到达中甸，已是傍晚六点来钟了。急忙赶至青年旅舍，却不料旅舍的老板毫无愧意地告知我们说，原订下的三个房间现只剩两间了，还有一间被他临时订出去了。我一脸正经地责怪他不讲信用，他却只是一脸笑意地摊摊双手：没办法啦！人家也是困难嘛！互相理解一下哟！得，懒得再与他理论了。既到了这一步，两间就两间吧。忙去查看房子，心想能不能加个铺，如可以的话，我们三位男士就挤一挤算了。但过去一瞧，那房间小得连多插只脚都困难。无奈，我们只好将房间退掉，另觅他处了。

没想到的是，坏事居然变成了好事。转了一圈后，我们才发现，中甸适合下榻的客栈多得是，且好些旅馆的住宿费比青年旅舍还要便宜些，条件也比青年旅舍好。这使我想起稻城青年旅舍老板曾跟我说过的关于当下青旅行业的某种变异：由于行业管理不到位，现在国内好些青年旅舍的经营理念正在发生偏差，徒剩一块招牌，已逐渐失去了其原有的特质，价高而质次。我觉得他这话说的很在理。最终，我们选了一家叫"独克宗楚杰"的客栈住下。这家客栈不但价格适中，且房间内设施齐全，整理得也干净。

　　客栈的李老板是位看似闲逸的人，说话不紧不慢，待客也很热忱，且经营理念不错。他说，要让客人感觉这儿像家一样。由于是老房子改建的，客栈的格局很合理，感觉有点像老北京的四合院，但古朴中又透着些现代。那天晚饭后，我与许兄坐在庭院里聊天。李老板见状便过来给我们沏了壶茶，也一同坐了下来。他说他早年去过浙江，对那儿印象甚好，尤其是那些古镇，小桥流水人家，很棒。

　　这是个顶上覆盖着钢化玻璃的半露天庭院，院里还摆着些漂亮的盆栽。天色渐暗，街灯折射过来的光线斜斜地投到我们头顶上，给温馨的环境增添了些许浪漫。我们慵懒地靠在小藤椅上，慢慢地品着茶，好不惬意。

　　喝罢茶，我们便去老城区闲逛。中甸，即人们常叫的"香格里拉"，虽也涂抹了些脂粉，但还是有些独特风韵的。这个县城位于川、滇、藏交界之处，一直以来，中甸就是藏汉等民族经济、文化交流的通道，故此地在建筑风貌、生活习惯等方面都显露着明显的民族交融的符号。县城的整体格调有点像丽江，但没丽江那么喧闹嘈杂，且也稍少了些庸俗的商业味。

香格里拉纳帕海一角

老城区街巷里的建筑式样也基本体现了当地的民居特点，既粗犷又细腻，除了房顶用瓦，房屋的其他立面几乎全为木材，色调也以木料的原色为主。虽然看得出这些"旧屋"多为新修新建之物，某些地方也显露着明显的人工凿痕，但至少还凿得较为得体，有点"修旧如旧"的味道。小街的路面全由石板和石块筑成，按照茶马古道的线路来看，从前，这里无疑是马帮的必经之处。可以想见，从古至今，这座小城都不曾冷清过，这里的每一块石板都叠印着历史的沧桑与故事。若让时光倒流百载，这狭长的小巷里定然时时会有远道而来的马帮走过，赶帮人的吆喝和清亮的马蹄声久久地回响着，传得很远，很远。

街很窄，两边全是大大小小的商铺，店面的装饰风格和色调较为古朴简约，内置的商品也以体现当地民族特色的工艺品和土特产为主，即便不买，沿着铺子逐户观赏，也是挺有看头的。待夜色完全降临时，垂挂于店外的串串红灯笼便相继亮起，给老城的街道平添了些许旧时的情调。

不过，作为荣膺"香格里拉"盛名的地方，从文化层面看，我觉得中甸依然没有找准自己的最佳定位，略显粗糙和功利。我认为，从川、滇一路过来，稻城、亚丁及至中甸周边一带的广袤区域，其风景和人文都具有香格里拉的神韵。当然，若再将之延伸至西藏林芝一带，给人的感觉更是如此。所以，仅仅将中甸这一小部分定之为香格里拉，显得有点舍本逐末的味道，不免有些遗憾。

本来，香格里拉就是一个美丽的传说和想象，其范围和具体的位置在人们的心目中从来就没有明晰过，而这种模糊本身就是一种无界之美。如今，这"无界"却人为地缩之为"有界"，这是很不应该的。然而更让我感到可惜的是，以中甸一隅之地是根本承载不了香格里拉的全部重量的，这儿即便感觉比其他地方多了些异域情调，但与"人间仙境""世外

桃源"的境界仍有极大的差距，以至于人们，尤其是国外游客来过此地后，都会觉得迷茫，他们自然会问：难道这就是心仪已久的香格里拉？香格里拉就是这里吗？！

因此，我一直以为，旅游文化，不管是软件或是硬件的营造，都必须摆脱画地为牢的短视和观念上的狭隘，目光要尽量放得远一些，视界要放得大一些，切勿因一地一时之利而放弃应有的大格局。

倘若今天的我们不将香格里拉这顶桂冠戴在中甸的头上，而让其继续永远成为神秘的传说，那么，一万个人的心中就会有一万个香格里拉。她没有准确的界限，没有具体的经纬，让人们在川、滇、藏秀丽的山水中去寻找各自的答案，而每一个答案又都是美好和动人的感受。如是这样，旅游业的软实力和地域文化的内涵便会大大地延伸和拓展。

同理，如今的我，走遍川、滇、藏后，再也不会认为某一个地方是最美的，而只会认为，这里很美，那里也同样很美，只是美得各有差异、各有精彩而已。以如此的眼光去审视所见的风景，那么，所有这些地方便都是我心目中的香格里拉。反过来，如果有人相问，哪里是香格里拉？而你则一本正经地告与说，香格里拉在中甸，那么，这就是一种笨拙而无益的切割和自我围圈了，让人徒增惘然。所以，传说与现实之间是不能得出非此即彼的答案的，如果非要固执地寻求所谓的准确答案，那只能说明我们是多么的浅薄与可笑。

云中的梅里

一早醒来，天已下起了不大不小的雨，这一下子把我们原先的计划给打乱了。本来今天打算要去中甸周边的普达措和纳帕海景区的，但大家觉得烟雨迷蒙的天气会使观景的效果大打折扣，便取消了。后来才知，霏霏细雨之中，上述两个景点其实更有着一番美感，只是我们当时并不知晓。经商议，大家决定直接去飞来寺，看梅里雪山！

梅里雪山一直是我梦中的念想。但当地人说，现在是雨季，能否一睹梅里的芳容，全看运气了。但再细一打听，近日因雨水不断，中甸至德钦的214国道有好几处塌方，今日如雨再不停歇，恐怕会封路。一时得不到准确的讯息，犹豫间，我们突然想了个办法：去车站看一下公交车的发车情况，如班车能正常发出，说明路是通的。我们迅即赶到位于古城中心的车站，得到的讯息是，去德钦的班车仍在照发。于是，我们旋即上路。

中甸距离德钦约200公里。虽然路是通的，但好些地方因塌方还在整修，再加上雨后泥泞，车开开停停，平均时速还不到30公里。从奔子栏镇过去没多久，车便驶向了白马雪山的盘山路。白马雪山属横断山脉，因海拔5000多米的主峰常年积雪，远眺如奔驰的白色群马，故名白马雪山。白马雪山的垭口高度约4300米，因落差较大，道路狭窄，车在山上竟绕行了近两个小时左右。当然，路上风景的精华之处也是在这一段。

因近段时间雨水多，再及冰雪消融，故常可看到山涧流水潺潺，断崖飞瀑垂泻；近处的山上，可见到一棵棵挺拔的松树上挂着长髯似的松萝，山风吹来轻轻摇晃；路边的坡坎上，开着许多不知名的野花，彩蝶飞舞，野蜂低吟，远近宏微相映成趣，处处皆似泼墨工笔。白马雪山现也在开凿隧道，这一带的施工条件似乎比高尔寺山那儿还要艰苦，我们看到许多工人就住在山野里用木板或玻璃钢瓦楞板搭建的简易工棚里，滇西北晚上的气温可比四川那儿冷呀。看着这些浑身沾满泥浆的工人，我们心里真的非常感动。而就在我们到达拉萨后没几天，从电视新闻中获悉，这座隧道发生了塌方事故，有8名工人被困，所幸后全部获救。

离开那儿赶到德钦的飞来寺时，已是下午五点多了。飞来寺是距德钦县城十来公里的小村，位于梅里雪山的正对面。此处既名之寺，定与庙宇相关，打听后方知，这里的地名果然是以寺名之，原有的名称反而不为外界所知了。作为寺庙的飞来寺名声并不大，地盘也很小，仅1000多平方米。那寺离我们的下榻处倒是不远，但如前往观之却也来不及，只好暂时放弃。不过，我在下榻处偶然见到一旅游活页册上写有飞来寺的内容，其中的山门楹联引起我极大的兴趣，其曰：古寺无灯凭月照，山门不锁寺云封。这词句，堪称绝妙！

这个小村因每年来此观看梅里雪山的游客日增而逐渐兴旺起来，说其是村，却又有点像镇，而说其像镇，却连一条街也没有，唯一的"街"就是一段百多米长的214国道，人们在那国道边和山坡上建了许多旅舍、商铺和饭店，使这段路具备了街道的某些功能。当地居民也很少，路上见到的尽是些外来游客。但村落虽小，却很安宁、整洁。如果喜欢摄影，随便找个位置稍高些的客栈住下即可，无需左挑右选。若天气够给面子，推开窗户，架起相机就能很方便地取景。

在一藏民开的"梅里旅店"安顿好后，我即拿着相机急匆匆地赶到观景平台去拍梅里的芳容。其时，已近黄昏，不多一会儿，霞光应会洒满山尖了，我满心欢喜地打着拍摄"日照梅里"的如意算盘。但是，天气却与自己开了个大大的玩笑，雨虽早已不下了，但天上却堆满了乌云，整座雪山全被浓雾裹得密不透风，看这架势，一时半会儿是不会散开去的。

为了不白白耗费时间，我们决定先去吃饭。这里的饭菜价格非常贵，至少比内地高出四五成，但想想物品的运输成本也很厉害，心里倒也释然些了。这家四川人开的小饭店与梅里雪山遥遥相望，我挑了个靠窗的位置，呆呆地遥望着云卷云舒的远方，心想，若是晴好天气，闲坐在这儿，一边喝着茶，一边静静地欣赏这窗外的雪山，那真是羡煞人的享受呀！

待吃完饭，雪山上的云雾似少了一些，山腰以下也有点露了出来，这让我大喜过望，以为自己的好运就要来了。我赶紧再次来到观景平台，手捧相机，双眼死死地盯着簇拥在梅里身上的云朵，心里念叨着：快点散开！快点散开！而这云似乎并不解人意，一会儿绽开几道缝隙，一会儿又慢慢闭合，一团云刚溜走，另一团又飞来，自己的心境也不停地在希望与失望的交替中跌宕起伏。

天色渐渐暗下，从梅里方向吹过来的风似乎夹带着冰川上的寒气，周遭竟变得越来越冷，吹在身上觉得有些受不住了，便只好返回旅店。回到房间里，我仍心有不甘，继续把相机架在窗沿上，期盼梅里能快点展露身姿。但是，山的那头，依然是重云累迭，暮色深掩。今天是肯定拍不成了。明天吧，希望明天天气会变好。

那晚，我特地选了张靠窗户的铺位，以便可随时观察天色的变化。如此一根筋地心系窗外，晚上定然是睡不踏实的。入眠没多一会儿就会醒来，如此反复多次，至凌晨四点多钟就再也睡不着了。为了避免吵醒同伴，我把闹钟关掉，然后蹑手蹑脚地穿好衣服，调好相机，傻坐在床沿上，静待天亮。此时，天虽很黑，但依稀可以见外面阴霾重重，似乎预兆着今天仍是一个糟糕的天气。直到东方渐渐露出些许光亮，我便端着相机走出了房间。

滇西北的清晨温度很低，一身秋装再套上冲锋衣仍觉得有点凉飕飕的。小村很安静，一只不知从哪儿冒出来的流浪小狗奋着脑袋莫名其妙地跟在我身后，很让人怜爱，它或许是饿了，也或许是太无聊了吧。待我走到观景平台时才发觉，已有不少早起者也站在那儿，几乎全是清一色的扛着"长枪短炮"的摄影爱好者。

老天爷的脸色看来依然不容乐观，云雾仍厚厚地遮挡在梅里雪山前

面，没有一点儿晨曦将破云而出的迹象。有些人可能已等待多时，冷得有些受不了，便哆哆嗦嗦地踱起碎步来。直至天色大亮，梅里依然躲在云中深藏不露，似乎正式向我们下了逐客令——不用等了，回去吧！

过了吃早饭的时辰，老天爷还是不给一点面子。我彻底死心了！看来，至少在相当一段时间里，一睹梅里芳容，只能是我的梦想了。后我问当地人，何时来看梅里雪山最好？他们说是四五月和十月中下旬最好，总之不要在雨季来。他们还说，看梅里去雨崩更好，但要徒步行走五六个小时。走路我倒不怕，但这季节即便去了雨崩也未必能见到梅里雪山的尊容呀。算了，以后再来吧，只有这样了。这被云层遮挡的梅里，让我更对其充满了莫名的向往，常常难以释怀。两年后，我再次独自前往梅里，终于遂愿。不过，这是后话了。

盐井风情

早上八点左右，我们依依不舍地离开了飞来寺。今天的目的地是西藏昌都地区的芒康县盐井纳西民族乡。当初我设计路线时之所以要选择这个地方，是因为朋友的推荐。他说这个地方不以风景著称，但其有着全世界独一无二的制盐业，很值得一看。若不是提前对行程作了安排，这个川、滇、藏交汇的小乡镇真的很不起眼。路过此地，你甚至不会有停下来多看一眼的念头。但是，当我们到了这个地方，并与之接触后，才发现盐井除了"盐"之外，其他的看点还有很多。总的感觉是，这是一个非常祥和、安宁和富有风情的地方。

其一是盐井的制盐工艺确很独特，让人印象深刻。盐井自古盛产盐卤，故制盐成了当地一大产业。制成的盐多销往甘孜州的巴塘、理塘以及

云南的德钦等地。乍一看，盐田形状很像南方农村晾晒着稻谷的篾席，片片相连。但走近一瞧，却发觉沿澜沧江岸边而建的竟全是

芒康纳西乡的盐井

以木柱作支撑，上面铺设着木板，再以黄泥等物敷设而成的三四十平方米大小的盐田。之所以如此，是由于江边净是陡坡，几无平地可用，只能人工铺设盐田。这些盐田层层叠叠、错落有致地排列于澜沧江边，总长约有一两千米左右，成为当地的一大景观。

我们行至盐田旁下车步行，正遇几位盐民在维修道路，便向他们请教这晒盐的工艺过程。经介绍，方知此处有盐矿，再加上地下水位高，故形成了数十口天然卤井，再用抽水泵将卤水抽汲至盐池，沉淀干净后倒入盐田，晒上数日便可成盐。其工艺和过程与我家乡晒制海盐相似，只不过一个是卤水，另一个则是海水，若说有区别的话，则只是盐田的大小不同而已。

据盐民告知，盐井产的盐分红白两种，江东岸产白盐，江西岸则产红盐（又称桃花盐），此乃卤水颜色不同所致。那日，我们是在江东岸看的盐田，西岸盐田因过江后尚需行走一段路，便没过去。但隔江望去，对面盐田的排列阵势与东岸无异。

此地产盐的过程极为辛苦，劳动强度要大于海盐的晒制。因为盐田与盐池还有一段高差，在从前，都需由人力将卤水背上去，现条件稍好些

了，逐渐由水泵替代。由于风俗使然，晒盐、背卤这种重体力活多由妇女完成，而男人们除了在盐田维护方面出些力外，主要负责盐巴的销售，这也是个辛苦活，需赶着驮盐的骡马到方圆百里之外去走乡串村地吆喝卖钱（多是以盐换粮）。

那天，我们碰巧见到江对岸的山梁上一支回村的骡马队正顺坡而下。远远的，清脆的马铃声就传了过来，那些归家的男人们一边兴奋地哼着唱腔独特的小调，一边"啪！啪！"地甩着马鞭，这场景让我想到了从前的茶马古道。亘古不变的土地上，一代代生来死去的男女们反复地演绎着单调而辛劳的故事，直至今日。

其二是名声在外的"加加面"。"加加面"是盐井的一种传统面食，说得简单点就是一种卤汤面。面条本身与其他地方的面条无何不同，区别在于这卤汤与吃法。面条味道的好坏全在于卤汤的质量。卤汤是用当地特有的"琵琶肉"做成的，所谓"琵琶肉"，就是当地的一种腌肉，有些像浙江的金华火腿，晾干后形似琵琶，故此名之。用"琵琶肉"炖成汤汁再加葱蒜等调料后浇于面上即可吃。当然，吃"加加面"不像在内地，盛上一大碗就呼噜噜地一次性解决战斗，而是一次只添上铺碗底的少量面条，尔后，服务员就一直在旁边站立着，待碗里的面刚吃光便立刻上来为你添加。我们笑道，为什么要如此大费周章呀，一次将面盛满岂不更好？你们也可少费些工夫。老板娘未能说出个子丑寅卯来，只是说这种面一直是这么个吃法。

或许是我们吃的那家面店还不够正宗，觉得味道虽不难吃却也不是特别的鲜美，我才加了四五次便不想再添了，另几位吃的更少。老板娘笑话我们战斗力太差，说人家一般都要添加十几次呢。呵呵！看来我们吃惯鱼虾的海岛人还真是享不了这口福。但不管怎样，"加加面"作为一种地方上的特色食品，初来此处应尝一尝的。再说，这种吃法还是蛮有意思的，至于好吃与否，那还要看各自的口味喜好了。

其三是这里的人们有着难得的热忱。见时间有余，我们跨过索桥来到澜沧江西岸的加达村。加达村坐落在江边的高坡上，坡下则是一片平畴，上面密密地种着青稞、玉米等作物，在阳光下，泛闪着墨绿的色泽。村子里岔道多，七拐八拐，再加上拍照时的各自停滞，不一会儿，我们四人都走散了，许兄与小张不知钻往了哪里。于是，我与小唐便顺着村道随意而行。忽见一学校，便拐了进去。学校很小，只有五六间教室，院墙下格桑花开得正好，有十来个村里的男孩在小操场里打篮球。因已放假，住校的教师也都走了，房门紧锁。透过窗户看进去，里面零乱地放着锅碗瓢盆等物，这些定是教师们平时做饭用的家什。显然，在这地方教书很艰苦。

在门口遇见一藏族大男孩，与之聊天，知其叫宜希，正在外地读高二。他说，由于就读的学校离家太远，他一年只能在暑假回来一趟。我们鼓励他好好读书，争取来年考上大学，他表示自己也是这么想，说但愿明年能考上。离开宜希，我想，这些孩子真是不容易，在村里读完小学，就要早早地离开父母到外面独自打理生活了。

在返回的路上，才与许兄他们相遇，这时，许兄手中两个锅盖大小的青稞饼，而且还是热乎的。我问这饼何来？许兄说是一藏族少妇刚送给他的。还说，那位少妇非常热

澜沧江畔的加达村

情，沏茶倒水，当即揉面烙饼子，这两只饼是她专门送给我们路上吃的。许兄一边说着，一边还高高地举起这两只硕大的饼子，显得好不得意。

我们听着听着，心里似被某什么东西给感动了。这里的人真是很淳朴，那种淳朴完全是发自内心的，不带着一丝一毫的功利意图，而这是当今许多都市里的人们所不具有的。

在返回乡里的路上，我们边走边拿这事说笑着，大赞许兄真是人缘好，说得许兄一个劲地嘿嘿傻笑。

正热闹着，忽见许兄脸上涌起惊喜的笑容，攥着手中的丝巾突然朝江对岸拼命挥舞起来，原来是那位藏族少妇正趴在窗沿上远远地看着我们呢。我们也一起使劲地朝她挥起手来，以表示大家的谢意，她也向我们不停地招着手。我拿起相机想拍下这感人的画面，无奈隔着澜沧江，相距至少有两三百米，拍下的也只是模模糊糊的一个影儿。我们边走边挥手，如此持续了很长时间，直至彼此都看不见为止。那天的情景，至今想来心中依然会荡漾着一丝感动。

其四是这里有美酒。这一点只能是搬他人之言了，因为我们未曾亲口尝过此地的美酒。从西藏回来后，一次偶然在电视上看到一部专题片，片中专门介绍了盐井的葡萄酒，这才知道盐井还是产地道的法国波尔多葡萄酒的地方。只怪我们只在盐井仅住了一天，对当地状况了解甚少，以至错过美事。

米堆——冰川下的神秘园

下一站我们要去的地方是米堆冰川。米堆冰川属波密县，距县城扎木镇约八九十公里。米堆早先并不为人知，其名声的鹊起，得力于一位旅行摄影家的偶然发现。从盐井向西行驶约六七个小时，便可抵达米堆冰川的入口处。米堆村的位置很隐蔽，因其距公路还有七八公里远，且林木茂密，外界极难窥视。到了村口，方可远远地望见那发着幽蓝光泽的冰川。其时，山上虽浓云低垂，但仅遮住了顶峰，顶峰以下的冰川的主体都能观赏到。看来，我们的运气还算不错。

米堆村很小，仅有三四十户人家，全部是藏民。民居皆用原木构建，式样有点像东北的木克楞，但这儿的房子都是上下两层，一层放置杂物和圈养牲畜，二层住人，家家户户都有一偌大的用木栅栏围起来的院子。再说得准确些，米堆村就是一座藏在深山里的小寨子。高山环伺之下，四处是翠绿的植被，青稞和油菜花静静伫立在田陌之间，阳光散落于山坳里，把高高的树影投在绒毯般的草地上。斑斓的野花盛开在林间和溪边，成群的蜜蜂在无风的空气中轻快地飞舞着。待我在西藏走得多了，渐渐明白，在那片高原上，几乎每一个村庄都是亘古未变的世外桃源。而像米堆这类有高山、蓝天、雪峰、溪流、森林等景物陪衬的地方，就更是难以用笔端去描述的天成之美。面对这林林总总、风采各异的画面，会越发地感到，一切描述的词汇竟都是那么的苍白和无力。

为了能赶在太阳下山前饱览冰川的芳容，我们未待安顿好住宿就径直向冰川进发。从村里到观景处步行约需四五十分钟，不少人因为怕患高原反应而向藏民租用马匹上山。这么点路对我们而言当然算不了啥，再说，这里海拔仅4000米左右，故大家依然选择了徒步。

米堆冰川主峰的海拔高度6800米，观看冰川的地点在山下的一处小山包上，当地人在那儿围了些木栅栏，就权作观景平台了。当然，如果再往前走上两三公里左右，就可与冰川亲密接触了。但我们还是收住了脚步，因为在此可看到冰川的全貌，拍照也是最佳的位置。更重要的是，那冰川似乎已有着某种残缺，让人不敢与之挨得过近，我甚至觉着人类的体温好

像会将那冰给融化掉。

米堆冰川与海螺沟冰川类似，也属海洋性冰川，因印度洋吹来的西南季风往此带来大量的降水，故冰川形成了固定的补充方式，也使其雪线的海拔高度相对较低。米堆冰川确实很美，终年冰雪皑皑，银光闪耀。但是，这种美正在缓慢地消蚀，因为冰川及旁边山体的下端都已裸露出砾石和泥土，这显然是冰川退化的结果。

听当地人讲，从前冰川的位置还要低得多，现裸露着泥石的地方都曾覆盖着厚厚的冰雪。显然是这些年气候变暖的缘故，雪线越来越上移了。此时我做了个无奈的假设，如果这大片的裸露区域依然盖着冰雪的话，那么，米堆冰川的美艳恐要比现在强上不知多少倍。这横亘在白色冰雪和绿色植被间的赭红与深灰色的裸露区域，犹如美女脸上的一道伤疤，格外醒目而扎眼。真的不知道这究竟是缘于纯粹的自然因素，还是某种直接或间接的人为因素所致。但我想，无论如何，人为因素或多或少是存在的。至少，从宏观层面而言，温室效应本身就与人类的工业文明密切相关。

不过，后来我逐渐了解到，米堆还不是最可悲的，将其与后来我在卡诺拉冰川所见到的情形相比较，才发觉什么才是人类对大自然亲手做出来的真正的愚昧、轻狂之举！完整的美与有缺陷的美，从其表象而言，恐不会让人太过纠结，只是导致缺陷的缘由才让我们的心境难以平复。说米堆冰川已存的残缺是大自然的报复，并无何不当。从网上详细查询了有关米堆冰川的资料后方知，实际情形比我猜想得要严重得多，中国所有的冰川都在加速退化，而米堆冰川则要退化得更快些。1988 年 7 月 15 日，因气温过高，致米堆冰川的冰层底部融解，冰块大量崩塌，形成了泥石流，瞬间冲毁了这个美丽的山村，现米堆冰川周边仍可见到灾难留下的痕迹，眼前的米堆民居都是在那场灾难过后重新修建的。

面对大自然的惩戒，我们人类的确是无能为力的，但人类如果在维持自身生存的过程中，稍稍收敛一点，不至那么贪婪和放肆，或许眼下的

米堆冰川

情形还会好一些吧！不过，仅从唯美的角度看，尚可欣慰的是，米堆冰川尽管已有着不该有的残损，但它至少在目前依旧是很动人的。它的动人之处并不单单是冰川，而是其与山峦、森林、溪流、草滩及人文等多种元素的完美融合：在安详与静谧的氛围中，小山村好似超凡脱俗的清丽仙子，安然于这一隅之地。所以，我实在说不准，像我们这些远客涌至此地，对它会否也是一种冒犯与惊扰？

从冰川返回，天色将暗，我们赶紧寻找住处。其实在米堆村寻宿没有多少选择的余地，因为在这儿只有藏民开设的条件极为简陋的家庭旅舍。稍作比较后，我们选择了一家离停车场较近的旅舍。说是旅舍，其实就是藏民用自家腾出的房屋搭些木板床铺而已，内无任何可供洗漱、如厕的设施。

我们入住的这家户主叫久美，人看上去很憨厚，汉语不太流利，仅能作简单的交流。那天的晚饭是我们自己烧的，就两个菜，一个是土豆炖罐头肉，另一个是西红柿炒鸡蛋。做饭烧菜这类生活技能对我来说根本不在话下，在家时只要时间允许，也是由我来掌勺的。所以，此时此刻当回大厨也是当仁不让的事。久美家没有专门的厨房，做饭用的家当很简陋，净菜、洗菜、切菜都只能蹲在地上操作，非常不便，再加上在高原上本来就缺氧，久蹲之后更觉晕眩。

遥远的风
——天涯八万里

　　而更让我没想到的是，在这个地方做菜远非我原先想象的那么容易，一个最简单的西红柿炒鸡蛋竟会让我折腾了半天也没做成。因海拔高而缺氧，温度上不去，鸡蛋在锅里怎么炒都凝结不了，翻了好久仍然呈半流质状。末了，只好半生不熟地将就着吃了。经过这么一回折腾，才让我彻底弄明白，怪不得在藏民家及沿途的饭店里总是见到地上放着一堆大大小小的压力锅。看来，在高原上，离了压力锅还真吃不上饭呢。

　　那天做饭时，还差点给自己闯了个祸，因藏民家的炉灶台面全是厚厚的金属板，火烧起来后，那灶面的温度烫得能烙饼子。因走了一整天，也确实累了，加上长时间站着做菜，从前支边时落下的旧伤好像有点犯了，腰部酸胀得不行，我便习惯性地将左手摁向灶面，想支撑一下身体。就在手掌离灶面大概还有一二厘米之时，忽然感到一阵炽热，我猛地收住手定神一看，把自己吓了一大跳，那铁板竟透着幽幽的暗红。天哪，这要是摁下去，瞬时就可把我的手掌给烫废掉——这真是灶前惊魂啊！看来，初到一陌生环境，对身旁的一切应多加观察才是，否则，搞不好就会给自己造成意外伤害。至今想起这事，仍让我后怕不已。

　　那晚我们睡的是十几个人合住的大房间，条件虽差，但被褥等还算干净，比我预想的要好很多。唯一感觉不爽的就是因没有任何卫生设施，甚至连暖瓶也没有。好在自己从前支边时过惯了这种"原始"的生活，倒也觉着无所谓。洗脸用水是由塑料管子从冰川融化后形成的溪流中直接引下来的，冰冷瞬间入骨，能让人一个激灵跳起来。如厕则更惨，当地没有卫生间这概念，要方便只能在屋外的森林里随便找个地方给解决了。漆黑一片中，蹲在那儿真怕会有狗熊、野狼之类的凶兽跑来舔你的屁股！

　　第二天天刚蒙蒙亮，不知谁的手机突然呱呱大叫起来，把大伙都给吵醒了。无法再入睡，索性我就起来了，想到外面碰碰运气，看能不能拍上几张霞光下的冰川。让人失望的是，那日非但没有绚丽的朝霞，反而是雾霭浓重。但云雾裹绕下的米堆却也是风姿绰约。轻纱淡絮之中，山、树、阡陌、田野、林中的木屋和飞过的鸟儿，都若隐若现。或许是我起得太早，大山里的生灵们都还在安睡中。偶尔，偌大的林子深处才传过来几声鸟儿的啼鸣，只有不远处的小溪传来淙淙的流淌声，一切都静得让人难以置信。这真像是一座神秘园啊！面对此情此景，使人不禁产生几许"何似在人间"的感怀。

让我感到庆幸的是，在久美家还认识了丹增，此后我们成为了很好的朋友，至今保持着联系。丹增是云南迪庆州人，从事个体客运。此次他也是载客前往西藏，行走的路线也与我们一致。丹增为人纯朴热忱，他在这条线上已跑了好多年，对这一带情况也熟，且很乐于向我讲一些藏区的事和沿途的所见所闻，故彼此聊得很投机。于是，我们很快就热络起来。第二天，丹增比我们出发得早，临别时，丹增跟我说：陈哥，今天我要过通麦天险。那儿常因塌方而堵路，如果那儿走不了的话，我会打电话告诉你的，免得你们白跑。丹增果然很守信，一路上与我打了好几个电话，通报前面的路况信息，给我们带来不少方便。

惊心通麦

上路不久，淅淅沥沥地下起雨来。好在从米堆到波密这百把公里的路况还不错，故车速也上得去。这段路风景也是极佳，虽雨下个不停，拍不成理想的照片，但丝毫没有影响我们欣赏的兴致。这一带是典型的藏东南风貌，因温暖多雨，故夏秋两季水汽十分丰沛，终日或云雾缭绕，或细雨霏霏，各种植物从平原延伸至高山，长势都特别茂盛，参天大树漫山遍

野，其状好似万年亘古的森林。草滩湿地一望无垠，河流蜿蜒其间，似银色的飘带，在阴沉的天色下熠熠发光。

雨势渐大，如密集的玉珠随风击来，车窗被打得像乱鼓敲击一般，"噼噼啪啪"响成一片。右侧是刀劈一般的危崖，抬头望去，真担心有乱石被狂雨冲下，砸向我们。左侧便是翻腾的然乌河，那湍急的水势似充满超凡的活力，不知疲倦地在山涧里喧嚣着。远处，云雾似撕开的丝絮，轻轻地飘忽在山腰间。此番情景，让人恍若行走于神仙道之上。

中午时分，丹增打来电话，说通麦天险今天可以放行。于是，我们立即赶往。本以为，只要通麦能过去，接下来的路途应会很顺利，故打算当日抵达林芝的行署所在地八一镇，但没想到在通麦竟堵了五个小时的车。

此前，在刚出波密县城约十几公里的一段路上，我们也差点被阻隔。因连日下雨，那段路被山洪全部淹没，前面已有一辆轿车趴在湍急的洪水里动弹不得，车主急得手足无措。因不知整个漫水区的深浅，我们也不敢贸然前行。正犹豫间，后面有一辆大卡车开了过来。卡车车身高，闯过去当然不会有问题，这也正好为我们提供了一个了解水深的机会。大家死盯着卡车行驶时的吃水位置，以此估摸水的大致深度。待前面的卡车过去，

通麦天险

小李说：问题不大，我们越野车底盘高，也应该能过。怕随着时间的推移，水势还会继续上涨。于是，我们便赶紧沿着刚才卡车走的线路过"河"。车开得极慢，唯恐泛起的浪头打入进气管。还好，水面离进气管仅差几

厘米，总算顺利地蹚了过去。

通过漫水路段后没多久，就到了通麦大桥。这是一座简易的悬索桥，长不到300米，单向通行，桥面铺着厚厚的木板，车行至上面，能明显感觉到整个桥面都在晃动。此处原先建有一座永久性的钢筋水泥大桥，2000年的时候，被一场山体滑坡引起的泥石流彻底冲毁，此桥为后来重建，权作临时通行。

通麦天险的进、出两头都由武警的筑路部队把守和指挥，按时间段轮流单向放行，故车要上路须等待很长时间。待放行时，无数车辆首尾相接，浩浩荡荡，好不壮观。只是通道太过狭窄，车速如老龟爬坡一般，看着让人着急。通麦天险果然名不虚传。此时，即便前后无车，任你由缰地奔驰也是绝对不敢的。这是一条在帕隆藏布江边悬崖上开凿出来的十几公里的山道。山势险峻，崖壁坚硬，根本无法再拓宽，如今这四五米的宽度据说还是路修通之后再一点一点凿出来的，故短短的一段路谁都不敢开快，一般都要走上个一两个小时。

由于路窄，单向通行还稍好些，若是双向走的话，除非都是小车，否则，会车是绝无可能的。而且，路的沿江一侧没有任何遮挡，一旦车辆失控，就会直接坠入咆哮的雅砻江里了。此类事故已发生过多次，一旦车人坠落，面对咆哮的江水，根本无法施以援手。若是雨季，道路泥泞，车轮极易打滑，很难操控。当然，到了冬季则更险，冰雪一旦覆盖，没点胆量和水平的司机来此那纯粹是找死了。除了上述，通麦之险，就是塌方和滚石多。因路基和山体多呈土夹石，塌方是家常便饭。我们发现有好几处路段上面铺的是碎石渣土，而下面的整个路基竟然全是用原木叠起来。显然，这几处一定是地质状况太差，已无法再用土石堆砌的方法来修复路基了。

车队刚挪了还不到五分之一的距离，前面的车突然都停了下来。下

去一查看，原来是遇上了塌方，且连路基也全塌了。没办法，车上的人只好都下来。塌方的豁口很大，至少得填上个百十方土石。好在前方的护路队反应还蛮快，不一会儿就有多辆卡车拉着土石赶到了。为了早些赶路，我与许兄也主动拿起铁锹，加入到修路队伍之中。那些养路工人见竟有不相干的路人如此卖力地帮他们干活，自然高兴得很，向我们竖起大拇指。我们则是一脸的无所谓：没啥！没啥！反正闲着也是闲着嘛。看着人家挥汗如雨地干着，我们却在一边像无事人一样袖手旁观，真的很说不过去。再说，这个时候，帮助人家其实也是在帮自己。

折腾了约两个来小时，塌方路段终于修复。却不料，还没挪上几步，车队又停了下来。原来是对面来车了，且来的居然还是大货车。这下子把路给彻底堵死了。众人都有点忿忿然：前面这是怎么指挥的！我们还没过去，对面咋就把车放过来了？完了！我心想，这还真是个难题，要让我们这支车队过去，唯有这几辆大车往后退至原处。但这悬崖路顺着开都很危险，这长距离的倒车可怎么开？没想到的是，这帮跑川藏线的司机的本事可真是大得叫人难以置信，好几公里长的险路他们硬是像耍杂技一样给倒了出去。其间，虽常常是半个轮子露在悬崖边上，却总是有惊无险，庞大的车体在这些司机的手里要得像玩具一般顺溜，真是服了这帮人！

这么反反复复地一折腾，原定的目的地八一镇是到不了了。晚上只能住鲁朗了。但祸兮福之所倚，后来我们发现，鲁朗的滞留还是非常值得的。

鲁朗晨色

从通麦天险出来后，到达鲁朗已是傍晚了。那日因堵车，鲁朗这么个小镇，瞬间涌入了那么多人，住宿顿时紧张起来，一些比我们晚到的人只好在旅馆外面的空地上扎起了帐篷。待安顿好住宿，天色将暗。我们便立即出去找饭馆。早就知道鲁朗有一道名菜叫石锅鸡，那都是驴友们给宣传的，说是如何如何的好吃，甚至说，不吃石锅鸡，白走318。故大家很想借此机会去搓上一顿，既解馋又消乏。

走到镇上，只见路边开着的居然全是石锅鸡店，也不知哪家才是正宗的。寻了几处，终于看准了一家进去。一问，开这石锅鸡店的全是四川人（这一点到现在也没搞懂，为什么没有藏族人开这店的），虽然相互沟通上是容易些，可这菜经他们的手烧出来，总觉得似乎少了点特色。后来我们才知道，这石锅鸡其实就是四川人捣鼓出来的"林芝名菜"。炖鸡是需要时间的，店老板让我们耐心地等会儿。怕我们着急，老板先端上一壶热茶给我们来打发时间。这是当地的一种土茶，虽没有我们浙江的绿茶那么可口，却有股淡淡的草香味，并不觉得难喝。约个把小时后，石锅鸡上来了。看了才知道，所谓石锅鸡，完全得名于炖鸡的工具，而烹饪的方法其实与我们内地差不多。那锅是用石头凿出来的，又厚又重。据说，做锅的石头还是从墨脱用人工背运过来的（因当时墨脱与西藏其他地方未完全通公路）。这种石头叫皂石，质地较软，且细腻，易于凿饰，但人工运输的成本很高。放在我们面前的这口石锅虽不是大号的，却是分量十足，至少得有十几斤重。像这样的锅，售价至少在六七百元以上。

石锅里炖的除了鸡之外，还另加有野蘑菇、党参、嫩姜、贝母、枸杞、红枣等辅料。因石锅本身能保留很长一段时间余热，放到桌上后，锅里的汤汁依然在不停地沸腾。一尝，味道确实不错，尤其这汤，鲜美得很。由于鸡都是本地放养的，肉质自然是不错。我想，即使不放那么多的佐料，这鸡怎么烧都不会难吃的。

那顿饭味虽甚好，却也不便宜，总共约花了二百多元。但细细算来，

也不能说很贵，这毕竟是当地的土鸡呀，肉质可不是内地那些饲养场里用掺着激素的饲料催大的速生鸡所能比的。吃饱喝足，即回旅舍早早歇息。镇子太小，无处发呆。

第二天早上，我们继续向八一镇进发。踏上国道，才往前行驶了几百米，便被道路两旁的景色惊呆了，实在没想到，鲁朗的晨色竟然美得叫人难以置信。太阳被厚厚的云层遮挡着，天际失去了应有的原色，远处的南迦巴瓦峰也远远地躲着我们。这又是一个小小的遗憾，本来，如南迦巴瓦峰能向我们展露的话，无疑又会是一幅"大景"。但是，此时的鲁朗却向我们展示了另一种美艳，那是一种恬静与优雅，秀丽与精致的糅合。与许多藏区里那种阳光普照的高原景象不同，这里所有的山峰都被茧丝般的晨雾一层层地缠绕着，翠绿的山腰里，林木丛丛；五彩的田野间，溪流淙淙。又见路边有一扎西岗民俗村，村头由一座小桥隔着，内景致甚佳。我们将车开入，出来一藏民，伸手示意：须缴十元，哦！算是门票吧。连停车带观景，不算贵！缴毕，一挥手，入内。

村里建了些供游客用的简易设施，可住宿、吃饭，且价钱比外面的旅舍还便宜些。于是，我们有些后悔了。许兄说：早知道的话，昨晚住到这里面来多好呀。作为一处带有综合性服务功能的旅游点，这个村子的规划很是朴素实用，既不显奢华也不显拙陋，与大自然融合得极其贴切，几乎没有刻意的人工凿痕，完全依托于既有的形态而建。

平缓的山坡上，浓密的绿草间夹杂着一株株高大的灌木。溪边的草滩上，一圈圈木栅栏围匝着，几匹马儿和牦牛安详地踱步其间。即将成熟的青稞像大块的油彩涂抹在田野上，一片金黄。零星散布着的民居，不时升腾起几缕炊烟，依依袅袅地飘向远处。开满野花的草地上散发着淡淡的清香，沁人心脾，偶有几只飞鸟掠过，静谧中似乎能感觉到空气的扰动。

面对此景，我想，若要评选中国最美乡村，那鲁朗也一定是当之无愧的。至今，我仍常常想起鲁朗的山水，也会做梦般地想象着什么时候能留足充裕的时间，再到那儿去美美地住上几天，尽情地享受一下这雪山白云、蓝天绿野间的自在与闲逸。悠然地徜徉于这轻风绿野之中，不徐不疾地在

晨雾中的鲁朗

光线最好的时候痛痛快快地拍些自己中意的照片，岂不美煞人也！虽然，在藏区，大美之景很多，但每个地方都有着自己特质，而鲁朗无疑是精致和细腻的。需要强调的是，鲁朗之美其实也并不仅仅局限于这么个小镇。从米堆至八一镇这一路上的山山水水，总是可见风格相似却又形态各异的风景，它们都是鲁朗的延伸和再现。看着这一切，同行的许兄也情不自禁道：我们什么时候再来一趟如何？花几天时间，或步行，或骑车。是的，只有从从容容地行走，在旅途中找到风景的同时也找到自己的内心，那才是境界最高、品质最佳的旅游。

匆匆巴松措

赶到林芝地区的行署所在地——八一镇，正是中午时分。八一镇是一座很年轻的城镇，20世纪50年代的时候这儿还仅仅是一个小村庄，部队进驻后，才使之逐渐形成了现在这样的规模，故名八一镇。八一镇最大的特色就是没有藏区的特色。其街道风格、建筑式样、居民穿戴，等等，与藏区其他地方迥然不同，给人感觉就像在内地差不多。

据说，这是由于林芝近些年发展较快，对口支援的力度越来越大，外来人口逐渐增多，故内地文化的影响也越加明显，使这个边远新城的现代色彩变得日益浓重起来。尽管其失却了藏区的某些特征，八一镇给人的感觉却还是很不错的。街道开阔、整洁，也不喧闹嘈杂，各类商业和公共服务设施也应有尽有。因尼洋河两岸地势十分平坦，所以，城市的谋篇布局完全摆脱了地理形态的束缚，合理的建设规划也得以充分施展，故沿河而建的城区显得较为宽敞。可以说，在西藏，除了拉萨、日喀则和昌都，八一镇应算是一个不错的县城。还有一点也不得不说，若从城市的整洁度而言，八一镇在藏区可谓首屈一指，我们在街上没虽未遇内地城市里常见的那种"跟踪式"打扫的保洁工，但马路上丝毫看不到脏、乱的现象，这多少让我们感到有点吃惊。

使我们对这个小城产生好感的另一个原因就是消费相对便宜。我们在镇里的一家个人开的"成都好又来"餐馆吃了顿中饭。那是一家很普通的路边餐馆，不大，但很干净。菜烧得味道很好，量也很足，大家敞开肚皮吃，一结账只有80元，平均摊下来每人也才16元左右。我们大感意外，便跟老板开玩笑说：我们一致同意将你的店评为"川藏线最佳餐馆"，可惜我们不能授牌给你，不过，今后如有朋友来，一定叫他们来你这儿吃饭。把那苗条的老板娘说得脸儿笑成了一朵花，一个劲地点头道：好的！好的！谢谢啦！

吃罢中饭，余下的时间就是主攻巴松措了。巴松措距离八一镇约四五十公里，且路况很好，全是很顺溜的柏油马路。出发没多久，迎面遇见一辆刚从巴松措返回的越野车，车上坐着一帮来自江苏的驴友，他们老远就探出身子向我们招手，问我们是不是去巴松措，一听是，便使劲地劝我们不要去："哎呀！不要去了，不要去了，100元一张票啊，一点意思都没有，上了老鼻子当啦。"

我们有点不太相信，心想，既已至此，总不能连看都不看调头就回吧。再说，是否觉得有意思，各人有各人

远瞰林芝

的鉴赏，岂能盲目认同他人的看法？出于礼貌，我们表示了十二分的谢意，但仍继续前行。待到得巴松措一看，方觉刚才那几位并非胡诌。巴松措是西藏东部最大的堰塞湖之一，湖面海拔 3469 米，湖不大，仅约 30 多平方公里。与在然乌湖遇到的状况差不多的是，我们选择了一个错误的或者说是不太合适的时节来到了此地。

巴松措水质清冽，色如碧玉，高山环伺，林木茂盛。按理，应该具备了构成山水美景的一切要素。但是，之所以美感不够，是因为巴松措的湖面过小而环绕的群山又太高，故看上去缺少一种空间上的纵深感，显得不够静穆幽远。不过，如果是初春或深秋来看景的话，应该会好得多吧，因那时山上会有较厚的积雪。而只有在雪山的衬托下，这湖泊可能才会显现另一番姿色。所以，选择雨季来巴松措的确是不太合适的。

景区内还有一狗尾续貂的败笔，更是煞了风景：巴松措有个湖心岛，大概是为了方便游客上去，当地管理部门竟然搭建了一座与环境极不协调的铁制栈桥，使景致的整体性被严重破坏。由于栈桥延伸至湖面的距离过长，又大大影响了视觉效果。因有栈桥横亘在湖上，以至想在岸上找个合适的拍摄位置都变得很困难。除了那栈桥，湖区内还有不少搭建的乱七八

糟的构筑物，更使巴松措缺少了应有的原始质朴的气息。显然，作为国家4A级景区，巴松措被人为地添加了许多不足，显得有些不伦不类。

令我感到哭笑不得的是，向来不甘寂寞的许兄，此时又搞了一出莫名其妙的插曲。或许是为了表示对一百元门票的强烈不满，也或许是他的特立独行的性子又发作了，竟然提出要下水游泳。这个湖是禁止游泳的，周围的警示牌上标得也很清楚，再及这雪山上融化下来的水温度很低，人下去游泳有一定危险。我当然反对，万一出点啥事可咋交代！但这老兄是王八吃秤砣——铁了心，非下去不可。

待静静的湖面上突然响起一阵扑通、扑通的打水声，游人们都被惊呆了。大家都围上去看热闹。这水中白条是何方神圣？一旁的景区管理人员被弄得瞠目结舌，遂大声呵斥，命令其立刻"返航"。大概是疯得差不多了，许兄这才有些心满意足地掉头游回到岸上。众人像围观稀有动物一样簇拥上去，几个小屁孩对许兄佩服得不得了，待他哆哆嗦嗦地爬上岸，如慰问英雄一般跑到跟前，关切地问这问那，就差没给他献花了。有一个小孩还很认真地问他在水中有没有碰到大鱼之类的问题，许兄站那儿，像落汤鸡似地抖着水，一边呵呵傻笑，一边向那帮小粉丝答非所问地哼哈哼哈敷衍。真让人无语啊！

巴松措

巴松措，平淡的风景和刚才许兄那一番无厘头的折腾，让我对这片山水很有些不以为然，甚至觉得在这个时间段来此游玩简直是浪费时间。但是，一年后，我在第二次去西藏旅游时，偶然与一驴友谈及巴松措，他的一番说辞让我在很大程度上改变了对这个湖泊原有的看法。原来，没有领略到巴松措之美，除了季节不太对之外，更主要是我们未走入其最精美之处。那就是处于巴松措上游位置的桑东牧场和一个叫新措的小湖泊。但到那里路途较远，还需走上两三个小时。那位驴友告诉我说，很多人都不知道那个地方，里面有雪山冰川和森林、草地、沼泽。还有，新措的湖水是从冰川上下来的，特别清冽。只要你去了，就会改变对巴松措的看法。

是吗？这么一说，真的让我产生了强烈的好奇心。看来，要对一个地方作出正确的结论，并非完全是以眼见为实呀！关键是要观察得全面，切不可一叶障目。对，下次如再去巴松措，我一定要进到那儿去看看。

离开巴松措，即赶往几十公里外的工布江达。工布江达离拉萨还有约270公里左右，因路况甚好，若赶得紧些当日到达应该没问题，但很有可能要走一段夜路。我们觉得没必要太赶，还是安全第一。于是，大家便商定在工布江达住上一晚。工布江达是一个十分悠闲的小县城，感觉甚好，人少，也安静。城虽不大，却还比较像样。街道不太宽敞，却看上去还是蛮整洁，街旁的小巷路面上居然还铺有小石板，有点江南小镇的韵味。由于这地方仍可受到印度洋暖湿气流的影响，降水较为丰沛，故城外的山峦显得郁郁葱葱，生机盎然。

吃过晚饭，我赶忙把已捂了好几天的脏衣服拿出来清洗，刚洗了一半，许兄便兴冲冲地跑来告诉我，说刚才在街上溜达时，给我认了一位正宗的同乡。我以为他又是吃多了撑得慌，来跟我闹着玩的，不料他却显得很认真，非要带我去"证实"。跑过去一看一聊，那位还真的是我同乡，而且还是一个县的，姓张，名灵江，在这里做烟酒批发生意已经多年了。在这偏远的地方能碰上老乡自是高兴得很，我们便在他的店里喝了会茶，

彼此留了电话号码，说定以后保持联系。他还建议，如以后有机会，可陪我一同去墨脱玩玩。他说，全西藏数墨脱最漂亮，只可惜现还没有全线通车，路极难走，去一趟很不容易，等过几年路修通了会方便些。他说的另一件事令我对墨脱感到十分惊讶和神奇，他说：墨脱这地方很温润，有点像热带地区，还盛产香蕉呢！经他这么一介绍，墨脱自然就成了我的心仪之处，只可惜至今还未去成。

拉萨，我的迷恋之城

去拉萨，是我们此行的一个重要内容，在我们的潜意识中，只有到了拉萨，才算是真正到了西藏。至今想来，我依然是这种感觉。对于拉萨的一切，很多旅者都有过详尽的描述，我再去添加言辞恐属多余。但我想说的是，一生中，拉萨是必须去的。因为，只有在那块土地上，能让你充分体验到宗教文化的原始与本真。

拉萨的确具有一种魔力和磁力，永远令人神往和回味。曾有人说过，拉萨像一本满是生僻字的书，身边要随时放着字典，去慢慢地读，慢慢地品。这话说得很在理。如今，尽管自己已两次去拉萨，但细算起来，总共也就待了十来天的时间，要想以这么短的时间去探知一座有着深厚历史积淀的古城，显然是不可能的。故直到现在，我对拉萨的所有认知都还是很肤浅的。因此，当外在的表象已具足够的吸引力后，想去尽可能地亲近和窥视其内涵就成了一种很强烈的、持续的愿望。自然，这种愿望也会是今后驱使我不断赴藏的原动力。

工布江达至拉萨的路况出乎意料的好，从318线上走到现在，才刚刚有了点行驶在内地高速路上的感觉。可能是怕你过于信马由缰，这一路都实行了限速，让你想快也快不了，故直至下午三点才赶到拉萨。

找好住处，第一件事就是去布达拉宫买票。几乎所有来拉萨的人，布达拉宫是一定要去的，这既是一种仪式，更是一种必须。我也觉着，即便是粗略一瞥，也算是还了自己多年的心愿。而之所以急着去买票，因为我们事先已了解到，在时下的旅游旺季，参观布达拉宫的票很紧张。

我与许兄二人赶到布达拉宫广场一打听，购票居然也是件很麻烦的事。不管是预购多少天以后的票，都须自己半夜三更来排队购买。而更闹心的消息是，即便你整夜不睡来排队，也不一定能买得到，说是这票全让"黄牛党"给操控了，而且，布达拉宫一天只出售两千张票。看来，没有充裕的时间，要想自己购票是不太可能的了。与许兄一商量，干脆就找"黄牛党"给代办吧，大不了出点钱。早就听说拉萨的"黄牛党"了，只是没想到这"党"竟这么有能耐，居然把办票的事给搞得有条有理。虽心有不甘，但也没法子。因为我们还须去其他地方旅行，不可能为了买票而整日在拉萨浪费时间。

到了售票处前，很快就找到了"黄牛"——一位四十多岁的四川妇女。一番讨价还价，敲定每张票在原价上另加五十元。后来才知道，所谓"黄牛党"的代购门票，并不是他们将票买好后直接交给我们，而是由其提前到售票处替我们排队占个位置，待排上队后，再打电话叫购票人带着身份证件前来顶替他的位置。接下来，你付钱，他走人，剩下的购票程序全由你自己去完成了。

给"黄牛"付完定金，留下手机号码，这件事算是基本办妥了。接着，我们便又开始张罗起购买返程火车票的事。此时正值学生假期，票更为紧张。这事如不预先办妥，会严重影响我们下一步在西藏旅行的心情。但万万没想到的是，几经打听，方知时下的火车票也不是能用正常手段买

得到的。而所谓的非正常手段也是要动用"黄牛党"，且每张票得给"党"加付五六百元。天哪！我们闻之真有点蒙了，莫非在拉萨一切都得靠"黄牛"不可了？

其实，买票难除了特殊时期游客大量增加之外，"黄牛党"的搅局也是一大原因。从某种意义上说，"黄牛党"甚至是影响中国社会秩序的一大毒瘤。如今从购买各种紧俏票券到大医院看病挂号，几乎都有这帮人顽强的身影，既久治不愈，又无可奈何。汇集各种信息后，我们感到，这火车票不是一时半会儿能办妥的。于是，干脆抱着试试看的心态，让我们下榻的那家旅舍的老板给帮忙订一下，那藏族小伙说可以去碰碰运气，但要求事成后给他些辛苦费。我们自然满口答应。

当日下午，我们四人便去拉萨最繁华的八廓街兜了一圈。八廓街是拉萨典型的旧城区，也是当地的一大商业中心。其基本上是一个围绕大昭寺而建的具有一定规模的街区，内有许多相互连贯交叉的岔道小弄。每一条街弄的每一间房屋、每一个庭院，甚至屋檐下和露天的街沿口，都是大大小小的店铺，商贾云集，热闹非凡，似乎没有一寸土地是空闲着的。在这些店铺里，可见到各种各样的如首饰、藏靴、藏帽、藏刀、藏香、宗教器具等物品。至于富有藏族特色的各类食品更是多得目不暇接，从制作成硕大的块状的酥油到牦牛肉干、青稞面做的主副食品等应有尽有，以致街面上始终弥漫着浓烈而诱人的香味。当然，如果识货的话，地摊上摆放着的诸如绿松石及许多叫不上名的奇异怪石也是值得你去精挑细选一番的。

喧闹的八廓街上，行人密如蚁群。望着一个个匆忙的身影，我忖道，走在这街巷里的其实只有两种人，一种是朝圣的，另一种是寻物的。朝圣者多是手持转经筒的藏民，他们是极为虔诚的佛教徒，在近乎无我的状态中，或口中念念有词，或几步一叩地向佛主行五体投地的大礼，执着地追求着神圣的涅槃。尤其是大昭寺门口，众信徒们全身心投入的叩拜场面，的确令人震撼和感动。

大昭寺外的膜拜

而寻物者则是包括自己在内的无数来此看热闹的过客，抑或称之为被红尘诱惑之辈。在这个群体之中，感兴趣的显然是熙熙攘攘的街景和琳琅满目的商品，行游其间，目光所及，除了物还是物，任何虚幻的神圣都难以左右他们的灵魂。

于是，我突然感到，与那些脸上总是洋溢着快乐、一心想着消除业障、修行正果者相比，我们无疑是世间离天堂最远的人了。故此，我有时也琢磨不透，这世界上，究竟何人才为真正的睿智者？

我们下榻的旅舍离八廓街很近，几分钟就可到。故在拉萨的几天时间里，常会路过那儿。渐渐地，我体会到，拉萨并不精致、繁华，像一幅颜料板结过多的油画，显得有些粗糙。但是，其却是一座内涵深邃，极具异域风情和人文特色的城市。从表象上看，拉萨的文化是很传统、很单一的，其实，拉萨是一座极具包容性和多元化的城市，不管你是何种信仰、何方来人，贫穷或富有，都可在这里找到身体与精神的栖息之处，并且能生活得很放松、很和缓，很快乐，甚至可以觉着时间的流淌也变得有点迟滞，这些，都是内地任何一个地方所难以具备的。

看过拉萨的容貌，踱过拉萨的街巷，闻着从寺中飘来的藏香，我也渐

渐懂得，贫富、身份、地位等一切附加于人身上的社会属性，并未注明你在"活着"与"生活"之间有着任何差异。当一切都回归于朴真时，每个人，哪怕身上挂着再显赫的身份招牌，其实也都只是凡夫俗子而已。

曾有久居拉萨的驴友说，你要认识拉萨，既需要时间，更需要空间。我知道，他所说的空间指的是这座城市中不同的场所，不同的层面，包括街道、商铺、庙宇、甚至酒吧、咖啡厅、饭店和当地的居民，等等。也有人向我说，如果时间允许，尤其应去酒吧坐坐，那里是很多人追寻身心慰藉的地方，得意的，失意的，躲避的，显摆的，各种角色都会在那儿找着自己的位置，在沉默或倾诉中，让灵魂在酒精的陪伴下，穿出脑壳，在吧台上空恣意地飘荡一阵。

那位颇有哲学思维的仁兄在与我阐述上述看法时，我随口用了一句很俗的大白话作了回应：我知道了，晒场！那里或许就是一个晒场，把灵魂像被子一样抖开来晒晒。我说，除了异域风情的诱惑，更重要的是拉萨的遥远感能让人觉着与现实的某种疏离，并让人变得更加感性。这，也许就是拉萨之所以会让人们如此喜爱的原因吧。

对方略显愕然，随即说，精辟，这个解释挺有道理！

我没去过那些"晒场"，因我自觉无需借助环境和酒精去思考自觉沉重的东西。灵魂应置于宁静之处，我不喜欢嘈杂。更何况，我也没那闲工夫。不过，我个人对此并无丝毫谴意，反倒是认为，有这样一个地方，对于生活在当下的压力沉重的人们来说，或许也是一种必需。

但毋庸置疑的是，这座城市的人文符号确如一座迷宫，很难让人一蹴而就地领会它、读懂它。奥妙更在于，信佛与不信佛者都能在这里感受到一种空灵与祥和。也正因为如此，人们才会对它充满无尽的好奇和眷恋。或许，这就是拉萨的魅力吧。

拉萨，遥远而神秘的土地上的人们，如果你要用最恰当的词汇去形容他们的形象和秉性，我想只有虔诚与善良，虔诚是对应于佛，善良则对应于人。所以，要问这世上谁离天堂最近，或许，就是这片土地上的那些始终在眸子里释透着慈祥的人们。

神迷那木措

在见到那木措之前，我仅是凭着从前看到的一些相关资料去想象着它的形状，而在这想象之中，总是糅合着许多内地湖泊的大致模样。而只有当自己真正来到了那木措，才感到之前对这个湖的想象与亲眼之所见竟相差甚大。那木措位于拉萨的当雄县和那曲地区的班戈县之间，湖的南面是念青唐古拉山的主峰，终年白雪皑皑，雄伟奇峻。那木措因湖面海拔达4718 米，故人称其为天湖。

我们从拉萨出发到达那木措，车沿着 109 国道开了约四五个小时。除了个别路段较泥泞外，总体路况尚可，但海拔却是不断地在上升。行至念青唐古拉山脉的那根拉山口，海拔已达 5190 米，这是我们此行到达的最高海拔了。从山口往远处望去，那木措已清晰可见。但没想到的是，看似近在眼前的湖，竟然又行驶了一个多小时才到达。

游玩那木措，走马观花是可惜了。据说，一天之中，水的颜色会有不同的变化。但囿于时间，我们难以从容不迫地去观赏。尤其是当我翌年再次来到那木措时，才发现在不同的季节里，这湖的景色竟与从前又有了很大的不同。我猜，这或许是缘于时辰、光线、温度等等的差异吧。

那天，最让我难忘的是，路上遇见了一位正在徒步的年轻人。当时，我们的车正在湖边公路上行驶，忽见前方有一身影在踽踽而行，至其跟前，

我们停车与他搭话。原来这是位转湖者。转湖，即绕湖行走，与转山一样，是当地藏民为了向神灵表达敬意，祈祷保佑的一种仪式。而那木措因面积大，转湖是极其艰辛的。从其装束上看，他显然不是当地的藏民。一问，原来他是即将毕业的中山大学的一位研究生。

当我伸出手与他相握的一刹那，那小伙子竟浑身猛地一哆嗦，并迅速将手缩回，脸上显露出痛楚的表情。这时，我才惊诧地发现，我握着的这只手的手背上居然像被开水烫过似的全褪了皮，好些地方还露着刚长出的粉红色皮肤。原来这位小伙子已在此绕湖行走了十来天，手上的伤是被高原强烈的紫外线灼伤所致。再细看他的脸，尽管眼睛以下蒙着薄薄的毛巾，但未遮住的部位依旧可见明显的灼伤。那木措面积有1900多平方公里，在没有任何外来支持的情况下，在空气稀薄的高原，要独自完成绕湖之行，这是何等坚强的毅力！

我问他，为什么这么做？他没有正面作答，只是很平静地说，他早就想来了，但一直没时间，现在，马上要毕业了，趁这个机会来了却一下心愿吧。感动！我们一时无语。临别时，怕弄疼他，我不敢再与他握手，只是默默地拍了拍他的臂膀：保重！年轻人，千万保重！

小伙子这种苦行僧似的行为，似乎是他对人生规划和追求过程中自设的一个铺垫。不知怎的，我忽然想到了甘地，只不过，同样的"自虐"式行为，一个是为了警悟他人，一个则纯粹是为了磨炼和考验自己。不管其中的意义是作用于群体还是作用于自身，我都觉得很伟大。至今，那荒原上孑然而行的身影常常浮现在我的眼前。

待我们到达扎西半岛的湖边时，已是下午两点多了。而在西藏这个纬度，正是烈日当头之时。因此，天空和浩瀚的湖面形成了强烈的漫散光，对面的念青唐古拉山主峰像是蒙上了一层淡淡的青烟，这严重影响了摄影效果。为了能拍出稍理想点的照片，我只好设法变换方位，徒步前往五六里外的湖泊西侧。怕时间来不及，这段路走得格外急。虽说自己一直没什么高原反应，但在这海拔接近五千米的地方如此疾走，呼吸不免变得急促起来。

但位置变换后，光线依然不佳，只是雪山的位置好像稍微近了些。尽管空气的通透度不是最理想，但那木措依然显示着过人的容貌。也同样是季节的原因，此时的远山除了念青唐古拉山主峰积雪甚多外，周围其余的群山则基本是一片褐色，与这蓝宝石一般的水色相较，映衬的效果就逊色了不少。显然，此时的那木措一定不是最靓丽的时候。

后来，在西藏走的时间长了，我渐渐知道，要想看到不打折扣的风景，选对时辰很重要。那木措原本当然是很美的。其除了有着浩大辽阔的水面，更重要的还在于那蓝得令人惊悚的色彩和依水而立的念青唐古拉山山脉，这几个元素叠加在一起，便构成了这幅大自然的巨作。

如果要问对那木措的哪一点印象最深刻，那我肯定会说：蓝色！那

夏之那木措

是那木措所独有的水色。这种水色与我国的南海或东南亚一带的海水有相似之处，但是更艳、更沉、更具夺目的光泽。

往回折返时，行进的脚步放缓了许多。突然，我冒出一念头：想触摸一下这天上之湖。万里迢迢地赶到这儿，还没与湖水作过亲密接触呢。于是，便越过高高的土坡径直朝岸边跑去。当我蹲下身子，将手触及水面的瞬间，抬头仰望，只见湛蓝的水面好像托举着雪山，涌上寥廓的天际，携着绵柔的云层，向我荡漾而来。顿时，心中泛起一阵涟漪：感谢上苍的眷顾，将如此壮美的画卷展示于我。此时，我或许就是世界上最幸运的人了。从踏上西藏的土地直至触摸到这圣湖，多少年的念想，现已然成真。如梦，却不是梦！

返回拉萨的路上，天忽雨忽晴。一团乌云过来，旋即玉珠倾盆，车窗上水花飞溅。可未待你回过神来，头顶竟又变为一片蓝天。令人惊奇的是，在离市区还有几十公里时，前方的天空突然出现了绮丽无比的双层彩虹。平生曾无数次见过彩虹，但像这样的双层彩虹还是第一次见到。

大家既诧异又兴奋，立即停车，纷纷冒雨跑到田野里去抢拍这难得一见的景观。让人叫绝的是，这彩虹似乎就在矗立在眼前，但车辆的前行并未使我们缩短与它的距离。任你再怎么往前驶，这彩虹始终在前方的触手可及之处，却又永远也无法超越。直至快进到拉萨市区，那彩虹仍如影随形地等候在前方，好似在城边竖起了一道顶天的拱门，欢迎着我们的归来。

回到住处，即与丹增取得了联系，他就住在离我们不远的一家旅舍里。吃过晚饭，丹增赶来与我见面。翌日他就要载着客人去珠峰大本营，时间节点与我们的行程刚好错开。我以为在此后的行程中不会再与丹增碰面了，便将随身携带的一把瑞士军刀送给他留作纪念，并邀请他以后来我们家乡作客，丹增也再三请我有机会去香格里拉玩。香格里拉，我一定还会去的，因为此行根本就没有尽兴，也没观赏到梅里雪山的全貌。我说明年吧，我一定来，再徒步去趟雨崩。

大地的玉镯——羊卓雍措

在接下来的几天里，我们还有四个地方要去，即羊卓雍措、朱峰大本营、扎什伦布寺和布达拉宫。翌日计划去羊湖，但许兄说他不去了，让我们三个人去。因为火车票的事仍未有着落，他说票未买到难以安心地游玩。原先答应帮我们办票的旅舍老板也未能搞到票，他说票实在是太紧张了。许兄说他打算明天到拉萨火车站的售票窗口去看看，如买不到卧铺买坐票也行。我认为天无绝人之路，难道会在拉萨住下了不成！觉着他不去羊湖太可惜了。但他还是坚持要先去搞票。

第二天早上，小李载着我们向羊湖出发了，许兄则一大早跑到火车站去为大家的返程票而奋斗了。羊湖之行，是小李为我们出的最后一趟车。我们与成都这家租车公司签订的是 15 天用车合同，当然，如需继续用也可视情延长。只要按日交付费用就行，但考虑到去朱峰大本营的路较难走，还是请拉萨本地的驾驶员更稳妥一些，再加上小李自己也想早些回去，他孩子还小，对家中自然多有牵挂。所以，我们干脆在拉萨找了一家旅行社，请他们提供车辆和司机。

羊湖离拉萨约有八九十公里的距离，路况尚可，那天的天气也不是十分理想，云层很厚，但空气的通透度比在那木措时要好得多。羊卓雍措的风格与那木措完全不同。那木措给人的感觉是浩瀚辽阔，而羊卓雍措则是温婉、精致、秀丽。如果说那木措是如山的壮小伙子，那么羊湖则是婀娜的少女了。羊湖与那木措、玛旁雍措并称为西藏的三大圣湖，虽然羊湖

面积仅有 678 平方公里，只及那木措的三分之一左右，但因其主要区域中独特的带状湖面而使之拥有了其他湖泊所不能类比的美感。尤其是当我第二次进藏，游览了更多的湖泊后，深深地感到，羊卓雍措之美的确是独一无二的。观赏羊湖，当以登高远眺为佳，如此，完整的画面可一览无余。倘若站在湖边去观赏，反而无法感受其特质了。

因正值雨季，近处的山上冰雪全无，也无疑使羊湖的景色较之春冬季节逊色了些，但好在此时湖边的田野里还有些落季的油菜花开着，点点块块的嫩黄色如金钵一般点缀着两岸的缓坡，倒也增添了不少妩媚。为了使拍照的角度和效果能好些，我小心翼翼地从陡峭的坡上挪至半山腰，因为从那个位置望去，羊湖似乎离自己更近了一些，隐约中好像还可闻到坡下油菜花飘过来的清香。

由于两岸有高山的遮挡，湖上几乎无风，水面竟无一丝涟漪泛起，静如琉璃。或是光线折射的缘故，那水色很是玄异，蓝中透着些绿，绿中又透着些青，其状犹如戴在山南大地上的玉镯，碧色耀眼，煞是迷人。

在湖边的一家小饭店吃过中饭，我独自走到岸边的草滩上。平静的水面依然色如宝蓝，远处的宁金抗沙雪山在云层的裂隙中隐隐显露，泛着淡淡的银光。不经意间，又见几只色泽艳丽的水鸟浮在湖面上，随波逐浪，向岸边轻轻飘来。

那次从西藏回来后，我专门查阅了一番关于羊湖的资料，方知羊卓雍措的"雍"字在藏语中竟然就是碧玉的意思。看来，不管是什么民族，不管在哪个历史时段，对美的欣赏和理解都是相通的。当然，与其他所有的高原湖泊一样，如果此时那依卧于碧水之中的山峦覆盖着冰雪的话，羊卓雍措无疑会更加漂亮。我见过其他驴友在那个季节拍摄的羊湖照片，的确别有一番风韵。但据资料介绍，由于大气环流及羊湖本身的构成原因，

羊卓雍措

其水位在逐年下降，甚至有可能在几十年后完全干涸。这可不是个好消息，如此美丽的湖泊，今后若只能存在于人们的回忆或文字记载中，那是无法想象的缺憾。但愿上述推断不会成为真实的未来，祈祷羊湖能永存于喜马拉雅的北麓！

在回来的路上，大家依旧沉浸在对羊湖的美好回忆之中，说不知以后可否会再来？我们还一个劲地为许兄惋惜，说其为了团体的利益而牺牲了自己观赏美景的机会，回去应给他记上一功。而让我们没想到的是，第二天，在去珠峰大本营时，竟然又路过了羊湖，这让大家很是兴奋不已。

返至曲水县境内时，见到一片水泽上的树林，非常秀美，这景色是我从未见到过的。我们还以为这是普通的湿地，一问，才知道这是雅鲁藏布江的曲水段。雅鲁藏布江全长2840公里，由许多支流汇合而成。曲水段属雅鲁藏布江中游，因是河谷地带，地势大多较为平坦，故江面在这儿显得十分宽阔，水流也非常缓慢，乍看上去，水好像是静止不动的，实在无法让人将之与在别处看到的同属一江之水的那种汹涌澎湃的场面联想在一起。那河床上有许多不规则的带状地块裸露于水面之上，并长满了翠绿的青草。 溜溜杨树、柳树及各种叫不上名的树在水中伫立着，形成一排排倒影，几头懒洋洋的牦牛或卧或站于草滩上，一切都显得那样的娴静。

据说，水面滩地上的树是当地政府在前些年的一场造绿运动中种下

的，当时动员了机关和企事业单位来此做义务工。不曾想，仅仅十来年工夫，此举恰似画龙点睛之笔，将平淡的水面点缀得如此美妙。拍照，发呆，大家都有点不想走了。此时，每个人又不由地怪罪起时间的紧迫了。否则，若是等到夕阳西下，这里的景色定会加分好多好多！完全能够想象，届时，满江碎金，碧天炽焰，远山静卧，树影婆娑，那定然是一幅美得感人的画卷啊！

回到拉萨，得知许兄已买到返程的火车票了，这可是天大的好消息，虽说是坐票，但大家仍高兴得不得了，至少，这时节能把你这一百多斤载回去已属万幸了，还奢求什么卧铺哟！经许兄一番讲述后才知，此次能买到票全仰仗着许兄那战无不胜的"女人缘"。他声情并茂地向我们再现了当时火车站的场景：啊哎！人山人海！人山人海哦！若老老实实地排队不知哪辈子能买着哟。幸亏现场认识了一位排在前面的少妇，在她的帮助下总算买到了票。于是我们对他展开了一阵猛烈的夸奖：肯定是你的魅力迷倒了人家！了不起，真是不起啊！以后这种难事就都交给你了。

不想许兄又给我们讲了一则更感动人的故事。他说，轮到他付钱买票时，才发现身上的钱没带足，这可让他犯了难。无奈之际，旁边一对正在买票的北大教师夫妇主动借了几百元钱给他，帮他解了燃眉之急。素不相识的陌路者能如此出手相助，的确让人感到一股别样的温暖。这老兄今天尽遇上好人了！大家不由地感叹万分，我说，哎呀！这可是大好人啊，你赶紧去把钱给还了，千万别让人家心里不踏实。

第二天一早，旅行社指派的司机就到旅舍里接我们来了，那是位藏族小伙子，名叫强巴。强巴言语不多，但与许多藏民一样，看上去十分憨厚朴实。我们通过几天的交往，彼此甚为投缘，至今一直保持着联系。这趟行程的目的地是珠峰大本营，也是我此次出行以来最期盼的一个地方。

珠峰大本营位于日喀则地区的定日县，距拉萨约 700 多公里，中途须在日喀则住一晚。

在我们的潜意识中，觉着能否见到珠穆朗玛峰将决定着整个西藏行程的完美程度！当然，能否遂愿就要看我们的运气了，如果遇上那天像梅里雪山那样的气候，那就太遗憾了。一路上我们总是显得忐忑不安，因为强巴告诉我们，在雨季，珠峰常常被云层遮挡，是较难见到的。

保佑，保佑！只能默默地祈求保佑。除了珠穆朗玛峰，此行的沿途也是精彩甚多。事后想想，觉得即便未能如愿地见到珠峰，也是不虚此行的。有时侯，稍稍留下些遗憾也未必是坏事，所谓的失之东隅收之桑榆，应能诠释旅行中所遇到的一些不如意。

约两个小时后，我们抵达了昨日刚刚来过的羊卓雍措，原来这是去珠峰的必经之路。许兄自然是最得意的。此次看羊湖，效果比昨日更棒。一则天空更晴朗，且出现了淡淡的蔚蓝，感观上觉得舒坦不少；二则此次走的基本是绕湖而行的 307 省道，从海拔 5030 米的甘巴拉山口下去及至走完湖边公路约需一个半小时，在这么长的一段行程中，可从远近高低各个不同的视角去欣赏这景色。许兄高兴得不得了，一个劲地感叹，漂亮！真漂亮！

在偶尔透出云层的阳光的照耀下，羊湖的水色呈现着更为多端的变化，忽蓝，忽青，忽绿，让人断定不了其究竟为何种颜色。更令人高兴的是，在沿湖公路上，我们还拍到了在乃青康桑雪山映衬下的羊湖，那又是一番别样的景致。稍觉遗憾的是，此时的乃钦康桑雪山还不是最清晰的，只是露出一个大致的轮廓。感叹之余，许兄又不禁为昨日的决策得意了一番：票买了，心也安定了，现在景也看到了，两全其美！挺好！

海拔越来越高，迎面而来的一切常常会让你发出一阵又一阵的惊叹。

远处高高的山端覆盖着厚厚的冰雪，当云层中的光芒透露出来的时候，朝阳面的雪坡会发出青灰色的光芒，让人感觉莫名的神秘。

忧伤卡诺拉

出了浪卡子县不久，便翻越了海拔4500左右的斯米拉山口，再拐过一个垭口，却发现我们已经到达了卡诺拉冰川的脚下。虽然我们已经去过好几个冰川了，但此次却是与冰川离得最近的，似乎一伸手就可触摸到垂卧于岩体上的冰舌。或许是因为距离过近的缘故，发觉其色彩、形状似与别处的冰川差异甚大。冰川的前缘或是因为山岩的凹凸不平，致使冰层多显张裂状，看上去像是在陡坡上布满了密密麻麻的用冰雪雕成的锥状白塔。而且，厚达十几米以上的冰层断面覆盖于山体基岩之上，黑白分明，显得有些突兀。因离公路过近，日积月累，在冰川的下端已薄薄地沾上了一层被汽车卷扬起来的尘土，但上方的冰帽地带依然是晶莹剔透，熠熠生辉。

卡诺拉冰川的出名，与《红河谷》《江孜之战》等几部电影曾在此拍过外景有关。但是，让人痛惜的是，当年拍摄《红河谷》时，为了制造真实的雪崩场景，那些电影人竟用炸药将冰川炸出了一个大缺口。我看过这部电影，那雪崩的场景是很震撼。只是没想到，这种震撼竟然是用不可逆转的环境代价换得的。

彩色的田野

82

由此可见，国人的环保意识醒悟得实在是太晚，此等行为在今人看来是多么的愚蠢和不可饶恕！那被炸之处尽管已过去多年，但丝毫未见其有自行修复的迹象，在整个坡面的冰舌上所呈现的那个大豁口的断面仍如刀切一般。是的，不管处在哪个纬度的冰川，其形成都要经过千万年之久。由此可以断定，这个豁口怕是永远无法弥合了。

更让人担忧的是，与西藏其他地方的冰川一样，在温室效应的作用下，卡诺拉也在慢慢地消融。而因为其与人类活动区域太过接近，消融的速度或许还会更快些，而我们人类本不该作出的劣行更是加速了其消融。因为高山峻岭都常年覆盖着冰雪，西藏才被称为雪域高原，而一旦这种特殊的自然形态消失的话，那么，西藏之美也就不复存在了。而更无法想象的是，倘若没有了冰川、雪山，青藏、川藏、滇藏等地区乃至全国的生态环境也必将会发生灾难性的变异，江河、森林、草原等也会随之逐渐消失。

尽管山口的海拔高达 5020 米，但为这壮观的冰川景色所吸引，人们到了这儿仍会不顾高原反应的纠缠，都会下车拍照观赏。我望着冰川的顶端，忽然产生了想去攀爬的念头，因为我觉得这距离似乎并不太远，顶多两小时左右应该可以上去吧。而且，攀登雪山一直是埋藏心中多年的梦想，苦于条件所限，光是心动而没有行动。尔今，这么壮美的冰山就摆在跟前，不由地又萌发了旧念。

我问强巴，登上山顶大概需要多长时间？强巴的回答完全出乎我的意料，他说，即便你能爬上去，也得用上一天的时间。你别看它好像离得很近，山顶的海拔有 6000 来米高呢！天哪！我不由地张大了嘴！其实，我这充其量也只是想想而已，即便允许我这么做，没有专用装备，又没受过这方面的训练，想攀爬这种雪山那纯粹是冒险。

不过，未曾料到的是，攀登雪山冰川的夙愿后来还是实现了，但这

是一年多以后的事了。面对着这座被人类深深伤害过的冰川，当时如真的让我去实施这个念头，恐怕也得犹豫再三吧！因为你怎么能忍心将尖锐的冰爪踩在卡诺拉那无法痊愈的伤口上呢！

从卡诺拉下了山口，往前开了约半小时，地势渐趋平坦。这时，眼前突然出现了一大片色彩各异的田野。赶紧下车，看到田边已聚拢了不少正在拍照的游客，有的则已经跑到了田里，低下身子不停地闻着花香。原来，这片田地里种着大面积的油菜、薰衣草、青稞及另一种叫不出名的植物。薰衣草花和油菜花正在盛开，而青稞在这时节才刚刚吐穗。人们叽叽喳喳地议论着，感到很新奇。这样的景象确实少见：油菜花是金黄色；薰衣草花是紫蓝色；青稞是翠绿色；那个叫不上名的植物是紫红色。各种作物在田野里呈现着不同的色块，互相紧挨在一起，乍看上去，如同画家刚刚在画布上涂的几笔长长的尚未抹匀的油彩，这风格就像凡·高的作品，色彩与灵魂一同，都是跳跃而无序的。因此，其色调与有些风景区里刻意种植出来的缤纷绚丽完全不同，表现得尤为随意和自然。

在距卡诺拉冰川还有几十公里处，我们还见到一片湿地。湿地在西藏地区是很多的，据统计，面积在 600 万公顷以上。但由于这片湿地面积很大，且山脚处是蜿蜒的水湾，靠近公路的地方则长着茂密的牧草，牧草间还开着许多淡紫、浅黄的花朵，花草之中则徜徉着觅食的牦牛。有些胆大的水鸟放肆地落在牛背上，在鬃毛里毫不客气地啄食着虫子。牛儿在

卡若拉冰川

绿色中缓缓地移动，花儿是那么的艳丽，牧草是那么的葱翠，水面又是那样的平静。远处，万里碧空中，雪山高耸，白云舒卷，这亘古千年的高原，处处充满着田园诗般的意境。

扎什伦布寺的小巷

扎什伦布寺是日喀则地区最大的寺院，位于尼色日山下，始建于明朝，距今已有五百多年的历史。该寺院的规模堪与布达拉宫相媲美，大小房间有 3500 余个，占地面积 15 万平方米左右，仅寺中的措钦大殿就可同时容纳 2000 余人诵经。扎寺因历史和文化价值非凡，其地位之重要在西藏也是数一数二的。但对于我这个无神论者而言，向来没有在恢宏的庙堂和威严的神祇面前膜拜的冲动，倒是对里面的建筑形态和喇嘛的生活状况颇感兴趣。

扎什伦布寺的规模之大的确超乎我的想象，刚进得大门，我即走至一高处的台阶上，欲窥其大概。不料视线之内，雄伟的殿宇层层相叠，幢幢相连，一眼望不到尽头。显然，想用仅有的这点时间去看完这么大的地方是根本不可能的。所以，我只能在走马观花间寻找大致的轮廓和点滴的感觉了。

西藏的寺院与内地有很大的不同，差别在于内地的寺院从里到外都尽显精致与豪华，而西藏的寺院则要质朴得多，在建筑风格上似更接近于藏区的民居。也正因为这一点，使我对扎什伦布寺有着别样的感觉。按照常理，描述寺院，人们落笔的重点一般都会放在其宏伟壮观的外在形态上。扎什伦布寺也完全具备一切寺院的形态特质，如长达几千米的宫墙、依次递接的殿宇、金碧辉煌的寺顶，等等。但对我而言，扎寺里面经纬交织、

蜿蜒曲折的小巷才是最具吸引力的。

　　由于寺院面积超大，徜徉其间，会让人产生是在某个小城的街巷内踱步的错觉。而且，藏区的寺院还有一个特点，那就是除了主要的殿宇，喇嘛的生活区域多在寺院的高墙之内。他们所住的宿舍的建筑特征不但与当地的民居相近，内部格局也是如此。当你从一扇扇装饰着粗宽黑条边框的窗户下走过时，就犹如穿行在普通的民宅之间。这些僧侣也都很有生活情趣，几乎每个朝阳的窗台上都用木板搭出一个简易的花架，上面摆放着开满各种鲜花的盆栽，盆虽简陋，花却鲜艳。房前屋后，还有许多大小不一的空地，也都种满了争奇斗艳的植物。

扎什伦布寺

　　我从殿宇中出来时走错了道，竟不知不觉地拐入了一条很长的小巷内。墙高巷深，一时东西莫辨。索性，我就不去寻觅来时的路了，沿着大致的方向随意往外走去。与刚才殿宇中的喧闹形成对比的是，拐过几个窄巷后，忽然一切变得十分寂静，静得甚至连自己的脚步声也变得有些刺耳。行走于长长的巷弄间，仿佛让人置身于光阴转换的时空之中。

　　路面全是由块石铺就，高低不平。那些块石的表面因年代悠久而被人们的鞋底磨得铮光油亮，石块之间的缝隙中居然都挤着密密的青草，像是顽强地展示着自己的存在，竟一点也不畏众人的踩踏。厚重的墙面陈旧而斑驳，墙根下散发着淡淡的霉味。在阳光照不到的墙边旮旯，几个散落于门前的石磴上还长着一层薄薄的青苔，似在证明着这个角落寂寞的光阴。

顺道进入一院落，想近距离接触一下僧人们，以了解他

扎什伦布寺的小巷

们的生活状态。但从窗户里看去，见几位年轻的喇嘛正危坐在一起，像是在诵经，又似在议事，我生怕打扰到他们，便悄然退出。

仰望窄巷上头露出的一小片弯曲的蓝天，耳闻远处殿宇里传来的几串清脆的铜铃声，心中竟会涌起一股莫名的惆怅。或许，这浓缩着岁月故事的古寺和流淌过无尽时光的小巷，让我感受到了生命的某种本真。当路过某个庭院的门口，或者不经意的抬头间，偶尔会有几个喇嘛的身影闪现，目光相遇，或莞尔一笑，或恬然以对，待脚步声渐渐消隐，一切又归于沉寂。偶有零星的雨点落在脸颊上，猛抬头，原来寺庙的上空正飘游着一朵不大的雨云。少顷，雨忽停，炽烈的阳光从云朵的裂隙中射下，照在不远处的金顶上，闪耀着华贵而耀眼的光泽，与幽寂而古旧的小巷形成强烈的对比。在浩大的气势下，佛，尽在华贵之列；人，则在凡庸之中！

我的神山——珠穆朗玛

越野车在高原的公路上奔驰着。天气有些阴沉起来，远方的山峰本还露着皑皑的白雪，渐渐地，全被厚重的云层给遮掩了。今天要去的地方是整个旅程的最高点——珠峰大本营。天变得很突然，外面偶尔会有一阵

密集的雨水打在汽车的挡风玻璃上，尚未待你回过神来，雨又停住了。西藏的天气，尤其是雨季，总是这么阴晴不定。看来，今天遇到好天气的概率是很低的。

我几次焦急地问强巴，今天能见到珠穆朗玛峰吗？强巴则只是淡然地笑笑：呵呵！这个可不好说，就看运气怎么样喽。其实此时我真希望他能以有把握的口吻告诉我：放心吧，肯定能见着的！哪怕只是安慰安慰我们也行呀，可强巴真的是个实在人，怎么想就怎么说。唉！看来真的只能碰运气了。

让人感到不可理喻的是，离珠峰越近，老天爷越是喜欢三番五次地与我们开玩笑。有几次，围着前方山峰的云似乎渐渐有点儿散开了，还没等我们反应过来，突然间又密密匝匝地聚合拢了。强巴说，这座被云遮住的山就是珠峰。啊？我们大感意外，没想到这么快就可见到珠峰了。可是，云层总是严严实实地将其遮挡着。过了不一会儿，老天爷像是在故意吊我们的胃口，于眼巴巴的期盼中，云层又渐渐地绽开来，让我们再次看到了一丝希望。可转瞬之间，纷乱的云雾就压向了山巅。可就在我们心灰意懒之时，一座熟悉而又陌生的山峰突然清晰地屹立在我们的眼前。忙问强巴："这是珠峰吗？"

"对！对！这就是珠峰！"大家顿时心中狂喜，纷纷将头探到窗外，发神经似地大喊大叫起来。啊！珠峰，珠峰！终于见到珠峰了！入藏以来，面对无数的壮美景色，曾有过无数次的激动，但此时此刻，这种激动是最让人不可抑制的。

知晓喜马拉雅山和珠穆朗玛峰，抑或对登山家的仰慕，缘自年幼时看过的一本描述中国登山队首次登顶珠峰的彩色连环画。那时，珠峰给我留下的最深刻的印象是画中那湛蓝的天穹和挂着的无数闪亮的星星。直至长大后，我竟以为那是艺术夸张：因为登山哪会选择在漆黑的夜晚，而大白天又何来的星星？

但是，后来才知自己完全错了。从 2013 年开始，我的几次雪山攀登都是选择在下半夜的两三点钟出发。之所以如此，是为了争取在积雪未被阳光晒软化之前登顶并及时下撤。这样，既可降低下山的难度，也可减少遭遇雪崩的几率。通常情况下，攀登雪山都是按照这样的时间节点来安排的。

儿时见过的那一幅幅唯美的画面让我始终难以忘怀，如今，这曾遥不可及和带着强烈神秘感的山峰竟如此真切地矗立在自己的面前，真的恍若在梦中。兴奋之余，立即给亲朋好友们发了几个短信，让他们也一同分享这难忘的时刻。

车继续往前奔驰，约莫有十来分钟的时间，珠峰未再躲到云层后面去，依然骄傲地挺屹在天边，与我们遥遥相望。此时，悬着的心终于有些放下了。但是，正高兴着，珠峰却又突然隐没到云雾中去了。随之，我们的心也立刻沉了下去，担心今天会不会无法近距离地亲近珠峰了呢？难道就只能这么远远地望上一眼了事了？此后，直至到达大本营的这段时间里，大片的云雾始终在珠峰前面飞来飞去，将我们弄得好不焦虑。

路况也变得越来越差，过了洛洛曲二号桥之后，余下的 100 多公里距离全是泥泞的搓板路。尤其是到了吞巴村，那村子里边的路简直与泥塘一般，车轮差不多有一大半被陷在泥浆中，真不知这村里的人平时是如何行走的。吞巴村是一个以生产藏香而著称的村庄，有着"藏香第一村"之誉，值得一看。村边坡上的河流上排列着百余座生产藏香时作动力用的水车，这阵势是其他地方所见不到的，很壮观。但我们还是决定继续前行，一则时间不允许，二则看着这厚厚的泥浆路，即便停下来也无从落脚。

遥远的风——天涯八万里

　　车过了尼木大桥后不久，即至久乌拉山口。在路边，我们竟意外地遇见了丹增。原来，他的越野车出了故障，正等着山下的修理厂将配件送过来。他说，今天能不能继续上路还不一定呢。与他聊了会儿，突然想起，与丹增相识这些天，还没照过一张合影呢。于是，我俩就站在路旁让人给照了一张，旋又匆匆作别。

　　进入久乌拉山口不久，风渐大，天空中突然狂雪如席，前方的山峦渐渐变得一片银白。已多年没有见到这样的景象了，而能在喜马拉雅山麓目睹如此寥廓的雪景，着实难得。我叫强巴把车停下，不光是为了拍照，更想好好地看一下这银装素裹的世界屋脊，领略她那无尽的壮美和魅力！我站在路边的高坎上，任由雪花扑打在脸颊，感觉内心正在接受着神山的洗礼，不禁有些肃然。

　　凡尘中的人生，终日忙忙碌碌，总被无尽的繁杂与琐碎纠缠，难得有这样的机会，面对着喜马拉雅的雪野，让思绪深深地沉静下来。短暂的驻足中，这山，真的能让人从内心深处涌上巨大的感动！凝神望向山下蜿蜒的车辙，那就是我们的来时路，在纷飞的大雪中，它也正在渐渐变白，像一条被风吹弯的长带，飘拂在层峦叠嶂的山脉中。

　　临近珠峰大本营的最后一段路是位于久乌拉山的由许多个"之"字形组成的九十九道弯，这样的弯道在西藏也是极少见的，其弯之多甚至要远远超过折多山。大雪弥漫之中，车开在这种弯道上是具有一定危险性的。我问强巴，为什么不把这段路铺上柏油，修得好一些呢？强巴说，专家建议维持目前的现状，因为这样对当地环境更有好处。一则柏油路可能会使地面过多地吸收太阳的热量，进而加速冰川融化；二则如将路修得更好，来去太过便利，游人大增，也显然会对当地的气候造成不利。的确，从保护喜马拉雅山麓环境的角度上讲，交通要是太便捷了，未必是件好事。

那天唯一的遗憾是由于下雪和云层过厚，未能在久乌拉山口拍摄到"群峰雄立"的照片。所谓"群峰"是指五座包括珠穆朗玛峰在内的高度均在海拔 8000 米以上的世界最高的山峰群。除珠峰外，它们分别是马卡鲁峰、洛子峰、卓奥友峰及希夏邦马峰。世界上 8000 米以上的山峰共有 14 座，而此处就占了 5 座。所以，摄影家将此形容为天下第一绝景。

　　我曾经见过一位摄影家拍摄的洒满着朝霞的群峰的照片，由于在那片广袤的区域里，山形峻朗、雪色晶莹，在朝霞的照耀下，千壑万岭如在烈焰之中，通红一片，场面之壮观实在无法用语言去形容。但能否拍摄到这种照片，则完全取决于那可遇不可求的天气条件了。据说，有些人为了拍摄此景，专程前来多次，但最终都无功而返。我不知道自己今后是否还会再来此地？或许，这壮美画面将会是自己永远的念想。

　　其实，去西藏的各路人马中，任何角色都有，林林总总，不一而足，但概略区分的话无非就是两大类，一类是完全冲着某几处地方去的，主题十分简单明确，其多为时间局促者；另一类是为着感受西藏的人文和自然的魅力而去，其多为时间宽裕的慢行者。这样的慢行者，才是身体与灵魂同在路上，才算得上是真正享受旅行的人。我想，自己应为两类兼而有之者，摄影水平嘛，一般般，仅以记录为主，更多的只是欣赏和感悟。可掌控的时间也仅仅比跟班式的团队旅行稍好些而已，但与"从容"二字仍相距甚远。所以，在这般状况下，能否目睹到久乌拉那完整的容貌则全凭运气了。何时，我能真的一睹这烈焰与冰雪的完美交融？这是我将来再来此地的动力。今天，在我写到这儿时，距我到久乌拉山口已有两年多了，然而，那山、那雪、那景却依然在时时召唤着我的心灵。我想，我应该会再来的。

　　下午 1 点左右，我们终于抵达了大本营的停车场。此时，珠穆朗玛峰依然被云雾裹得严严实实，但山腰以下部分却清晰地袒露着。从停车场

到大本营的观景台还有一段距离，上去必须换乘当地提供的中巴车。可能是由于雨季的关系，那天来大本营的游客并不多。但据强巴讲，因海拔太高，能来这儿的人相对于其他景区还算是比较少的。约莫十来分钟后，中巴车抵达了大本营的观景台下面。

所谓观景台，其实就是一个高约几十米的小山包，上面拉着好些经幡，狂风之下，经幡哗哗作响。远远望去，游人们钻行在经幡之下，如同正在戏台上跑龙套的小角色，显得有点滑稽。抬头仰望，珠峰依然被浓重的云雾若隐若现地遮挡着，但山腰处已比刚来时清晰了不少。这让我很是兴奋，赶紧带上全部摄影器材，疾步赶往观景台。但走了才几分钟，忽觉呼吸有点紧促起来。这才想起，现可是在近5300米的珠峰脚下呀。切不可作过于剧烈的活动，再说，现还背着十来斤重的器材呢。还是悠着点吧。

此时，珠峰除了顶端还被少量的云遮挡着，其旁侧已展现着一片湛蓝湛蓝的天空。在西藏，已经见过多少令人惊奇的蓝色了，但珠峰的天空却是最最令人感慨和难以置信的（当然，这样的蓝色在我后来的第二次进藏时见得更多了，尤其是在那曲和阿里地区，更是如此）。我复又想起了小时候看过的那本连环画，才觉得那画中表现的深蓝一点也没有夸张。站在观景台上，再回望远处，不由地让我产生了仿佛已到天边的感觉。当淡淡的云絮从眼前飘过，刺骨的山风在耳旁呼啸，驻足于雪山与蓝天间之际，我觉得此时自己离天很近，很近。

在这个海拔高度，似乎一切都与生命的迹象没有什么关联性了。苍穹之下，满目都是单调的深褐色。云层下的山体因冰雪的反复凝结与融化而多被侵蚀，形成了一道道落差很大的山石剥离后冲刷下来的岩屑流，好多还未被融雪冲掉的岩屑都堆积在山崖下面的荒滩上，好似建筑工地上堆放着的石砾。由于经年不断的冲刷，不少山体都裸露着嶙峋的岩石，像是龇牙咧嘴的怪兽。古老的冰川融水从沟壑岩石间缓缓流下，汇入至滔滔的绒布河中。巨大的高差使得河水湍急异常，略显混浊的浪花一路奔腾喧哗，给原本寂寥的山麓平添了几分闹意。河水流量之大，有些超乎想象。当地的藏民说，从前的绒布河水势比现在要小得多，近些年因为温室效应，冰川消融的速度加快了，水量也逐渐增大。这可不是个好消息！水流的增加与冰川的减少是相对应的。望着混浊的河面，我有些隐隐的担忧！

　　时间在分分秒秒中过去，我们默默地看着云雾在珠峰之巅腾挪舒卷，强烈的期待中又满怀忐忑，不知这世界最高峰今天会否褪去她那曼妙的轻纱。还好，老天爷总算没有辜负我们的一片痴心，约二十几分钟后，云雾竟渐渐散去了，天色也更显明亮。终于，神山清晰地向我们展示了其最完美的身姿！山腰处环绕着丝绸般柔和的白云，峻峭的山巅一览无余。众人激动不已，都为最终能见到珠峰而感到由衷的庆幸。啊！这就是世人景仰的珠峰！惊异之余，我手忙脚乱地操起相机，一阵狂拍，生怕一会儿云雾过来又会将她遮住。

　　此时我真后悔当初为了图轻便，没能带上三脚架。因为虽然感觉珠峰近在眼前，但其顶端距我们所在位置的直线距离至少还有八九千米以上，不少场景需用长焦镜头拍摄，而为了减少抖动，拍摄时需不停地屏住呼吸。但在含氧量仅为平原地区一半的喜马拉雅山，长时间的憋气实在是不好受。我见到身旁的有些游人每拍完一张照片，便急促地连续喘气，嘴唇都成了紫黑色。的确，在这样的海拔高度，氧气似乎成了永远也吸不够的奢侈品。

　　那天，老天爷似乎也特别着顾我们，在此后的那段时间里，珠峰顶上竟再也没有了云雾的遮挡。能在这么近的距离亲近珠峰，很难让人心境平和如常。那威武的山形犹如一座巨大的金字塔坐落于天宇间，气势磅礴，

冠绝群峰，极具震撼力。面对着珠穆朗玛，才深悟大自然的伟大和人类的渺小，更感到人类对于大自然的任何狂傲之情都是极其可笑的。我想，假如真有那么一天，我可以荣幸地登上珠峰，那也只能是怀着敬畏与不安，因为，她太神圣了。

我用长焦镜头观察着珠峰，从云端之上的海拔 7000 米左右的高度直至顶峰这段距离中，诺顿岩沟、霍恩拜因岩沟、东北山脊和西山脊等位置，甚至连较大的冰川裂隙都清晰可见。能如此细腻地欣赏珠峰，这是我不曾想到的。此时，我竟然有了一种此生圆满的感觉，我甚至认为，用这样的经历去换取多少年的生命也是值得的。

按照行程的安排，本来我们晚上可以在大本营过夜。但听强巴讲，雨季期间，傍晚或清晨都很难见到日照珠峰的景象，且大本营住宿条件太差。更重要的是，大本营以上区域，如无边防部门的特殊准许，游客一律不准进入，这就彻底打消了我想去攀爬一段珠峰下的雪坡的念头，尽管这多少有些遗憾。如此一来，在大本营过夜的意义就不大了。于是大家决定连夜赶回日喀则去。

不知不觉中，我们在大本营已待了近三个小时了。临返回时，许兄为了表达对珠峰的虔诚和敬仰，让我给他拍张虔诚叩拜的照片。他匍匐于乱石之上，面朝珠峰，口中轻声念叨着什么。我知道，此时的他心中一定充满了庄重的仪式感。而我则一时心血来潮，向着珠峰，一口气做了五十个俯卧撑。旁人见之，惊道，哟！这人真不要命了。但让我觉得奇怪的是，做毕，竟也没有气喘吁吁。许兄在旁调侃道："看来胆子发育了！一路上总叫我老实些，当心高反，没想到自己一来就是最狠的。"其实，这瞬间的冲动完全是一种精神的释放。进藏以来，虽未感到明显的高原反应，但我也一直小心翼翼，不敢作任何大幅度的动作。如今，已至最高，没有更高，故也无需再收敛了。

从大本营下来，心里依然恋恋不舍。此时的珠峰仍完美地展露着，云雾远远地不知躲在了何处。强巴说，你们今天运气真的很不错，有时还不是雨季呢，人家大老远赶来都没能见到珠峰。正说着，车内突然惊叫声一片，大家将脑袋伸出窗外。原来，在离我们约六七米远的岩坡上，有两只老盘羊正带着两只小羊羔在溜达。小羊尚未长出角来，模样极可爱。这么近的距离，且人们还都大呼小叫的，但盘羊一家子居然不理不睬地自顾自走着，那两只小羊羔间或停下脚步，

远眺珠峰

抬起头来好奇地瞥上我们一阵。待我反应过来，赶紧从包里取出相机，它们却已掉转身子，在岩壁间敏捷地跳跃起来，坚硬的蹄子踩在石头上像敲着竹板一般，发出"啪啪"的清脆声响。那盘羊太漂亮了，尤其是那只公的，犄角向两边夸张地伸展弯曲着，像戴在头上的巨大皇冠，好不威风！未拍到这羊儿，真是可惜了。

回程途中，大家的思绪依然还留在大本营，议论的话题也一直未离珠峰。或许是在大本营待的时间太过短促，或许是与珠峰的接触太过浅显，未能尽兴，每个人的情绪还是如此的喷张。聊着聊着，许兄突然雄心大发地说道："其实，只要有保障，我们应该也可以去攀登珠峰的。"

我看他说这话时显得很认真。

这个提议让我一愣，但也让我兴奋起来。从身体条件而言，我觉得

许兄说的有一定道理。我与他的耐缺氧能力和体力都还算不错。

我说："是呀！让你这么一说，我还真有点那种冲动呢。"隐约中，我的攀登雪山的念头似乎真的被撩拨起来了。

许兄便问强巴："你说行不？"

之所以问强巴，是因为他之前曾给中国登山队当过协作，上过七千多米的北坳营地，自然是最有发言权了。强巴看了看我们，有点不置可否地说："或许……应该可以吧。"

让强巴这么一说，许兄便有点得意了："怎么样？想不想试试？没关系，肯定行的。"我却反而觉着有点无措了。登珠峰可不仅仅凭借身体条件呀！即便身体没问题，还得看你有没有这个经济实力。训练、装备、向导、后勤保障，等等，一个人没有几十万以上的花销，连想都别想！其实，登珠峰这个念头有时的确不是妄想，如果再年轻一二十岁，我完全有可能想方设法去将之付诸实施。但现在这个年纪，又没有雄厚的经济支撑，你有什么资本去拼搏一回呢！

"算啦，权当是勇敢者的吹牛吧！"我笑道。

但是，此后不知为何，尝试攀登一座雪山的念头总是在我的心头萦绕。我想起了丹增与我讲过的哈巴雪山。他说，那山上常年积雪，冰川也很发达，很多登山爱好者会去那儿锻练登山技能。

我便与许兄讲了登哈巴雪山的想法，两位女士说，好呀，你们先去登哈巴吧，等以后有条件了再去登珠峰！当时，大家对此仅权作笑谈罢了，只是连我自己也没想到，两年后，我竟然真的去兑现了这个疯狂的念头。当然，这是后话了。

在大本营短暂的逗留，竟引发了我对大自然的一种新的甚至近乎于固执的追求，并也在一定程度上改变了我的某些生活轨迹和对人生的态度。

每每想及于此，我竟会对珠峰、对大本营产生一丝深深的怀念和感激！

再见了，我的神山，珠穆朗玛！

蓝天下的宫殿

说起布达拉宫，与笔者的家乡舟山竟还有着一定的渊源呢，因为"布达拉"在梵语译音中是舟岛的意思，也译作"普陀"，系指观音菩萨所居之岛。因此，布达拉宫俗称第二普陀山。我自作多情地思忖，作为来自于观音道场的普陀人氏，前来布达拉宫，似有着某种机缘，当然，对俺们能有点神帮人助那也是情理之中的吧。

但是，笔者虽来自于真正的普陀圣地，但为能进得布达拉宫可一点也没少费工夫。前面已曾提到，为了能买到参观布达拉宫的门票，花钱委托了当地的"黄牛党"。我们从大本营回来后的当晚，"黄牛党"即打来电话，告诉我们明早五点到布达拉宫售票处门口来取票。说是取票，其实就是到那儿排队。西藏的夏季，晚上天暗得晚，早上也亮得晚，五点钟要赶到那儿，也就意味着四点左右就得起床了。刚从大本营回来，奔波了几天，大家都很累。另两位是女士，叫她们去劳碌总不合适。许兄已曾"大义凛然"地为购买返程票而牺牲过自己去羊卓雍措游玩的机会，这回就只有自己去"义无反顾"地做点奉献了。

翌日，四点稍过即起床。外面黑乎乎一片，街上了无一人，静谧如水。好久，才等到了一辆出租车，就匆匆赶往布达拉宫。到得售票处门口，那里已站着好些人了。昨晚下了场很大的雷雨，地上湿漉漉的。找到那位"黄牛"，便将自己替入她所占的位置。"黄牛"告诉我，不要离开这个位置，就这么一直排着，早上七点开始售票。

付钱给她时，我有些开玩笑地随口说道，能再便宜些吗？你这一晚上就挣了两百元（其实不止两百元，因为还有别的人托她），钱来得好容易呀！

不想这话却引来她的一番诉苦："大哥你不知道呵，我拉家带口来这儿，靠打零工挣些钱，儿子在外面读大学，钱哪够呀！只好赚些外快补贴补贴家用啦。"

接着，她又指着自己身上的衣服说："大哥你看，昨晚雨下得那么大，又打着雷，我躲都没法躲，打着伞也没用，身上都被湿透了。"她说着说着，眼泪竟也落了下来。唉！我这人最见不得人家落泪，竟一时无语。

虽说"黄牛党"的活动已然成为当地人尽皆知的市场潜规则，但总是让人感觉怪怪的，如果没有"黄牛党"，难道就真的排不上队，买不到票？而"黄牛党"发展到如此地步，怎么就没人去管管呢？但看着"黄牛党"这风生水起

绿野彩虹

的势头，我想，布达拉宫的购票模式估计一时半会儿还真改变不了。

我说，行了，甭诉苦了，给！几张大票悉数付与，末了还加上一个"谢谢"。我天生心肠软，想想也是，这行当还真不是人干的，整夜睡不了觉，还得挨寒雨淋，挣几个钱也不容易呀。交完钱等于是办完了交接班手续，随着众"黄牛党"的陆续离去，剩下在门口排队的全是来自天南海北的游客了。

漆黑之中，大家百无聊赖，便东一句西一句地搭上了腔。排着队的多是志趣相投的驴友，故彼此问得最多的就是：你从哪儿来？到哪里去？

路上状况如何？有一体态健硕的西宁汉子见我刚从 318 线上来，便急急地向我打听路况，因为他打算走这条线去成都。这老兄从西宁进藏时差点没把命给搭上，他感慨万分地与我讲述了他的可怕故事：

在翻越唐古拉山时，他跟老婆患了严重高反，带的氧气也已用完。进退两难，尽管头昏得厉害，也只好硬着头皮继续往前开，凭着强烈的求生欲望支撑着。万幸的是，在大难即将临头之际，他们终于遇到了一个兵站。车刚开到兵站门口，他便昏了过去，战士们七手八脚地把他俩架到屋里。在兵站医治了两天，人才缓了过来。

听他这么一说，我立即劝他不要走 318 了，因为 318 线上海拔最高的几个地方都没有兵站，万一再遇上啥意外，很难得到救助。而且，他开的是一辆两驱的家用轿车，走青藏线还凑合，但 318 有些地段的路况太差了，非把底盘硌坏不可。听我这么一说，他顿似醍醐灌顶一般，连连点头：哎呀，幸亏这么问一下，那我就不走那条路了！

天色渐亮，我这才看清身后的购票队伍竟已排了有百米之余了，而在我前面原先只有十来个人，现竟已增至好几十个了，也不知是啥时候塞进来的。终于开始售票了，苦等了两个多小时的"疲惫之师"躁动起来，尤其是排在后面的人，由于担心买不着票而显得焦虑不安，若不是有维持秩序的人，队伍恐怕早就不成形了。布达拉宫买票实行实名制，一张身份证只能买一张，一个人限购四张（当然，需持四个人的身份证）。快轮到我时，却发生了一件令人匪夷所思的事。排在我前面的一位来自湖北的游客，证件都齐全，也仅买四张，可不知为何，就是不卖给他票。一番争执后，便被管理人员给请出了队伍。

这位游客也是清晨四点多来排队的，一起待了几个小时，大家已混熟了。我问他是怎么回事，他说他也弄不明白究竟为何，真是撞上鬼了。

说罢便气呼呼地离开了。这下我有点担心了，我也是购四张票，会不会也不让买呢？我做了最坏打算，如不行就请后面的人帮着带。没想到，待我购票时竟啥事也没发生，顺顺当当地将四张票拿到了手。在这位湖北老兄身上发生的事，我至今仍未搞懂。

在曾经的政教合一年代，布达拉宫既是最高的宗教中心，也是最高的行政中心，同时，它在藏民心中更是一个崇高无比的宗教象征。据了解，布达拉宫成今日之形，其间的历史长达1300余年。历经数番兴衰，至十七世纪中叶方形成白宫的主体建筑。其后随着时间的推移，又逐渐扩建了红宫及其他附属建筑。布达拉宫的建筑群体一般均在五六层以上，局部最高的楼层也有十层以上的。而其所坐落的红山高度也有约七八十米，两者相加总高可达一百余米。在拉萨这么一个相对平缓的区域，布达拉宫的形体尤其高大伟岸，显示着其非同凡响的气势。

很难想象的是，在这么一座小山上，那宫殿的建筑面积居然有十几万平方米。也更难想象，如果没有布达拉宫这个标志性建筑，拉萨这座城市的标志性特征又会是什么，它又会缺少些什么。与西藏其他寺庙的建筑风格相同，布达拉宫的每一处构致都很粗犷墩厚，仅宫墙厚度也在二三米左右，所用全是花岗岩。据说，为增强稳性，中间还灌有铁水。宫中的主体建筑内外所用也都是大料重料，显得极为结实牢固。但其室内装饰却又是另一番风格，十分精致雍华。在面积达六七百米的白宫议政大厅里，从梁木至墙壁，几乎没有一块裸露原色的地方，四处皆是艺术价值很高的壁画、壁挂、唐卡，梁上挂着各种黄金、丝绸等材料制成的饰品，地上摆放着各种插着孔雀尾羽的瓷瓶，可谓豪贵尽显。布达拉宫有房数千间，仅参观区也有房数百间以上，里面廊道交汇，径曲光幽，殿堂杂陈，楼层错叠，行走于宫内，若无人引导，则如入迷宫一般。

本来，我倒是很有兴趣去看看六世达赖仓央嘉措曾经的寝宫丹德吉殿，但在安排的参观线路上却未曾见到，这是一个遗憾！因为他的流传

高城圣殿——布达拉宫

千古的情诗和他不甘受羁的自由情怀，也是促使我来布达拉宫的缘由之一。虽不能见其影闻其声，但幽长曲折的廊道内定然留有他的足迹：那遥远的岁月中，虽是青灯黄卷相伴，但此处是他的家园呀！那时的他，是怎样的模样？我想，以他二十五岁的生命，应是一位英气勃发的才俊。在我的心目中，他是不朽的达赖，因为他才是认知生命本真而未将自己围于戒律之中的智信高僧。甚至连他的离开世间的方式，也那么的迥异于常人，似神仙之逝，遁形于雪山碧穹之间，充满着无尽的浪漫、凄然与神秘。

望着廊道尽头透来的光线，藏香弥漫、鎏金闪烁之中，像是进入了幽深莫测的时空隧道，我突然想起了传说中的仓央嘉措的一首诗：

第一最好不相见，

如此便可不相恋；

第二最好不相知，

如此便可不相思。

哀怨与痛苦，从这短诗中略可体会。或许，这是他去玛吉阿米约会

情人后所写下的。爱情，永远是美好的，但未必是美满的。其实，除却谁都无可回避的世俗琐碎之外，每个人的内心都是一个无穷的世界，深邃、睿智、仁爱、忧伤，应是这个世界的重要组成，而仓央嘉措的内心世界，一定更为博大和慈悲。

外面的阳光亮得刺眼。从宫中出来，原先浓重的阴云竟散得无影无踪，天空又是那样的高，那样的蓝。返至广场，回望高高耸立的布达拉宫，只见几只苍鹰在云中盘旋。苍穹之下，那宫殿是如此的巍峨，又是如此的凝重！

二、穿越大北线

开始写这个章节时，我已是第二次赴藏归来近四个多月了。早就想动笔，但这次走的行程更长，所见、所遇的事更多，握笔在手，却又不知如何开篇。不得不承认，西藏于我而言，真的太具有魅力了。曾经踏足的幽远、空灵的雪山、草原、湖泊，还有那碧空如洗的蓝天，都像是一幅幅定格的胶片，总会反复地在脑海中涌现。

在初次领略了西藏的风情之后，我却反而有着未完成夙愿的感觉，一定是因为那片土地太过广袤，也有着太多的未知，而我，并没有读懂西藏。但我已深深地感受到，置身于这片土地上，对于我的认知与情感似有着某种雕琢抑或矫正的作用。我甚至认为，对更多的人而言，不论失意还是得意，似乎只有在此，才能走近看清自我的镜子。

在高原的疾风中，凝望身后那无际的长路，我开始明白，从前意识中的许多所谓的重要，其实并不重要；从前许多须劳心驮负的，大可淡然掷之。所以，我认为，只有去了西藏，才会有再次前往的强烈冲动。或许于我而言，藏地之旅，将会是一个永恒的心灵的远足，只有起始，而没有终点。只是不曾料到，再次赴藏的机会竟这么快就来到了。

一日，去老同学玉章的工作室闲坐，他告诉我，他的一位朋友拟自驾游去西藏，他也想去，并希望我能同行。这自然也撩拨起了我再次进藏

的欲望，尤其是在获知此行要穿越大北线入疆后，我更是按捺不住了，因为这是一条鲜有人涉足的艰险之路。况且，年初自己遭遇车祸致颅脑损伤，在家休养了好几个月，都快把人给憋疯了，一直想着出去走走。几经商量，终于定夺，去！

此次行程初拟的路线大致是：从成都经由汶川映秀镇入303省道，翻越四姑娘山、夹金山，从丹巴走211省道入317国道，经昌都、那曲，再入青藏线109国道至拉萨。尔后，再从拉萨沿109入301省道经班戈、尼玛、改则进入阿里。至阿里后，再走219国道（藏新线），翻越昆仑、喀喇昆仑山至南疆，嗣后从南疆的叶城穿越至北疆的阿勒泰地区，最终从新疆返回。

我这部车的"车长"是阿郑，四十多岁。我与他是第一次接触，这位建筑设计师是位越野发烧友，年年要出去疯一趟。为满足爱好，他还专门买了辆四驱的三菱越野车，据说他在我家乡的越野圈里也算是小有名气的。另一位随行者是阿牛，自由职业者，三十多岁。阿牛在外表上颇具流风遗俗的叛逆派头：打扮新潮，头上梳着形状别致的小辫子，前看很清朝，后瞧很时髦，身材壮硕，肤色黝黑，猛一看既有点像印第安人也有点像藏族人。

我们四人从舟山出发，通过网上约定，至武汉后与另一辆来自湖南的越野车会合，然后一同赶往成都。湖南的车上共有四个人，"车长"老谢，另两位都姓李，我们分别称之为老李和大李。还有一位是老K，北京人士，据说其游历甚广，跑遍三关六码头，且家底殷实得要命，是个不差钱的金主。但这些仅仅是旁人的"据说"，我从未考证过。途中倒是见他抠门得厉害，这让我有点不太相信他真的是个金主。有一次，我故意调侃他：你这么有实力为何不在我们家乡买艘游艇呢，当下的有钱人最时兴这个了。没料这老兄连想都没想就认可了我的"建议"，还满不在乎地说：

一艘游艇也花不了多少钱吧！口气之大，还真有点把我给吓着了。

　　阿郑与湖南那几位驴友此前曾一同出去过，故彼此早已熟稔。老谢四十五六岁，中等身材，小圆胖脸，看上去蛮面善。老李与老谢年纪相仿，小矮个，人很率性，喜怒尽形于色，像个未谙世事的老小孩。大李比前面两位大概稍小一两岁，他是我们这些人中身材最魁梧者，再加上其剃的那个略显剽悍的寸板头，玉章说他有点像港台片里的打手。我说这样也挺好，有这般外表的人与我们同行，遇上坏人或许能起点威慑作用。但后来接触时间长了，才发觉大李其实是个很温和的人，路遇恶犬，他竟会吓得半死。哈哈！这是后话。

　　就这样，一支生熟相夹、秉性各异并带着些探险性质的"驴队"，神催鬼促般地在仓促间组成了，而彼此间所具有的不同的理念、经历和习惯，为途中所演绎的一系列故事平添了不少枝枝叶叶。

进发丹巴

　　303 线从映秀至卧龙这段路沿途的风景本来应该是很美的，但由于汶川大地震的影响，有些奇峰峻岭竟被震塌了，故绕行在山间，常可见到绿褐相夹的石崖和峰峦：那绿色的是残存的山峰，褐色的则是垮塌的山体。更有一部分山几乎是从中间裂开后垮塌的，因此，不少本应是圆锥体的山也像被刀纵向切开一般，变为了不规则的半锥体。在原本是连绵的绿色中，时时突兀地呈现上窄下宽的流泻状的巨大的褐色区域，那是山体滑坡时留下的痕迹，活像是火难制造出的尸体。参天大树被泥石成片地压倒，路边也常可见到之前从山上滚落下来的巨石。地震的威力的确令人感到震慑，尤其在这种石沫化严重的山区，地质灾难所造成的破坏往往是叠加性的，

泥石流将河床大幅抬高，又形成了一处处堰塞湖，这些场景如放在彼时，可以想见是多么的恐怖。

车越往前开，场面越发惨不忍睹，一些原先住有山民的美丽村落也早已成为萧瑟之地，只有那些斜卧的破损房屋和断壁残垣孤独地横在那儿，昭示着一段不堪回首的往事。实在不敢想象，面对这种山崩地裂的无妄之灾，我们人类有何抵挡之力！

下午一点左右，我们赶到了卧龙保护区。卧龙是很值得看一看的地方，因其是中国第三大自然保护区，除了大熊猫，区域内还有金丝猴、牛角羚、雪豹、小熊猫等许多珍稀野生动物，且这里更因特殊的地理环境形成了极为良好的生态。粗略看去，卧龙的野山葱绿滴翠，云雾缭绕，山水蜿蜒而下，遇高低不一的山崖断岩，便又形成无数条雪白的小瀑布，垂挂于莽莽山野之中。这样的景色对于喜爱风光摄影的我是极具吸引力的。但在303线入口处被耽搁后，原先的时间安排就变得很紧张了，前面有一百几十公里的山路要赶，还要翻越海拔很高的夹金、巴郎和四姑娘等大山，趁着天色还亮，须尽量早些抵达丹巴，故我们无法多作停顿。

过了卧龙，路况渐好。由于离地震中心越来越远，那些看着让人揪心的地震痕迹也逐渐减少。不久，我们便到了夹金山。当年红军长征时，翻越的第一座雪山就是眼前这座夹金山。因此，对这座山的印象一直特别深刻。时隔近八十年后，沧海桑田，人间早已变换！如今翻越夹金山，却已根本体会不到从前在课本里描述的那种艰险了。

行驶在夹金山的盘山路上，窗外的景色始与卧龙有所区别，呈现出了明显的藏区风貌特征：翠绿的高山草甸、忽聚忽散的云雾、空中翱翔的雄鹰、山坡上一簇簇野杜鹃，这不由让我想起了去年走过的318线，一切都恍如昨日，但掐指算来，却是一年过去了。到了海拔四千多米的垭口，弥天的雾气陡然腾起，远处的山势也变得虚无缥缈，原本不错的好风景全被这妖雾给披藏起来了，不免让人有些扫兴。雾锁垭口，停留也就毫无意义了，我们决定径直前往日隆方向。

夹金山与四姑娘山同系横断山脉，两山垭口相距大概还有五六十公里的路程，中间还须翻越巴郎山垭口。看到夹金山这般鬼天气，我便开始对能否观赏到巴郎山和四姑娘山的美景不抱什么希望了，因为听人讲，这山平常就多云雾，现能否一睹它们的芳容，完全凭运气了。

果然，到了巴郎山垭口，只见远近依然雾气弥漫。半小时左右，翻过垭口，便到达观赏四姑娘山的最佳处——猫鼻梁。如果天气良好，可在这儿看到四姑娘山的全貌。大家纷纷下车，朝着四姑娘方向凝望，希冀她能展露一下芳容，而"姑娘"却很不解风情，忽而露出模糊的影子，忽而又用云彩遮住自己，如此反复地挑逗着我们的心情。众人好不失望。由于有了去年进藏的经验，我对于天气的好坏与否，倒也显得释然多了。既有坏天气，便也会有好天气，让老天爷一路总是给你好脸色显然不太现实。不过，我完全没想到，两年之后，自己竟会第二次去攀登一座雪山，她就是眼前的四姑娘山（后面的章节会写到此次攀登的经历）。

从巴郎山至四姑娘山这一段路程中，同学玉章开始出现了高原反应。巴郎山垭口海拔已有 4500 余米，在这样的高度出现高原反应也属正常，更何况他还是肺部动过手术的人。我很担心他接下来会怎样。不得已，他开始吸氧。我们都劝他先不要吸，尽量再忍一忍，因为后面会越走越高，如一难受就吸氧，恐难以适应。但看到此时的他已呈窒息状，只好由着他了。总算还好，后随着海拔高度的不断下降，他的状态又渐渐好转起来。

过了巴郎山，进入了小金县境内，车窗外的山野景色变得十分优美。越向前行驶，周遭越发满目苍翠起来，小金河奔腾着陪伴在我们左右。这

里几无高原的特征，路旁的树木也十分高大，拐出一片林子，忽见不远处有一村落，绿树掩映间，几缕炊烟袅袅升起，世外桃源一般。立即停车，只见路边的大树下，一些村民摆着自产的青苹果在向路人兜售。这是我从未见过的一种苹果，个儿不大，皮是翠绿色的，看那样儿似乎很酸。一问，两元一斤，不贵呀！但也不敢贸然多买，先买上一斤尝尝再说吧。一吃，哇！味道竟是出乎意料的棒，甜极了！我还从未吃到过这么甜的苹果！常言道，人不可貌相，看来，连苹果也不可貌相哟！能遇上这等上好水果的机会可是不多，索性，我将地上放着的一大箱子苹果全给买了下来，放车上让大家日后享用。后我才知道，小金的青苹果是一种很优良的品种，早已名声在外，只是我们之前不知道而已！

丹巴城

下午六点左右，我们赶到了丹巴县。丹巴县位于四川甘孜州东部，南和东南与康定县交界，西与道孚县毗邻。县政府所在地章谷镇就位于大渡河畔，镇子不大，仅小街一条，又因被大渡河一隔为二，故尤显狭窄。丹巴县人口不多，经济也并不发达，但因其生态优良，风光怡人而被外界誉为"中国最美丽乡村""中国历史文化名村""中国景观村落"。名扬遐迩的"千碉之国"也在丹巴境内，沿着小金河进入县境，途中即可见到路边村落里的古碉建筑。

除了古碉，丹巴还是一个嘉绒藏族聚居的地方，那里素有果实多、

108

帅男多、美女多之说。听当地干部讲，那是因为这个地方的自然环境好，空气清新，水质优良，土壤肥沃，所以，丹巴不但物产十分丰富，更是个适宜养人的地方。闻得此言，自然也勾起了我们的好奇心，决定翌日找个寨子去瞧瞧。

寻找当晚的下榻处时，老 K 那耐人寻味的黏糊劲上来了，很是让人哭笑不得。我与玉章本已找了家位于桥边的厦鑫宾馆，一番讨价还价，单间价格从 180 砍到了 120。就在大家准备办理入住手续时，老 K 突然过来发话了，他嫌这个价格太贵，埋怨我们谈价谈得太快。

"这样不行，不能这么谈价！"老 K 以老江湖的身份向大家阐述着此等问题的操作要领和重要意义，"太贵，太贵，谈价钱一定要货比三家，要多挑选挑选才行，万不可贸然定夺。"

我和玉章虽心里不悦，但想想大家刚走到一起，不好意思相忤，便隐忍不发。于是，老 K 亲自带队，接连看了好几家客栈。不知不觉间，跑来跑去竟白白耗掉了四五十分钟时间，一个个累得直喘粗气，最终也未找着老 K 心仪的那种既便宜又舒适的地方。最后，大家还是回到了"原点"——先前我们找的那家宾馆住下。见此，大家对老 K 开始冒出一丝厌意。在后来的行程中，每天总会有不少时间被老 K 这样白白地"粘糊"掉。渐渐地，大家都对他很不以为然了。

这个袖珍的小城真是人丁不兴，正是晚餐时间，仅有的几家小饭店里也是冷冷清清的。我们寻了一家小饭店填肚，餐间，老 K 又跟孔乙己似的，认真点评了一道我们点的主菜——汤煮鲤鱼："贵了，贵了，哎呀！这个菜确实太贵了。"我有点烦他，呛道："那你去点一道不贵的好菜来给大家尝尝呀！"而他又马上不吭声了。

那晚睡得还不错，窗子几米开外，就是咆哮的大渡河，巨大的水流

激荡着两岸，震天撼地。整夜头枕波涛，其状犹如在家乡的海边，时间一久，那激流的喧腾竟似催眠曲一般，让我早早地入梦了。

小村呷任依

呷任依村在丹巴中路乡，据说这是一个很典型的古碉村落，也被誉为中国最美乡村之一。一早，我们便驱车前往，沿303线走了不到半小时便到了。粗略望去，便觉呷任依村的确是个山清水秀的好地方。背依滔滔东逝的大渡河，面朝雄立天际的默尔多神山，旁边又环系着蜿蜒流淌的小金河，再及山寨的树影里矗立着高低不一的古碉，还有那漫山遍野的茂密植被和田里的高粱、玉米等秋作物的衬托和点缀，这个村寨之美好就无需再赘叙了。

村子面积很大，民居也很分散，乍一进入，真让人有些摸不着北。我与阿郑在乡政府旁停好车，望着山上山下的一片绿野，一时竟不知如何择路。我俩正琢磨着该怎么走，忽见乡政府的围墙里像变魔术似的钻出一人来，定睛一看，原来那个围墙上有一道小门。正诧异着，那人已主动与我们打起了招呼。攀谈间方知其身份，原来他是从成都来此对口支援的挂职干部，叫龚举河，约三十多岁。

小龚十分热情，他说他现正要去村民家里去家访，让我们跟着他一块进村去好了。这倒是不错，否则，偌大的村子，小道交错、阡陌纵横，够我们摸上一阵子的。于是，我们就边走边聊，朝着村子走去。因自己从前也曾有过长期在农村蹲点的经历，故与小龚很有些共同语言。毕竟，不管在哪里，农村工作的特点还是有相通之处的。

小龚到这儿才一个月左右，但对这儿的情况和村里的人已很熟悉了，途中遇到村民，彼此间已显得很熟稔。我以从前在农村蹲点时的经历向他谈了些这方面的体会：最重要的是一要摸准情况，二要办些实事，这两条做到了，当地的人就会满意。他很认同，说，对！对！我打算在挂职的两年时间里，尽量为这儿多办几件实事。他说眼下正在张罗着想把村里的道路给修建起来，现在村里的路太差，村民的生产、生活很不方便。

呷任依村地势高低不一，我们往村里去的多数路段皆由低往高，且落差至少在一两百米以上，有些地方坡还特别陡。但行走中并不觉单调枯燥，因周遭都是夺人眼球的好风景。除了随处可见的顶冠巨大的野生树种，还有满坡遍野的犁、桃、苹果等果树。小龚还告诉我说，每年的早春时节，这里便是中国最大的梨花谷了，景色非同一般。梨花开过后，其他果树也依次花开，到处是五彩斑斓，玉妆粉砌，美丽得很，此番景象可持续很长一段时间。末了，最后接茬的还有田里成片的油菜花。不用看，光想想即可知晓那是何等的漂亮！

巧得很，就在我刚开始写这个章节时，小龚发来短信说：陈哥！现在梨花都开啦，快来看吧！呵呵，弄得我好不心动。可惜实在相隔太远，否则真想立刻赶过去。

这里的民居多修建在朝阳的山坡上，一幢幢风格统一的寨房依山就势、高低不一，错落有致间，绿树婆娑、野花盛开。方行几步，不经意地一抬头，又见山中小溪从石坎中潺潺流下，顺着林间的浅沟蜿蜒而去；刚一拐过墙角旮旯，差点与屋边的一头老牛迎面相撞，那牛轻轻地抖着双耳，与你定神相视，目光中充满好奇，似在问：你是何人？来此做甚？恬然中又不禁让人莞尔。

这里所有房屋的窗户，几乎都朝着不远处的墨尔多神山。藏族人极崇敬大自然，身边的雪山都是他们心中的神山，墨尔多也不例外。墨尔多

主峰不算很高，仅 5000 余米，远眺该山，似乎并不觉得有什么特别之处。但听当地人介绍，墨尔多的特色在于其神奇，山上有圣景百余，小景千余。主峰北面竟然有西藏包括喜马拉雅、冈底斯等在内的八大神山的微缩造型，主峰东面还矗立着逼真的天然石碉群。若行走在山上，还常可遇见忽然涌起的高山云海。天气好时，站在主峰，还可望见四姑娘山、冈底斯山、峨眉山。更重要的是，墨尔多山还是藏族最古老的宗教——黑教中的神山，故每年来此转山的信众甚多，香火极旺。

不难想象，若透过窗棂望去，视界里尽是花海一样的山坡、田野，再与巍峨的雪山交相辉映，岂不是住在仙境之中？不管是远看近瞧，这个藏寨确是一幅充满灵气的画卷！其美其秀，既与米堆、亚丁、鲁郎等地相似，又有所不同。相似之处在于它们都是缀满异彩、生机盎然的地方，而不同之处在于类似呷任依这样的村寨，因居住相对集中，故比牧区的藏民聚居点显得更有人气和闹意，生活气息也更为浓郁。所谓一方水土养一方人，的确不假。在如此优良的小环境中，出帅男美女自是再正常不过的了。不过，那天我们既没见着帅男，也未遇见美女，只看到了几个满脸沧桑的老人。据当地人说，年轻貌靓者多到外面打拼去了。呵呵，这么说来，我们所遇见的只是留守人员了。

呷任依村的碉楼

碉楼是这里的地域符号，之前，我从未见过这种式样奇异的建筑。经问方知，碉楼从前主要是作村寨御敌之用。小龚告诉说，当年解放军进驻川藏时，一遇碉楼则久攻不下，遂请工匠依样复造，以供部队熟悉内部结构，研究破解之法，后方才逐一拿下。除了御敌，碉楼还有宗教上的作用。据说，丹巴的嘉绒藏族系由当地人千年以来与吐蕃移民融合而成，再及生产方式以农耕为主，故逐渐形成了自己独有的文化和习俗。因此，像碉楼这种建筑仅存于以丹巴为主的区域内也就不难理解了。

令我感到遗憾的是，那天未能到村民家中去坐坐，好好看看古碉楼，领略一下当地的风土人情。本来，小龚倒是给我们提供了很好的一个机会，他本来要请我和阿郑与他一同到村民家中吃中饭。但是，由于同行的另一拨人因不熟悉路况而未能跟上，与我们走散了，经电话联系，方知他们都没跟上来，正在下面傻等着呢，再加上当日要赶的路程还不少，时间不太宽裕，无奈，只好立马回去。

告别了热情的小龚，我们便结束了在呷任依村的短暂停留。我跟阿郑说：蜻蜓点水，意犹未尽！其实，这匆匆一瞥，或许连蜻蜓点水也谈不上。此后我一直在想，将来若有合适的机会，应设法再来呷任依村和丹巴，好好地走走、看看。这样的地方，不管处于哪个季节，都是很具有诱惑力的。当然，条件允许的话，也该去登一下墨尔多神山。

红色喇荣

离开丹巴的中路乡后，本打算于当日赶至色达县的翁达镇住宿。但到了那儿一瞧，翁达镇里竟找不到稍稍像样点的旅舍，没有热水供应，卫生条件也极差。于是，便决定不在翁达待了，改住色达县城。翁达镇至色达县城有80余公里，此时已是傍晚七点左右了，天还有点亮，抓紧时间

二 穿越大北线

113

或许来得及。我们旋即继续驱车前往。这段路虽不长，但很多都是山崖路，车无法开快，待到达目的地已是晚上九点半多了。

色达县城海拔近 3900 米，昨晚，同行者中的多数人已有不同程度的高原反应，玉章尤甚，当晚就开始气喘。翌日起床后他说头疼，我有点担心，伸手摸了摸他的额头，像是有一点点发烧。这可大意不得，高原上就怕感冒发烧，此时若再与高反叠加，随时会要了性命的。我即告与阿郑，他也有些紧张了，便一个劲地劝玉章先到医院看一下。

起初，玉章觉得找医院看病太麻烦，且耽误时间，不愿意去。但前面的路程中，海拔将更高，真要是感冒发烧的话，必须现在就去治。否则，一旦错过了最佳时机会，后果会很严重。于是，我们立马开车去找医院。县医院离我们住的地方并不太远，可一到那医院门口，立刻让人心里犯嘀咕：这是医院吗？若不是挂着县医院的牌子，猛一看倒挺像农场的场部。用砖坯围着的院落里，只有几排孤单的旧平房，显然这就是诊疗室了。有趣的是，诊室后面的空地上居然还种着一大片青稞。呵呵！我说，从前咱兵团是寓兵于农，看来这里是寓医于农啊！

医院虽破，但医生的态度倒是蛮好，一听我们是大老远过来旅游的，就显得很关切："哎呀！可能是高反吧？这个海拔，内地来的都会犯高反。"那医生长得很白净，这样的好肤色在高原可不太常见，一听口音，像是内地过来的医生。他马上给玉章测了体温，谢天谢地，没发烧，那显然是高原反应的症状。

可待我们拿着方子去取药时，却发现药房的大门还紧闭着，管配药的人还没上班呢。等了好一阵，依旧没动静，又去问那医生，他说他也不知道。再傻等着也不是个事。玉章说，算了！不配药了，反正没发烧，不要紧的。我想想也行，医生开的也无非是一些抗高反的药，而这类药我们

红色喇荣

自己也带着。于是，我俩便匆匆离开了医院。

下一站的目的地是甘孜县。大家决定先顺道去距色达县城约十几公里外的喇荣五明寺去看看。此前曾听说过这座寺院，但没什么概念。待到了那儿一看，不免让人惊愕：这世上居然还有此等规模的寺院！寺院坐落在叫喇荣沟的地方。穷僻之壤，隐于一隅，却是修学者甚众，其数量远超色达县城的既有人口，难怪被誉为世界上最大的佛学院。在我原先的想象中，佛学院该是与自己老家的普陀佛学院的外观、格局差不多。一般都是在一个风景秀丽、环境幽静的地方，高高的围墙内，一座座金色大殿展露着翼般起翘的飞椽。谁知，眼前之所见简直就是一座城市，说得更准确点，那是一座红色的山城。

还未待进入"校区"，便见一精致豪华的牌坊横跨公路，上书由原中国佛协会会长赵朴初题的"色达喇荣寺五明佛学院"几个金色大字。上得山坡公路，便可见到一幅震撼的画面——整个山沟从沟底至沟顶全是密密麻麻的房子，估计至少在万间以上。房子的外形与普通藏族民居无异，但

多为单层，显得很简陋。远远望去，如同垒叠在山坡上的一个个小方格。外墙一律涂着绛红色，而窗框则是白色的，故看着很像是无数间以粗线条的笔触涂抹在画布上的布景。在湛蓝的天幕下，这些房子又好似夸张的红色花朵，开遍了山坡，很富有感染力。在一大片未建有房子的山梁上，则又拉满了密密的五彩经幡，在风中起劲地狂舞着。

为了拍照，我独自走到一处小山坡上，见一些信徒正抱着大包小包，吃力地往山梁上走去。我感到好奇，便上前探问，原来他们是往山冈上去挂经幡的。一位会讲汉语的年轻喇嘛告诉我说，挂经幡与在庙堂烧香差不多，为了祈福，也为了功德。

这座佛学院起步较晚，发展却很快。20 世纪 80 年代，此处还仅是一小小的学经点，但随着国家宗教政策的落实和完善，于 1997 年正式成立了佛学院。在路边，我遇见了一位来自四川成都的汉族信徒，他来此修行已有三个多月了。我向他了解学院里的学员数量。他说，确切的数字不好说，因为学员不太固定，学的时间也各有长短。但平常一般有两万人左右，遇重大活动人数则会大增。我好奇地询问，这山沟里这么这么多的房子是怎么盖起来的？他说都是由学员们一同参与，帮着施工队建的。他说整个喇荣沟里的房子不是一下子盖起来的，建造的过程很长，随着学员的增加，慢慢地沿着山坡向上扩建，逐渐逐渐，便形成了现在这个规模。远处的山坡上似还露着星星点点的空地，估计用不了多久，那儿也会盖上房子的。我问，以后人要是再多起来，地方不够怎么办？那位学员笑道，应该不会的，要是坡上占满了，山顶上还是有地方的。

当然，对他们的生活状况我也很感兴趣。我问他这么多人吃饭怎么解决？他说生活上的所有事项全由自己解决，如果个人有些什么困难，学员间也是乐于相助的。至于费用，基本上都是自理，但学院给每个人也有些补贴。经他介绍，才知道这地方现已俨然是个小城市了，至少已具备了城市的大部分功能。买菜、购物，包括就医等也都有相应的地方。让人颇感意外的是，对面山顶上竟还有一座体量很大的楼房，房顶正面赫然竖着"喇荣宾馆"几个大字，仅从外观就可断定，这等档次的宾馆即使在色达县城里也是找不到的。

当这位学员得知我是来自普陀圣地时，便流露出了羡慕的眼神，说道，我们学员里面有来自福建的，那儿离浙江很近，也是海边。居然还有这么老远跑过来的！这真的让我很惊奇。

他接着说，这里全国各地的人都有，但多数还是川藏一带的，藏、汉族都有。正聊着，忽见有几个修行者拎着装满水的塑料桶从我们身边经过。我问，这儿没有自来水吧？他们说，没有，生活用水都是自己从山上去取的。我说，那太辛苦了。他笑答道，修行嘛，就是来吃苦的呀，不然就不叫修行了。

这话很让人感动，有如此执著的信念追求，那才是不折不扣的信徒。我一向认为，任何宗教，只要在参与过程中不掺杂私念，秉持仁心，那么，都是值得尊重的。

与那位信徒作别，我便又向山顶上走去。因为这场面实在太大，再广的镜头也只能拍到局部，所以，我想尽量与景物拉得开些距离，但又怕时间来不及，只好站到路边，随意地拍了几张这座弥漫着信仰氛围的红色之城。

俯瞰从信徒们手中建起的密密麻麻的房子，望着三三两两地从身边走过、脸上总是洋溢看满足笑容的信徒，不禁心生感慨，为着坚定的信仰而汇聚在一起，吃苦受罪却倍感幸福，这便是精神的力量！世上还有什么比这更强大、更神奇的呢？

117

马尼干戈斗恶犬

下午两点左右抵达甘孜县城。时间尚早，本打算继续往前赶。但获悉前方通往昌都的路正在抢修，今明两天都不得通行。于是，只好找了家旅馆先安顿下来。说实在的，对我而言，在甘孜待上一天多时间也并非不好。一则下榻之处条件还不错，好几天没好好洗漱了，换下来的臭衣烂袜还在背包里捂着呢，可乘此机会稍微休整一下；再则，甘孜周边还是有些自然及人文景观值得去看看的，这个时间正好可资利用。

简单地洗涮完毕，刚躺到床上想休息一下，阿郑忽打来电话，说大忽悠（即老 K，一路下来发现其特能忽悠，故后送外号大忽悠）在关卡那儿不知用了什么魔招把工作人员给忽悠通了，答应我们五点前通关过去。真让人哭笑不得，已在旅馆里住了两个小时了，提前退房的话，需付半费，岂不白白扔钱了！但同行的人中除了我和玉章，其他的人都想即刻离开甘孜，那架势像是前面有天堂等着。没办法，不想拂大家的意愿，只好退房启程。

过了关卡，已是下午 5 点多了，天虽仍然大亮，但要赶到下一个县城——德格显然又来不及。于是，大家商定去德格县的马尼干戈镇住下。马尼干戈距甘孜县城也不近，约有 140 公里，但路况尚好，天黑之前应可赶到。马尼干戈在 317 国道上也算得上是有点名声的地方，自茶麻古道形成之后，此处逐渐成为商贸重镇。时至今日，马尼干戈更是川藏北线的交通要道，故大家思忖条件应比一般的乡镇要好些吧。

一路还算顺利，约 3 个小时后，我们赶到了马尼干戈。天刚有点擦黑，赶紧先找住处。不巧得很，那天不知是啥日子，像样点的旅馆全都塞满了客人。几经周折，只好在路边找了家专为背包客服务的小客栈。条件极差，除了一张铺，一床被，没有任何洗漱、卫生设备，甚至连桌子、椅子也没有。因当地很多人不肯交纳电费，近期这一带被供电部门拉了闸。好在客栈里有自备的小柴油发电机，但只供至晚上十点钟左右。俟天色全黑，整栋房子乃至整条路都充斥着马达的轰鸣声和呛鼻的柴油味。

一整天都在路上狂奔，中饭也没找到地方吃，未待将车上的行李取出，我们便先在路边找了家小饭店填肚子。大李饭吃得奇快，他放下碗就先起身去停车场取自己的行李了。才不一会儿工夫，大李神情慌张地从外面跑了进来。我们问，怎么啦，跟撞了鬼似的？

他说："哎呀！不得了，停车场里有一条很大的狗！吓死我了！"

我觉得很好笑："你这是咋回事呀，狗有什么好怕的？我们这一路上狗还见得少吗？"

大李急得直摆手："说，不，不，这狗好像很凶的！眼珠子锃亮，不声不响地就朝我过来了。哎呀！我最怕狗了。"他的声音似乎在发抖。

见他吓成这般模样，我便让他等着，说："待吃完饭我带着你过去，我才不会怕一条破狗呢！"

于是，人高马大的大李便像小孩儿似的挨着我们坐了下来，乖乖地等着大伙把饭吃完。此时，我觉着身旁的大李真是超级可爱，心里不禁发笑：五大三粗的块头，玉章还说有他有点像打手呢，居然如此怕一条狗！

末了，我起身放下碗筷，说：你们要不要现在去取行李？要去的话就跟着我一块儿去。被大李这么一渲染，众男人都被这只还未打过照面的狗给吓着了，纷纷表示要与我同去。于是，我说，我在前面走，你们在我后面跟着。为了以防万一，我从腰包里取出了一自制的防身工具——用粗电线串起的几只大铁螺帽，紧紧地攥在手里。

此时，我们已进入了停车场。所谓的停车场其实就是一大片围着木栅栏的荒地。天已黑得像浓墨一般，周遭啥也看不见。我打前面走，其余七个人排成一列纵队，小心翼翼地跟在我身后，大家深一脚浅一脚地向前摸索着。好一阵子，没见到任何动静。

"哪有什么破狗呀？神经过敏了吧！"大家正嗔怪着，突然，在我的左后侧出现了两只幽森森的像狼一样的眼睛，发出惨绿的光芒，依这高度估摸，这条狗个头还真不小。

"狗！狗！在那儿呢！"众人惊恐地大叫起来。

就在此时，那狗猛地朝我身后的人猛扑了上去，并同时发出了低沉而可怕的吼声。众人"哗"地一下四处逃散开去。我未有片刻的迟疑，似弹簧般迅速转身，抡起手中的家伙就朝那狗头狠狠地击去。第一下未能击中，此时，不知是谁在一旁拼命叫喊：

"别打！千万别打！"

此时，我断不敢掉以轻心，集中精神，准备迎接大狗的反扑。没想到，那只狗哼唧了一声，夹着尾巴跑开了。我大笑一声，原来是只"纸老虎"啊。大家全体长舒一口气。

其实，我倒觉得，怕狗，只是很多人的一种心理障碍罢了。往往狗的威胁是次要的，自身的恐惧感才是最可怕的。处于险境的时候，放手一搏才是拯救自己的最好途径。

呵呵！与恶狗的一场意外厮杀，让我永远记住了马尼干戈这个地方！

齐聚客栈的天地英雄们

这里所指的天地英雄，就是那些徒步或骑行于川藏线上的行者。在我头一次从318线进藏时，就已遇到过许多独闯天涯的勇敢者，每每望着他们那远去的背影，总让我特别感触。而此次在317线甚至219线上所见到的骑行一族则更是让我钦佩，因为这两条线的沿途条件更为艰苦和危险，尤其是藏西北一带，海拔更高，自然环境也更加恶劣。

我们从甘孜过来，离马尼干戈还有十几公里的时候，在路边遇上一位小伙子，没问他的姓名。我起初估摸是位已经毕业但尚未工作的大学生。他说自行车坏掉了，想搭我们的车前去马尼干戈。车上尚有空位，我们便捎上了他。去年，我在318线上遇到过好几位这样的年轻人，都想在正式工作前先好好独自游历一番。他们说，等以后工作了就很难有这样的机会了。我觉得很对，在我们这个休假制度尚名不实至的国度里，工作，始终像一根绳索，会束缚自己很久，待没有了这种束缚，则人已老矣。这位小伙子说他已出来好几个月了，先从西南进的越南，后出缅甸，再至川藏线。

到了马尼干戈，那小伙子与我们下榻于同一家客栈。吃完饭，稍作安顿，我便来到旅舍楼下的厅堂里。因时间还早，想与这些骑行者们一起喝喝茶，聊上一会儿天。我认为，这都是些有故事的人物，能分享他们的经历也是件幸事。

所谓厅堂只是谑称而已，这其实是一个极简陋的敞开式大通铺，在大家未入寐前，把铺盖卷起来往墙壁一靠，就权作旅舍的社交场所了。这位搭车的小伙子再次引起了我的注意，因为在这些人中，他是最具传奇色彩的。迄今为止，他已独自一人行走了6000多公里，而且穿越了最难通行的越、缅一带的瘴疠之地。

他简要地同我讲述了一路上的概况，当然，我更关注的还是他的健康状况，因为在高原上长时间的行走与骑车，即便没有高原反应也是极其消耗体力的，尤其是317线，沿途的保障、服务设施极差，这可是一般人

所难以忍受的。小伙子很开朗健谈，投手举足间也显现出其与年龄不太相符的成熟。或许，这都得益于一路上风霜雪雨的磨练吧。他说自己已适应高原气候了，前几天曾独自一人爬上五千多米的雪山，还采了雪莲呢。

我很感叹："了不起！了不起！"听我夸奖，他倒反而腼腆起来，说："其实最难走的路段还是有些海拔相对低的地方，潮湿、泥泞、瘴气、虫蚊，等等，特别是越南、缅甸，让人很不适应。"

几年前，我出差去过他说的那两个国家，对那里有所了解，自然与他多了些共同的话题。让我感触最深的，是他讲述的一路上所得到的素不相识者的帮助的故事。他说："有些穷乡僻壤里的老百姓真好，自己家徒四壁，对外来的人们却非常热情。饿了、渴了及需要各种帮助的时候，都会得到他们的照顾，否则，这一路真不知能不能熬过来。只可惜，"他继续说，"这些地方难通信息，有些则连语言也不通，那些好人就只能在我心里记着他们一辈子了。"说到这里，他显得有些动情。

让我万分惊奇的是，就在我刚写完以上这段文字的一个下午，中央四台正在播放《远方的家·北纬三十度》第185集，在片中竟又意外地见到了他。此时，片中的他已骑行至日喀则的樟木镇，行程已达8500多公里了。通过这集专题片，我才知道他叫卢帆，原是广州市的一名公务员，为了这次旅行他辞去了工作。在片中他说，旅行既为了寻找不一样的人生，也是想借此机会搜集一些沿途见到的困难群体的资料，好向外界寻求对这些人的帮助！这不由地让我对他肃然起敬，看似普普通通的年轻人，却有着如此高尚而博大的情怀！

我们正聊着时，一位40多岁的骑车族（他是骑摩托车的）端着杯茶坐入我们中间。他形体魁梧，肤色黝黑，一脸的络腮胡，头发也老长老长，像极了已去世的旅行家余纯顺的模样。这位老兄姓舒，吃晚饭时我们在旁桌打过照面，也算是认识了。

我说："你的模样猛一看可真有点像余纯顺啊，真的。"

让我没想到的是，一提起余纯顺，这老兄立时兴奋起来，他挨到我身旁说："老哥，不瞒您说，余纯顺可一直是我心中的偶像呢，现如今我天南海北地走，就是因为受了他的影响。粗粗算来，我现也跑了有四五万公里了。"由于挨得过近，我竟闻到了他身上的一股汗酸味，显然是好多天没有洗澡了。

听他这么一说。我便与他说起了我与余纯顺的一件事，刚说了个开头，他就迫不及待地问道：

"怎么？你们认识？"

"谈不上认识，只是我们偶遇过一次。"我说。

"真的？"这老兄顿时瞪大了眼睛，忙不迭催我说道说道。于是，我不无遗憾地与他讲述了自己与余纯顺的一次偶遇。

那是余纯顺意外身亡的前一年的某个下午，记得天已经蛮热了，我在一朋友开的宾馆大堂里闲坐。突然，门外进来一位满脸胡子，脸色黝黑，头发卷长，个儿不高却很壮实的汉子，他背着一只硕大的行囊，显得风尘仆仆。

他的进来，让大家都有点惊讶，因为这身行头和他的这副模样，与我们这座安逸的小城的氛围很不协调。他径直走向总台，向服务员询问房价。显然，他嫌贵，犹豫了一会儿，便转身往外走去。此时，我正站在他的侧后，在他转身之际，又与我打了个照面，眼神的交集发生在刹那间。突然，我觉着这个人有点面熟，但一时又想不起在哪儿见过。

直到第二天，看到晚报上刊登的余纯顺来舟山的报道后，我方顿悟，昨日遇见的竟然是余纯顺，这让我倍感惋惜。因为，此前我在电视中看过关于他的一则专题片，介绍他以双脚丈量中国大地的经历，故对他颇为钦

佩。我说，若早知，我定会让他去我家里住，并好好招待一番。所以，我一直对此感到后悔。

听到这儿，这老兄已是一脸的伤感，良久，才轻轻叹了口气，说道："不知那晚他住到了哪里？"我说："是呀！这也是我常常自问的。不过这样也好，相见而未相识，我与他仍算是陌生人。否则，如果那天我们相识，成为了要好的朋友，那他的意外身亡肯定会让我更加难以释怀的！"

当我讲完这个故事，厅堂里的气氛一下子沉闷起来，大家捧着手中的杯子，若有所思地坐在那儿，一言不发。显然，这件陈年旧事碰触到了在座的行者们心中最柔弱的地方。

余纯顺是个对人生与生活很有哲学感怀的人，由于辛酸的成长经历，使他的内心世界总是怀着一丝淡淡的凄然，这一点可从他的那本《日记选》中明显感觉得到。

我问道："你们看过他的这本书吗？"旁人都摇头。我说，"你们可以找来看看，并不是说文采如何，而是从中领略他的情怀及理念。"

为了打破沉闷，我故意岔开了话题，问大家明天的安排。卢帆说他的车子问题不大，链子修好就可以骑，明天应该可以出发。而舒老弟的摩托车故障要严重些，他说肯定是沿途加的油有问题，气缸好像有点咬了，积炭也很厉害。

正说着，又有一男一女两位年轻的"骑行族"也过来加入到了我们的聊天圈里。他们到的晚，刚刚吃过饭，才安顿下来。这两位显然已在路上走了不少时间，脸已被高原的紫外线灼得黝黑黝黑。尤其是那位女士，眼眶周围有着一圈呈眼镜边框状的暗红色，而眼眶以下的脸部则因毛巾或口罩的遮裹，肤色倒显得稍微正常些，故整张脸黑白分明，看着有些滑稽。

大家热情地让座，往他们的杯子里续茶水。在这样的客栈里，大家只要坐到了一起，便都是朋友，彼此间也没有任何隔阂和戒备。其实，在行者的心目中，这似乎已成了一种共同的认知：能以如此方式出来闯荡天涯的人都是可以信任的，因为蝇营狗苟之辈是不会选择这种生活方式的。所以，相互间都能表露出本真的亲近和关切。那两位与我们讲述了路上的一些经历，原来他们已在路上走了近两个月了。其中印象最深刻的就是他们的一次历险：在一次过山道时，山上滚下的巨石险些让他们丧命。

他们说：当时根本没地方躲，也是急中生智，赶紧贴到了坡坎底下，好几块大石头直接就从他们头顶上飞过，现在想起来还怕得不行！

这种情况之前我遇到过几次，如果防范不及的话的确是很危险的。听完他俩讲的故事，我说，真佩服你们！这样一路过来太不容易了，了不起！你们都是好样的！

此时我所指的"你们"当然包括所有在座的人，这是我对他们发自内心的夸赞。我们坐着越野车都觉着辛苦不已，可与这些骑行者相比，我们的旅行简直就是一种奢华的享受了。

在昏黄的灯光下，从天南海北汇集于此的行者席地而坐，兴奋地交流着彼此的见闻和经历。这是一群懂得生活和热爱生活的人，这样的场面很让我感动，甚至有些震撼。明天，我们都将重新上路，或许，大家从此不再相遇，但这些宵衣旰食、沐风栉雨的勇士们，在我的心目中，永远是真正的天地英雄！

格萨尔王的故乡——德格

这一天，我们居然跑了差不多有四百公里，可算得上是进入 317 线以来效率最高的一天了，途中还翻越了海拔 5050 米的雀儿山垭口。

从马尼干戈开出，路况甚好，跑了大约十几公里，便到了雀儿山脚下。上了山道，原先的柏油路也立时变成了一塌糊涂的土石路。随着海拔的快速升高，沿路看去，两旁原先尚有的一点点绿色也渐渐褪去，眼前出现的尽是裸露的泥土和山石，显得十分苍凉荒芜。周边的山崖从上而下，像瀑布一般铺摊着山体塌方时落下的石屑和夹裹着的乱石，把本就稀少的一些灌木摧残得几乎无影无踪，仅有稍高点的树枝孤零零地露出石屑的表面。公路的边坡上可怜地竖着些参差不齐的枯草，在微风中瑟瑟发抖。

雀儿山在川藏北线算是较为危险的路段。据说，几十年前，部队修筑 317 线时，这个路段平均每公里要牺牲两三个战士，故而说这是一段用血肉筑就的通道也不为过。而今，当年那垂绳悬崖、抡锤凿石的场景早已

雀儿山

随着岁月的流逝而不为人们所知了，但是，当我们享受着前人的恩泽时，真的不该忘却这些无名英雄。

由于这一带的地质条件很差，路虽修成，却常会遇到不测，尤其是雨季，这里时不时地要发生塌方和泥石流。好在此时雨季已过，除了路面坎坷颠簸之外，未见有山石泥土从坡上滚下。万幸！万幸！到达雀儿山垭口，从车内往外望去，山峦叠嶂间，烟霏雾结，猎猎狂风似无情的尖刃，直将寒气扎入肌肤。如果天气良好，本可在垭口遥望十来座海拔近 6000 米的皑皑雪峰的。对于雀儿山，虽然了解的并不详尽，但据资料介绍，那里的冰川十分壮观靓

丽，甚至在国内所有雪山中也是首屈一指的，尤其是那上面的冰塔林，极具美感。所以，一睹其风采一直是自己的夙愿，而我们所在的位置则是观赏雀儿山的最佳位置。可惜的是，此刻视野里皆是白茫茫一片——又是一道被遮挡的好风景呀！尽管不断地自我安慰，淡定些！一切随缘！心里却仍是感到深深的遗憾！

11点多，我们即抵达了德格县。德格是格萨尔王的故乡。关于格萨尔王，我们汉民族向来了解得不多。从前只知道有一部《格萨尔王传》是世上最长的英雄史诗。而格萨尔王历来是神人共体的英雄，故其传说中的故事也多是其降魔驱害、除暴安良的内容。对于格萨尔王究竟是否确有其人，曾有过长期的争论。但据说，经专家多方考证，格萨尔王在历史上确实存在过，年代约是公元11世纪左右，其家乡就在德格的阿须乡。

如今，在阿须已建起格萨尔王纪念堂。按理，是应该去看看的，即便展示在眼前的是极其碎片化的东西也是无妨，因接触这类少数民族文化的机会毕竟很少。但是，我们这八个人的组合，兴趣点都不尽相同，再说，我不是此行的组织者，也不是车辆的主人，故一般情况下，我非常不想以自己的意愿去左右他人。

德格还有一个地方是值得去的，那就是雀儿山下的玉隆拉措，又称新路海。据去过的人说，那是一个非常美的小湖泊，是一见到就可让人把心境平静下来的地方。我在旅行书籍中也看到过关于这个景点的文字介绍和图片，这不是个具有宏大气势的湖泊，其水域面积仅三四平方公里，但却十分精致，雪山、森林、草滩皆有，小环境很优美。那个湖离马尼干戈也很近，才十几公里。但由于新路海未被安排在既定行程中，且又顾及到我们这支队伍的人员组合状况，于是，我只好缄口不提了。现在想来，不免有些后悔。

遥远的风——天涯八万里

德格的经济较落后，除了农牧业，几无其他产业。县政府所在的更庆镇城区也很小，就一条狭长的街道，街面上行人稀疏。中午，本应是就餐时辰，可我们想找家饭店吃饭都很困难。店铺都关着门，说是要等下午一两点钟才开门。我猜想，可能是这个地方平时外来客人太少，无法形成正常的营业时段，故都暂时闭门歇息了。

但我们实在等不及，因为下午还打算去著名的德格印经院呢！于是，我们便开着车继续沿街找去，终于见到一家开在二楼的饭店在营业，但内却无一食客，厅堂内外空荡荡的。应我们要求，老板答应专门为我们开灶。那天，大家可能都有点饿坏了，点的菜不够吃，便又续添了两个，其中一个菜是松茸炖鸡汤，这是老板向我们推荐的，说味道如何如何之好，价钱也不算太贵。可是，待端上来一吃，才知上了老当。原来用的是罐头松茸，一股酸溜溜的怪味。真是哑巴吃黄连，说它是假的吧，它还真是松茸，说它是真的吧，却全然没有一点儿松茸的味道。活该我们自己倒霉，谁让你不长个心眼事先问问清楚呢。反正出门在外，上当受骗亦属常态，杀生斩熟也是许多地方共有的服务特色。

吃完饭已是下午1点左右了，我们便立即赶往印经院。德格印经院有着260余年的历史，素有"藏文化大百科全书"之称，藏书丰富，门类齐全，所藏经典为藏区各经院之最。除了收藏经文经典，印经院还承担着印制大量经书的任务，故德格印经院还有着"世上最古老的印刷厂"的美称，在国内外佛教界享有盛誉。

那天，不知是撞上了什么鬼，我们按照GPS的导航，朝印经院驶去，但开了好一阵，竟未能找着。大路朝天，却始终见不到一个路人，遇不见一辆车，连问路的机会都没有。几经折腾，却是离印经院越来越远。对于此事，我一直耿耿于怀。从西藏回来后，我又仔细在网上查了一下卫星地

128

图，才发觉那天从一开始我们就走错了道。

印经院其实就在县城右面不远的地方，出城时往右拐一段路就可到达，而我们却是按照那发神经的GPS的指引，沿着317一直奋勇直行。咳！这才真的南辕北辙呢！此时，若再返回去会耽误很多时间，同行者中多数人对此类人文景观不太感兴趣，都说算了。没法子，只好将错就错，继续沿着317跑。走，去昌都！

醉人色吉山

这是前往类乌齐县所必经的一座美丽的大山，也可以说是整个川藏北线中风景最漂亮的山脉。见过那山、那水、那天、那树，总会让人有几分怀念。

从昌都出发，车行约2个小时，就进入了色吉拉山。可能是这山脉的空气湿度相对较高，而又因山峰之间海拔差异大的缘故，仰颌望去，色吉拉的山腰处是葱郁的原始森林，长满了挺拔的落叶松和其他灌木，险峭的山崖上积着厚厚的冰雪，而山脚下则是茵茵的草滩。随着车辆的缓慢前行，间或又可见到草滩上搭建着一些藏民放牧点的简易板房。山涧无风，屋顶的烟囱里漫散出淡淡的炊烟，向上缓缓升腾。远处的山溪里，冰川雪水消融后形成的溪流涓涓而下，于断崖处变成长长的瀑布，在阳光的照耀下，闪烁着刺眼的光芒，像极了系于大山上的洁白的哈达。一群群牛羊则懒散地游荡于花红草绿的坡地上，偶尔，传来几声哞叫。

山路极其险峻，路面又仅有一车之宽，还常有霸道的大货车轰隆隆地压过来，这时，就得不停地为其倒车让路，所谓的国道此时真的连乡村路都不如了。因路实在太窄，为了避免造成人为的堵车，即便景色再

美，谁也不敢在路上随便停车赏景。现在，乘着倒车的机会，大家赶紧下车——只想利用这点滴的时间多拍点好照片！呵呵！有这样的好风景陪伴着，那些"霸王车"倒也不让人生厌了。

色吉山的海拔最高处估计不会超过6000米，再加上山巅岩石嶙峋，沟壑密布，故覆盖的积雪皆呈厚薄不均状，不少地方裸露着黑漆漆的獠牙般的石壁，与皑皑白雪形成强烈的反差。而一些再低点的山仅有山巅上还覆盖着一点点冰雪，看着极不协调，好似通体褐色的巨人在头上扣了顶小白帽，显得有点滑稽和突兀。

下山时，偶尔可见绿树环抱的海子，美艳得让人惊诧。这些海子面积一般在几百至上千平方米左右，多位于山坳的最下端。或许是山涧无风，竟无一丝波纹绉起。那一个个小海子泛溢着翠绿的色彩，其间又夹杂着一丁点乳白的光泽，犹如一块块翠玉镶嵌在绿野里。真是深山藏美呀！这地方若能让我多待一会儿，哪怕是只有短短几分钟也好啊！无奈是行驶在这羊肠道上，车轮几乎是贴着悬崖边缘，绝对不可停车。此时，我突然想起了哪本书上写的一句话：最美的风景永远是在路上。只可惜这路窄得实在太吝啬，竟连搁脚的空间也不给你，大家就只有透过车窗，"贪婪"地向色吉山久久凝望。好景未留住，只能长记于心头了，可惜！可惜！

色吉山之美如果要用类比的方法去形容的话，我觉得其极像北欧的山地风光。如垂直地组合一下这大山上因不同高度而形成的不同色彩、不同风格的景致，我觉得它的风姿甚至比北欧的那些山地更胜一筹。不过，遗憾之处在于色吉山的秀美被重山所围，要见到它需付出太高的代价，这代价既包括时间、金钱，也包括身体的承受能力。能尽情尽兴地游玩这样的地方，的确是许多人难以做到的。当然，从这个角度讲，不光是色吉山，"驴行"于整个川藏高原莫不是如此！

难得的是，在不经意间，我们居然还在路边的山崖上见到了几只被藏民视为神鸟的藏雪鸡。这可是国家二级重点保护动物，从前仅在画册上见过，没想到今会遇见。那雪鸡大小与

色吉山

家鸡相似，小碎步跑起来左摇右晃，形态极其可爱，淡褐的羽毛中夹着黑色的条纹，与鲜红的鸡冠子一搭配，非常漂亮。待我们慌忙取出相机，那精灵却如山鼠一般钻进草丛里，早已不知了去向。

从色吉山脉下来没多久，很快就到了类乌齐县。已是下午一点多了，我们便在广场旁选了一家川菜馆填肚子。反正一路全是"野火烧不尽"的川菜馆，四川人真行呀！差不多把两条川藏线上沿途的小饭店全给包下了。这家饭店的老板人很和善，服务也很周道，厨房和包厢都整得特别干净，这样的川菜馆还真不多见。当然，菜也做得味道不错。而让我最感兴趣的还是这家饭店里养着的一只极可爱的大猫，芳名叫"菲菲"，绝对是罕见的好品种，很像俄罗斯蓝猫，个儿特别大，差不多能抵两三只内地的家猫。其毛色铁灰，目光凶狠，神似美洲黑豹，但对待顾客却是与它的主人一样热情有加，轻唤它一声，立刻会跑过来与你缠黏在一起，亲近得不得了，大家都很喜欢它。老板说，这猫每天能逮两三只耗子。呵！真是好猫！我跟那老板说：香港有一家小店就因为养了一只特别讨人喜欢的猫，连内地的游客到了香港都会跑去看它，结果给店家带来了极好的生意。老板听了大笑：真的？那敢情好！但愿这猫也能给咱家带来好生意！

巴青寻宿

　　下一站是那曲的巴青，两地相距约两百多公里。由于这一路的路况不是很好，故需早些出发。可偏偏天不助人，临出发时才发现，湖南老谢那辆车的前轴坏掉了，只得赶紧在丁青找修理厂修理。

　　说起这车轴的损坏，其实是属于自作孽而造成的。昨天从类乌齐至丁青的路上，两辆越野车的主人为了充分检验爱驾的爬坡、涉水能力，一时兴起，竟将其当作了两栖战车，在河沟陡坡间狠狠地威风了一把。显然，老谢的车本已老旧，哪受得了如此折腾？因不堪蹂躏，最终"前腿"受伤，趴窝了。好在我们运气还不错，修理厂的仓库里正好有一只积压多年的该型号的前轴，在这种蛮荒之地居然还能找到这车的配件，实属大幸。否则，真不知要等到什么时候才能离开这地方。待车修好，已是中午时分了。大家索性就在丁青吃中饭，待吃完忙完，出发时已近下午一点了。

　　这两百公里的路可真是够烂的，且路面似乎都有向外侧倾斜，幸亏不是在雨季，否则，弄不好车子很容易滑坠到悬崖下面去。好在这段路车不多，总算没有遇到在狭窄山道上迎头相堵的惨状。不过，有些悬崖边上的路段确实够吓人的，特别是过了一个叫容布的地方之后，一车之宽的小路悬在半山腰上，往山下看去，那游走的牲口如蚂蚁般大小，车若是从这地方掉下去，那一副肉身真的要烂成饺子馅了。

　　玉章有点恐高，说：太危险，不敢看，不敢看。可他越不敢看，阿郑就越是逗他："瞧，那底下风景好极了，快看，快看啊！"而玉章则是拼命将脸扭向另一侧："不看，不能看，太吓人了。"我在一旁直发笑！呵！如此吓唬一位恐高症者不免有点太过残忍了。

　　一路提心吊胆地颠到了巴青。其时，天已暗下，我们想快些寻个路边饭店匆匆填巴一下肚子，再赶紧去找过夜的地方。说实在，川藏北线走至今日，除昌都之外，沿途所见的县城都十分落后，但到了巴青才知道，什么才是更高级别的落后。这县城的结构简单得不能再简单了，唯一的东西走向的街道长不过百来米，路面看着蛮新，可能才修筑不久，却是脏乱不堪，路边尽是各种垃圾和一群群脏兮兮的流浪狗，到处灰蒙蒙一片，形似已废弃多时的城邦。

我们连续找了几家旅舍，都脏得无法形容，甚至连收容站都不如，简直让人不敢踏进半步。于是，我们便向当地人打听，此地哪儿有好

巴青的山脉

一些的旅舍，被告知县政府招待所最好，赶紧去找。那招待所原来就在路边的县委大院里，大门敞开着，值班室里竟连个人影都没有。

进得里面，周遭漆黑一片，寻了半天才找到那所谓的招待所，那屋却如同鬼楼，没光、没影、没声音，大门还紧闭着。这地方野狗多，又黑灯瞎火的，要是跟在马尼干戈似的从黑暗中窜出一条恶狗，再被咬上一口，可是连个打疫苗的地方都没有，那就真的太悲催了。于是，我一手拿着手电，一手攥着上次用过的"武器"，去四处找人。忽见不远处一窗户亮着灯，可能是值班的。我轻敲玻璃，窗户攸地打开，探出两个藏族姑娘的脑袋。还算不错，她们都会讲汉语。经问，方知这招待所是不对外开放的，只接待官方的客人。我灵机一动，随口说道："哎！我们也该是你们县政府里

的客人呀！"

两姑娘瞪大着眼睛表示不解。

我说："我们呢，是从浙江来的，浙江与你们那曲是对口支援关系呀，我们还有几个干部在此地挂职，这次也要顺便去看望一下他们，你说，我们算不算是县里的客人？"

让我这么一解释，那两姑娘面面相觑，不言语了，转而说要给县政府办公室主任打电话，须请示一下领导。那姑娘拨通了电话，嘟囔了几句，把话筒递给我：

"我们主任要跟你说话。"

我以为他是藏族人，接过电话，我先是向他表示了在藏区最常用的问候："扎西德勒！"

"嘿嘿！扎西德勒！我是汉族人。"电话那头笑道。

"噢，主任，您好！这么晚打扰了！"

于是，我将前面的一番说辞又添枝加叶、声情并茂地讲述了一遍。电话那头不停地传来那主任"嗯！嗯！"的认同。

"哦，好的，你们浙江对咱这儿帮助挺大的，大老远来，可以住，可以住。"呵呵！这话听了让人高兴。

放下电话，略微松了口气。

可接下来所见到的事也同样让人哭笑不得：入住的每个客房都挺大，且全是套间，外间是会客厅，里间是卧室，室内的装饰布置，即便在拉萨也算是豪华型的了。可房间里所有的卫生间居然都是被锁住了，别说用热水，水龙头里连凉水都没有。本想借机好好洗一下满身的风尘，这下倒好，就只能和衣裹着臭烘烘的皮囊入梦了。

那一夜，睡得很不舒服，时不时会醒来。身上盖的那被子像是几百年没晒了，又潮又硬，还透着一股子怪味，盖在身上怎么也暖和不起来。咳！巴青啊，巴青！真不知该说啥才好！

索县、那曲遭"难"记

不要误会，这里所说的"难"不是指死翘翘那种，而是指刁难的"难"。离开巴青，我们本打算当日抵达拉萨。余下的路程约还有五百多公里。事先打听了一下，说路况还可以，抓紧点，应可赶到。没想到的是，这一路虽基本是一溜的柏油路，走得挺顺，可遇到的人却实在不咋地。

快到索县时，打头的湖南车通过车载对讲机告知我们，说前面有个检查站，但没在检查，意思是那个检查站是个摆设，让我们也直接开过去好了。老谢他们的这一告知却无意间可给我们设下了一个陷阱。他们之所以未被叫停检查，是因为那车用的是临时牌照，而临牌是不挂在外面的，再加上他们那车的保险杠上还绑着条半路上买的黄色哈达，乍一看极像当地藏民的车子，故让其蒙混过去了。

本来，我们在路上只要见到关卡，不管有没有人值守，都会停一下的，以免无端地招来麻烦。可此时听老谢他们这么一通报，就认为没必要再停车了。很快，我们到了索县检查站。只见那栏杆向上竖着，外面也没见工作人员的影子。但阿郑还是比较小心的，当到了关卡前面时，便将车速减得很慢，边开边往外张望着。谁知，刚过了关卡中线，旁边突然冒出一民警，凶巴巴地示意我们停车，说我们闯关了。钓鱼执法。我心中冒出了这个念头。阿郑立即下车，向他们表示歉意并解释原因。旁边几位年轻民警态度倒还好，但那位年纪稍大些、形貌极像电影《烈火金刚》里的猪头小队长的民警却是不依不饶，态度极为恶劣，一边训斥，一边让我们等着。

我们也不知这家伙接下去究竟要对阿郑如何处置，一时显得很无措。阿牛便也下去与他解释，再三跟他表示我们是无意的，希望能通融一下。但"猪头小队长"非但孽火不减，反而臭着脸呵斥起阿牛来：

"你再说！再说就把你关到那警车上去！"

没法子，阿牛也只得收声。训斥够了，"猪头小队长"威风凛凛地背起双手，在那儿不紧不慢地踱起步来，故意把我们晾在一边不作理睬。阿郑则跟在他后头忙不迭地继续向他道歉、解释，好话说了一箩筐，可依旧暖不了场。他挺胸叠肚，侧身朝我们也斜着眼睛，脸上露着一丝不易察觉的冷笑，那意思就是：今天落到老子手里，看你们还怎么蹦跶？阿牛又与那几位年轻的民警求情，向他们解释原委，那几位倒是不凶，却显出一脸的为难，表示他们得听那家伙的，表示真的无能为力。这下倒好，又招来了无妄之灾！大家都很生气，却又毫无办法。此时在我心里冒出的最强烈的念头就是：狠狠地给他来几个过肩摔！

大概又过了二三十分钟，"猪头小队长"拿着一只单反相机过来，叫阿郑站到车前，说是要拍照上网，听候处理。阿郑一头雾水地站那儿，不知如何是好。拍完照，"猪头"不耐烦地挥挥手，说我们可以离开了，末了还带着嘲讽的口吻加上一句："网上见！"这下子又把我们弄得紧张起来，这"网上见"究竟是什么意思啊？

阿郑气得脸色铁青，一边开着车，一边琢磨着"猪头小队长"这句话的"深刻含义"。"他这是什么意思？难道是要发到公安交通网上去，等回去了再处罚？"阿郑感到很疑惑。"有这可能，我好像在网上看到过这种情况，这事看来挺麻烦，闯治安卡关可比一般的交通违规严重多了。"此时的阿郑似乎更肯定了自己的判断。

阿郑越想越不对劲。为了尽快弄清楚这是怎么一回事，我便与老家当交警的朋友联系，问有没有这种处罚方式。那位朋友听罢也是很不明白，说从没听说过有这样的事。阿郑琢磨了一阵又说："对了，这不属交通违规，应该属治安事件，交警部门肯定是不知道的。"那怎么办呢，难道真的会按照治安事件给通报到网上去？若是这样，真不知结果会如何。

这时，我猛然想到尚在那曲的援藏干部老周，他与我在同一幢大楼里办公，未去援藏时就与他认识了。对！我立即给他打电话，不料他正在开会，让我发短信。于是我将事情的经过及时间、地点等，像写简要新闻一般叙述了一番，复又发去。老周回复我说，他援藏刚结束，已回浙江了。不过，老周还是挺热心的，他立即电告刚去那曲公安处工作的一位普陀公安分局的援藏干部（那位干部说他认识我的，但我却怎么也想不起来）。谢天谢地！几经周折，事情总算有了眉目。我跟阿郑说："安心开车吧，应该是没有问题了。"至此，阿郑似乎才稍舒了一口气。

可能那天注定是个倒霉的日子，不过上几个鬼门关还真不让你进拉萨。索县的事惊魂未定，下午我们又遭了"难"。到了那曲县境内，又遇到一检查站。老远就可见这检查站外面黑压压地站满了人，司机们要么三三两两地蹲在路边抽烟，要么是百无聊赖地在路面来回闲逛着。几个穿制服的正低着头在一辆辆车子前认真地勘验着什么。因车辆太多，路面和路基下已被挤得满满当当。

一个有趣的现象是，我发现在这检查的当口，凡西藏本地的车辆都畅行无阻，那些司机扭头瞅着我们这群倒霉蛋，脸上都绽放出幸灾乐祸的笑容，转而又欢快地鸣几下喇叭，从我们身旁疾驰而过。我有点看懂了，这检查是专门针对外地车的。

呵呵！我突然想起刚进入那曲界时，曾在公路上看见醒目的大横幅，上书："那曲欢迎您！"喔哟，当时还真让我们感到一阵温暖呢！可闹了

半天，原来是这么个欢迎法呀！显然又是一次无理刁难，但你一点辄都没有——因为他们都是以公权力的名义在进行所谓的执法。我们的车头另装了两只灯，检查站的人说必须将之拆下。阿郑非常不解，说："这灯用了好多年了，跑了那么些地方，人家交通管理部门从来没说不允许呀！到了这儿咋就不让用了呢？"

一帮穿着制服的人显得很不耐烦，挥着手势："说不行就是不行，不拆就别想走！"口气还挺凶。环顾四周，只见旁边已有好些司机都在埋头拆着自己车上的灯。在越野车上加装车灯，是跑川藏线的司机们为行驶安全而采取的不得已的做法。因为，在这条道上，遇到的变数很大，故常要开夜车，车灯如亮些，安全系数就会高得多。再说了，这些灯又不是刚装上去的，正像阿郑所问，别的地方都允许，为何偏偏此处不被允许呢？

强龙斗不过地头蛇！没法子，只得拆。折腾了好一阵，才将两只灯给卸下。不料，这帮制服们"验收"过后表示不行，必须将灯架也一同卸下来，而灯架是焊在保险杠上的，根本没法拆。一位制服仔仔细细也察看了一番，见实在拆不下来，只好作罢。此时，我们已看出点名堂了，原来是阿郑装着的那个灯架十分精致，他们一定是想拆下来后装到自己车上去。

这时，一旁的一位内地驾驶员凑到我耳边愤然道："在整个西藏，那曲地区的检查站特别喜欢刁难外地车，出了名的坏，我们早有所闻了，他们什么损招都使得出来，一直以来，网上骂声不断，但就是没人管！"

此话说得有理，我两次进藏，在别的地方都未遇见过这种既无法无天又莫名其妙的执法，碰到的两次竟然都是发生在那曲，且又是在同一天内。可见，这地方的管理肯定是有问题的。

拆完灯，制服们还叫阿郑自己拎到站内去放好，这感觉就与挨枪子之前给自己挖尸坑差不多。阿郑气得脸都发青了。阿郑出来后跟我们说：

"哇！天哪！真不得了，一大堆的灯啊，像山一样堆在那儿，这么贵的灯，他们又可赚一大笔钱了！"我随即跑了过去，一瞅，果然那屋里堆着好些车灯呢，粗粗算来至少有一两百只。

我问阿郑："有没有给开罚没单或收据之类的？"

"没有，哪有什么罚单给你，这种地方执法哪有什么程序、章法。算啦，就当两千多元钱喂了狗了！没想到那曲的交通执法竟是这副样子！"阿郑感叹道。

"这灯要两千多元啊？这帮混蛋！"

"真的？！"我们也不由地心疼起来。顿时，车上骂声一片。

我自己曾从事过多年的行政执法，知道依据与程序是行政执法中的关键。而现在，在这山高皇帝远的地方，没有处罚名目，也没有处罚依据，更没有处罚文书或罚没收据，便可对他人的财产作如此随意的处置，这种恶劣简直无法用语言形容！

这是我们此次出发以来心情最差的一天。那曲呀那曲，想说爱你还真是不容易啊！

久违的拉萨

时隔一年，再次来到拉萨，又看到那熟悉的街景，心里顿时会有一种莫名的亲切感。拉萨，是一座让人永远着迷的城市。

出来已十天了，大家风尘仆仆，周身疲惫，彼此看着，都多多少少有些落魄之相——是该好好休整一下了。幸亏阿郑他们事先联系了"仙足岛"青年旅舍，故免去了在城里临时找住处的麻烦。

这是一个很不错的歇脚之地——干净、舒适，自助的厨房、洗衣房等设施、设备皆有，生活很是方便。里面的环境十分宁静、优雅，院内花

红叶绿，生机盎然，大堂和过道内还设有专门供客人喝茶聊天的地方。重要的是，价钱也实惠，离八廊街又很近，步行十来分钟即可到达。无疑，这是我们此次出发以来入住的最好的旅舍了。

在拉萨，类似"仙足岛"风格的客栈很多，多是由内地过来的人开的。一般开这种客栈的人刚开始时也属驴行一族，天南海北，信马由缰地放开走，漂得差不多了，看上一个地方，便留下来开个客栈或酒吧。闲时，依然出去瞎走，只是不像以往那么疯狂了。

这都是一些生活情致较闲逸且独立意识较强的人，他们不喜欢被固定的模式限制自己的生活，不求发财，只冀自由。总的来说，对于这样的生活方式，我虽未必会完全拷贝至自己身上，但对于这种生活理念，我还是颇为认同的。因为我觉得，与对自由的追求相比，其他的一切都只是从属关系。

大家一番商议，决定在拉萨停留上两天，全部是自由活动。这正合我意，旅行本身虽只是一个过程，但这个过程也不可太过紧张与劳累，否则，便与行军或逃难无异了。到拉萨后，我们的人员构成也将发生一点变化：老K不与我们同行了，个中原因我不甚清楚，但他黏黏糊糊的性格越发讨人嫌倒是不争的事实。总之，我已感觉到，大家都越来越不喜欢他。或许，他自己也觉得有些无趣。他给自己找了个下驴的坡，把尼泊尔搬了出来，说是要独自去那儿玩几天，大家也未作丝毫的挽留。他的骤然离去，让我多少感到有些意外。这么一来，老谢他们车上就空出了一个位置。通过网上联系，有一位独行者——来自广州的小黄女士，表示愿意搭乘老谢的车与我们同去藏北和新疆。

说到老K去尼泊尔的事，后来我们还为此无端地担心了好一阵。就在他离开后没几天，忽从电视上看到一则新闻，说尼泊尔有一架小客机失事了，机上多是中国游客。我们一掐时间，不禁有些吃惊，推测老K有可能也在那架飞机上。这老兄要是命丧异国还真是件让人难受的事，不管怎么说，毕竟与我们同处了这么些时日。翌日，央视新闻中逐个播报了遇难者的名单，大家睁大眼睛紧盯着荧屏，一眨也不敢眨。还好，上面没有老K的名字。他还活着。谢天谢地！

到拉萨后的第一顿晚餐安排在"仙足岛"北大门外面的一家鱼鲜馆里，档次当然比一路吃过来的川菜馆要高得多了，算是为自己接风吧。队伍中的新成员小黄也要过来，一则与大家见个面，二是商议一下途中的相关事宜。稍许等待，小黄翩然而至。那一身行头犹似在自家客厅里观花赏月一般，轻纱飘逸，长巾垂弛，甚是悠然，与我们这帮灰驴一般装束的大老爷们形成了很滑稽的对照。刚刚见面，不免拘谨，但毕竟常在外见世经风，不一会儿工夫，小黄便与大家一同弄盏传杯了。席间，酒话无数，皆忘，只记得我问她：

"该怎么称呼你？"

她笑答："就叫我半支烟吧。"

"哈哈！"我笑得差点没滑到桌子底下去。我知道这肯定是她网上的雅名，"这算啥叫法呀！你就告诉我姓啥吧！"

见我如此，她似乎也觉得有点不好意思了："我姓黄，就叫我小黄吧。"呵呵！仅知姓啥，雅名为何却没再问下去。所以，至今我也不知那"黄"字后面的一个或两个字是啥。

那晚，大家都喝了点酒，对于酒桌上战斗力素来极差的我而言，那点连猫沾了都不会醉的乙醇，却使我早早地抱枕而眠，虽然经夜怪梦连连，但也算是安安稳稳地睡了一觉。

翌日下午，我陪着玉章专程去了趟布达拉宫广场，逛逛街看看景，

141

顺便也再买些所需的东西。玉章系首次进藏，理应进布达拉宫里面去看一下。但他毕竟是曾患大疾，再及高反实在太厉害，若要走上布达拉宫那近百米高度的台阶，对他来说是绝对不可能完成的任务，故而只好放弃。我们仅是在广场上慢慢地转悠了一会儿，遥望一下布达拉宫了事。想起玉章那日的状况，至今仍让我感到心悸。同样程度的高反，搁在他身上会使其感到加倍的难受。每走一小段路，他便要大口喘息着，倚在路边的椅子歇上一阵。而我，除了在一旁静候着他，一点儿忙也帮不上，这真的让我感到非常之无奈。

但未曾料到的是，对他的考验才是刚刚开始，后来在藏北无人区的意外遭遇，更是让他的身体常苦苦支撑于崩溃的边缘。好在玉章的意志力极强，一直咬牙坚持着，终未拖扯整个队伍的后腿，直至最后走出阿里。现回想起来，这一切对他来讲真的是太不容易了。

当晚，去年载我们去珠峰大本营的司机强巴赶过来看望我。一年未见，相遇甚为激动。我们在近处找了家川餐馆，一番小聚，聊至很晚才分手。强巴干得不错，这一年生意也还可以，换了辆性能不错的越野车。而且，他还结了婚，快要当爸爸了，真为他感到高兴。

为了方便行动，第二天，小黄也从别处搬到了我们下榻的旅舍里。刚安顿好，她便自告奋勇地向我们宣布：中饭由她来做。因这是自助式客栈，洗衣、做饭都需自己动手。本来我已申明，中午由我来当司务长。这首先是对自己烹饪手艺较自信，同时我也想烧些合自己口味的菜。哈哈！这下立功的机会被她抢走了。不过，我倒有了一种轻松感，毕竟要烧出八个人的饭菜是需要花一番力气的。而对小黄来说，纯粹是缘于勤劳的天性，并无抢功之意。呵！既能吃现成的，又何乐而不为呢！其实，一个团队里是很需要有女士搭配的，有些拾遗补缺的事有她们在可能会更好一些。

小黄果然勤快，一大早就上街买来了肉和菜，那个时辰我们还在梦乡里呢！等到做饭时，我还是又进入了厨房。我没这习惯，心安理得地等着人家把饭菜端上桌来。但是，小黄执意要自己掌勺。我说，行！你做菜，我来烧饭，总得帮些忙吧，我也是天生劳碌的命，真不敢享受这饭来张口的清福。

那天的中餐虽算不上是佳肴，但比平时在路边店吃的要丰盛得多了，更重要的是，大家围坐在一起，吃着自己做的饭菜，有点儿"家"的味道，氛围尤其好。身在异乡，倍觉珍贵的，就是这种温馨的感觉！

下午，又陪着玉章到八廓街去逛了一圈。他依旧与昨日一样，走得气喘吁吁，看着真揪心。到了拉萨，除了布达拉宫，八廓街也是一定要去的。对我而言，这也算是旧地重游了。八廓街依旧是那么的熙熙攘攘，大昭寺的香火也还是如此旺盛。从前与今日，在时空形态上竟毫无二致，一样的天，一样的云，一样的风，空气中弥漫着熟悉的藏香味道，但许兄、小唐、小张都不在此。真可谓"年年岁岁花相似，岁岁年年人不同"。

此时，我脑海里突然又莫名地跳出意大利哲学家克罗齐说的一句名言："一切历史都是当代史。"按照此言的逻辑推论，历史似乎只是没有纵深的简单重复而已。那么，是否也可以说，今年的此地就是去年的此地呢？而唯一不同的，是变换了与我同行的人。怀旧，是人最难以摆脱的情愫，之所以总对某些过往的时光念念不忘，其实就是对逝去的美好的眷恋。但是，人生总是在不间断的逝去中续写着未了的故事。

这天晚上，去年进藏时在工布江达认识的同乡灵江过来看我。他本来是要再过几天才来拉萨办事的，当得知我到拉萨后，特地提前从工布江达连夜赶了过来，还专门带来两包预先为我晒制的松茸干和当地其他的土特产，这让我很感动。灵江在西藏做烟酒等批发生意已有多年，也是小本

熙熙攘攘的八廓街

经营。那晚，灵江陪着我去外面吃了顿饭，尔后又带我去了他的住处（租用的房子）。那是一间当地百姓的旧平房，采光很差，屋内的陈设极其简陋，可见他在拉萨打拼得并不容易。

我们这些人中，阿牛最年轻，也最潇洒自在，活动内容自然要比我们"丰富"得多。那日，他在酒吧里"捡"到了一位女驴友，事先未同我们商量，便答应让她搭我们的车一同去新疆。玉章对此不太情愿。玉章的不悦并非没有道理，我们这辆车已有四个人了，旅途漫长，多了个人车内会更显逼仄，且他块头又大，后排再塞进一个人肯定不舒服。为了不致搞僵彼此的关系，阿郑便提议让玉章坐到前面的副驾驶位上，算是一种折中的处理吧。至此，玉章即便再不情愿也不好意思拒绝了。我这人重情面，反正不是什么原则性的问题，既然阿牛已经答应，逆其意愿也不好。于是，该"女驴"就成为我们车上的第五位成员。当然，意想不到的是，座位的这般置换，却让玉章吃了个大大的苦头。这在后面还会讲到。

"女驴"叫阿娟，三十岁不到，在上海工作，算是都市白领吧。此次她系独自进藏，时一月有余，仅在拉萨就待了二十天，之所以在拉萨待得这么久，是因为她在扎什伦布寺游玩时被一条狗给咬伤了。医生说既然在拉萨打了第一针疫苗，余下的几支应继续在当地打，因为用同一批疫苗，疗效会更好些。为安全起见，她只好耐着性子在拉萨住了下来。

144

她给我们看了当时用手机拍下的伤口照片，那两个大血口子真的让人心颤。听了她的遭遇，阿郑开玩笑说：啊呀！当时要是有老陈在你身边就好了，他厉害，能帮你打狗。我自嘲道：人家武松打虎，咱们可只有打狗的份儿。

对于娟娟我了解不多，萍水相逢，但可以肯定的是，这个女孩子身上还是有着一股子不同寻常的勇气，能这样只身闯荡高原的，绝非一般人敢为。据她讲，像这样的旅行，已经是多次了，阿里地区她原先也去过。仅凭着这一点，我还是多多少少有些佩服她。

又见那木措

两天后，拉萨的休整结束，接下来我们就将踏上大北线了。"大北线"素以"险"与"苦"而闻名，也正因为如此，其更成为许多玩家所热衷的探险穿越线路。当我走过之后，方才感到，这条亘古蛮荒的"大北线"，真的是一条既美丽又危险的天上之路。

所谓大北线，既指宽泛意义上的西藏境内 219 国道拉萨至阿里狮泉河，途经日喀则、萨嘎、扎达等地这条线路；也指严格意义上的沿 301 省道，从拉萨至阿里狮泉河，途经那木措、班戈、尼玛、措勤、仲巴等地。上述线路又被人从习惯上分为北、南两线。219 线（南线）路况相对好些，岔道少，线路通顺。而走 301 省道（北线）的话，则不是一个"差"字所能形容。好多地方既无路基更无路面，甚至连路的残迹也看不到，仅有杂乱而深浅不一的车辙像涂鸦一样刻画在荒原上，极易迷路和陷车。而我们所走的，恰恰就是北线。

但有失必有得，途中虽艰险无数，时常陷入叫天不灵叫地不应的窘

境，但是，风景却是极好，甚至可以说，走过大北线，从此不看景。行进在这野蛮至极而又艳美无限的道路上，才真正醋畅淋漓地领略了眼睛在天堂，身子在地狱的滋味。

从拉萨出发，沿 109 国道朝当雄、班戈方向疾驰。下午两点左右，车至海拔五千多米的那根拉山口。此次看到的那根拉山口，感觉与上次迥然不同。虽刚入秋，山口却已有了厚厚的积雪，天空正飘着零乱的雪花。风疾如箭，锥人肌肤，车窗外一片银白。大家狂喜，即下车观赏。站在那根拉山口举目眺望，那木措已向我们清晰地展示着诱人的身姿。远处虽乌云低垂，雪却渐霁，天空正在放晴。通透的空气中，湖面一览无余。水色依旧碧蓝碧蓝，阵阵风儿吹过，岸边泛起片片涟漪，全然没有了我去年来时所看到的霭汽弥漫的景象。

远处，雪峰连绵，山口，疾风嘶吼，而山下的湖水却波澜不起，静如凝脂。阿牛看得兴起，竟脱了上衣，光着膀子，展开双臂，站到座驾的踏板上，让我给他拍一张白条条的"肉照"。旁边的一些驴友也是看得兴起，跟孩子似的互相掷起了雪球，垭口里一片嬉闹声。

秋之那木措

当车子驶下那根拉山口没多久，忽然有几束光柱投射在前方的路上，猛然抬头，只见厚厚的乌云不知什么时候绽裂开来，几片瓦蓝色的天空开始展露在湖面之上，光柱的周边竟出现了几段不相连贯的彩虹。

翻过两道山梁，车子居然进入湖边。微风中，那木措闪烁着柔柔的宝蓝色光泽，像是美人眨着迷眩的眸子，不禁让人心旌摇荡。突然出现在眼前的这一片水面让我们很是惊讶。原以为，在垭口这么远远地看一下那木措已是不错了，却不曾想，从这儿开始至前面，有很长一段路是挨着湖边走的。兴奋之余，大家立刻停车拍照。此时，道路距湖边仅有二三十米，如果时间允许的话，我真想再下去好好地走一走，就像去年那样，独坐湖边，面对远方的冰山雪峰，于沉静中，听一听这片蓝色的呢喃。

此刻的那木措，比我头一次来时更显妩媚。这儿地处湖的东岸，环境不像游客最多的扎西半岛那么喧闹。周边静悄悄的，连一丝风儿的声音或鸟儿的鸣啼都没有，草已开始泛黄，羊群和牦牛自由自在地在岸边的草滩里游荡着。蜿蜒的湖畔，除了我们，再无其他人影，只有几只尽职的牧羊犬远远地用好奇的目光打量着我们。

没有绿草的装扮，没有春花的点缀，荒野的原色提醒着我们：现在是高原的秋天了。在忽明忽淡的光线里，大片的白云在高空风的推动下，牵扯着雪山与蓝天，疾速地飘移着，使以往那种银白与瓦蓝所致的色彩反差已全然消失。仰首看着云，低头望岸，只觉着一切好像都在缓缓地移动着。我突然想起两句不知是谁写的词：风吹云动天不动，水推船移岸不移！秋天的那木措，很淡定，很深邃，很柔和，虽以素面示人，却又不失婉约绮丽。

此次与那木措的邂逅，虽太过短暂，但于我而言，不啻是一次意外的恩赐。车子继续前行，那木措渐渐离我们远去，直至那一抹湖蓝消失于地平线上。天上的圣湖，祈祷，祈祷我能再次回她的身旁！

遇险无人区

下午六点余，我们抵达了班戈县。班戈属羌塘草原南部，平均海拔

达 4700 米以上。班戈，比我们在 317 线所见到的所有县城更显荒芜。没有像样的街道，一条穿城而过的马路就权作街道了，两边开着些门面破旧的店铺。行人稀少、植被稀少、空气稀薄，这"三稀"，是班戈最明显的特征。班戈气温比拉萨低了许多，寒风呼啸，飞沙走石，再加上海拔比拉萨陡然增加了许多，队伍中有几个人已感到有些缺氧，玉章尤甚。

吃晚饭时，阿郑、阿牛与湖南的伙伴们先行一步，找饭店去了，我与小黄则陪着玉章跟在后面。虽然住的地方距饭店只有两三百米，但由于顶着大风，再及缺氧，刚行至一半，玉章便开始喘不上气了，他说自己实在走不动了。于是，我们便就近找了家小餐馆敷衍一顿了事。这又让我担心起来，此后的行程，海拔将越来越高，条件也会更加恶劣，对玉章而言，真是一道道难逾的坎。我不由地感到一阵害怕，像他这样的身体，在这么一种恶劣的环境之下，任何意外都有可能发生。

班戈的住宿，容不得你作任何挑选，条件稍好些的一家客栈早就客满。这时，我们只能一步步地曲身以降。饭后，连续找了几家旅舍，看看都极不满意，主要是太脏。最后，几乎到了路的尽头了，见到一粮食招待所的大招牌，心想，那可能是粮食局开的招待所，应该好一点吧。我跑上楼梯，还没踏进门，屋内的一幕已吓了我一大跳：几张脏兮兮的床铺上乱七八糟地堆着前一拨客人用过的被子，火炉旁散落着许多干牛粪饼子，一张破桌上积着一层厚厚的灰尘，一股说不出的"混合型"臭味扑鼻而来，我随即转身。

就在近乎绝望之时，我们终于像发现新大陆一样，找到了一家最"豪华"的"宾馆"——圣湖宾馆，每个房间 180 元。虽自诩为宾馆，但房间极狭小，一根长长的电线从天花板上垂下来，无力地吊荡着一只落满灰尘的灯泡。窗帘也是黑乎乎的，估计有好几年没换洗了。更糟的是，房内无热水、无电视、无网络，连充电的插座也没有。卫生间里散发着怪异的气味，脏得让人汗毛直竖。不过，此时的我们已别无选择了，只得"义无反顾"地住了下来。

因无法洗漱，只好草草收拾一下就上床歇息了。夜半时分，外面风吼沙飞，怪声连连，那阵势好似妖魔就要降临人间一般。恐怖的氛围正悄悄凝聚之时，忽闻有人在急促地敲击房门。我们惊得像诈尸般地从床上蹦了起来，怀疑这鸟不拉屎的地方是否来了什么劫财的强人，便本能地操起放在床边的那个"打狗利器"，厉声喝道：

"谁？干什么！"

门外的回答居然比我还气壮："查夜的！"

查夜？这个熟悉的词汇已好些年未闻了，都啥年代了，怎么还有查夜这一说？正万分费力地纠结着"查夜"这个词时，脑子里的某一根神经忽然搭通了：对了！怎么忘记了，这是在西藏呀！边陲重地，情况特殊嘛。

打开房门，进来一帮警不像警，民不像民的人，不过态度倒还好，挨个儿查看了一下我们的身份证件：

"哦！还是从浙江来的呀？可够远的！"

其中一位带队的年轻人还算懂点礼仪，临走时向我们稍稍表示了一丝歉意。待送走这些扰梦者，我已睡意全无。查夜！干吗不早些来呢？真窝火！

翌日的目的地是那曲北部的尼玛县。前面已讲到，所谓的301省道，好些路段根本就没有路。形象地讲，就好比被切成无数段的一条长蛇，断隙之间也没有任何连接的痕迹。前后能否续得上，全凭运气了。后我与其他一些驴友聊到301线上的遭遇时，都说他们也在那儿迷过路、陷过车。当然，我们也并不会例外。

往尼玛去的这一路海拔很高，基本都在 4600 米至 4800 米，途中距离 400 余公里。这段并不算很长的路，我们却整整走了两天时间。这可以说这是我们此次进藏以来，走得最为艰难的一段路程了。

从班戈出来后，起始的五六十公里路况还不错，虽是土路，但还算平坦，时速也可开至六十公里左右。但跑完这段路之后，路面就渐渐变得极为不堪了，遍地的洼坑使车底下不间断地迸发出一股股巨大的反弹力，常常能突然让你从座位上腾飞起来。虽说屁股吃足了苦头，但眼睛倒是尝足了甜头，那风景美得简直能把人的眼球给吸出去。沿途尽是大大小小的湖泊，蓝天白云，湖光碧翠，能让人时时处于极度亢奋之中。这个时候，每个人似乎都丧失了应有的语言表达能力，嘴里只会发出"哇！哇"的惊叫！

行走于大北线，以驴友们惯用的话来形容，那风景的特点就是"一错（措）再错（措）"——意即一个湖接着一个湖。但千万莫以为它们会如同我们当下的千城一面的城市容貌——它们却是千姿百态的。从色泽的形态、背景的衬托、湖面的大小、形状等都无一是雷同的。所以，尽管我们在相当长的时间里总是与各种"措"在一起，却没有丝毫的审美疲劳。

中午十点左右，我们来到一不知名的湖边，草滩很漂亮，于是，两位车长便将座驾开至湖边，擦洗起了车子。一路征尘，车子已脏得不成样子了。我则在湖边慢慢踱步。远处，风在吹，云在行。苍穹之下，除了枯黄的野草在荒原的寒风中偶尔发出些沙沙的声响，周围一片寂静。当独自面对这辽阔的荒原时，我才感到，藏北的魅力总是带着些难以形容的凄寂。伫立于这天地之间，所思所想，全是从前的内容——在生命的长河中所逝去的一切。无际的空间在特定的时段里像施展了魔法一般，把以往的所有记忆都挤压于我当下的心头。面对这样的秋野，又让我想到了在内蒙古度过的那段岁月，因为，那时的风，那时的草，竟与当下如此相像。光阴如梭，一晃竟几十年已过。人生真的很短暂。

洗完车，我们继续前行了个把小时，忽遇一咸水湖，岸边凝结着一长溜白白的盐花。水面不大，但湖滩上长满野草，远远看去，一马平川，直伸远方。如此的平坦辽阔的地形唤起了车手们在此信马由缰一番的欲望。于是，两辆车一前一后，毫无顾忌地驶入了草滩，玩起了极限冲刺。此时，两位车主可能真的把自己的座驾当成两栖战车了，大有不把它开至散架绝不罢休的势头，油门声嘶力竭地轰鸣着，车子在湖滩上疯驰起来。

刚跑了没多久，阿郑的车突然陷住了。这下完了，这看似干燥的地面，其实下面尽是烂泥巴，一旦陷入，不借助外力很难出来。折腾了好一阵，仍然无救。为了减轻重量，大家赶紧又将车上的行李全部卸下。但是，此时大半个轮子已钻入泥中，任凭车子再怎么挣扎，轮子却是越陷越深。幸运的是，老谢那辆车由于跟得不紧，未曾陷入，也幸亏两辆车都带了救援用的拖绳，最后，将两根拖绳连接在一起，由老谢的车子进行拉拽。终于，那辆吃尽苦头的车子被慢慢地拖了出来，大家这才松了口气。当然，大家并不知道，还有一场更严重的陷车大戏正等着我们呢！

由于陷车耽误了不少时间，须尽快往前赶，不然，天黑之前是赶不到尼玛的。中饭是没法吃了，无人区也根本没有什么饭店，大

陷车了

家只能在车上垫巴点干粮了事。301 路况之差已远远超出我们的预料，越往西北方向开，路况就越糟糕，好多地方要么是断头路，要么就是连路基也看不出的平滩，已与荒原彻底形成了一体。在无路可寻的情况下，只能沿着乱糟糟的车辙印子向前行进。此时，卫星导航已完全失去了作用，因为它所提示的路线事实上已根本不存在了。

下午 2 点多，在将信将疑中，坑爹的 GPS 将我们引导到了一片软乎乎的荒地上。结局可想而知，先是湖南老谢的车子陷进泥沼，在一阵胡乱忙乎后，其终于脱离险境。还没高兴几分钟，又大难降临——阿郑的车子也陷进去了，而且情况更可怕，因为这片泥沼是呈流沙状的，将轮胎吸附得特别牢。阿郑拼命加大油门想尽快冲出去，但随着马达的轰鸣，车轮只是飞速空转，反而越陷越深。老谢的车子也无法进行拖拽，因两车相距太远，拖绳不够长，他要是开过来拉拽的话，也必将一同陷入，这样，情况会更糟。

此时，唯一的办法只有将轮子旁的淤泥挖掉，再往里填入木头、石头等东西。但要命的是，这茫茫荒原上，竟然连一块石头都见不到，更别说什么木头了。但不管怎样，淤泥必须先挖掉，可随车带来的小铁锹跟幼儿园小朋友用的玩具锹差不多大小，锹把才一尺多长，根本使不上劲。在海拔近 5000 米的高原上，以近乎九十度弯腰的姿势挖泥，可真是遭了八辈子大罪了。

时间分分秒秒地过去，很快就五点来钟了。眼看自救无望，但又想不出别的办法，大家一时感到很无助。阿牛提出，只有向外面求救了，说这是唯一的办法。但这显然也行不通，我们没带海事卫星电话，而无人区里根本没有手机信号，你连求救的信息都发不出去，我们认为眼下只有靠自己了。于是大家又继续开挖。尽管这近乎于无用之功，但不挖则更不行。

因为缺氧，在高原上干这种重体力活应是很忌讳的，大体力的消耗，再加上出汗，若一旦感冒，极易得肺水肿或脑水肿，但现已陷入绝境，也根本顾不上那么多了。

最恼人的是那把小铁锹实在不给力，长时间、大幅度地弯腰掘泥，别提有多累。刚开始还好，可挖了没几分钟，呼吸便开始急促起来，从前受的腰伤也开始发作，腰部又胀又疼，直至最后力气渐无。两次进藏，即便上珠峰大本营时也未曾尝受过这样的缺氧滋味，这回可真让我给尝够了。

高强度而低效率的劳作很快让大家失去了信心，因为这流沙状的泥质很不固定，挖着挖着，下面的软土又会慢慢地冒上来。于是，我们不得不考虑下一步的出路。经商议后决定，小黄、阿娟两位女同胞和玉章等身体较弱者乘坐老谢那辆车先行离开，并由他们去寻求外部的救援。我和阿郑、大李等身体壮实些的留守原地。

临别时，老谢他们尽可能多地从自己车上取下干粮和饮用水给我们，因为谁也不知道我们会在这荒原上待上多久。更让人担忧的还是人身安全，在无人区，晚上无疑是有狼的，我们便又让老谢他们把车上的铁棒之类的东西也留给我们，以作防身之用。最让我感到心里没底的是，这地方连一根柴火也捡不到，而防范狼群的最有效武器除了枪，就是火了，可当下我们两手空空，啥也没有。转瞬之间，情况竟会严峻到如此地步，这是谁都没有料到的。

我很明白，选择留下，从一定意义上讲，就是百分百地选择了危险乃至死亡。但在这个时候，我们几个人全无任何的犹豫，都觉得将生的机会让给弱者是天经地义的。告别之时，气氛竟显得有些凝重。的确，谁也无法预料，天黑之后，这里究竟会发生什么！狼来了怎么办？外援能否来？什么时候来？即使来了又能不能找到我们？各种让人越想越不安的问

题都从脑海里冒了出来。

就在我们生离死别一般地交代着分手事宜的时候，忽见远处有一藏民正骑着摩托车朝着此处疾驶，我们立即站到车顶上像跳桑巴舞一样手脚并用地乱挥起来，生怕其绝尘而去。还好，我们卖力的"表演"终于引起了他的注意。显然，像我们这样的遭遇，当地藏民肯定见得多了，一瞧就知道这是一帮动弹不了的倒霉蛋。真是天无绝人之路呀！

尽管语言不通，相互难以作更深入的交流，但他们很熟悉解决此类困难的方法。那藏民围着车察看了一番，心里似乎已有了点谱，也认为须先挖掉污泥，再在车轮下垫入石头。问了那位藏民才知道，离这儿约十来里以外的小山旁可找到合适的石块。于是，我们就请那位藏民带路，用老谢那辆车去拉石头。

老谢的车刚要走，忽见远处土坡上又有一辆摩托车冒了出来。于是，大家在车顶上又是一阵群魔乱舞般的猛跳猛喊。真是吉星高照，那位藏民也发现了我们这帮倒霉蛋。当他驶近我们时，我高兴坏了，因为我看到他的车后座上居然插着一把长把铁锹，这可是救命的工具啊。这位藏民也是位活雷锋，二话未说，立即帮着我们干了起来。于是，大家分头行动：老谢等几个人跟那位藏民去拉石头，我们几人与后来的那位藏民一同挖泥。

有了这把长把铁锹，干活就带劲多了，大家虽是累得上气不接下气，但至少觉着比原先顺手。我似乎找到了一点当年支边挖渠时的感觉，拼着命地挖，身上的衣服早被汗水不知湿透了几回，手掌都磨起了水泡。但此时我也顾不上什么了，只想着尽早离开这鬼地方，因为时间太紧迫了——太阳正在悄悄地溜下西面的远山。

大约过了半个多小时，老谢的车满载而归了——后备箱里足足装了五六百斤的石块。此时，我们见到这些石块如同见了金银财宝一样，真是高兴得不得了，这些不值钱的东西现可是救命用的哟！大家赶紧卸"货"运"货"。因怕陷车，老谢的车只能停在百把米开外，这可苦了大伙儿。在空气含氧量不及内地一半的高原上，空手徒步也相当于负重四五十斤，而现在大家已一整天没吃饭了，又干了好一阵的体力活，拎着这二三十斤重的东西感觉犹如扛着百斤重的麻袋在跑步。此时，要搬完这些石头，完完全全是凭着仅有的意志力了。

此时，连最孱弱的小黄和阿娟也加入到搬运行列里来了。我见小黄因缺氧而嘴唇发黑，拎着石头飘飘忽忽地摇晃着身子，不免有些替她担心。大家萍水相逢，彼此间的健康状况都不得而知，万一谁在这种荒无人烟的地方出个什么意外那可是糟糕透顶了。我很担心出现这种情况。我一再劝她别搬了，但她始终坚持着。事后她说，你们都这么不停地干着，我哪好意思歇呀！可敬！

经过大家的一番卖命，拉来的石头都被妥妥帖帖地铺在了四个轮子下。准备启动车子——关键的时刻到了！当然，这可能也是我们最后的一次机会。大家请大李来把握这次机会，因为他是一位开过多年大货车的老驾驶员，技术了得。大李当仁不让地坐进了驾驶室，其他人则在后面推。随着发动机一声轰鸣，后面的人大喊"一、二、三"，一齐使出了老劲。呼地一下，车子怒吼着猛地冲出了泥沼，每个人都激动地欢呼起来，终于脱离险境了！我们与那两位藏民紧紧地拥抱在一起。

为了感谢那两位藏民，临别时，我们给了他们每人一百元钱。我们知道，这点钱与他们予以我们的帮助是难成比例的，但只能以此来聊表谢意了。车脱险后，已是傍晚八点左右了。再过个把小时，天就会黑下来，而我们依然没有找到 301 主道，不停地在荒原上打着转转。这是很危险的，因为这样既可能离主道越来越远，又极易再次陷车。但运气还不算太坏，

二

穿越大北线

兜了约半个多小时，我们终于找到了主道，悬着的心也暂时放下了下来。

天已黑，再去尼玛是不可能的了，只能就近找个地方住下。我们继续朝西行驶，路况

脱险后，与两位藏胞一同合影留念

极糟。随着天色完全暗下，周遭浓重的夜幕像蛛丝般绵密地缠裹着我们，车灯即使是打着远光也觉得十分昏暗，路面变得模模糊糊。此时，大家开始怀念起在索县被劫去的那两只大灯了。阿郑说，要是这两只灯没被拆掉就好了，会亮很多。在这种荒原上，大白天都会叫人迷路，遑论这样的黑夜！这让我想起了去年进藏时翻越东达山时的情景，那次虽也是在伸手不见五指的黑夜，但毕竟是在道路上行驶，尽管危险，却没有迷路之虞。可今天是在无路可寻的藏北荒原上，情形自然要复杂得多，看来，只有听天由命了。

望着车窗外面，星星如无数闪烁的鳞片镶嵌在天幕，出奇的密，出奇的亮，陨落的流星时时划出一道道耀眼的弧光，一钩苍白的残月静静地悬在头顶，荒原的夜空竟是如此之凄美！也不知开了多久，在车灯的照耀中，忽见路旁不远处有一处房子还亮着灯光，旋即停车前往。

敲开门，哇！屋里生着火炉子，一股散发着酥油茶香味的暖气扑面而来。再细看，只见对面墙边的桌上垒着一长垛盒装方便面，呵呵，看来是不会饿着我们了。无疑，不管愿不愿意，我们今晚都只能在此留宿了。

大家赶紧进屋，卸包脱衣。奔波劳累了一天，好歹有个歇脚的地方了。

待坐到了铺着毡毯的长椅上，每个人都长长地松了一口气，心，似乎才真正踏实下来。这是一家牧民，看这房子好像是供临时放牧时用的，因为室内的摆设等都极为简单。由于语言不通，难以作更多的交流。我们估计，这里可能是301线上一个前不着村、后不着店的地方，在无从选择的前提下，那些驴友们只有在此歇脚。

看着室内的设施，我忍不住发笑，旁人问我笑啥呢？我说：同样是开客栈，在内地一个铺位怎么也得花上万把块的成本，而在这儿，一百元也用不了。几张破铺板，几套旧褥被，再备些方便面，就能开家庭客栈了。有趣的是，对面的墙根处，这家人居然用吃剩下的方便面空盒子垒起了足有一人多高的花花绿绿的"纸墙"，天哪！这得吃掉多少盒面呀！显然，别看这客栈又偏又烂，敢情生意还真的不错。

男主人不在家，家里只有一位四十来岁的女人和几个孩子。我们一坐下，这一家子就忙开了，又烧酥油茶，又泡方便面，屋子里一下子就热闹起来。

那晚，我们就住在这位小男孩家里

那位大一点的男孩子将一摞不锈钢碗拿出来，在炉前用粘着干牛粪的抹布挨个儿擦了个遍，然后为我们逐一斟上茶水。

嘿嘿！说来也怪，平常须臾所持的卫生观念此时已不知跑哪儿去了，或许是因为看到人家藏民都活得好好的，才觉得这穷讲究也没啥必要了。大家一碗接一碗地喝着酥油茶，都说味道美极了，我心里直发笑，莫非是粘在抹布上的干牛粪起着调味的作用？！

就在几个小时前，我们还在考虑今晚如何在荒野过夜、如何与狼群搏斗，为生存忧，为安全愁，而现在却安坐在铺着羊毛毯子的椅子上，喝着热气腾腾的酥油茶，吃着香辣的泡面。这感觉好似从地狱回到了天堂，是呀！只有在真正的磨难中，才知道幸福的门槛竟是如此之低！

群"措"相伴的余程

清晨，我醒得很早。初秋的藏北高原，寒气极重，昨晚睡的这间土坯房里没有炉火，且门窗破漏，整夜蜷缩在一堆破被絮中，竟无丝毫暖意。干脆起床吧。披衣趿鞋，走至门外，只见晨色微蒙间，远处的天空清朗一片。周遭弥漫着淡淡的野草的清香，启明星孤零零地垂挂在天边，仍在闪耀着光芒。静谧的荒野上，游荡着三三两两的牦牛。远处，高低起伏的地平线上，很突兀地竖立着一座布满沟壑的小石山。当霞光渐渐泛上天边，先是小石山变得通红，渐渐地，目光及处，皆成金绛，枯草上的霜露也在红霞中映出点点光泽。黎明的藏北高原，处处展露着其独有的大野之美！

约八点多钟，大家收拾好行装便上路了。今天的任务是续走昨日未走完的尼玛之路。显然是被昨日的遭遇给整怕了，大家一个劲地祈祷今天的行程能够顺利些。余下的路大概还有200多公里，但路径仍不清晰，只能尽量靠着主干道的路基往前走，故风险依存。不过，这一路的风景却仍好得出奇。与昨天一样，还是"一措再措"，当然，更多的"措"因无法知晓其名称，被我们戏称为"不知所措"。尽管如此，每个"措"却是美得你双脚不想挪窝。

约一个多小时后，我们来到了西藏第二大、中国第三大的咸水湖——色林措的岸边（可能是冰川融水量增加的缘故，到了2014年，色林措的

水域面积已超过那木措了）。虽说是咸水湖，但可能是雨季刚过，注入了较多的淡水，湖中的盐分被冲淡了，尝着只觉得有点

藏北高原上的无名之"措"

微咸。阿郑说，这水不太咸，洗一下车吧。昨日因陷车，我们的座驾浑身裹满了泥浆，乍看过去简直成了会移动的土包了。

　　洗完车，我跑到一个缓坡上，想选个好一些的位置拍个全景。抬颌四顾，猛然发现，色林措与我们昨晚留宿之处的直线距离并不太远，因为清晨见到的那座突兀的小石山仍在一侧静静地卧着。看来，我们只是围着那山绕了个大弯儿。当时，我们并不知道这湖叫色林措，在无人区里也根本无从打听，后到了车上，经查电子地图后方才知晓。

　　其实，沿途遇上的众"措"，看上去都很美，但有的却是很袖珍，根本无法在图上找到标注，故也只能将之列入"不知所措"中的一员了。而色林措则很有气势，给人的第一印象就是如同家乡的大海，烟气浩荡，波澜壮阔。虽说色林措与那木措面积相差不多，但可能是当时我们所在的位置正处湖的最宽处，极目远眺，更显其辽阔异常。一溜布满皱褶的岛屿插在湖的中央，像极了海的风格。在安娴的晨光中，色林措波澜不起，色若靛蓝，远处的草滩上，偶有雁鹤飞起，掠过，沉寂中又平添了一丝美意。

　　站在色林措岸边，只见眼前水天一色，不免让人怀古思幽，陡生心绪。面对着这大海一样的水面，不得不让人们相信，亘古不变的青藏高原，海，

其实就是它一切生命的策源。而面前的湖泊，则完全可说是大海来不及退去时的遗存。沧海桑田，桑田沧海，大自然千姿百态的演绎，无不诠释着生命的生生不息与无穷变幻。荒野历历，秋草萋萋，色林措，这是一片让人感动的湖岸！当我即将离开之时，不禁自问，我曾来到你的身旁，今后，可会再来？

上路两个多小时后，我们从一山冈上下来，忽见离路不远的地方有一极小不点的"措"，周围全是宗红色的小土山，而湖水却清澈见底，犹如天渊。走至岸边，为水色所诱，以为甘泉，掬尝其味，立刻眉头大皱，竟是咸涩之水。一览无余的湖面，方圆不过数里，水中天上，浑然一体，云如厚絮，色似翡翠。小土山形若攥拢的手掌，一汪湖水围于其间，犹如捧于大地之手的一颗剔透的宝石。

撒欢的野驴

此措刚过，又遇一小措。水很浅，一大群无人看管的牦牛正慢慢悠悠地趟着水走往对面。待牛儿们趟上岸，水中的涟漪渐渐消失。少顷，恢复平静的湖面渐渐显现出它的妩媚——微微的细浪抚摸着草滩，草滩上，几只黄羊正悠闲地啃食着青草。湖的西侧，在太阳的斜射下，荡漾着斑斓的光芒，近岸峭岩相连，远山冰雪皑皑，奇美！

或许，在记忆的星空里，色林措以及那些著名的高原湖泊，是有幸被人牢牢记住的几颗闪亮的星星，但那些属"无名小卒"之列的小湖泊，

160

却也未必缺少光芒，尽管不知它们称谓为何，但那星星点点的蓝色，同样让人无法忘怀。有驴友形容说，走过大北线，此后不看湖。的确如此，这一路，直至阿里的狮泉河，大大小小的众多湖泊，都有着内地任何一个湖泊都无法比拟的美感与震撼。这种美感与震撼，既缘之于高原的苍凉辽阔与婉约柔曼的完美融合，更缘之于毫无人工凿痕的自然造化。

下午四点左右，我们终于抵达达尼玛县城。这一天还算顺利，虽一路开开停停，磕磕绊绊，但未再犯昨日那种"方向和路线上"的严重错误。当然，万万不能再犯错了，因为，我们未必都能有像昨日在无人区陷车时遇到的那种峰回路转的好运气。

初到尼玛，我便觉这个县城有点与众不同，至于哪里不同，一时也说不上来，粗粗端详一会儿，好像看出些名堂了：一是城区极小、极简易，方圆不足二三百米的县城，独独一条马路式的街道；二是城与乡之间没有一丁点儿过渡地带，一跨出城边某一幢房子的墙根，便是草木凋零的荒野了。这样的一个县城，感觉就像是刚刚在昨天用积木在荒滩上匆忙搭建出来似的。

据说尼玛是世界上海拔最高的县城，是否如此，也未经考证。但此地海拔已近 4800 米，植被更少，空气比班戈更为稀薄，只是我对高原气候向来不甚敏感，故也说不上有什么特别的异样。但据旅舍的老板讲，这里夏季的空气含氧量仅为内地的一半，冬季甚至更低。后当地人告诉我们，这座县城建成至今也不过十几年，从前这儿就是真正的无人区，难怪一进尼玛便有种像是在村镇的感觉。

尼玛的服务设施也是极差，寻找了好半天，才在一个有着八张床铺的像从前的大车店一样的旅舍里落档，且仅此一间。两位女同胞没地儿住了，只好另寻栖处。趁天尚未全黑，我们赶紧找了家小面店打发了饿得瘪

瘪的肚子。晚上，大家坐下来商议下步行程。在301线遇到的那么多坎坎坷坷，使我们不得不重新审视既定的方案。众人围着地图研究下一步的行车路线，纷纷发表各自的意见。阿郑提议，明日出发后择机从301省道并入206省道，尔后由206省道进入阿里措勤县。进措勤后朝南折入219国道，再沿219国道往西进入新疆。

阿牛不知因何缘故，没跟大伙儿坐到一起，却躺在床上骂骂咧咧地发起了牢骚，听这言语好像是冲着阿郑的。玉章挨着阿牛的床铺躺着，由于身体不舒服，他一回到客栈就休息了。玉章以为阿牛在跟他说话，睁开眼睛，"啊？啊？"地连问好几声，阿牛则未作搭理，依然自顾自地发泄着。我听不懂他到底是什么意思，觉得很莫名其妙，因为之前他俩好像没闹过啥矛盾呀。

我过去问他，他也不作答。于是我便轻声劝他不要这样子，有话好好说话，现在可不是相互怄气的时候。他这才收了声，但仍闷闷地躺在床上，两眼直直地盯着天花板。为了让刚刚走出险境的团队能尽量在此后的旅程中减少些无谓的纷争，我提醒阿郑，让他私下里与阿牛作一下沟通，消弭一些分歧。

阿郑毕竟年长一些，待人处事显然要比阿牛沉稳。听我这么一说，他很当回事。待大家商议完毕，他便把阿牛叫到了外面。只是让我没想到的是，他们这一出去竟至十二点多才回来。后来，阿郑告诉我，那晚他们一直在一个茶馆里坐着。看来，沟通的效果还不错，第二天，两人见了面都是乐呵呵的，好像啥事也没发生过。

事后证明，阿郑的提议绝对是对的，因为时下这坑爹的301线，其顶多是一条"过去时"的路，无法预料的偶发因素太多了，再继续这么走下去，显然不太理智。再加上我们未带任何自救设备，也难以与外界保持

162

正常联系，很可能会出现更严峻的安全问题。权衡再三，大家同意，明天先继续沿301走下去，待到了与206线的衔接处，立刻改走206，再回到219国道。

当我结束这次穿越回到家中后，又仔仔细细地查询了西藏的卫星地图，不由地庆幸我们及时的改弦更张，因为，此道在好些地方出现分叉和中断，有些路段并行而列，居然都叫301，而间隔竟然可达几十公里，根本无从辨别准确的走向。至此，便可给301线下这么一个结论：这条所谓的省道根本就不是一条连贯如一的"正道"，纯粹是地图上的一条杠杠和名义上的道路。再说得准确些，它只是一条有着大致的方向、宽阔到无边无际的道路。能否依着这条路平安抵达目的地，则完全看你的运气了！

301呀301，你真是一条能把人逼疯的"迷人"之路！

高原的风格

今天出发得很早。待太阳升起时，我们已行进在路上了。从尼玛出来后的近百公里路程，几乎尽是坑坑洼洼的断头路，多数路段只能走301旁边的便道。所谓便道，其实就是当地司机在主干道无法行走的情况下，在荒滩上用轮子碾出来的一条条车辙。但走便道的危险性很大，一则便道上的轮辙很乱、很多，跟着跟着就会使你迷失方向；二则荒原上有许多难以察觉的泥沼，走得稍有不慎，极易陷车。前天在班戈至尼玛的途中陷车，就是这个原因。自经历两次陷车惊魂后，两位车长开车时显得越发谨慎起来，再也不敢将冲天的豪迈勇气无谓地表现于这诡异而凶险的荒原上了。

那是穿行在云端里的一天，因为这段路的海拔高度一直在4700米至5200多米。尽管入藏以来我们早已经历过4500米以上的高度，但那多是处

在时高时低的状态下，像这样长时间处于相对固定的高海拔还是第一次。

倒不是什么高原反应之类的东西会引起我的特别关注，而是突然间发现，原先总是挑逗着我们情绪的千姿百态的云朵越来越少了，而且，随着高度的不断上升，天幕间竟然只剩下深蓝这一种颜色了。间或，翻过一个山坡，天穹里突然会出现一小朵孤零零的形似鹅绒的逃逸云，像一只小飞艇，静静地悬挂着，既不飘动也不散去，让人好生奇怪。

只有在这样的海拔高度里，天空才会变得如此纯净与寂寥。旁人也感到奇异，都问，怪了，刚才在天上济济一堂的云彩都跑到哪儿去了？大家猜测着：可能是我们位置太高的缘故吧，现在除了那逃逸云，其他的云应该都在我们脚下。我自认为这理解应该是对的，一般而言，即便是高积云，其高度也多在5000米以下，而现在我们所处的地方应已超过这个高度了。此时，看看那天，再看看那山，我真切地感到，现所处的位置的确比云朵还要高了。

尽管那天的路况很差，横向的搓板加上纵向的深沟，将大家颠得七倒八歪，却也始终让人惊喜不断，因为常有一些高原精灵冷不丁地出现在我们面前。最多的是藏野驴，其次是藏羚羊、黄羊、老雕等。首次相遇，彼此只是远远地相望。起初，我还以为那是当地藏民放养的牲口，直至稍稍走近些，才看清它们的"嘴脸"——棕黄的毛色、像骡子般散开的尾巴，哦，竟是藏野驴。这些从前只在图片上见过的野畜，现正站在自己面前，自然让人兴奋得很。

本以为，与它们仅是一次邂逅而已，可不曾想，那天上午，我们竟多次与这些家伙相遇。这些野驴或欢天喜地地撒着欢子，或目中无人地顾自吃草，根本不把我们当回事。当然，它们更多的时候还是与我们保持着一定的距离。其中一次，我们在河边的草滩上见到一大群野驴和藏羚羊，便开车驶向它们。并不是要故意惊扰它们，只想利用这难得的机会抵近观察一下并拍些照片。这些精灵极聪明，居然也有一套对付威胁的警戒机制。当有车驶来时，除了一两只担负"安保

湖边的精灵

任务"的公驴扬起脖子盯着我们外，其余的驴儿们依然悠哉悠哉地吃着草，丝毫不作理睬，直至车行至距它们四五十米时，才见那公驴发出一声号令，荒原上便呈现出群驴奔腾的热闹场面。它们一边跑，一边"喔喔"地嘶鸣。看得出，它们并不想跑远，只是不想让我们挨得太近。待到了它们认为的安全距离内，便都停下来回头看着我们。摆出的那副架势似乎在向我们挑衅：哈哈！有本事你再追呀！有几只胆大的，一点也不惧怕我们，居然跑到我们的越野车跟前尥起蹶子来，甚是好笑。而有些藏羚羊和黄羊则是随驴而动，驴跑起来了，它们也跟着一齐凑热闹，驴停下了，它们也站那儿愣愣地发着呆。

　　显然，通过这些年来的动物保护工作，驴儿们已知道人类是不会伤害它们的，故也逐渐拉近了人类与它们接触的距离。当然，它也绝对不会允许我们近至可以触摸到它们的地步。最深沉、最孤单的动物当属老雕，它是高原上的独行侠，它的表演平台在天空，不管我们行进到哪里，天幕上总会有着它们骄傲的身影。有时，它飞得很低，常会不请自到地闯入我的镜头里来。好几次，在疾驶的车窗中看出去，蓦地发现它们居然就蹲在路旁，眼睛直勾勾地盯着我们这帮不速之客，待身旁的伙伴惊叫着朝它望

去，车却早已驶过。

这些可爱的高原精灵的时时相伴，让我们的行程总是充满着欢笑和闹意。中午时分，我们在那曲与阿里交界的一山坡上停车休息。中饭是没地方吃了，大家就乘此机会啃些干粮，喝点水，补充一下能量。末了，不知是哪位提议要挖虫草，说此地盛产虫草。此话不假，据说在整个西藏地区，这里的虫草产量最高，且现正是挖虫草的季节。看着附近的山坡上都有藏民为挖虫草而搭建的帐篷，我们都觉得大把的虫草似乎马上就要到手了。虫草价钱现可是不菲呀！要是能挖上一些那真的不得了！大家顿时来了精神，全然不顾浑身的疲倦，在海拔 4800 多米的山坡上认真地做起发财梦来。

我曾在电视上见过藏民怎么挖虫草，便俨然以内行者的身份将此"秘诀"告诉了大家，于是，众人也与我一样撅腚俯首，在枯草密布的坡上瞪着两眼，仔细地搜寻着虫草露在地表的小"尾巴"。那山坡很陡，足有三十度左右。在这样的高海拔地域，逆坡而上，所付出的体力可是不一般。但是，寻觅了好一阵，大家竟连一根虫草的尾巴也没见着。白白浪费了这么些时间，最后，只好都快快然地撤了下来。直到现在我也没搞明白，究竟是我们拙眼不识慧草，还是这里的虫草早已被人挖光了。

不过，细忖一下，显然是我们想得太美了，因为当地的藏民一天也只能挖上七八根、十来根左右，我们才用了这么点时间就想达成目的，那这活儿岂不是太容易了。但是，我并未因此而感到无趣，平生能经历一次实实在在的挖虫草，尝试一下这种感觉就够了，至于这结果如何则根本是无所谓的，毕竟，我们只是图个新鲜而已。

那一天，或许是我们此次进藏以来，沿途所见最为丰富多彩的。除了上述之外，风景更是美到极致。人们所形容的高原的风格，在这段路上，可说是展露无遗了。各种形态的雪山、草地、沼泽、湖泊，一直陪伴于我们左右。有几处，雪山近得就好似插在跟前的湿地里，皑皑山影倒映在水中，色彩斑斓的野禽嬉戏其间，在平静的水面上划出道道涟漪。真不敢想象，世上何处还可觅得这番仙境？

此时此刻，我若是独行，一定会在此好好地驻足一阵，静下心来看看造物主在人迹罕至的天边藏掖着的绝色美景。但是，人虽有情，景却无意。那雪山与水泽虽感觉很近，实际距离却也至少在五六公里以上，过于吝啬的时间是不允许我走到水边去细细地欣赏这一切的。或许是自己太顾及整个团队的感受，在潜意识中常会不由自主地抑制自己的冲动，更不想在这个时候为了达成自己的愿望而过多占用他人的时间。尽管留恋，也只好以最快的速度，举起相机，简单地"咔嚓"几下了事。

很多时候，所拍的照片，已然顾不上质量的好坏，什么构图、用光，等等，已没这么多的讲究了。在过于急迫的情形下，甚至干脆就把相机调到最不想用的自动档。有时，明明知道再过上片刻就可迎来最佳的光线，但你等不了，一切只有以时间的最小冗余度来决定，故即便是在很不理想的拍摄位置和光线条件下，你也只得勉强地摁下快门，而对于一心想拍出好画面的自己来说，这不免有点纠结。

在西藏，美景，像从不中断的风光大片，总会不断地刺激着人们感官，大家为之癫，为之狂，处于难以抑制的兴奋之中。回想一路之所见，吸引眼球的地方实在太多。有时，会觉着彼处最美，转换一个空间，又会觉着此处最美。故最客观合理的解释还是如我前面所言：一路的风景都很美，只是美的形态各异而已。

那天，这享尽眼福的行程竟达十一个小时。中午时分，我们在洞措一带顺利拐入了 206 省道，傍晚六点多钟，终于抵达了阿里的措勤县。这

遥远的风
——天涯八万里

些天劳顿至极，两次陷车，几番大汗浸衣，已干湿无数回，再及六七天未好好洗涮，身上早已肮脏不堪，满身的汗臭味，就差没养出白胖胖的虱子了。说到虱子，我突然觉得自己有了一个新发现，那就是西藏达到一定高度的地方好像没有虱子这种生物，因为在哪怕是再脏的被窝里，也未见有虱子爬出来迎候自己。从前自己在内蒙古时，虱子可是常见的，或许是海拔高的原因吧？看来这虫子也怕高反。但是，尽管未长虱子，身上却是够脏的。所以，今天无论如何也要找个能洗澡的旅舍，把自己彻底清理一下。

措勤在20世纪70年代前属改则县管辖，1971年，措勤单独设县。这地方唯一能引起我兴趣的，就是县城十多公里外的一叫扎日南木措的咸水湖，面积不小，超过1000平方公

那朵美丽的云

里，位列西藏第三大湖。由于措勤的山脉呈东西弧形走势，在湖的周边围列着无数雪山，风景自然也很美。听当地人讲，冬春之季，水边的山峦雪很厚，天色也极明净，湖面更可呈现别样的水色。其实，在西藏看了这么多的湖泊，我已完全可以合理地想象当地人所说的那"别样的水色"是什么样的了，肯定又是那种浓之又浓的蓝色吧！怕时间不够，我们未走到湖岸，只站在路边稍作停留便又开拔了。

这地方距拉萨1000多公里，天日更长，待我们抵达措勤时，已经7点多钟，天色却依旧敞亮得很。这个小县城建立才三四十年，人口也极少，据说在约23000平方公里的区域内，才10000多人，街上冷冷清清，几乎

见不到人影。想想也是，在氧气都不够用的海拔 4600 多米的地方，生存就已不易，怎能聚得起人气呢！不过，城里的建筑倒是显得很新，总算稍稍见到了一点点现代文明的气息。

我们在一家据说是全县最好的旅舍——措勤大宾馆安顿下来。从外表上看，这是一家说得过去的小宾馆，三层小楼加独立的院落，房子也是崭新的。进得房间，想做的第一件事就是洗澡。不料却被明确告知，本店无热水提供。天哪，此等宾馆居然也不能洗澡，那还能算宾馆？无奈身上实在太脏，我已横下心来，即便是冷水也得洗。

其时，当地的气温已经很低了，冲凉水澡可得咬紧牙关。万没想到，我一拧水龙头，却见热流滚滚而出。我大喜过望，赶紧舒舒服服地洗了一把。末了，我立即逐屋相告：现有热水，快快去洗！

过了不一会儿，门外就有人大声怪叫，何来的热水呀！都快冻死人了！哎？这就怪了，我没诓人呀！遂去问服务员，方知原来刚才我用的热水竟是被太阳晒热的管子里的水，但仅有的那点热水全被我给用完了。在一片埋怨声中，只见一个个哆嗦着，将脱下的臭衣服重又套回湿漉漉的身上。

狂奔于藏北高原，一路难见人烟，吃饭常是饱一顿饥一顿，这三天里，大家只吃了两顿正餐，其余皆以干粮充饥。所以，那天的晚饭就显得颇为重要了。不求饕餮，只求能吃上些热菜热饭。措勤这地方东西奇贵，且也做不出什么像样的菜肴，尽管如此，那晚，我们还是比平时多点了几个菜。

大家边吃边聊，好久没这样坐下来从从容容地就餐了，酒精似乎让周身的倦意消除了许多，醉意微醺间也让人有了几分难得的慵懒。这种感觉真好。众人借酒发挥，议论着天南海北的趣事和各自过往的历险。在艰苦异常的旅程中，这样的场景让人感到一丝别样的温馨。我们坐在那儿聊着喝着，旁边吧台里的几位藏族女孩则不时地偷偷地冲着我们笑，顺着她

们的视线看去，才知这是在笑阿牛呢，因为他头顶上那与众不同的小麻花辫状的奇异发型总是会招来人们好奇的目光。

时至今日，回忆起措勤，首先想到的便是这家宾馆的餐厅，除了餐间的那份惬意和温馨，便是餐厅里颇有特色的装饰，那风格在内地也是不曾见到过的：半露天式，透明的玻璃钢天棚，室内还种着许多花卉类植物，因阳光可直接照入，故长得十分繁茂，此番景致在措勤这荒芜之地是难得见到的。我们的餐桌就挨着这些花花草草，坐在那儿品茶喝酒，闻着淡淡的花香，还真有那么一点点浪漫的气息。

翻越桑木拉

一日由北向南，再沿 206 省道直插 219 国道。我们打算进入 219 后，再向西至日喀则仲巴县的帕羊镇，当日行程约 500 余公里。这一段的 206 省道的路况也是极差，好多路面因夏季翻浆而形成了许多深辙，好在现不是雨季，路面尚硬，但由于被车轮反复碾压，表面已形成了一层很厚的浮土，车一驶过，立刻卷起漫天黄尘，一个个被扬得灰头土脑。中午十一点半左右，我们驶上了 206 省道 297 公里处的桑木拉大坂。这是我们进藏以来到达的海拔最高的地方。

对于桑木拉大坂的海拔高度，至今似乎尚无最精确、最权威的测数。从前官方公布的的数字是 6000 米，公路建设时测得的标高是 5545 米，那天我们用 GPS 测得的数字是 5548 米。所以，准确的海拔在 5550 米左右还是靠谱的。但不管怎么说，其海拔高度远超珠峰北坡大本营则是肯定的。

桑木拉大坂因为海拔高，温度特别低，每年的冬春季常因冰雪过厚而道路受阻。此时已是九月中旬，但山中的溪流依然覆盖着一层薄冰。想

170

想也不敢相信，我现在的所在位置差不多已是航线空域的高度了。真得感谢上苍给了我一副能适应高原的好体魄，居然啥异常感觉也没有。大家都显得很兴奋，除了玉章未下车（当然我们也不敢让他下来），谁都想尝一尝这"在天上的滋味"。阿牛最牛，拍照时还不忘摆弄些高难度的夸张动作，将肉乎乎的身子作鲲鹏展翅状，费力地向空中腾跃着。我大笑：你别跳了，地面都快被你砸出坑来了。阿牛则依然兴趣不减，像装了弹簧似的，对着镜头，一遍又一地跳呀跳。

此时，极目远眺，众多的雪山都与我们处于同一高度上，感觉有些山峰甚至就在我们脚下。两次进藏，见雪山无数，但都是仰望，而今却可平视或俯视，感觉很不一样。至此高度，让人感怀颇多，遥望着与己同高（或许只是错觉而已）的冈底斯山脉，真不敢相信我们现在已经穿越了大半个阿里。圣洁的蓝天之下，白云如丝如絮，温柔地挽扣着山巅；雪峰层层相依，连绵不绝，像是骤然展开在我们面前的巨大画卷，其雄浑之势，实在难以用语言形容。

感动着我们的，除了这风景，再就是一批在世界上海拔最高地区从事着公路养护的工人。那天，我们竟几次在5000余米高度的206线上见到正在劳作的养路工，他们都是当地的藏民，虽说与内地的人相比，藏民的高原适应性要更强些，但长年在高寒和严重缺氧的环境中干着这种体力活也是极其艰辛甚至是危险的。所以，藏民中患高原性心血管、风湿性疾病的比例也是比较高的。完全可以这么说，在这种地方从事野外的体力劳动，其实就是折寿。故每每相遇，我们都会将车停下，先真诚地问候一声：扎西德勒！然后再给他们递上几包烟或别的小物品。这不是施舍，而是发自我们内心的一种感谢和敬重，因为在我们看来，他们是一群极不平凡的人！没有他们的奉献，就没有道路的畅通。这些藏胞大多不会说汉语，但

每当接过东西时，便热忱地向我们招手，布满皱纹的脸上绽着淳朴善良的笑容。

面对着这些高原养路工，我顿悟了一个平时极易忽略的道理：人与人之间的关系，在毫不相干的表象下，竟然有着如此紧密的依存。高原上为我们指路的牧民、不时遇见的养路工人、在无人区陷车时为我们挖泥垫石的藏胞，等等，那一路上所有以各种方式帮助过我们的人——尽管连他们的名字都不知道，但他们的存在与出现，给我们所带来的方便或危机的解决却是至关重要的。由此，我便觉得，真的不能漠视任何一个人，因为，在有些时候，陌路者与我们的关系甚至是亲朋所不及的，只是在顺利的时候，我们不太会在意这一点。这次旅程结束之后，回想一路的所遇所见，我觉得自己似乎更理解了"感恩"二字的含义——对帮助过自己的人应永远心存感念，哪怕他只是一位毫不起眼的陌生人。

从桑木拉大坂下来后，高差似乎减得很慢，在很长一段时间里，雄伟的雪山始终陪伴在旁边，与我们比肩而行，像是在依依不舍地牵襟相送，这种感觉实在奇妙得很。有几处雪山看上去并不高，但其冰川却异常发达，厚厚的冰舌流泻至离道路不远的地方，在午后的太阳直射之下，闪烁着刺眼的光芒。

约一个半小时后，车行至措勤的曲洛乡。从上午出发至现在，大伙粒米未进，早已饥肠辘辘。忽见路边有一长溜泥房子，便停车走了过去。呵，一看，这竟是一家茶馆（后知这家茶馆叫芝麻茶馆），还真找对地方了。西藏农牧区的一些茶馆，很具有特色，而其所谓的特色则恰恰是其没有任何特色，门前甚至连一块招牌或其他标志性的物件都没有，房子四周也没有任何能引起路人注意的地方，与普通民居一模一样。而奇怪的是，它们却总是能够在旅行者最需要的时候出现在最合适的地方。毫无疑问，用不着多作思量，在这种地方，只要把茶馆开在道路边即可，生意多多少少是会有一些的。因为在高原上开车行路，一日三餐的时间节点根本无法把握。所以，只要见到有充饥或歇息的地方，人们一般都会进去。

芝麻茶馆前的藏民

这些路边茶馆可提供的食物是很简单的，除了酥油茶外，仅可提供些方便面、烤肉等，但这并不妨碍其生意。在这种地方，有食物和茶饮可填肚暖身已是足够，谁还会挑剔其品种的多少呢！

一进屋，主人即给我们端上酥油茶或奶茶（这是所有茶馆的程序），而后是一人一碗泡面。食物虽简单之至，但因为实在是饿了，一个个倒也吃得津津有味。尤其是那香喷喷的酥油茶，喝着它，甚至有着一种奇特的仪式感，我似乎越来越喜欢这种茶饮了。

院里有好多品种不纯的藏獒，见我蹲在门边吃面，便都默默地围了过来，呈半圆状坐下后，目光哀然地望着你。狗儿的眼睛是会说话的，它们分明是在向我恳求施舍。这不免让人恻隐，心肠一软，我便将剩下的半碗面统统给了狗儿们。不到几秒钟，连汤带面即被它们舔食得干干净净。它们显然都饿坏了。吃完了，众狗依然不肯离去，蹲在那儿齐齐地向我行注目礼。真受不了它们那副无辜和哀乞的眼神，我便又将兜里的几块饼干都掏出来扔给了它们，这些家伙连嚼都不嚼，急吼吼地一口吞下。为了自己和那些还没填饱肚子的狗儿，我只好又去买了一碗面。

西藏的流浪狗特别多，这也成了沿途的一道景观。在阿里的普兰县，

有一次竟在公路上看到几十条大狗像开会似的聚集在一起，有的干脆就躺在路中央呼呼大睡，把路给堵得死死的，再摁喇叭也不理睬你。这些狗全靠人们的施舍是填不饱肚子的，有些为了生存，便会跑去荒

藏新线海拔最高的大坂——5400多米的桑木拉大坂

原上抓羚羊、黄羊等野生动物吃。我曾在那曲看到一只小狗竟叼着一条蛮大的活鱼站在路边，那鱼还在狗嘴里拼命甩动着尾巴，显然是那狗刚从溪流里抓上来的。猫抓鱼不稀奇，可狗抓鱼太少见了，这无疑是恶劣的生存条件逼出来的。

正当我跟狗儿们打成一片时，茶馆的老板娘抱着一个五六岁的小女孩走过来，请求我给她们拍张照，这让我感到有些意外，因为在西藏是难得有藏民主动要求拍照的，这还是我第一次遇到。据说有些藏民较迷信，认为拍照会将自己的魂魄给摄去。显然，这位女同胞定是个不信邪的主。我历来有个习惯，途中给他人拍的照片，不管认识与否，我都会尽量送达到人家手中，因为这既体现自己的守信，更是对他人应有的尊重。可惜那位藏民不会汉语，比划了半天，又请旁人帮忙，才把地址搞清楚。从西藏回来后，我立即很认真地按照她提供的地址，将照片以挂号信的方式寄了过去，山高水长，万里迢迢，真不知道她最终会否收到。

帕羊镇小记

当夜，宿于日喀则地区的仲巴县帕羊镇。帕羊在219线上算不上是什么重镇，却因其是去阿里的必经之地，又与前后两县城距离较远，出于时间节点上的考虑，很多游客和司机一般都会选择在此处留宿。

帕羊镇位于日喀则最西端，西与阿里的普兰县接壤，东邻阿里的措勤和日喀则的萨嘎，北与阿里的革吉、改则交界，南面与尼泊尔相衔。帕羊镇所在的仲巴县面积达43594平方公里。这个比我国的台湾省还要大六七千平方公里的县域，人口却仅有二万左右。更让人惊异的是，该县境平均海拔高度达5000米以上，或许，这该是世界上海拔最高的行政区域了吧。

帕羊是个颇有西部风格的草原小镇，虽不繁华，却显得异常安逸。小镇结构简单得不能再简单，219国道从小镇中间穿过，就权作街道了。虽说藏区有很多乡镇的形状都与此相似，但由于帕羊的那段"街"很短，再加上房屋低矮，所以，其镇貌就更显得简陋。"街"两旁是排列整齐的民居和一些公共用房，我估计这个镇已多年未投入基建资金了，除了学校有点现代的色彩，其他所有的公共建筑都陈旧不堪。

三三两两的藏民不紧不慢地行走在路上，目光淡然，表情安详，看到我们这些外来的游客，脸上便会泛起一丝不易察觉的笑意。高原的太阳斜斜地照在身上，灰白的羊皮袄上泛着温暖的光泽，勾勒出一幅别具色调的具有高原人文特征的画面。西藏所有的高原乡镇的马路上，除了车辆和人，狗和牛也位列主角之中，帕羊当然也不例外。流浪狗是成群结队的，它们懒散地躺卧于路边，把脏兮兮的脑袋耷在前爪上，对身旁的一切显示出爱理不理的模样。或许是高原上生存太艰辛，狗儿们那泪汪汪的双眼总是失神地凝望着它

们难以读懂的世界；几头脖子上系着铜铃的牦牛贴着墙根漫无目的地溜达着，身后留下一串悦耳的铃声。偶尔，它们会莫名地停下脚步，"哞哞"地低吼几声，然后瞪大眼睛，傻傻地盯着路人。此刻，一切都变得极其单纯、原始，好似看到了黑白照片中的年代，时间也变得迟滞凝固了。

望着这荒凉而偏僻的小镇，我不禁产生了一种奇怪的感觉，这地方怎么看都有点儿像电影里的美国西部的味道。举目望去，在落日的余晖中，远处朦朦胧胧地显露着山峦的剪影，而剪影的前面，是一马平川。一条已经干涸的河床，像是一道无法愈合的伤口，弯曲着匍匐在几近沙化的土地上。由枯黄或褐色点缀的山峦和原野在告诉着人们：这是一个与现代社会相去甚远的穷乡僻壤。当余晖尽绽一片金灿之时，帕羊的一切忽又显示出粗犷浑厚的风格，似乎能让人触摸到非常遥远的从前。

那天，我们入住在帕羊宾馆。在我们刚打听到这住处的名称时，还以为，既然是宾馆，就应该是宾馆的样子，哪怕是一星、二星的档次，标间总还是有的吧，至少洗漱的条件该具备吧。谁知根本不是那么回事，当我们找到那家所谓的宾馆时，才发现那是由一所废弃的小学校改建的：满是浮土的大院子，再加上六七间摆着大统铺的土坯房。呵呵！这地方真是啥名称都敢取呀！那模样也敢叫宾馆！这不禁让我们感到有点好笑。但你再看不上眼也得住呀！因为根本就无从选择，毕竟，这是在真正的西部！当然，即便还有更好些的住处，我们也懒得再去寻找了，因为大家都已累得够呛，只想早早地歇息下来。至于有没有热水，能不能洗澡，或床铺被褥干净与否都已无所谓了，只要能有热乎点的吃或喝的提供，或有一块能让身子撂平的地方就可以了。

老板是个藏族老妇人，不会说汉语，但身旁有个孙女给她当翻译和帮手，这就足够了，丝毫不妨碍她招待来自天南海北的客人。我们这批人中间有吃辣的，也有不吃辣的，无需你细说，只要指着辣椒，再摆摆手或点点头，她立刻就能会意。

帕羊镇的温度似乎比别的地方要低一些，我们一进到大门口那间兼具客厅和餐厅功能的大房间里就不想挪窝了，因为屋正中放着的一只大铁炉子里，正燃着熊熊火焰，屋里弥漫着一股干牛粪饼子燃烧后散发出的草香味，闻着让人觉得非常舒服。我们围着火炉坐下，那老妇人和小孙女便开始忙碌着给我们做酥油茶和奶茶。在藏区，这道待客的程序最让人感觉温馨和舒坦，当热气腾腾的奶茶或酥油茶端上来的时候，疲惫的人们便会由衷地感到满足和幸福。所以，我想，所谓幸福，其实也没有很多的铺垫，也并非高不可企，有时，一杯茶、一碗饭、一张铺就足矣！就如我前面曾提到的，在磨难之中，幸福的门槛就会变得很低。

说到这个话题，自然又会涉及人生哲学。其实，在中国，涉及人生哲理的文章，如汗牛充栋，多得不得了，但有谁去真正理睬或领会？不说别的，仅《红楼梦》中的"好了歌"，相信一定有不少人读过吧，可个中浅显明了的道理知晓者又有几许？所以，如今的人们无休止地追逐的所谓幸福，结果最后只剩下物质的外壳了：豪车、豪宅、美食、美酒、美色，等等，如蝇逐臭，若蚊嗜血。古时颜回的"一箪食，一瓢饮"之举，于今人而言则太过迂腐了。显然，这不能不说是国人的另一个贫困时代的到来。

那天，可能是由于长时间没喝水，再加上气候干燥的缘故，我竟在入住"宾馆"后的一个多小时内，接连喝了七八碗奶茶，甜的、咸的一个劲地往肚子里灌。这个时候，我更觉得奶茶简直就是世上最好喝的饮品了。那天的晚餐虽算不上丰盛，却也是荤素皆有，尤其是那道辣炒牦牛肉，奇香。这样的菜在内地是难得吃到的，这与厨艺无关，主要还是原料比较正宗吧。

玉章由于高反太严重，跟前放着的碗面一筷也没动。我看着焦急，

劝他吃上些，但他一个劲地向我摆手，表示一点胃口也没有。接着又冷不丁地冒出一句：

"现在看来，我应该在拉萨就结束自己的行程，不该来阿里，其实我到了拉萨已知足了。"一直到后来回到家乡，玉章依然跟我这样讲。他说的不无道理，因为此后的行程对他而言的确太艰辛了。

我劝慰他："别这么想，再熬熬能过去的，等到了新疆就不会有高反了。"

"新疆真的没一点高反？"玉章像是看到了希望。

我说："你放心吧，只要翻过喀喇昆仑，到了南疆，感觉跟在海边一模一样的。"

"真的？那最好快点到新疆，越快越好！"玉章显得急切起来。

见他实在吃不下东西，我便从包里取出一只苹果递给他，我说："无论如何要把这只苹果吃下去，再多喝些酥油茶，不然你身体扛不住的。"

见我这么一说，玉章便接过苹果啃起来，一边啃一边说："嘴巴发苦，一点味道都没有。"

那晚住得可是很不舒服。门窗漏风，屋内极冷，又由于没有热水，只能用刺骨的凉水抹把脸了事。睡前，走到门外想透透气，忽然发现这儿的黑夜很不寻常，周遭如同泼洒了浓墨一般，将手指贴着眼皮也难见丝毫。站至门边，双脚竟不敢贸然挪出一步。这样的夜色还真是难得一遇。看来，我们这些生活在城市里的人所得到的一切都不是大自然最本真的东西，连天天所见的夜空都是被杂光修饰、污染过的。

只有在此地，我们才能知道真正的夜色究竟为何样。不经意间的抬头，又让自己惊诧不已：头顶上竟布满了密密匝匝的星星，数量多得无法想象。由于空气很稀薄，星星的光泽显然比平常在内地时见到的要明亮许多。它们争相闪烁着，如同无数只明亮的眸子在不停地在眨巴。我赶紧进屋取来相机，但是拍这种星空必须用慢曝，而仅靠双手端着根本无法让镜头保持稳定。真后悔没将三脚架带来，否则，这灿烂的星光如能拍下来一定会非常之美。无奈，只好放下相机。走至院子中央，久久地仰望，将美好的夜空珍藏在心中吧！此时的银河系，真的像极了无垠的河流，流淌在神秘而浩瀚的天穹之上，让人遐想无限。

最后的神山圣湖

这里所说的神山，指的是冈仁波齐，圣湖则是玛旁雍措。冈仁波齐一直在我心中占据着重要的位置，对其向往的程度甚至不亚于珠峰。这或许是缘于人们对这座山的美好传说和各种媒体一直以来对其所作的大量宣传吧。当然，第二次世界大战期间，纳粹德国为寻找沙姆巴拉这个地球轴心而与神山之间所发生的广为流传的离奇故事，更是扩大了其影响，也使之披上了一层十分神秘的色彩。

对于玛旁雍措，我从前了解得并不多，仅略有听说而已。见到冈仁波齐，完全是在不经意间——在219国道上拐过一个弯道时，冈仁波齐忽然出现在了右侧前方，因距离远，山体的细节不甚清晰，但其气势已然尽显，当时的自己竟然愣了一下：天哪！这就是冈仁波齐？！

又行驶了十几分钟，我们进入了普兰县的霍尔乡境内。霍尔乡由于挨着219国道，虽"乡容"很破旧，道两旁全是一色的砖坯平房，但人气颇旺，好多客货车司机和乘客一般都会在此安排中餐。我们随即找了家小餐馆，匆匆填饱肚子便赶往圣湖玛旁雍措。当我们到得玛旁雍措，站在湖岸的一个高坡上时，猛然回头，却见神山完整地矗立在我们面前。此时，由于距离近了许多，视角也很好，神山显得十分清晰。

　　神山与圣湖之间相隔约有二十余公里，作为冈底斯山脉的主峰，冈仁波齐的海拔高度达 6600 多米，再及山峰本身十分巨大，即使离得很远，给人的感觉仍似近在眼前。一般而言，几乎所有的雪山，都有着类同的特征，差别仅在细微处。但冈仁波齐在整个外形上却是极其独特，不管是远看还是近瞧，其都极像了一块巨大而孤立的玛雅金字塔。从山体的质地上看，又颇似亚丁的央迈勇神山，但两者的造型却截然不同。在普兰这片荒凉的高原上，能有这样一道风景，真的太神奇了。那天，冈仁波齐的上空没有一丝云彩，浓郁的蓝色显得十分深沉，更使冈仁波齐显现出无尽的魅力！其山峰的顶端虽呈微圆状，完全没有其他雪山所具有的那种刺破苍天的硬朗险峻的形态，但面对着她，明显可以感到一种与众不同的雄浑与壮美。

　　这座山，除了前面提到的与第二次世界大战相关的那些故事外，更是全世界佛教徒公认的具有独特身份的神山。周边的印度、尼泊尔等国佛教徒们都能以来此转山朝觐为一生中最大的荣幸，这种在信仰促使下的膜拜和艰辛已在这片土地上延续了漫漫千年之久。此山还有一奇特的现象，那就是朝阳的南坡终年积雪不化，而背阳的北坡却是少有积雪。对此，直至今日似乎尚无可信且合理的解释。

雪山下的湖泊与羊群

藏传佛教、印度教、西藏本土的苯教都认为冈仁波齐是宇宙的中心，佛教界也普遍认为其是众山之王的"须弥山"。正因为如此，冈仁波齐在宗教上的象征意义已远超其本身所具有的自然意义。所以，在这座神山脚下，常有藏民或印度、尼泊尔等国的信众前来转山、朝觐。每年到了重大的宗教节日，这里朝觐者甚众。由于高原缺氧，再及沿途没有完善的生活保障设施，转山途中，常有信徒在荒芜的山野病倒甚至丢掉性命。所以，在冈仁波齐转山，是对人的近乎于炼狱的一种考验。

冈仁波齐的外形虽不险峻，但就此认为其是一座温顺而容易攀登的山，那可就大错特错了。这座山至今无人登过顶，其原因就是上面气候恶劣多变，常年深雪厚积，且锥状的垂直峭壁是极难攀爬的。特别是通过近距离的观察，我更是认定，如以常规的方式去攀登这座山峰，那绝对是不可能完成的任务。冈仁波齐还有一个特点，即从不同的视角去观赏，

神山冈仁波齐

竟会呈现完全迥异的画面。从南面看过去像平顶的玛雅金字塔，而从西面看去则又成了尖锥状的埃及金字塔。变化之大、实在让人惊诧。

玛旁雍措之美也是超乎我原先的想象，西藏的湖泊成千上万，看得多了，易让人产生审美疲劳。故有人说，在阿里，欣赏了一个湖，就不用再去看其他湖了，都大同小异。但我并不这么认为。我觉得，那里的每一座湖泊都是很值得人们去细细观赏的。因为它们的大小、形状、色泽及周边的环境等都不尽相同，甚至在分秒之间，同一个湖泊也会显现出完全迥异的色彩和风格。所以，每个湖泊的都是同中有异，各具禀赋。这一点，

玛旁雍措体现得尤为明显。

　　玛旁雍措位于纳木那尼峰与冈仁波齐之间，是一个面积达四百多平方公里的淡水湖。该湖作为一个重要的景观，早已纳入当地行政部门的管理，据说门票价格不低。与我们同行的娟娟之前曾来过一次。她说上次那位藏族司机带着她走了另一条去湖边的捷径，用不着买票的。对于逃票之举我向来不屑，但同行者中皆无反对，我只好姑且任之。娟娟与那司机取得了联系，费了一番周折，终于问清了路况。在她的指点下，行驶了约十几公里后，我们终于抵达了湖边。

　　玛旁雍措确无愧于"西天瑶池"的美称，由于水的清澈度为我国淡水湖之最，故在高原阳光的照射下，整个湖面会呈现浓郁的青蓝色。而这种色泽再经纳木那尼峰皑皑白雪的映衬，使得靠近山脚的水域青蓝相叠，异彩纷呈。我们到的时候，太阳正近头顶，故而垂直的光线与水面形成了一层离奇的泛光，这泛光又夹杂着水汽，水平线上漫起淡淡的轻雾，使湖面透着些许诡异与神秘。

　　环顾四周，极目远方，让人甚为惊奇：在方圆几十公里范围内，两山夹着一湖（若包括拉昂措，应是夹着两个湖了），以玛旁雍措为中心，从南至北，与纳木那尼峰、冈仁波齐形成了一条很直的轴线。毫无疑问，那绝对是世界上独一无二的风景线。玛旁雍措之美，与面积远超过她的那木措完全不同。那木措因为辽阔，故其特质更多的是体现在浩荡的气势上，那是一种宏大之美；而玛旁雍措则由于有雪线极低的纳木那尼峰紧挨着，再及湖面相对窄些，好似躺在巍峨的雪山的臂弯里，使那湖面更显得靓丽清秀。

　　纳木那尼峰是一座极具震撼力的雪山，其海拔高度近 7700 米，比冈仁波齐高出甚多。但由于隔着二十余里宽的玛旁雍措湖，故看上去其高度似与冈仁波齐相近。纳木那尼峰之所以震撼力极强，主要是其东面的山脊因经年累月的冰雪融蚀，塑成了竖角如刀刃般的危崖，异常嶙峋峥嵘。我曾与登过那座山的网友作过交流，他说纳木那尼峰是一座极难攀登的山峰，陡峭、雪崩、冰裂缝、狂风狂雪，但凡雪山上所具有的各种恶劣与骇人的元素，其全都具有。而且，

纳木那尼峰与玛旁雍措

这座雪山的形状也十分罕见。由于其山体冰川发达，再加上雪线很低，主峰两边又有多达数十座海拔在 6000 米以上的山峰相连，故形成了气势磅礴的雪山阵列。我用长焦镜头观察了一下主峰及主峰下面宽阔的雪坡，居然还可见到新近雪崩过后的痕迹，真不知攀登这样的雪山究竟需要多大的勇气！

玛旁雍措旁还有一个湖叫拉昂措，面积仅约 70 平方公里，其虽在同一座雪山之下，又与玛旁雍措紧挨着，却是一个咸水湖。因地势高于玛旁雍措，水中的含盐量很高，岸边植被凋零，草木稀疏，牛羊等牲畜也不愿意来此寻食，显得毫无生机，故被人称之为"鬼湖"。既称之为"鬼湖"，其当然就会与"鬼"之类的东西无端地扯上些关系。除了水边的荒芜寂寥，再就是湖面常常无端地刮风起浪。这些无非是拉昂措特殊的地理位置和环境所致，但在这多少年的带着些诡异的民间传说影响之下，鬼湖的声誉的确不怎么好。想来也好笑，由于人类自身认知的局限，因而常将自己看不明白的各种自然现象，统统归咎于谁也没有见到过的鬼怪身上。

那天，我没有走到拉昂措的岸边，只是隔着一道山梁，从高处远远地

观赏了它。湖水同样很蓝，甚至蓝得有点发黑，湖岸迂回曲折，细浪荡漾，与水相近之处果然寸草不长，仅在离岸边较远的坡上还能见到些枯黄的草皮。但我觉得，拉昂措也是极美的，其被称之为"鬼湖"，实在冤得很。本来，我是很想过去看看的，因为该湖的北面就是冈仁波齐，若站在岸边拍些以这座神山为背景的照片，效果绝对的好。只是来回至少得花上1个多小时，而同行者中的有些人对风景的极度不屑，让我不好意思将这念头提出来。

就在吃中饭前，湖南的老李听说我们要去看玛旁雍措，竟然莫名其妙地发起火来：看什么措呀，还看措，这一路老是措、措，有什么好看的！弄得旁人都很不开心。当我像给小学生上常识课一样向他解释了一番玛旁雍措后，他的情绪才渐渐平息下来。如此这般，本应让人轻松愉悦的事情也变得有些勉强了。显然，旅途中，审美的一致有时甚至比性格的一致还要重要得多。这让我想到一句话：旅行，找对人最重要。

让我没想到的是，离开冈仁波齐和玛旁雍措后，一路西去，在阿里境内，竟再也未见能让人兴奋的美景了，沿途甚至连枯死的草皮也难得一见。如用一句话去形容的话，那就是："没有最荒芜，只有更荒芜。"低矮的沙丘和戈壁以及形状怪异的秃岭荒山，让两眼麻木得不想再睁开。只是在傍晚时分，抵达阿里地区行署所在地狮泉河镇后，才如穿越时空般地重新回到了现代文明之中。也就是说，普兰境内的这道风景是我们此次行程中所能见到的最后的神山圣湖了。

多玛惊魂

在219沿线，狮泉河算是个不错的县城了。城市规模虽不大，但在外围的戈壁荒滩的衬托之下，却显得稍稍有些"豪华"。县城在20世纪

70 年代的时候，总共才千把来人，现已是发展得很快了。当然，许多人或许并不知道，20 世纪 60 年代的中印边境战争期间，狮泉河竟被印军占领了一段时间。看着安详且有些热闹的街景，真难以置信，此地在不远的过去居然还有这么一段历史。如此想来，战争，有时离我们很远，有时却也离我们很近。

应该说，这座小城已具有一定的现代化水准，基础设施相对齐全，让我们稍感好奇的是，大街上居然还有交通岗和红绿灯。城内的服务业也较完善，吃住方面的选择余地也更大些。逛了一圈发现，这个小城的物价是藏新线沿途中最低的，水果、蔬菜等副食品也较丰富，这显然得益于新疆的物流供应。一路风尘仆仆而来，行至此地，方觉这里的各方面条件有点出乎意料的好，商业氛围虽不很浓郁，但还是显得很有生气，与之前经过的那些县城相比，狮泉河应算是好地方了。

我们抵达狮泉河时已是黄昏，在一家看上去还算整洁的"蜀缘"宾馆住下。此时，能寻得一家像样的旅舍，对我们而言已成了一件最奢侈的事情。因为从拉萨出来后，除了我在措勤县用水管里残存的一点热水洗过澡外，其他人已有七八天没有洗了，身上似乎都有了异味。那晚，大家都把自己好好地"整理"了一番，待一个个从房间里出来后竟也没了蓬头垢面的模样，显得精神了许多。

这些天基本都是有一顿没一顿地对付一下了事，现有了条件当然想改善改善生活。本想在城里找家过得去的饭店，好好撮上一顿。但玉章高反依然很严重，稍多走些路便喘得不行，为了减轻他的痛苦，我们只好就近在宾馆旁边找了家东北人开的饺子馆就餐。

一路而来，遇到的饭店基本上都是四川人所开，吃得连血液里都可能混入辣素了！今总算有了换口味的机会，大家都好不高兴。那家店的老

板人特实在，酸菜炖骨头是东北的一道既普通又有名的菜，从前每次到了东北我总会去尝尝。不想待端上来却让我颇感意外：竟然是用一小脸盆盛着的，我说，天哪，那么多呀！再加一倍的人也吃不掉呀！

老板也乐了，有点不好意思地说，哎呀，我本是想提醒一下你们，可能会吃不掉，可是我们也常常遇到些特能吃的，所以又拿不准。要么给你们拨出一些，少算些钱吧。他这么一说，我反倒觉得有些歉意了，忙道：没关系没关系，放着吧。老李也说，肚子已没油水啦，能吃掉，应该能吃掉。当然，尽管我们都放开肚皮"战斗"，可最终还是剩下不少。时间很充裕，既不用催，也不用赶，好好享受一下吧，我们索性又要了两瓶啤酒，好久没这么慢条斯理地小酌了，感觉真好！

狮泉河，无疑是我们踏上大北线后过得最舒坦的一晚了。

翌日，本打算要早些出发的，因听说前面的路况不太好，需多预留些时间。但老谢、大李他们出来时未办边境通行证，而在前面的多玛就要接受边检了。不巧得很，那天是个休息日。于是，便由娟娟托当地的一朋友帮忙，将办证的干警从家里请到了办公室。这么来回一番折腾，差不多把一上午的时间都泡掉了。阿郑则忙着到汽修厂为爱车作保养，也未得片刻清闲。唯我和玉章没啥任务，趁机睡了个难得的懒觉。结果，一行人直至吃过中饭才上路。

从狮泉河往西至新疆库地段，219 国道多在重新修筑，故走的全是旁边的便道。这一带因极度干燥，车走得多了，便道被翻起了厚厚的一层浮土，车跑起来，扬起的黄尘遮天蔽日，犹似腾云驾雾，伴着高原疾风扑面而来的灰土呛得叫人几乎窒息。更要命的是，不少便道因在春季冻土融化和夏季翻浆时，被那些重车碾压得一塌糊涂，整个路面布满了凌乱而深浅不一的沟坎，车行其间，颠得直让人告饶。这还能叫路吗？真不知这样的路在雨季怎么走?

下午四点半左右,我们来到了中印边界的水域分界点——班公湖。严格地讲,离开普兰县境后再往西,沿途还是有一些湖泊的,但除了班公湖在219国道边上,其他的湖泊都离国道较远,根本无法看到。所以,班公湖就成了此次旅程中的"告别之湖"。

班公湖位于阿里的日土县境内,水域面积达600余平方公里,其中约三分之二以上在中国境内,余下的一小段在印度。班公湖呈东西走向的狭长状,最宽处约十几公里,但多在四五公里左右,最窄处竟只有几十米,故当地藏民称其为"措木昂拉仁波湖",意即形状像一只长脖子的天鹅。湖的对面就是印控克什米尔,那边的山峦少雪,看过去也显得低矮,但这显然只是错觉,因为克什米尔一带最低的山也在海拔五六千米以上。

班公湖的景色虽也不错,但与玛旁雍措相比则要逊色不少,主要是水色没有其他"措"那么蓝,再及对面的湖岸与山峦离得远,缺少一种衬托,故感觉与内地的湖泊风格很相似。

不可思议的是,我们驻足的这片区域居然还是个度假村,但似处于停业状态,所有的建筑都门窗紧闭,杳无人迹,好些窗户玻璃也碎掉了,显得十分凋敝。我想,到了夜里,这里才会像个真正的"鬼村"呢!大家

班公湖

继而又一番议论：肯定是哪个脑袋进水的决策者拍的板，怎么会在这鸟不拉屎的地方搞那项目呢？来这地方度假？只有神经病才会来吧！

正无厘头地骂着，忽见码头上泊着一只汽艇，大家立即兴冲冲地向着引桥跑去，我以为那艇或许是游览用的，心想，如能乘小艇到湖里转上一圈倒是挺不错，而且，班公湖上的鸟岛可是大名鼎鼎。谁知，到了跟前才发现船内也是空无一人。倒真是个省心之地，居然连管船的人都不用安排。看来，这地方实在是太偏僻了，与其虚掷开张费，还不如关门大吉。大家又开始议论：白白在这儿扔了那么些钱，真是可惜了！

在岸边拍了几张照，我们旋即朝日土的多玛方向驶去。离开班公湖，其后的行程便枯燥了许多，因为无何美景可资我们欣赏和解闷了。如果说此前一路上还可用"身体在地狱，眼球在天堂"来形容的话，那么，从现在开始就变成身体和眼球同在地狱了。沿途已无漂亮的水系，山，当然还有，但都是又光又矮、形状怪异、色泽沉闷的秃山。在这样的路上行驶久了，不免让人觉得无聊和疲惫。不过，更糟糕的是，一场不大不小的灾难正在前面等待着我们呢，且这场灾难给后来的行程带来了不快和麻烦。

过班公湖后不久，车子开上了一段搓板路。在这种路面上行驶，速度既不能快，也不能慢，需根据线性震动的原理，并结合自身车辆的避震特性，确定最合适的速度。阿郑说，他的车在六七十公里的时速时颠簸最少，故我们一直保持着这个速度。在驶离班公湖约60公里时，前面的道路上竟横着一道大沟，因那沟低于路面约40来厘米，形成了视线上的死角，在远处根本无法觉察。待阿郑发现不对劲时，再踩刹车已经晚了，只听得阿郑"哎呀"一声大叫。我坐在后排最靠右，前面视线被遮挡着，根本不知出了什么状况，我只是本能地意识到：肯定是遇到危险了。我未作任何思索，迅疾抬起身子，将双臂紧紧抱住前面的座椅靠背（后排三人均未系安全带）。只觉车子腾空飞起很高，伴随着一声巨响，继而又重重地砸

火星般荒寂的山岭

回到地上，尔后，车子再次蹦起，又再次跌落。

　　事后回想，自己当时所作的应急反应太对了：由于抬起了身子，避免了纵向冲击对椎骨的伤害；而由于抱紧了前面的椅背，又大大减轻了横向冲击力对胸腔及头部的伤害。而且，当我张开双臂之时，左胳膊肘又正好挡住了坐在中间的娟娟，使她未再向前扑去。这一切都发生于眨眼之间，惊恐之际，瞬时又变得一片静谧。大家面面相觑：怎么了？发生什么事了！

　　就在此时，坐在前面副驾位上的玉章发出了痛苦的呻吟，他说腰部疼得很。他伤得不轻，回到家乡后，经检查方知系腰椎压缩性骨折。此后的很长一段时间里，他连迈步也变得很吃力。但当时大家以为他仅是一般的腰部挫伤，过些天就会痊愈的，也没太当回事。可以想象，这以后，他除了被高反折磨，还得承受新伤的痛苦，这份罪可真够他受的。

　　大家立刻下车察看座驾的受损情况，此时，只见车头部位已明显变形，右侧的车门也卡住打不开了，两只前轮已不在同一条轴线上。更吓人

遥远的风

——天涯八万里

的是，车头的水箱位置下面已洒了一大滩水，且仍在滴滴答答地往下掉水珠，像是在不停地哭泣。我想，坏了，肯定是水箱或冷却系统坏掉了。此时，我强烈地意识到：这下真的完蛋了！新疆肯定是去不成了。接下来该怎么办？一时，心里充满了沮丧和失望。我几乎极其肯定地认为，此趟西域之行看来就到此为止了。

但更让人担忧的事还在后面，因为出事的地点前不着村后不着店，周围只有连绵的由锈红色的岩石构成的光秃秃的高山，那番景象简直就像是在火星上面，看着直让人心悸。车如果真的动不了，怎么拖走？去哪里修理？怎么报案？再一两个小时天就要黑下来，晚上咋办呢？好多问题涌上大家的心头，一下子全没了头绪。这时，老谢、大李他们也从后面赶了上来。两人绕着车子仔细察看了一番，老谢很肯定地说，水箱没漏，这地上的水一定是雨刮器里的水受撞击后溅出来的。我们一听水箱没破裂，才稍稍舒了一口气。但右前轮的偏轴却是明摆着的，这同样很让人头疼。

报案也成了大问题，因此处无手机信号。于是，大家商议后，决定安排老谢他们的车子去多玛，先用电话向日土县的交警和保险公司报案，然后再回来接我们。老谢他们的车走后，我们顿时有点担心起来，因为谁也不知道他们过多久才能返回，甚至也不知道他们能不能返回。这儿处于两山相夹的位置，风大得出奇。再加上此地为阿里西部，气温又特别的低，狂风裹挟着寒气，身上穿着初冬时节的衣服却依然冷得叫人直打哆嗦。夕阳西沉，风催人寒，在如此荒芜的地方无奈且无望地等待着，实在是一件痛苦难熬的事。

不知不觉，太阳快要下山了。我在大西北生活了这么多年，见过多少次能勾起伤感的日落时分，却不曾想，此时此地见到的竟是最令我感怀的一幕：远方，晚霞在天空中燃烧，火红的光芒投射至北面的山峰上，狂风肆意地呼啸，似乎非要吹熄这云中的烈焰。时间在流逝，地平线上透过来的光线越来越少，山峦上原先通体的红色也在渐渐地由耀眼变得黯淡，直至山巅上的最后一缕霞光悄然褪去。在一片墨蓝之下，巍峨的山体瞬间变成了天基线上单调的剪影。这短暂的过程竟是如此壮丽而凄美。在阿里这样的地方，大自然所勾勒出的画面总是带着一种凝重和苍茫，让人尤感淡淡的忧伤和寂寞。眼下，在近似绝望的等待中，心中更是戚然。

阿郑突然跟我说，看看这里有没有什么标志牌？届时我们到交警队报案的话可别连个地名、地段都搞不清。我一想也对，便自告奋勇地沿新修的 219 主道走去。这段 219 主道刚刚浇灌完水泥没多久，可能是出于新路面硬化过程中保湿的需要，上面还覆盖着一层塑料薄膜。破损的薄膜被狂风一吹，发出阵阵巨大而刺耳的声响，听得人心里直发慌。走了大约两三里地，依然未见有标志牌。显然，一定是这里的 219 主道尚未贯通的缘故，所有的附属设施还没来得及建。于是，我只好折返。来回这么一番折腾，竟感到呼吸有点急促起来。可能是顶风逆行的缘故，虽仅有 4700 米左右的海拔，但感觉含氧量似乎要比班公湖一带要低得多，走至最后，两腿竟有些微微发软。

约 2 个多小时后，老谢他们终于回来了，与交警部门和保险公司算是电话联系上了，但正式报案仍须当事人于明日亲自前往日土县。在这种偏僻之地，一般事故的处置程序不可能像在内地似的，让人家跑到现场来勘查，客观上确实也难以做到。阿郑让我将事故现场和车损状况都拍下来，以备明日到日土正式报案时好用。

眼下的最大一个问题便是看阿郑的车还能不能动？如动不了，那事

二　穿越大北线

191

情就会变得非常棘手。老谢试着启动车子，没想到，发动机立即发出了很正常的轰鸣声。老谢又慢慢地开了一段路，他说，发动机是没问题的，但右前轴偏移，右前轮有点内倾，导致方向盘操控稍有点拧，但是，开到多玛应该问题不大。听他这么一说，大家心里才稍微踏实了一些。于是，阿郑的车暂由老谢驾驶，他和大李的技术是大家所公认的，由他来开这辆受了伤的车，我们也更放心些。

待赶到多玛已是晚上九点半多了，天色完全暗下。多玛是个偏僻的小乡镇，转了一圈也没寻见稍像样点的旅店可宿，便只好找到乡政府的招待所安顿下来。说是招待所，其实就是在围着的荒地里盖了几间破平房，房内除了一张木板床，其余啥都没有，甚至连凉水也得到外面去接。但到了这种地方也用不着去计较什么了，能有个地方让你横着躺下来就算不错了。

吃晚饭时，我发现阿牛显得很沉默，又有点儿心不在焉。玉章悄悄告诉我，刚才在开往多玛的路上，阿牛与阿郑闹了别扭。因我临时坐到老谢开的那辆车上去了，故丝毫不知他俩之间后来所发生的不快。

原来，刚才在另一辆车上，阿牛与阿郑就车辆的修理问题产生了分歧。阿牛提出，这故障车不要再开了，先在多玛修理，等修好了再走。而阿郑认为，多玛这样的地方是无法修理这种进口车辆的，既然仅是前轴损坏，发动机等都没出毛病，那就等到了条件好些的地方再修理。客观地说，两人的意见都有道理，但阿牛所提的建议缺少条件支撑。像多玛这样的穷乡僻壤，修个拖拉机都够呛，更不要谈修进口车了。所以，我觉得还是阿郑的意见更切合当下的现状。

接下来的分歧由于阿牛的过于率性而趋于激化。阿牛呛道："既然你坚持要开，那就用书面形式写下来，要绝对保证我们的安全。"闻此，阿郑则有点火了："绝对的安全我怎么保证？你若不放心就不要坐我的车！"阿牛年轻气盛，说："那我到多玛就不坐这车了，自己另想办法去新疆。"

究竟是什么原因让两人擦出莫名的"火花"来？我始终琢磨不透。当然，更让我没想到的是，这次事故的发生，竟会导致我们这支队伍的"分裂"，以至最终从新疆返回家乡时，车上只剩下了我与阿郑两人。

阿牛此前曾讲过，人在高原上，因缺氧的缘故，脾气也见长，有时会控制不了情绪。他说有一次在高原上见到两位原本关系不错的同行者，一语不合，竟互相动起了刀。莫非是此语成谶，现应验到了他自己身上？但我对此种说法很不以为然，缺氧确能导致思维迟钝，但还不至于让人完全失却理智吧！

对于他们之间的矛盾冲突，我觉着，无所谓谁对谁错，纯属认知上的差异，本不该闹到如此地步。但从另一个角度讲，有时候，小问题也须有大智慧来因应。当然，这大智慧即是人的秉性使然，完全无关实用主义中的工具理念。记得曾有人说过：若想了解一个人，就与他一同去旅行吧。此言极对，因为，旅行，是最可了解一个人的秉性的过程。当面临意外的挫折、危机、得失之时，心胸的宽容和心智的成熟是最为重要的，否则，就无法同行。

我因全然不知刚才发生的这场纠纷，再加上素来对吃的毫不挑剔，故三下五除二，很快就将一大碗辣面吞下肚去。阿牛则没有了往日的那股子活跃劲，耷拉着脑袋不吭声。而玉章则因腰伤和饭菜的不对胃口，一碗面基本没动。当然，我更不知道，这将是我们能围坐在一起吃的最后一顿晚餐。

吃过晚饭，回到房间里，阿郑与我说，把账算一下，余款按比例退给阿牛和娟娟。没想到，他们相互说出的怄气话这么快就要付诸实施了。

说实在的，我并不希望阿牛他们真的就此离开，毕竟，这又不是什么不可调和的矛盾。再说，大家在一起这么些天了，多少还是有些情感的。于是，我以算这账太麻烦，人太累为由，表示慢慢来。其实，我只是想拖延一下时间，届时他们气头一过，彼此冷静下来，或许矛盾就会消弭。但阿郑显得很认真，向我要过账本，说那就由他自己来算吧。于是，阿郑一五一十地算完，立即将阿牛叫来，交钱，走人。瞬时之间，一个已共同行走了几千公里的团队就这样解体了。

目的地——大红柳滩

第二天早上，阿郑和大李等人先行出发，去日土县报案。日土县在班公湖以东，跑的都是回头路，来去要花五六个小时，故必须早些走。我则和玉章在一起，由老谢开车。今天的目的地是大红柳滩，路途远、路况差，更关键的是，途中有很长一段距离为真正意义上的无人区，海拔多在5000米以上，其中就包括让人闻之色变的"死人沟"。

出多玛须经边检站验证检查，没想到的是，在站里我们遇见了阿牛和娟娟，他们正在那儿等候便车。这倒是聪明之举，西去的车辆都要经过边检站，在那儿搭便车成功率会更大些。让我们没想到的是，边检站的站长居然颇为古道热肠，他很顶真地为阿牛他们主持起了公道。我猜想，一定是娟娟向他告了状。或许，未必是刻意告状的结果，在这种鸟不拉屎的地方不可能有不要命的背包族，边检站的人肯定会因好奇而问刨根问底。当然，嘴巴伶俐的娟娟在问答之间肯定会将昨天的"故事"讲述给他们听。这中间若再加上几滴滚烫的泪水或再添上些生动的细节，那一定更能唤起军人们的柔情。

显然，此时那位站长已经深信阿牛他们是被同行者无情地赶下车的。他义愤填膺地说："都是一起出来的，你们怎么可以这样干？"我至今仍觉得，年轻的站长是个很侠义的人，只是他未能了解全部情况就妄下了结论。巧得很，站长与老谢是湖南同乡，当然就更容易沟通。经老谢一番解释，那站长的情绪方才和缓了许多，但他仍坚持必须将阿牛和娟娟捎上。当然，我们也并不希望阿牛和娟娟真的就这么被丢下，这在情感上确有点难以接受。于是，老谢与我们商议后，便让阿牛和娟娟上了车。说实话，大家又能一起同行，我还是很高兴的。心想，既已至此，阿郑一定也会默认这个现实，已过去这么长时间，气也该消得差不多了。但我想错了，事情的结局并未如己所愿。

原先，我曾看过一些关于阿里与新疆交界区域的资料，故略知些这一带的地理状况。但是，待真正进入到那里，我才发觉，沿途有许多地方的地貌特征真的很让人看不懂。除了因水分蒸发远大于补充而导致这里特殊的干燥气候外，再就是无垠的荒滩上全是墨黑色的碎砾石和看似泥土又不像泥土的物质。在这些黑色物质构成的沟沟坎坎之间，又沉淀着许多像是盐碱一样的东西。而在这种严重缺水的地方，地下即便有盐碱，也不太可能随地下水泛上地面的。总之，只有到过这种地方，方知这世上居然还有如此可怕且莫名的荒芜。

此前，我还以为那曲的羌塘无人区是最缺少生机的地方了，但未曾想，与219线上的阿里段沿途情况相比，羌塘简直算得上是生机勃勃的天堂了。因为，羌塘虽然人烟稀少，但至少还有许多草滩、沼泽，还可偶见各种野生动物。而多玛至大红柳滩这段路的两边，绝大多数地方，甚至见不到一根野草，而天上竟连一只鸟的影子都没有。这说明，此地完全没有鸟类赖以生存的基本条件，而这样的环境则真的是名副其实的死亡地带

了，这甚至比我当年在塔克拉玛干沙漠深处所看到的景象还要恐怖得多。

今天还要路过死人沟，光是听听这地名也能把人吓着，但到了那儿才知道，死人沟的称谓并不完全来自其真实的可怕，而是缘自20世纪50年代初发生于此的一次事故。当然，这故事的真实性已无从考证。一直以来，人们都是这么口口相传：20世纪50年代初，一支几十个人组成的解放军小分队在此驻扎过夜，翌日，全体人员因严重的高原反应而死去。从此，这个地方便落下了"死人沟"的恶名。

在地图上，是找不到死人沟的，因它的本名应叫"甜水沟"或"泉水沟"。死人沟其实是很大的一片区域，我们所能见到的，仅仅是沿途两边的景物。远处，可见到一不知名的小湖泊，太远，就没过去。而眼前倒是有一片既不像河，也不像潭的水洼。水不太清，尝了一下，有点咸，也有点涩。不知是何年何月，有人竟在此盖了几排砖房，现都泡在水里废弃掉了。实在搞不懂当年在这海拔5100多米的地方盖那些房子是干啥用的？像这种有水的地方虽不显荒凉，但生命的迹象依然是很难见到，只是有了些水色的装点，没像前面提到的"黑色地带"那么令人心生怵然而已。

下午两点多，我们行至著名的界山达坂。不少人错认为界山达坂是西藏与新疆的分界区，其实，界山达坂位于西藏日土县境内，再往西几十公里，才算是到达了新疆境内。界山达坂从前在人们的心目中简直就是死亡地带的代名词，因为在相当长的一段时间里，这地方的海拔标高是6700米，且将之刻碑竖于路旁。如此的高度往那儿一摆，自然把人都吓得不轻。至于这6700米的高度是怎么来的，那真的只有天晓得了。直至2009年，西藏武警交通八支队才在此重新竖了一块没有"水分"的石碑，上面刻写的海拔高度是5248米。应该说这个高度还是准确的。一则如今更强调实事求是了，二则测量技术也比从前先进了。但奇怪的是，219沿线海拔最高的达坂无疑是5450米左右的桑木拉，但名气却是界山达坂最大。或许，是之前那骇人的6700米的海

界山达坂

拔高度依然在以讹传讹吧。

　　在离大红柳滩还有几十公里时，道路左侧干涸的河床上陆续出现了团团簇簇的红柳，这红柳与内蒙古戈壁滩和荒地里长着的一模一样。我说，红柳滩快到了。顾名思义，既称红柳滩，那就应该是长着红柳的地方吧。同行的人不解，问我是咋知道的？我说，那儿长的不都是红柳吗！他们这才大悟：哦！原来这就是红柳呀？没想到这么低矮。

　　如今的大红柳滩已很难担当这个"大"字了，因为听说从前的大红柳滩上的红柳更为茂盛，可惜20世纪五六十年代的时候，由于缺少煤炭，这里有好多红柳被砍掉当了柴火，而较平整的山地旁长着的红柳被砍挖后，则改作为青稞田了。从前的我们，真的是干了不少傻事。而今好多被破坏的生态平衡，其实都是以往的愚蠢所产生的恶果。望着这顽强的红柳，让我颇生感慨，一是从班公湖过来，现才看到些绿色的植被，心里的感觉好了不少；二是想起了从前在内蒙古支边时，常去野外割来成捆的红柳条作编筐用，记得有一次还将手狠狠地割了一刀，止不住血，情急之下，

一老职工竟抓起一把土摁在我的伤口上。这陈年往事一晃竟已过去四十多年了。

待赶到大红柳滩，已是晚上八点多。首要任务是必须找个住处，因时间太晚了。大红柳滩是个非村非乡的地方。我曾问当地人，这个聚居地是如何形成的（严格地讲，这里根本没有原住民，都是来此公干或打工谋生者），他们也说不出个所以然。后经了解方知，其之所以能形成类似村落这样的聚居区，主要是这地方有一养路工区、加油站以及部队的兵站等单位，再加上旅游者渐多，且常因时间节点的关系，到此一般都比较晚了，必须留宿。时间一长，就自然而然地有了一定的人气。但此处毕竟不是正规的县城或乡镇，故基础设施极差。

大红柳滩

那晚，我们跑遍整条街道（其实就是那一小段219线，姑且称之为街道吧），也未能见着一家顺眼一点的客栈。于是，我便进到兵站寻宿。兵站内场地很大，条件虽不咋地，但看上去室内还是蛮整洁的。值班的两位小战士倒是很热情，但得到的回答却很让人失望：实在对不起，今晚无法提供住宿了，因马上有大部队抵达。无奈，我们只好另找地方。

在"街"上又逛了个来回，好不容易选了一家位于路旁的四川饭店。外壳就是一排砖坯混搭的简易房，里面则是一个能供二三十人就餐的大堂和几个大统铺房间。过道里黑乎乎的，连个照明的灯都没有，那档次与我当年在内蒙古住过的大车店差不多，三教九流，济济一堂。浓烈的烟味、羊臊味、臭脚丫子味混杂成的"八宝香"，充斥在狭小的空间里，让人闻之欲呕。

阿郑他们因去日土报案，要晚于我们两三个小时才能到。饿了一天，我们也等不及了，便先点了几个菜吃起来。这里已属新疆和田界内，名菜大盘鸡应是有的。之前我已去过两趟新疆，知道不管是南疆还是北疆，大盘鸡这道菜是少不了的。一问，这道大菜小饭店也能做，随即又点上。兴许是太饿了，别看这店破破烂烂，但大盘鸡还真炖得不错。外面天寒地冻，狂风呼啸，我们却能坐在屋里吃着这又辣又香的大盘鸡，想想也真该知足了。大家笑议，住宿差点就差点，屋里臭点就臭点，出门在外，别那么多穷讲究了。来，干杯！干杯！

饭还没吃完，阿郑、大李他们也赶到了。大李说须先给车加油，因明天要一早就要走。此时已近晚上十点多了，加油站还能不下班？但为了不耽误明天赶路，我只好放下碗筷，陪着大李去山脚下的加油站。屋外，寒气凛冽，直透骨髓，走至路上，风更是凶得可怕，卷起的沙石打在车体上啪啪作响，我不由心生感慨，大红柳滩的气候之恶劣还真是名不虚传！长时间在这种寒冷且极度干燥、缺氧的环境下生活和工作，还非得有点牺牲精神才行啊！

到了加油站一看，人家果然早就下班了。加油站那位姓刘的师傅四十多岁，服务态度极好，傍晚我们的车来加油时，已与他有些聊熟了。心想，干脆去他宿舍找吧。也不知他住哪儿，见不远处有几间屋子还亮着灯，便想着凭运气去撞撞看。敲开头一间屋子的门，只见刘师傅正与几位工友围坐在一起吃晚饭呢，桌上还放着几瓶酒，桌旁的火炉子正呼呼地窜着小火苗子。一看搅了人家的饭局，我有点张不开口了。

　　倒是刘师傅挺善解人意，他已认出我来，说："是不是要加油呀？"我点点头，说话有些期期艾艾，我实在不好意思叫人家撂下饭碗，从温暖的屋子里再回到这天寒地冻的野外去。刘师傅倒是显得很无所谓："没关系，没关系，你们稍等一会儿噢，我马上就过来。"

　　加油时，我问刘师傅在这地方工作几年了，他说："才半年多时间，我们都是半年一年地轮换。这鬼地方，时间长了谁都受不了，整天刮大风，冬天风更猛，本来就缺氧，让风把鼻嘴一堵，就更难受了。"他又说，"一般都是我们这些上了点年纪的老职工来，年轻人在这儿会耽误他们找对象的。"

　　他这一番话倒让我有点感动，不管现代生活已惬意到何等地步，总还是有不少人或为着生计，或为着事业，在最艰苦的地方支撑、奋斗着。而大红柳滩，从内地过来的人，哪怕在这儿只待上几天，也绝对是一种考验。

　　加完油，有点不舍地告别了刘师傅。回到客栈，只见阿郑显得很不高兴，他万没想到阿牛依然会坐上他的车来这儿。他在饭桌上不停地责怪老谢，认为应事先与他通个气，不该擅自让阿牛上他的车。我有点理解，也有点不理解。阿牛可能的确伤了阿郑的心，但事已至此，也别太计较了。

　　于是，我走到阿牛的房内，私下与他作了些沟通。我与阿牛说，这件事，你的确做得不对，你在多玛说的那话明显不妥，哪有这样说话的。旁边的阿娟也插道："是呀！你那话是说得不中听，换作我也会不高兴的。"阿牛则有点不好意思地笑着。

　　我说："等阿郑吃完饭，你跟他去真诚地认个错，道个歉，我想，阿郑应该会原谅的。"我又说："如能与原来一样，大家依然在一起，开开心心地上路该多好！"阿牛听从了我的劝告，表示等阿郑吃完饭后去向他道个歉。但那天也不知是怎么回事，阿郑显得很兴奋，与大李、老谢他们坐在外面的大厅里边吃边聊到很久也没回房间。其时已经12点多了，由于明天还要早起，我便与玉章先进屋睡了。

那一夜睡得并不踏实，翌日也醒得很早，天还蒙蒙亮，草草地擦把脸就去找厕所。一问，才知这儿除了兵站，压根儿就没有什么所谓的厕所，要方便须到远处的荒滩上去。于是我带上强光手电和在玛尼干戈用过的"打狗器"来到屋外。因为昨晚我看到有几只类似藏獒的大狗在猛追公路上骑自行车的人，看那架势还挺凶的。有了玛尼干戈的教训，对高原上的狗就不得不设防了。九月下旬的大红柳滩，早上更是冷得出奇，凡是有水的地方全结上了厚厚的冰。

说来也怪，你越防着狗，它却偏会自己找上门来。刚方便完准备往回走，忽见不远处有几个黑影蹲那儿一动不动，拿手电一照，竟是三只体形硕大的黑狗，其中一只身材还特别"伟岸"。吃不准这些狗会不会攻击人，我知道狗常会将人的转身离去视为胆怯而追逐上来。索性，我来了个先声夺"狗"，张开双手，挥舞着那打狗利器，朝它们"奋勇"冲去。这些狗肯定从没见过这架势，先是惊恐万分地望着我，尔后突然调头四处逃散开去。

回到饭店里，遇见老板正在伙房里忙碌，便与他说起刚才的"惊险"遭遇。老板一听乐了：应该不会咬你的，它们是在那儿等着吃屎呢！啊？我被逗乐了。我说，那它们在公路上追起自行车来咋会那么凶呀！昨天我亲眼看到的。

老板笑道，哈哈！是有这么几只神经病狗，总喜欢追车，有时连汽车、拖拉机也追，可能是闲得太无聊了，跟人闹着玩吧。他说，这儿多数狗还算老实，因为都是人在喂它们吃的。呵呵！我听着也不禁乐了起来。但想着它们昨天那凶巴巴地追逐路人的情景，实在难以相信这些二愣子狗只是在闹着玩。

回到房间，玉章也已醒来，他说腰疼得厉害，昨晚睡得不好。可能

是大红柳滩特别干燥的缘故，玉章说口干得很厉害，于是我便去厨房替他拿开水。在走廊里，遇见了刚起床的阿牛，便轻声问道，昨晚与阿郑沟通了没？阿牛摇摇头，说："他们一直在大厅里吃喝聊天，我根本找不到跟他单独说话的机会。算啦，不行我就和阿娟另行找车，还是自顾自走吧。"

我担心在这儿找车比多玛更加困难，要是留在这儿，一时半会儿又走不了，那真的是找罪受了！我便又劝阿牛，看看早上还有没有单独与阿郑碰面的机会，能和解还是尽量和解吧，没必要继续这么僵着，你比他小，身段放低点也没啥。阿牛没言语，只是点点头。

但事情的结局未能如我所愿，不知为何，究竟是他们刻意不想搭理对方，还是相互真的成了两条并行的线，无法得到交叉的机会，反正后来他们始终未能说上话，矛盾当然也未能化解掉。不过还好，那天早上阿牛与娟娟竟然很快搭上了一辆顺风车，且先于我们半小时出发了。这有点出乎我的意料，这样的结局虽不是最好，但也让我稍稍安心了一些，至少，他们不用再在寒风中苦苦地等待了。此后，我与阿牛、阿娟就再未遇见。

高高的喀喇昆仑

这一天都是穿行于喀喇昆仑山脉，自东向西，连续翻越了康西瓦达坂、黑恰达坂、麻扎达坂和库地达坂。对于那些达坂，当地有一形象的顺口溜："新藏线，堪比蜀道难，库地达坂险，犹似鬼门关；麻扎达坂尖，陡升五千三；黑恰达坂旋，九十九道弯。"当然，那天路过的不知名的达坂还有好几个，但由于山道凶险、狭窄，后面还常有车辆跟着，故无法停下察看或打听这些达坂的尊姓大名。

喀喇昆仑虽有很多高峰，其中，海拔7900米以上的高峰就有4座，这也包括世界第二高峰、海拔8611米的乔戈里峰。但在修建国道线时，为了便于施工，总体上这些拓道的达坂高度多选在海拔不超过5000米的山坳间。

从古至今，边关都是艰险、荒凉的代名词，这种感受从王昌龄到高适、岑参等人的边关诗作中可领略一二，但只有真正到了那儿，才能深切地体会到，西部边关除了自然环境的恶劣，还有着令人难以想象的雄浑与壮美。或许，这仅是从旅行者的视角去看，如果作为一名边关的守卫者，长年累月在此，无疑是要付出极大代价的，甚至包括生命。于此，任何与之对应的所谓豪迈的情怀、铿锵的话语，都只是文人们以旁观者的视角所作的浪漫的抒发而已，现实却是严酷得令人不敢想象。只有站在这里，面对着绝世的荒芜，胸臆间似已被远古吹来的寒风穿透。

在康西瓦，我们在道路右侧距离千把米的地方看到了一座像是烈士陵园的构筑物，其背靠昆仑，面朝喀喇昆仑，褐色的花岗岩纪念碑孤独地矗立着。当时，我们也未特别在意，开着车疾驶而过。现在想来很后悔，因为事后在网上查阅资料时方知，那竟然就是著名的康西瓦烈士陵园，里面安息着一百多位在中印自卫反击战中牺牲的我军官兵。我们真该去拜谒一下！对于当年的西线战事我还是了解一些的。在这场短促而惨烈的边境战争中，有相当一部分士兵是被高原病夺去生命的，戍边者之艰辛与不易由此可见一斑。

遥望雪山蓝天、大河荒漠，我们所走的这一段路及周边区域都是曾经的战场。正常与宁静的生活，是靠着多少奉献者的默默付出来支撑的。我一直以为，凡为抵御外敌而牺牲的人，都履行着身上的国家责任，不管是什么党，什么派，都是永远值得我们怀念和敬重的英雄。更何况，他们安息于如此遥远的边陲，向来少有亲人来祭奠。我们作为活着的人，从一

203

定意义上说，其实都直接或间接地承蒙着这些烈士的恩惠，看望一下他们，既是应该，也是对英灵的一种安慰！如今想起此事，心中仍有一丝内疚。但愿我能有机会再来此地，若此，一定要补上这份歉疚。

走过藏新线之后，我更是认为，如果没有当年这些卫国勇士的浴血奋战，那么，新疆与西藏的连接会被彻底切断。这种局面如果出现，从国家的大格局而言，绝对是一个灾难。前人将昆仑比作镇国之山，御敌之屏，今日看来，依旧如此。"青山处处埋忠骨，何须马革裹尸还。"身处这遍野凋零的边关，才更加真切地感受到诗中所含的悲壮！

中午时分，我们抵达了三十里营房。三十里营房在219线上也算是大名鼎鼎的地方，但其行政建制却与大红柳滩差不多，既不是镇也不是乡。不过，这地方比大红柳滩要热闹很多，不但老百姓多，部队也多。路旁还开着各种简易的店铺。不远处，甚至能看到大片种植蔬菜的塑料大棚，这让绝顶偏僻的地方有了些许生活的气息。

听客栈的老板介绍才知，几十年前，这里只是一个很小的村子，叫赛图拉。虽说不上水草肥美，但生态比现在要好些，山脚下还生长着一些很高的杨树。据记载，从晚清至今，此处一直驻扎着军队。国民政府期间，这里驻扎着一批边防军，因位置太过偏远，再加上内战，以至这批军人几近被人遗忘，久久得不到换防和补给。最终，生活保障也全靠自己垦荒种地来解决。直至解放军来到，这些戍边已久的国民军以为眼前这帮人是来换防的，兴奋之余还不忘埋怨几句：这么多年了，怎么才来换我们呀？看着解放军官兵所穿的军服，还惊诧地问：怎么？军装已经换啦？这样的故事，听着既让人感到好笑，又让人觉着沉重。不知这些军人是否以俘虏的身份，为自己的人生作了最灰暗的定格？

过了三十里营房，道路便渐呈上行态势，且多为盘山路，从高处回望，有些地段竟是由多个"S"组成。由于藏新线的喀喇昆仑段均沿山垭与山腰而筑，行驶其间，一路都可观赏到恢宏雄伟的景色。与高原上的其他地方不同，喀喇昆仑山因其群峰连绵不断，再及山体皆被冰雪覆盖，举目远望，银装素裹，气势浩荡。

站在藏新线最长的达坂——海拔 5000 米的麻扎达坂上，喀喇昆仑的雄姿更是一览无余，层层叠叠的雪峰如奔腾之群马起伏于我们身旁。在山风的啸叫中，淡淡的云雾从我们的脚下疾速飘过，聚向远处的云海。云海之外，一座座闪烁着冰雪光芒的山峰高傲地矗立着。我不由感慨，珠峰让人知山之高峻，喀喇昆仑则让人知山之壮阔。真令人难以置信，造物主竟有如此神功，劈凿出这般千里之长，万仞之高的山系。后听人说，麻扎达坂平常多云雾，好天气不多。看来，我们的运气不错，初来喀喇昆仑，便可登高望远，风光尽览。

不知是由于高度的原因还是土质的原因，这达坂的地表几无任何植被，空气中的含氧量似乎比其他同等高度的地方显得更低。寒风迎面吹来，口鼻像被一层薄纸捂住，能让人产生明显的窒息感，真不知等到了冬季，这地方又会是一副啥模样！在此俯瞰，凡目光所及之处，除了深褐色的砾石荒土，就是皑皑的白雪。宏大无疆的喀喇昆仑，居然单调得只剩下黑白两色。

麻扎，维语的意思就是坟墓。据说，在这一带，从前因缺氧致病死去的人很多。不远的坡上就埋着几个多年前因高原病死去的维吾尔族人。这一路走来，还从没遇见过用如此可怕的名词去称呼一个地方，可见其环境是何等之恶劣了。

在达坂的最高点，道路右侧的坡上，路桥施工单位浇铸了一块约八九平方米的长方形水泥地面，上面用红漆书写了三个遒劲有力的魏碑体

大字"人为峰",同行者中有人见之作恍然大悟状:哦,原来这座山峰叫人为峰啊!我不禁大笑。见我笑,便又问我笑啥呢?我说,也有可能真的被取名为"人为峰"(这么说是为了不让他觉得太难堪)。不过,我理解这是"山高人为峰"的意思,更多的是为了表现筑路者的一种气魄吧!听我这么一解释,他们都觉得有点道理,连说:对、对,应该是这个意思。

曾从资料中了解到,站在"人为峰"这个位置上,可遥望著名的乔戈里峰。按照那天的视野,应是能见到著名的 K2 峰的。但面对层峦叠嶂的山峰,尽管我知道 K2 的大致形状,此时却是无法辨认。因为,K2 峰在叶城境内,与我所站位置的直线距离至少在几十公里以上,且角度也有些变化,即便眼神再好也是难以认定。

喀喇昆仑山脉

随着我们不断地深入喀喇昆仑山脉,便越发感到这条公路修筑者们的伟大。藏新线作为世界上海拔最高、地质结构最复杂、施工难度最大的公路,为其建成而付出的代价是常人所难以想象的。这里环境之恶劣,显然超过了之前我在318、甚至317线上见到的那些施工路段。从麻扎下去不多久,道路又是创纪录的破烂。因为这一带全在施工,好多地方已根本没有现成的路可走,车辆其实就穿行在一个个没有尽头的筑路工地里。路的周边停满了各种大型施工设备,机械的轰鸣声响彻在山谷里,十分震耳。土质的便道让施工的重载车压得七扭八歪、沟坎密布，放眼望去，像是刚被铧犁耕过一般。我们的越野车底盘尚算高，但仍常常被乱石和泥块硌得砰砰作响，听着直让人害怕，唯恐有什么东西被磕坏。越野车尚且如此，真不知那娇贵的轿车是怎么过这乱坟岗一样的路段的。

让我感到惊异的是，透过车窗，居然看见两三个十来岁的小孩跟在那些筑路者身后捡拾着什么，他们身上落满尘土，手中还拿着工具。因车外尘土太大，我未摇下车窗与他们搭话。我很不明白，这些孩子究竟是放假了来父母身边玩的，还是辍学来帮着干活的？不知为何，至今，我的脑海里仍常常会顽强地浮现出那几个孩子望着我们时的那种充满好奇和稚气的眼神，寻思着他们来到这地方究竟是啥原因。当然，更会猜想他们的未来会是怎么样。

麻扎达坂过后便是库地达坂了。库地达坂虽高远不及麻扎，仅3200米左右，但地势却更为险要，道路外侧多为深渊，稍有不慎极易发生坠崖事故，故也称其为"鬼门关"。不过，路两边的风景还算不错，一条不知名的河流沿着山沟喧闹着，陪伴着我们一路前行。山沟的土坡上也渐渐出现了斑斑点点的绿色，那好像是西北地区常用作扎扫把的芨芨草。

在这条线上跑久了，发现大自然中应有的色调在此都变没了，至少要单调许多，甚至单调得有些可怕。除了褐色就是冰雪的白色，即便偶见些小草，也已干枯成无精打采的淡黄色了，现能看到绿色真是件令人兴奋的事。由此我想起了很早以前在杂志上看到的一则故事：一名边防战士探亲回来，带了一棵很小的花卉置于自己所在的哨所里，为的是能在冰天雪地的环境里见到一点绿色。后来，这株花不知什么原因枯萎了，战士们竟因此而落了泪。从前，我不太理解这种情感，但几次进藏进疆，几万里天涯路跑下来，我才真正懂得，绿色，对人意味着什么！

让我更感惊喜的是，随着海拔高度的不断降低，靠近河岸的地方竟偶尔出现了几棵笔直的杨树。显然，我们快要走出喀喇昆仑山脉了。从库地达坂下来行驶了约五十公里，我们便到了入疆后的第一个检查站——库地检查站。检查站内是清一色的维吾尔族军人，他们都很认真，证、人都一一对照，连车子也要仔细察看，这与在藏区遇到的边检似有点不同，光看看证就完了。不过，他们的尽职尽责倒使我们更有了些安全感，毕竟，这儿是个多事之地。

过了库地，虽不时还可遇到些较烂的沙石路，但总体上已有点国道的样子了，路况也渐渐好了起来。沿途景致虽谈不上很美，但已呈明显的新疆特色。不远处，无垠的戈壁荒漠中坐落着些低矮的荒山，但偶尔会见到些小小的绿洲：一排排整齐的白杨树下，散落着许多宁静的小村落，仅有七八户人家，屋旁是翠绿的小果园和引入雪山融水的小沟渠。葡萄架上的葡萄早已摘下了，藤蔓尚在，但叶子已经发黄。梨树和杏树上还可见到漏摘的果子孤单地挂在上面，在风中无助地摇晃着。路上的牛羊群也没像在西藏时那么常遇了，但小毛驴和小驴车却是时时可见，遇见的赶车男子多是上了些年纪的，怎么看都觉得像极了传说中的阿凡提大叔。

看着这一派生机重现的景象，本以为，前面该是"康庄大道"了。却不料，在抵叶城之前，居然又遇上了一段很长的崎岖山道，那路几乎是从两山之间的乱石中硬抠出来的，头顶悬着突出的岩石，形如獠牙，似乎随时都会坍塌下来，看着让人心慌不已。走完山道，似突出重围，不由长长地松了口气。接下来，除了偶见的绿洲能让人眼前一亮外，则多是无穷无尽的戈壁与沙丘了。这景色与我当年在和田及塔克拉玛干沙漠中见到的完全一样。看来，南疆地区除了帕米尔高原景色迥异外，别的地方的地貌形状都是极为相似的。直至快到叶城，路旁景物方有了些变化。当然，这种变化多是人为所致，最明显的莫过于田地四周那一排排漂亮的白杨树了。

在大西北生活了那么些年，给我印象最深刻的就是这田野中的白杨树和戈壁上的红柳，它们的生命力之强确超乎人们的想象。显然，眼前这些白杨树都是为了在戈壁滩上挡风固沙，营造农田而栽种的。很难想象，如果没有人力的干预，这里一定仍然是漫野的沙丘。当然，我们也不能否认，人力的干预，也有好与坏两种结果，但眼前的一切至少是正面的。与恶劣的自然环境拼搏，一代代在此繁衍生息，是多么的伟大！以自己——一位曾经的军垦者的视角去看，深知在此等地方营造良田的不易。望着这一排纵横交错的林子和平整的田地，我不由地感慨，这些垦荒者所付出的辛劳是无法想象的！

重回喀什

喀什全称"喀什噶尔"，意为"绿色的琉璃瓦屋"或"玉市"，位于新疆的西南部，东临塔克拉玛干大沙漠，东北与阿克苏地区相连，西北与克孜勒苏柯尔克孜自治州相连，东南与和田地区相连。喀什地区面积14.60万平方公里，与塔吉克斯坦、阿富汗、巴基斯坦国接壤。喀什三面环山，北、西、南分别由天山南脉、帕米尔高原和喀喇昆仑山环绕。自汉代以来，喀什就是古丝绸之路的要冲关口和天山以南经济文化的中心之一，是新疆最有名的历史文化名城，人们甚至称其为新疆历史的活化石。

这是我第二次来喀什，第一次是在2007年，相隔五年多，喀什的变化真的很大。最明显的感觉是城区扩大了不少，许多旧建筑都被新的高楼取代了，但喀什的城市风格依旧没有大变，其独有的文化特征在形态各异的建筑中得到了较好的展现。所以，一到喀什市区，你马上会被沿街那些

极富民族特色的建筑吸引。相对于欧洲古典建筑，特别是哥特式建筑的峻峭雄健而言，喀什市内的伊斯兰风格浓重的建筑似乎更显庄重雅致，平和恬淡，也更符合人们的审美习惯。其最典型的特征在于穹隆、门窗和纹样。特别是圆形的穹隆，没有欧洲古典建筑的那种豪华夸张，独具其简约含蓄的韵味，显得更素雅大方。门窗一般都是尖拱、马蹄拱和多叶拱，且框缘或绘或刻有彩色纹样，很是精致。这些都构成了这个城市文化的内涵和表象，使人在瞬间就能感受到她的与众不同。显然，喀什的地方官员还是颇具眼光的，在改造、建设城市的过程中，总算没把这个古城弄成不伦不类的内地式"庸城"。

我们赶到喀什已是傍晚 6 点左右了。玉章腰伤依旧未见好转，故我们都建议他先找个诊所或医院去看一下，不然心里都难以踏实。于是，我们在附近找了一家看上去还算不错的诊所。那位汉族医生年龄不大，但还是蛮认真的，仔细检查了伤处，他认为是软组织损伤，应该未伤及骨头，便配了些外用的伤药，说慢慢会好的。听了医生的话，大家当时略放心了一些。

从诊所出来，大家都想去买些当地的土特产，同行者中只有我曾来过此地，对这儿还算有些了解。我向他们建议，购物的话，还是去东巴扎较为合适。该大巴扎面积很大，布匹、皮草、服装、首饰、药材、食品、地毯等生活必需品应有尽有。大家都说好，于是，我们便租了车直奔那儿。早就听说这里是

喀什街头

亚洲最大的集市，但此次来感觉扎巴的规模好像比从前更大了。时间不早，我们径直去往卖干果的区域。应该说，这地方干果的质量都不错，且价格也比内地要便宜一半左右。这些维吾尔族摊主都是做生意的好手，不管汉语说得流利与否，最后都能把顾客逗得开开心心。我们选中的那个摊主是个五十岁左右的汉子，特别风趣，三句话讲完，末了都要加上一句："交个朋友嘛！"完了还直拍你的肩膀。弄得你会不由自主地产生非买不可的念头。不过，他的货色质量确实挺好。那天我们几个人总共买了约五六千元的货，把那汉子高兴得合不拢嘴。

集市内还建有一座中西亚国际贸易市场，具有中西亚文化特色的各类商品琳琅满目。在艾提尕尔广场南侧有一条长不过三四百米的职人街，那里聚集了大大小小几百家手工业作坊和商铺。其中的铜器铺特别引人注目。铺内的货架上放满了红铜制作的形状各异的茶壶、茶盘、茶杯等器皿，由于制作工艺精良，皆熠熠生辉，光可鉴人。更有意思的是，有的商铺门口居然还摆着几只一人多高的铜茶壶，搞不懂究竟是真的用来烧水还是当作广告招牌？因时间仓促，未及细问，答案也就不得而知了。街上还有一些露天木工作坊，摊位上挂满了小木轴、擀面杖、烛台、烤馕用的锤眼，以及一些看不懂的小玩意儿，商贩边做边卖，手法娴熟，惹得游客们不时驻足观赏。

如果要近距离地观察当地人的生活，那么，喀什的老城是不能不去的。我上一次来喀什，时间相对充裕，故专门去老城转了一下。而此次则仅仅是路过了。坐在车中向外望去，只见外围有些地方正在拆建，但原有的大致模样仍依稀可辨。之前，我曾在媒体上见到过报道，说喀什老城区将在保持风貌的前提下进行改造，想必这项工程现正在进行中。

老城的历史也很悠久，据说已有近两百年。随着喀什经济社会的发

展，老城区基础设施方面的不足日益显露。为了给老城的改造腾出空间，绝大多数居民现已住到了新城区，留守在老城内的，多是经济困难户和难离故居的老人。远远望去，老城更像是被废弃的古城堡，高低错落的土夯房密密匝匝，显得毫无生气。但进得里面，却全然不是这种感觉。老城内没有像样的街道，全是极窄的小巷，似老北京的胡同，层层叠叠，回旋曲折，环环相连，密而有序。行走其间，好似穿行在遥远的时空隧道，幽静中又透着一种神秘。若不加留神，尚未回旋几步，可能就已迷糊了。

老城的房屋多为两层小楼，低层一般为寝居之用，里面虽通风采光较差，但冬暖夏凉，还算舒适。大概是现在去老城参观的游客渐增的缘故，许多维吾尔族人家为了吸引游客，楼上廊道和平台都布置得异常漂亮，且四处挂满了各类采自外面和自己制作的小工艺品，供游人选购。那年陪同我们游览的导游说，现老城内一般的人家都是居家经商兼之，以赚些小钱贴补家庭开销。但老城区里房屋密度如此之高，街巷又如此之窄，让人不免有些担忧：这万一要是发生火灾或地震可咋办？连个消防车也开不进来呀！不知改造完毕后的老城会是怎样？

我把喀什从前的这些景象和见闻讲给同行的人听，他们自然都被我说得心里有些痒痒的。我说，按理，到了喀什，实在应该到老城区走走，不然是个缺憾！但已没时间了，再加上我们手上都提着那么多刚买的东西，不方便逛街。

新疆，我肯定还要再来的，届时，一定要再去好好看看那老城，它究竟变成什么模样了？

若撇开人文的特质，单从欣赏自然景观的角度看，喀什则更是一个雄奇而瑰丽的地方，尤其是与克孜勒苏克尔克孜自治州交合的帕米尔高原，是人们寻找浪漫和放飞心情的绝佳去处。喀什，集大漠、冰山、湖泊、草原于一身，着墨再多，恐也难以尽叙她的万般风情。倒是市中心的一句旅游广告语似乎非常贴切地表现了喀什的点睛之神："不到新疆不知中国之大，不到喀什不知新疆之美！"

在帕米尔高原

帕米尔高原是天山、喀喇昆仑山、兴都库什山等汇集而成的山结，海拔多在 3200 米至 4500 米，被誉为"万山之祖"。历史上，帕米尔高原一直为丝绸之路要冲，沿路而上，现仍可见多处古驿站的遗迹。

从喀什前往帕米尔高原(止于喀拉库勒湖)约需五六个小时，路况尚可，只是地形高低落差较大，时有险段出现，行车需十分小心。从车窗外望去，公路两边景致变化万端，让人目不暇接。由于帕米尔高原地质结构复杂，几乎所有山体都形状险峭，如万仞穿天，仰望崖壁，似天穹压顶，让人心悸不已。因为植被过少，山体表面风化严重，致使山谷里常发生泥石流，延至山脚和河床里的泥石流肆虐过的痕迹随处可见。人们为减少其危害，在路边的盖孜河河床里都筑起了一段段石坝。在快到盖孜村的路段上，可见一叫不上名的大峡谷，峡谷中怪石嶙峋，沟壑纵横，遍野的石砾泛着青白的光泽，张牙舞爪地覆盖着山下大片的坡地及河床，把整座大山割裂得凌乱不堪，大自然的鬼斧神工和不可驯服的特性在此得到了充分的体现。

车行驶三个半小时左右，我们来到了白沙湖。白沙湖是一处很奇特的自然景观，其湖北面的白沙山通体银白，这是在别处不曾见到过的。据导游介绍，其成因是由于山体裸露，冬季狂风所夹带的沙子降落于此，覆盖了整座山体，故逐渐呈银白色。但我有点不太相信这种说法，因为如果沙子是风带过来的话，那被覆盖的不应仅仅是白沙山，且这沙子的颜色

白沙湖

似与沙漠中的沙子也不太一样。但不管如何，白沙山毕竟有着风格迥异的外貌，凭此就能自成一景。衬托着白沙山的是名为白沙湖的水域。严格地讲，白沙湖更像是一片湿地，因为湖水很浅，最深处也不足一米，许多地方的草甸子都露在水面。由于水很清澈平静，使白沙山在湖面形成了清晰的倒影，再配以湛蓝的天空、连绵的雪山和翠绿的草滩，白沙湖便被勾勒成一幅美丽的画面。

在这人迹罕至的地方是找不到任何饭店的。来时，我们在一小镇里买了好些馕和西瓜，现在权当作大家的午餐了。馕是新疆维吾尔族人的主食，由于面内掺有牛奶、酥油、糖或盐等，在刚出炉时，饼子真是香得诱人。尤其是甜馕，更是我之所爱。但那天可能是我们买的馕不够新鲜，或是做得不好，待吃时才发觉竟然都又硬又韧，如同白牙扯牛皮，累得差点把下巴脱了臼。这顿饭是注定吃不好了，但为了不饿肚子，只好就着西瓜胡乱地啃上几口了事。

过了白沙湖，海拔已近 3600 米，同行者中已经有人出现了高原反应，皑皑雪山离我们越来越近了。当喀拉库勒湖突然展现在我们面前时，大家都被这绝世美景惊呆了。随着海拔高度的增加，天色如抹上了重彩，蓝得叫人难以置信。而这蓝色之下的冰山之父——慕士塔格峰则犹如一只倒扣着的巨大的银碗，闪烁着耀眼的光芒，虽山中尚有一丝雾霭，但雪峰的顶端与喀拉库勒湖交相辉映，依然壮观无比。

一些塔吉克人见我们下车，便骑着马跑过来，向我们兜售骑马的生意。那天游人不多，好些塔吉克人未能找到买主，便无所事事地牵着马儿跟在我们后头默默地走着。不知怎的，我突然心生恻隐，觉得不骑一下似乎有点儿过意不去。我便回头问他们的马是跑马还是走马？走在最前面的一小伙会点汉语，他稍稍愣了一下，似乎很奇怪我一个内地人怎么还知道这个带点"专业"性的问题？我看出他的疑惑，便笑道："我从前养过马。"

"哦，难怪！"

于是，我们短暂交流了一番关于马的话题，尔后，他便很肯定地说："你很懂马。"

"没有，没有，只是有点儿熟悉。"我真的不认为自己懂马。

彼此有些熟悉了，那位塔吉克青年便拉过马来把缰绳递给我："您骑吧，不收钱！"他那带点浅灰色的眸子和善地注视着我。

为了不拂他的一片热忱，我便骑着马在湖边兜了一阵。末了，我还是坚持付给他钱。小伙子拿着钱，突然用不太流利的汉语说了句："我家，要去坐坐？"

我一时未反应过来，那小伙子便指着远处的毡房向我连比划带说，我突然明白了，他意思是说，他的家离这儿很近，请我去坐坐。这让我有些感动，但一算时间，肯定是来不及了，为了拍照，我已经离大部队很远了，折回去还得花些时间。无奈，我只好放弃。远处又开来一辆面包车，一定是又有游客来了。小伙子不好意思地说："我先过去一下，可能会有生意的。"

我不想耽误他做生意，忙说："没事，你赶紧去吧。"望着他挥鞭远去的背影，心里不禁感慨：这里的人们，真的没有丝毫的市侩之气。在往回走的路上，见有三个可爱的塔吉克儿童正在湖边玩耍，我举起相机，朝他们招手。出乎我的意料，这三个孩子毫不怯生，立刻欢笑着朝我跑了过来，

且落落大方地为我摆起了姿势。这时，我下意识地摸了摸口袋，可兜里空空如也——带着的几块巧克力都放在车上的背包里。但那几个孩子显然不在意我的"奖励"有否，拍完照，他们旋即嘻嘻哈哈地跑了回去——这一来一去只是为着满足我的愿望，这群孩子竟如此善解人意，不免又让我心生感动。

四处皆静，天地更显寥廓。慕士塔格雪峰上的冰川像累叠的巨石，纵横交错着，在刺目的阳光下，向人们展示着伟岸的身躯。面对这风景，我不由地放缓了脚步。担心同行者久等，我决定先用手机与他们联系一下，当得知还有些许时间可供自己消遣时，我便在湖边泰然坐下，打算再好好拍几张照。

此时，已是下午三点左右，日头偏西，光线的变化让喀拉库勒湖的湖面呈现出奇异的深绿色，刚才披挂在山腰的薄雾也完全散去，整个山体顿时纤毫毕现，似乎连冰川间的缝隙都能看得清清楚楚。

慕士塔格峰

慕士塔格峰海拔7500多米，是帕米尔高原上的第三高峰，山上终年积雪，山顶冰层厚度达100多米。慕士塔格峰因靠着喀拉库勒湖一侧的山体单一，且呈明显的锥形，猛一看有点儿像日本的富士山。但富士山毕竟只有慕士塔格峰一半的高度，在气势上自是弗如。更让人称奇的是，由于慕士塔格峰的前面还有一排较矮的山脉横亘着，故远远看去，慕士塔格峰的雪坡被一侧的山脊线齐刷刷地切断，形成了截然不同的黑白二色，煞是别致。

喀拉库勒湖海拔太高，周边除了草滩再无何高大植被，甚至连低矮的灌木也没有，但因为湖水洁净清碧，且随着光线的不同而变幻多姿，使之具有了一种独有的宁静、柔和之美。

慕士塔格峰的左侧则是高度为 7700 多米公格尔山和公格尔九别峰，因其距喀拉库勒湖比慕士塔格峰远，故看上去似乎更低矮一些。但公格尔山和公格尔九别峰终日云裹雾罩，难露峥嵘。所以，更显得神秘而威严。

帕米尔高原还有一个景区叫奥依塔格，因时间关系未去成。据说，那是一个非常美的地方，仰之是皑皑的雪山，俯之是如茵的草原，还有瀑布、河流和草地，鸟语花香，清风拂面。更吸引人的是，那里还可看到一天数次的雪崩场面。无奈，如此的美景现只能成为自己新的梦想了。

当我离开新疆踏上归程的时候，我想起了人们常说的一句话："新疆太大，大得人难以走遍；新疆太美，美得人难以尽览。"的确如此，若想看遍新疆美景，恐怕得用上你一生的时间，但这是绝对值得的。

高昌故城

高昌故城位于吐鲁番市以东约 40 公里处的火焰山脚下，系公元前 1 世纪西汉屯田部队设立，经历代历朝不断修建，渐成规模，曾是吐鲁番地区政治、经济、文化的中心。高昌故城使用了 1300 余年，于元末明初毁于战火。据传，唐玄奘西天取经途经此地时，曾应邀客居月余，与高昌国国王结下了深厚的友谊。现存的故城遗址是在唐代高昌城的基础上改建增筑的，总面积约 220 万平方米，在不规则的方形城区里，分外城、内城、宫城三部分。外城墙基厚 12 米，高 11.5 米，均为夯土筑成。

游览高昌故城，走马观花显然可惜，但因时间之故，只能如此。我们是坐着"驴迪拉克"（当地人对驴车的戏称）进入故城的。城内的路况很差，毛驴在主人的吆喝下疯跑着，尘土飞扬间，人们不时发出一声声惊叫。看着一辆辆驴车来回穿梭，我感觉我们不像是在游览古迹，倒更像是在忙着赶集。

终于，在故城中心，导游给了我们一点可怜的自由活动时间。我赶紧以最快的速度去观赏。说实话，像高昌故城这样的遗迹，够你花上几天时间去仔细欣赏和探究的，因为它是几千年历史的浓缩。站在这断壁残垣间，似乎能让人进入时空的隧道，你既可以信马由缰地想象各个年代所发生的故事，也可以十分细腻地将你的情感转移于某一具体人物的身上，体会其喜与悲、哀与乐。

面对故城的历史沧桑，有时你不但感觉不到游览的轻松，反而会平添几分莫名的惆怅。游走在古巷里，我总是奇想不断：这儿会不会是玄奘当年也曾走过的？这儿是否也发生过兵家血刃？这故国的盛时是怎样的？其末日又是如何发生的？种种疑问和猜测总是在心头挥之不去，思量费尽。

高昌故城

高昌国留下的史料较少，多已湮没于历史的长河中而无从探究。不过，我倒觉得这未必是坏事。中国的历史向来颇具玄机，似雾里看花，朦朦胧胧，能窥其轮廓已属大幸。故有些所谓的历史事件,即便有详尽的文字记载,也不见得完全真实。因为,毕竟在中国的历史上仅出了一个司马迁,而那些未受腐刑之人所写的史实,定是为当权者认可和赞赏的,其可信度也就不得不让人怀疑了。"故国神游,多情应笑我,早生华发!"一声叹息,我的思绪便又回到了结结实实的地面上。

登临高处,凭眺全城,残巷旧陌中,红男绿女,游人如织,此时的故城倒也有了点生气。我突然想到了这故城夜晚的场景:一轮弯月挂在天穹,惨白的光芒映照着或竖或卧的废墟,似憧憧魅影,那情形定然让人惊怵不已。凝固的历史在静谧的夜晚里,该会显出些许悲凉和沉重吧。我又想象着这里的落日,那景致或许是很感人的:在苍茫的暮色下,这故国会变成形状怪异、凄美而壮观的剪影。我跟同伴说,只可惜无法在此多留,否则,摄些落霞中的高昌故城,那将是绝美的画面。

崎岖的土路上,"驴迪拉克"载着我们奔向城外,对千年故国的万般感慨顿时涌上心头,历史本身是何等的复杂和沉重,现竟然如此随意轻松地在我们面前匆匆掠过。望着渐渐远去的故城,我不由想起了王勃在《滕王阁序》中的几句词:"闲云潭影日悠悠,物换星移几度秋。阁中帝子今何在,槛外长江空自流。"一股凭吊之情油然而生。

库尔勒点滴

从喀什出来,沿 314 省道向乌鲁木齐进发,尚有约 1400 公里的行程。这一段路,不用翻越任何崇山峻岭,全是一马平川。走惯了高海拔的险路,一下子长时间地行走于坦道上,没有了疯狂的颠簸和变换明显的景色,反而感到有些单调。

此次到南疆，给我的第一个感受是天空没有我从前看到的那么蓝了，有点儿像沙尘暴刚刚退去的样子。要知道，第一次到南疆时给我最大的震撼就是那明朗的蓝天。当年我给刊物所写的几篇散文中，其中有一篇就是专门描述新疆的蓝天的。那帕米尔高原和塔克拉玛干沙漠，其雪山、冰川、沙丘、绿洲在蓝色天幕衬托之下的美感，时时给我以心灵的冲击。那时，我还未去过西藏，当然不知西藏的蓝天甚至更蓝。

面对我此时的疑惑，当地的朋友解释道，这主要与近期的气象条件相关，因为头两天刚刮过风沙，空中还有些浮尘，待浮尘落定后，天很快就干净了。后来，一路往北，证实那位朋友所言不假——多数时候，新疆的天空依旧是碧蓝碧蓝的，这多少让我释怀了一些。

下午三点左右，我们在轮台县的一小饭店吃饭，见到门口有卖香梨的小摊，便随手买了几斤。这里的香梨皆属库尔勒品种，是最棒的。以前来新疆都是季节没赶上趟，还未曾吃过正宗的香梨，这次总算如愿了。没想到的是，这香梨还真是名不虚传。一口咬下，不由让人感到有些惊异，这香梨的皮居然又薄又脆，梨肉嫩得简直不用嚼，只需嘴巴一合，便化作满口甜水。天哪，这里的人可真有口福啊，世上竟还有这么美味的水果！但奇怪的是，后来我在哈密买了箱香梨带回家，但味道显然就不如在轮台吃到的那般香甜水嫩了。

库尔勒可玩的地方不少，像巴音布鲁克草原、博斯腾湖等都是我向往已久的。但此时已无法安排了，因为队伍中有些人已是归心似箭了，我当然也不好意思提出既定行程之外的打算了。算了，那些景区只能留待以后来欣赏了。

乌鲁木齐当天是无论如何也到不了的，晚上必须在库尔勒市住下。从时间上算，待我们抵达库尔勒市区一定很晚了，怕届时找不到合适的住处，阿郑便提前给在库尔勒的一位绰号叫"大嘴"的车友通了话，让其提前替我们订好住处。"大嘴"是越野圈里小有名气的人，曾开车到过我们舟山。

离库尔勒越来越近了，天也有些黑了下来，开始有一些赶早的星星零零落落地挂在天际上了，十分耀眼。望着这将暗未暗的天空，不知怎地，我突然又想到了余纯顺，因为当年他就是从库尔勒出发进入沙漠后不久遇难的，库尔勒是他人生的最后一站。光阴似箭，粗略算来，自那年偶遇余纯顺至今竟已过去十七八年了。小时候听老人讲，地上死去一个人，天上就会增添一颗星，我从来不相信这些，却又希望真的如此。我遥望着星空，不知哪颗星应该属于余纯顺的！

待赶到库尔勒，已是晚上十点多了。"大嘴"已早早地等候在进城的路口上。侍见面，我发觉"大嘴"的嘴巴并不大，便与阿郑调侃道："大嘴"的嘴不大呀！这绰号是怎么给取的？阿郑抿嘴笑笑，却未作答。"大嘴"建议，先填肚子，后去住处，我们欣然同意，因大家早已饿得前胸贴着后背了。于是，"大嘴"的车前面引路，我们紧随。七拐八拐之后，不一会儿便来到了当地最具规模的烤肉大排档。"大嘴"说，这儿的烤肉非常味美，在当地名气最大了。他把我们安排好后，未作久留便告辞了。

那晚我们点了不少烤法各异的牛羊肉，又点了几大杯新疆名饮——卡瓦斯。卡瓦斯是阿牛在西藏时向我推荐的，这是一种用啤酒花、玉米或小麦和蜂蜜酿制的饮料，虽不含酒精，但口感与啤酒有点相似。阿牛说这饮料味道如何如何之好，到了新疆一定品尝。让他这么一渲染，嘴巴当然就提前馋上了。奇怪的是我前两次到新疆竟都没喝过，竟不知道还有这么一种饮料。所以，我对这件事特别上心，在排档里一坐下来便先问有没有卡瓦斯供应。没想到这家摊主备着好些新鲜的卡瓦斯，而且还都是冰镇过的。大家甚喜，一口气点了六七升。我初次品尝便喜欢上了这种饮料，尤

其是在口干舌燥之时，那味道的确棒极了。

那晚吃得开心，喝得也过瘾，向来不善于吃肉的我竟也一口气吃了五六串烤羊肉。新疆的大排档与老家舟山的大排档有着很大的不同，首先，食材的相异自是不必说，主要是环境安静，氛围好。客人们埋头吃肉，抬头喝酒，聊天说话也较轻声，相互间少有干扰，坐得住。不像我们舟山的大排档，划拳吆喝，声如牛吼，旁边还有拿着扩音器唱歌卖艺的，虽说热闹，但过头了，就叫人生厌。

再次是价钱便宜，我们七个人，总共才吃了两百元左右。想想在我们老家吃海鲜排档，这么些人要是想吃得痛快，至少要多花两倍以上的价钱。待我们在排档结束就餐，已是深夜了。车行驶在大街上，感觉库尔勒仍热闹不减，除了一般的商店已打烊外，娱乐、餐饮等店面依然灯火通明，客流不息。一排排笔直的行道树在晚风中婆娑起舞，已近黄色的秋叶在街灯的辉映下闪烁着淡淡的光芒。路边可不时见到正升腾着袅袅青烟的烤肉摊铺，小贩们则在炉前手脚不停地忙乎着、吆喝着，经过，便有浓浓的肉香随风飘至，让人真真切切地感知：这是新疆的味道。库尔勒，一个富有生活气息的地方，真想好好住上两天，悠然地逛逛这并不算繁华的街巷，痛痛快快地吃上些香梨，还有那令人垂涎的烤肉。

甜蜜的吐鲁番

说到吐鲁番，首先会让人想到葡萄干、坎儿井、火焰山，其实，有着悠久的历史的吐鲁番，值得观赏的人文和自然景物远不止这些，只可惜时间太过仓促，难以尽览。

一进入吐鲁番，从远处就可见到颇具神话色彩的火焰山。火焰山位于吐鲁番盆地中部，呈狭长状，东西走向，全长约 100 公里，南北宽约 10 公里，平均海拔约 500 米。因其由红色砂、砾岩和泥浆组成，故整个山体呈锈铁般的红色，再加上七月的新疆正是最热的时候，在炽热的骄阳下，这火焰山更像是燃烧的火

火焰山

焰，让人望而生畏。唐代诗人岑参曾有诗云："火山突兀赤亭口，火山五月火云厚。火云满山凝未开，飞鸟千里不敢来。"尤其是《西游记》中孙悟空三借芭蕉扇，大战牛魔王的故事更使火焰山成了人们心目中不可逾越的神山。

我们到的那天中午，山脚下的那根十余米高的金箍棒造型的温度计显示，地表温度已近摄氏 50 度。据说，最高时地表温度竟可达 70 多度。除了通体的红色，火焰山的另一个特征就是山上寸草不生。细细看去，山势曲折，褶皱丛生，纹理怪异，如根似髯。你甚至会怀疑这简直不是地球上的山脉，难怪会"千里飞鸟不敢来"。

当然，到了吐鲁番，坎儿井是不得不看的一道景观。国外曾有学者认为，中国历史上三项工程应大书特书，一是万里长城，二是京杭大运河，三就是坎儿井。在吐鲁番，年降水仅 16 毫米，蒸发量却达近 3000 毫米，如果没有坎儿井，那么，此地绝对是人类所无法生存的。那天，我们专程去参观坎儿井博物馆，听罢看罢，让人不得不折服于祖先的智慧与勤劳。通过千辛万苦、流血流汗开凿出来的几千公里的竖井暗渠，将天山的雪水

引入干涸的荒滩，硬是把这曾经的不毛之地改造成富饶美丽的绿洲。

　　吐鲁番的葡萄沟是盛产葡萄的地方，位于吐鲁番市东北 13 公里处的火焰山峡谷中。葡萄沟虽气候极干燥，但置身其中，感觉似在江南。正因为有了天山的清泉浇灌着这片土地，故处处是高耸的白杨树和经纬成格的农田，葱绿碧翠、层层叠叠的葡萄架下挂满了即将成熟的葡萄，各种果树点缀其间，芳香四溢，沁人心脾。我们来到一维吾尔族农户家中做客，主人向我们介绍了当地各种各样的葡萄，说得我们馋涎欲滴。由于我们来的太早，多数品种的葡萄只有七八分熟，还不能采摘，只品尝了一些尚未熟透的葡萄。好在这里的青葡萄竟也不酸，算是弥补了心中的一点点遗憾。不过，有幸的是，我们尝到了主人家自种的西瓜和甜瓜，瓤沙汁甜，吃完了，手上竟是黏糊糊的，可见这瓜糖分极高。

　　在农户家里，维吾尔族小伙子还教我们学跳新疆舞。维吾尔族的确是个热情奔放、能歌善舞的民族，在我们面前，他们人人都称得上是舞蹈家。那年轻的主人教舞很有一套，他言简意赅地将新疆舞的要义归纳为几句话，即："我有钱，我有房子，还有葡萄园，古丽，嫁给我吧！"尔后，再配上几个夸张的撇手、叉腰、甩头等动作。他说，只要学会这几招，你的新疆舞差不多就学成了。末了，他叫我们上来跟他学着跳，同行者中多不善歌舞，自是放

吐鲁蕃的葡萄园

不开手脚，我怕冷场，便自告奋勇地第一个上去。从众人的哄笑声中，可以想见自己的动作一定如东施效颦。在主人的再三招呼下，大家最终都加入到了舞者的行列中。

在音乐的伴奏下，这农家院落便一下子沸腾了起来，我们大喊着："我有钱，我有房子……"一边群魔乱舞般地做着稀奇古怪的动作，煞是搞笑。折腾完后，主人便一本正经地带着我们开始了他的"市场化运作"——卖葡萄干。不知什么时候，在院子的另一端已摆上了一长溜用大筐装着的葡萄干。转眼间，那位年轻的领舞者又变成了阿凡提式的商人，他以略显生硬的普通话，向我们推销着自家晾晒的葡萄干："朋友，这是自然风干的葡萄，不喷肥不打药，吃过一回忘不掉。"说到这儿，他从衣兜里掏出几张名片递给我们："以后你们想买，直接跟我联系，一定给你们寄到。"不知是因为主人的推销术高明，还是他的葡萄干太诱人，才一会儿工夫，大家便争先恐后地解开了自己的腰包。从农户家出来，我们每个人的手中已拎满了装着葡萄干的小包大包。

进发北疆

一到乌鲁木齐，我们余下的行程和人员的组合都随之发生了很大的变化。受伤的车必须进厂修理了，它已带伤行驶2000多公里了，途中未再出现故障实属侥幸。但是，不能再继续这么硬撑下去，因返回家乡还有5000多公里的路程呢，若继续带伤行驶是很危险的。我们估计，要完全修复至少得四五天的时间，且这还是在配件能及时供应的情况下。

这样一来，我们就只有老谢那辆车可用了。于是，我向阿郑建议：我与玉章在乌鲁木齐临时找个旅行社，雇车或者跟团续走接下来的行程，

遥远的风
——天涯八万里

阿郑则搭乘老谢那辆车,因那车上还可坐一个人,大家分头向北疆进发,然后再返回乌市会合。如此安排,既不耽搁时间,又可确保行程的继续,大家觉得眼下这不失为一个好办法,于是,就这么定下了。

对于接下来的北疆之行我倒并不怎么发愁,因为乌市有我一位在旅行社工作的朋友小曹,几个月前我到新疆旅行时,就是她给我们当的导游。那几日的相陪,大家都相处得很愉快,此后就一直保持着联系。此次进藏前,我曾与她联系过,主要是向她问询219线的路况。但她也没走过那条线,只是说其朋友走过,很难很险,提醒我千万要小心。

我随即与小曹联系,请她给我们安排一下。巧得很,她所在的旅行社正在组织一个优惠价的"北疆行"散团,所有费用都包括在内,每人950元,且也没什么自费项目,翌日就可出发。我觉得还比较合适,便让她立即给我们报了名。

翌日一早,我与玉章在指定地点上了车。跟这样的团出游,好处是线路安排合理,费用低,时间效率相对较高,可满足基本的需求。但游玩的自由度较低,时间局促,尤其对喜欢摄影的我而言,是难以尽兴的。但时下没有更好的选择,也只能像放鸭子一样跟着大部队走了。

我们这个临时组合的团队人数30有余,天南海北哪儿的人都有,年龄段也是参差各异,从二十几岁到六十多岁。现在回忆起来,我们这个临时组合的团体还是蛮温馨的,大家虽素昧平生,相处却是甚为融洽,未出现任何不快,谁若遇到些困难,旁人也能出手相帮,氛围很好,这在拼团中是不易遇到的。

团队的半数人是在乌鲁木齐上的车,还有一部分是在石河子和克拉玛依等地上来的。从石河子上来的多是当地大专院校的学生,这些年轻人的加入也使我们这个团体增添了不少生气。坐在我们身后的两位女大学生是当地人，父辈都是兵团的。她们的言谈举止既有教养又很纯真，感觉比内地大城市里的女孩子多了一种自然而朴素的气质。或许，是自己曾经的军垦经历使然，彼此间也多了些共同语言，很快就与她们处熟了。在车上，她们总是会给我们递上些女孩子们爱吃的各种小食品，弄得我们都有些不好意思了。当然，我们也回赠了一些从家乡带来的鱼片等。遗憾的是，分手时匆忙，彼此未留下任何联系的信息。那段短暂的交往，留予心中的记忆始终是很美好的。

车窗外面就是宽阔的大街，车流人流虽不像大城市那么喧闹，但却也很具有都市的气息了。从前的不毛之地，变化竟是如此巨大，不由令人感慨万千。这强烈反差的背后，是一段厚重的历史，它意味着几代军垦人那无法想象的付出，这种付出，不单单是艰辛与沧桑，更是无数个鲜活的青春年华与生命的全部。我这个也曾有过漫长的军垦生涯的人来说，更能理解这血与汗的付出的意义。石河子，是一个承载着激情的城市。

我们此次北疆行的基本路线是我三个月前已走过的，主要是喀纳斯一带的景区，另包括禾木和白哈巴。但上次来喀纳斯时是夏天，而此时已是深秋，湖畔的森林色彩会更丰富，景致应是更美。且禾木及白哈巴是我之前未曾去过的，此次正好可了却自己的一个心愿，因那也是我向往已久的地方，尤其是禾木，心里不知作过多少次的策划。当然，禾木最漂亮的季节应该是冬季，我见过拍摄于冬季的禾木的照片，真像是冰清玉洁的童话世界。但禾木的冬季大雪封山，是很难进去的，不知那些摄影者为了拍到那些照片，究竟付出了多大的代价？或许，是深秋的时候进入，直至春天冰雪消融之后再出来？而对于白哈巴，我印象并不深，仅听说那只是一个边境小村，但有着迷人的白桦林。不知为何，白桦林总是能给人以一种浪漫的遐想，洁白细腻的树皮和一只只长在树干上的"眼睛"，似乎总是

227

对人含情脉脉。自己之前曾去过东北的白桦林，那是在中俄边境旁的激流河畔，白桦林沿岸而立，漫滩之处，白桦树便变成了一排排美丽的倒影。而此时正值深秋，白哈巴的桦树叶该变成金黄色了，或许会更美吧。

五彩滩、布尔津速写

离小城布尔津还有约二十来公里时，人们的眼前出现了一条蓝色的大河——额尔齐斯河，河中分布着几片沙洲，上面长满了葱郁的树木，而河岸的北侧则是起伏的红色砂岩，那就是号称新疆最美的雅丹地貌所在地——五彩滩。

五彩滩所在额尔齐斯河段宽不过七八十米，两岸却是风光迥异，彼岸有沙丘、戈壁和绿洲，在瓦蓝的天空映衬下，更显得天地辽阔，风光旖旎，而此岸却是展呈着长长的如悬崖状的雅丹地形。这雅丹地貌似乎与别处的有些不同，除了以锈红为主色调，还有金黄、青蓝、淡绿等各种颜色混杂其间，且好多的过渡色让人说不准这到底属什么颜色，粗略看去，这里真的是一溜长长的异彩纷呈的河岸。我想，五彩滩原本不应呈悬崖状的，一定是额尔齐斯河激流的冲刷以及此地所特有的季节性狂风的侵蚀所致。由于雅丹地貌的砂岩质地较软，故在自然力的作用下更易形成尔今这种高低不一，参差不齐的轮廓。我们赶到河岸的时候，已是夕阳西沉之际，这也正是五彩滩最美的时辰。导游一个劲地提醒大家，要拍照的赶紧啊，现在的景色最棒啦！

的确，五彩滩比我上次来时显得更有气势，因为上次正值盛夏，树叶翠绿一片。而此时已是深秋，在晚霞的映照下，树叶犹如油彩一般浓艳，金色尽染，勾勒出一幅魅力逼人的大河之舞的画面。阵阵风儿吹来，白桦林婆娑起舞，五彩滩更是显得五彩斑斓。也只有在西域，只有在这样广袤无垠的天地之间，才能欣赏到如此震撼的大地的诗篇。

由于日落时分太过短暂，游客们都纷纷举起相机抢占着各个最佳位置，而小小的观景台也早被一帮专业摄影家们占领了，他们都撑着三脚架，紧张地调试着各式长枪短炮，等待最佳的光影时刻的到来。我不想过去跟他们挤在一起凑热闹了，便连忙寻找新的拍摄点。忽然，我看见对岸东侧有一排漂亮的白桦树在水中亭亭玉立，且恰好有几位当地的牧民正牵着马到河边饮水，而一缕晚霞也正映照在河面上。这是一幅很能撩拨起人的审美情怀的画面。于是，我便迅速跑向河边。只可惜，还没待我赶到，那几位牧民却已牵着马儿离开了。失去了一张真正的美照，不禁一阵怅然。

新疆的夏秋白昼很长，到达布尔津，天色尚亮。今晚，我们须在那里留宿。布尔津县属阿勒泰地区，处阿尔泰山脉西南麓，准噶尔盆地北沿，西北部与俄罗斯、哈萨克斯坦接壤，东北部毗邻蒙古国。几个月前，我来过布尔津一次，并住了一晚，但那次因安排得太紧张，抵达时夜色已降，故没好好逛过。而此次时间尚算充裕，故很想好好看看。初到此地，这座小城给人的印象很是不错，精致、整洁、安静。布尔津城区不大，但其格调却很别致，这主要体现在其所具有的俄罗斯风格的建筑和外表的装饰上。

如果有充裕的时间，布尔津绝对是一个适宜随意溜达或发呆的地方，因为，她有着一般城市所不具备的浪漫与柔美。与叶城一样，布尔津城区也没有什么特别现代的高大建筑，但从那些看上去很普通的楼房或平房甚至是小木板房中，也可强烈地显露出此地独特的异域文化的元素。

布尔津人是很有情调的，几乎所有街旁的小院落里都种满了可供观赏的植物，矮矮的木栅栏上缠满了各种藤蔓，藤蔓上开满了火红色的小花。有些小院落内由于植物太过茂盛，使得房子的下端都给遮蔽住了，只露出

一段尖尖的红房顶。这种围墙院落中的点缀，像极了我从前在地中海一带见到过的海边别墅的景致，很优雅。没想到在这么一个边陲小城，角角落落都散发着美丽。记得哪位作家曾说过，热爱绿色，是热爱生活的要素之一。我想是这样，有了这种绿色的点缀，这个边陲小城的一切才显得如此富有爱的气息，且这种爱所形成的美好是最恒久和炽烈的，同时也是最让人迷恋的。

在胜利街，我见到许多沿街而筑的单体小楼。这些小楼式样别致新颖，立柱多是罗马式的，有的墙体还会镶上各种浮雕，房顶是红色的，与房体的白色形成悦目的色彩反差，远远看去显得很卡通。这些浓缩着俄罗斯和东欧建筑风格的小楼，把整条街，甚至整个城区都装扮得十分亮丽。这些别墅式小楼基本上都是用来开设家庭旅馆的，但是，由于庭院收拾得太过雅致，看上去竟没有一丝内地家庭旅馆的那种商业气息。要不是旅行社已经预先给我们安排了住处，我一定会毫不犹豫地选择这样的地方下榻。

布尔津的街道很宽敞，行人和车辆也不多，静谧中总能听到风中的树叶在耳旁轻唱低吟。晚霞早已褪去，天色尚未黑下，街的尽头，房屋、树林及远处河岸的丘陵，此时已渐成为高锐度的平面剪影，朦胧的暮色中，布尔津更平添了一丝宁静。正是吃晚餐的时候，于是，我和玉章一同到街上寻找有当地特色的吃店。打了一辆出租，并让司机给我们推荐，那司机不假思索地说：去河堤夜市呀，那儿的烤狗鱼最棒了。任何一个地方，出租司机是最有引路资格的。于是，我们也不假思索地应道：行！听你的，赶紧去吧。

不到十分钟，我们就到达了布尔津最具名声的夜市，其位于主街道旁，有两百来米长，街北面是卖当地的各种土特产的，南面则全部是露天排档。排档所有的烹饪操作都在街道的最外侧，锅里和烤炉上散发着的各种诱人的香气，让路过的游客垂涎欲滴；内侧屋檐下及室内则是客人们就餐的地方。当然，布尔津夜排档的食材除了烤鱼外，也有烤牛、羊肉。烤鱼品种较多，但以狗鱼为主。狗鱼是北疆所独有一种冷

晚霞中的五彩滩

水鱼，肉质肥厚鲜美，我和玉章对这种从未吃过的鱼产生了浓厚的兴趣，遂点了两条各重约两斤左右的狗鱼。末了，我们就闲坐在屋檐下的餐桌旁，欣赏着店主薰烤狗鱼的工艺流程。摊主的剖鱼、烤鱼的手法甚是麻利，三下五除二，顶多四五分钟的工夫，两条大鱼就上了烤架。

在我和玉章闲聊之时，一位长得很可爱的小男孩拎着只小篮子过来向我们推销酸奶。呵呵！布尔津的孩子可真会帮大人赚钱。那酸奶都是用大号纸杯分装着的，我看上面未印任何商标，便问这酸奶是哪儿产的？他说是他姥姥做的，味道可好了，这一说把我们给逗乐了："你姥姥真了不起呀！"我一向喜欢喝酸奶，且也很想尝尝这自制品的味道，便立即买了一杯，问玉章要不要？他却直摇头，说自己向来吃不惯这东西。我俩同是生活在海边，但饮食习惯却迥然相异。我立即迫不及待地品尝了一口，这自做的酸奶味道还真是不错。那勤快的小男孩收了钱便立马乐颠颠地跑开去，继续向别的游客推销他的"姥姥"牌酸奶去了。

肥厚的鱼肉在微红的炭火上吱吱地响着，不时滴下金黄色的油汁。不一会儿工夫，两条香喷喷的烤全鱼就拿上来了。这烤全鱼表层酥黄，内

则肉质白嫩，味道极美，其虽是淡水鱼类，却一点儿土腥味都没有，且身上除一根大骨外几乎无小刺，吃着特顺口。我们俩就着卡瓦斯大快朵颐，如风卷残云般很快就将两条鱼送下了肚。这顿晚餐总共才花了不到六十块钱，虽然简单，却是吃得极痛快。美味的烤狗鱼，当然，还有那美丽的街景，让我永远地记住了布尔津这个边陲小城。

后来，玉章又与我念叨了好几次：什么时候我们再一起去趟新疆，再到布尔津品尝烤狗鱼，我答应了他。但让我尤为悲哀的是，这次穿越回来后不到三年，玉章就因病去世了。不能再与他同去布尔津吃狗鱼，成为了我永远的遗憾。

秋之喀纳斯

翌日，天未亮我们就起床了。这是导游的特意安排，为的是错开高峰，避免与大批的游客同时涌到那里。这是对的，再好的风景，如果到处是人挤人的话，那还玩个啥劲呀！布尔津离喀纳斯还有三四个小时的车程。一路往北，越朝前开，北疆的地貌和植被特征就越发明显。山不高，坡不陡，漫野都是草地。由于秋季已到，草多已变黄。而树林的分布却是有些奇怪，要么是成片地从山顶上铺泻下来，要么是一小片一小片地独立于坡上，彼此的间隔区域里，很突兀地露着大片的草地。树种则多以挺拔的针叶类为主。在平缓的草滩上，常可见到些零星的白色帐房散落其间，成群的牛羊或马儿则悠闲地游荡着，使那山山水水变得更为美妙灵动。

到达喀纳斯，已近中午时分，后面的游览活动显得有些紧张。那天下午有一项内容是乘船游湖，由于我上次来时已在湖上玩过，便不参加了。我正好可利用这段时间一个人在湖边闲逛一阵，好好地拍上一些照片。独自徜徉于这俊俏灵秀的山水间，感觉真好。

喀纳斯之美，即便用上最动人的词汇，也是难以表达的。况且，一定已经有许多写手对这块上天最钟情的地方作过详尽的描述了，我若再添上赞誉之辞，不知是否会有狗尾续貂之嫌。我觉着，喀纳斯是一个非常适宜自由行的地方，正因为如此，跟团旅行是难以尽兴的，但遗憾之处更在于喀纳斯现已没有常态化的自由行项目。

显然是出于对景区保护的目的，多年前，当地管理部门将生活区与观景区截然分开，原先散布于林间的接待游客的设施都搬了出来。这固然有利于景区的保护，但无疑大大降低了旅行的品质与情趣。由于景区面积很大，必须乘坐区间车方可进入，而让人感到不爽之处，恰恰就在于此。

从喀纳斯整个景区的观赏度而言，最漂亮的并不是喀纳斯湖本身，而是沿途的风景。因为从喀纳斯湖泻出的水随地貌落差在山丘、森林中形成了巨大而延绵的溪流，而所过之处便是这一带最具诗意的画面。叫人深感惋惜的是，除了月亮湾、卧龙湾、神仙湾三处能作短暂停留，让你稍事欣赏外，其他地方任凭游客们被窗外的景致引得大呼小叫，车子依然毫不留情地疾驰而过。如此的旅行，不免让人遗憾连连。

到过喀纳斯的人应不难得出结论，这是一个尤其适合徒步旅行的地方，而对于喜欢摄影的朋友来说更是如此。每当车子掠过一些极具美感但尚未有"名分"的地方，心里会感到一阵阵强烈的失落，而这种痛苦既缘于当地这荒谬的规定，更缘于喀纳斯无处不在的美丽。

喀纳斯的的确确是一个很让人着迷的地方，一则因那里的水，二则因那里的树，三则那里的"色"。先说喀纳斯的水，喀纳斯湖水以及与湖泊相近的溪水的颜色会随着季节的变化而变化。去年我第一次到喀纳斯是六月下旬，其水是呈蓝绿色的。时隔三个月后来到这儿，正是深秋，那里

的水却是呈稍带乳白的淡绿色。据说，这与喀纳斯冰川的地质构成中的石灰岩成分有着直接的关系。

再说说喀纳斯的树。喀纳斯树种较多，山坡上多以冷杉、云杉、落叶松等为主，水泽溪流及湖边则多白桦树。这些树的形态都有一个共同的特点，就是一律向上生长，旁逸斜出的枝杈很少，故所见的林林都有着一种顶天立地的气势。而洁白修长的白桦树点缀在蜿蜒曲折的水边，则更给喀纳斯增添了别样的格调。

喀纳斯神仙湾

最后，不得不说的就是喀纳斯的"色"了。所谓喀纳斯的"色"，最艳之时当在秋季，不过，夏季也是很不错的，一片翠绿，那绿浓得简直让人发呆。由于喀纳斯树种甚多，待秋季来临时，树叶变色的时辰各异，使得山坡湖岸的林子在一段时间里可呈现缤纷动人的色彩。在以黄、绿为主调的颜色中又夹杂着许多淡绿、浅黄、深红，好似在山野里铺上了一张硕大无边的色谱图。有人评价喀纳斯的金秋是一幅天然的油画，也有人形容其是被上帝打翻的调色板，总之，即便用上再多的溢美之，于喀纳斯而言都不为过。所以，凡见过喀纳斯乃至整个北疆的秋景，那么，其他任何地方的景致都不会令人刮目了。

我们到达喀纳斯那天恰巧是中秋节，要不是导游提及，我完全给忘记了。为了好好度过这个中秋节，导游联系了一家图瓦人牧民，请他为我们宰上两只羊。收费倒也不算贵，包括酒水在内，每人收一百元。既然是过节嘛，就得有过节的样子，大家在一起也难得热闹一番，所以，都不会去计较这点钱。待我们赶到那户牧民家时，天已擦黑。图瓦人是一个纯朴好客的民族，有客来到，他们远远地就在帐房外等候着了。

在喀纳斯一带的森林草滩上常可见到这种与蒙古包相似的帐房，但这种帐房都是作为放牧时的流动住房用的，平时所住都是以大原木垒起的与东北的"木刻楞"差不多的木头房子，而图瓦人在景区旁所设的这些帐房主要是用来接待游客的。这些帐房点缀在景区的林地和草滩上，给这偏远的地方增添了不少美感和生活的气息。

帐房里十分暖和，我们二三十号人席地而坐（地上是铺着毡褥的），济济一堂，很是热闹。尤其是这些大学生们，平时一定在学校里憋得够呛，到了这天宽地阔的地方，像是找到了情感的宣泄口，他们无所顾忌地唱着吼着，就差没把帐房给掀翻掉。年长些的则坐那儿看着他们开心地喧闹，倒也觉着十分有趣。

让我没想到的是，喀纳斯的羊肉味道竟是如此之美，没有一点膻味，若不事先告知，我们绝对不会想到吃在嘴里的居然是羊肉。看来，一方水土养的不仅仅是人，连牛羊也不一样。图瓦人烧羊肉的方法与蒙古族相似，除了烤羊肉串，其余的皆以白煮为主。但由于这羊肉本身就很鲜嫩，不用加任何佐料，吃着也觉味美无比。而用如此好的羊肉做成的羊肉串，味道更是一绝，闻上去虽没有库尔勒排档里的香，但吃起来却是更棒。那晚我也记不清自己究竟吃了多少羊肉，估计应该把这一路来欠下的营养债给补回来了。

玉章也直说这羊肉实在是好吃，可惜他腰疼得难受，在那儿坐立难

安，吃的兴趣也减了一多半。确实，带着这么重的伤痛游玩，那滋味是可以想象的！

待我们尽兴地吃完喝完，已是晚上十二点多了。走出帐房，外面皓月当空，清辉如泻。远处的山峰依稀可见，雪光在淡淡地闪烁着，从山坡上延伸下来的森林影影绰绰，参差不齐的树影在山风中优雅地摇曳着身姿，发出哗哗的声响。木栅栏内，几匹图瓦人的马儿探着脑袋好奇地望着我们，偶尔发出几声响鼻，像是在向我们打招呼。借着酒劲，几个精力过剩的年轻人依旧手舞足蹈地唱着、喊着，惹来旁边几只牧羊犬的一阵狂吠。

踏着柔软的草地，呼吸着清新湿润的空气，在喀纳斯这个"上帝的后花园"中，我们这帮"乌合之众"在美景、美酒、美食的陪伴下度过了一个难忘的中秋之夜。

白哈巴即景

说来真是有点惭愧，之前我竟然从未听说过白哈巴这个地方，当突然置身于这个边陲小村时，我立时惊呆了，天哪！这简直就是一个美妙而奇特的童话世界呀！

从喀纳斯到哈巴约需两个小时的车程，一路基本上都盘山公路，路的两边有雪山、草甸和白桦树林，秋景十分怡人。

快到目的地的时候，在一座公路桥上，我们遇上了几家正在转场的图瓦族牧民。我们停下车子，给他们让道。从前在电视节目里看过关于北疆牧民转场的专题片，没想到这场景今天给遇上了。五辆卡车首尾相接，上面装着大堆的行李物品，浩浩荡荡，热闹得很。几个小孩则坐在驾驶室里，看到我们，兴奋地探出身子来，向我们拼命地招手。车子后面则跟着大片的牛群和羊群，由骑马的牧民驱赶着。导游说，转场是一件很辛苦的事，路上要走好几天。不过，现在条件好多了，好些地方路都通了，可用上汽车，这样就省了不少时间。

在五彩的森林和清澈的河流旁，走着成片的牛羊，这真是一幅很漂亮的动静相宜的画面，可惜自己反应太慢，待取出相机，调好光圈速度，早已错过了最佳的拍摄时机，只好眼睁睁地看着那群牲口得意地甩着尾巴，慢慢悠悠地渐行渐远。

到了卡口，办完简单的边防检查手续，我们便进入了白哈巴村。导游先将大家带到了中哈边境的界碑旁，这里既是全村最高的台地，也是观赏白哈巴全景的好地方。台地的对面就是哈萨克斯坦的国土。现在，我们所站的位置就是中国的最西北端了。

从东南沿海到此，横跨半个中国，穿越整个西藏和新疆，栉风沐雨，历尽艰险，想来不禁让我感到有些激动。

站在界碑上的台阶上环视周围，只见成片的树木已呈金黄，一些尚存绿色的树冠夹杂其间，把森林分出了些许层次。林中，蜿蜒曲折的白哈巴河静静地流淌着，河面在太阳的照耀下闪烁着粼粼波光。

白哈巴村坐落于一条沟谷之中的狭长台地上，依山傍水而立。村子很小，顶多也就一百来户人家，但居住得较为分散。村里的所有建筑均是由原木筑成的尖顶木克楞屋，每幢屋的周围都扎着并不严密的木栅栏。在森林和远处阿勒泰山雪峰的衬托之下，这些散布于河流、溪边、林边的小房子，把这里的风景点缀得极富诗意，远远望去，既像北欧的小村落，更像童话中的场景。可以想象，这样的地方，不管处于何种季节，它始终是被大自然的神来之笔眷顾着，展示于人们眼前的永远是最最动人的画面。

中午时分，简单地吃了些当地人卖的各种烧烤，便到林子里去拍照，

那里有流淌着的溪流和金色的林子。其实，白哈巴处处是景，就怕时间不够用。所以，我必须尽量多走些地方。见我走得这么急，同行的人不解，问我，你为什么总是走得那么快？我半开玩笑半认真地说：我这是在以时间换空间呀！

路过一户人家，屋后有一个很大的院子，院内居然长着很高的桦树和松柏，挺有美感，主人正站在外边，我便过去与他聊了起来。他是图瓦族人，家里开着一小客栈。他说生意还不

白哈巴村民的院落

错，现在客人也比以前多了，但这里旅游的季节性太强。再过半个多月，雪一大，客人就进不来了，一直要等到来年四月份才慢慢开始恢复生意。

我问，那你们冬天怎么过？他笑道：猫冬呗，在家养膘。真的，冬天这儿的雪太大了，村里的人出不去，外面的人也进不来，这段时间是最难熬的。

我问他现在还有牲口养着吗？他说不多了，就几头奶牛，主要是为了给自家提供奶制品用的，现来这儿的客人多了，牲口养多了忙不过来。

才聊了没几句，他老婆嘴里叽里呱啦地来找他了，那意思好像是在说，我忙都忙不过来，你倒跑这儿偷闲来了。但一见我这个陌生人在，声调立马柔和了许多。显然，她是在外人面前给丈夫留着面子呢。那壮实的汉子歉意地向我笑笑，招招手，转身跟着老婆进到了屋里。望着他俩匆匆

238

而去的背影，我不禁莞尔。

沿着溪边的一条小路，我来到树林里。晚秋的阳光透过密密匝匝的枝叶洒落下来，把翠色的草地照得斑驳陆离。轻风中，不停地有飘落的秋叶旋舞着飞到我的身上，能让人感受到森林中那柔曼的诗意。我见一小女孩牵着一只很可爱的小山羊羔子在溪边玩耍，模样十分逗人，便想给她拍张照。谁知，我刚举起相机，那小女孩似乎是怕难为情，竟拉着她的羊咯咯地笑着跑开去了。但她又不跑远，才十几步开外，便又停下，回过头，调皮地望着我。见我再一次将相机举起，这小精灵竟又咯咯大笑着往林子深处跑去了。我朝她喊道："别跑啦！不拍你了，不拍你了。"可她依旧未停下，转眼间就不见了踪影，只听得林子里隐隐传来她的笑声。

林子里还有好几个图瓦族小男孩在骑马溜达，其中一位 8 岁左右的小男孩倒是挺善解人意，像是特意弥补我的遗憾似的，故意昂首挺胸地摆出策马扬鞭的姿势，还在我面前很得意地小跑了几个来回，其间还频频回头看我，似乎是提醒我：我在给你摆 POSE 呢，快点拍呀！我赶紧拿相机拍了几张，一看画面，还算不错。

下午，我们到一户图瓦人家里家访，这是导游事先为我们安排好的集体活动。这次家访虽仅有半个多小时，却给我留下了很深刻的印象。家访的内容主要是由主人向我们简要介绍本民族的历史，然后为大家演奏民族乐器。

其中一种叫"苏尔"的乐器的演奏效果令人十分惊异。"苏尔"形状如箫，但更短。它的制作材料不是竹子而是芦苇管，但奇异之处在于其音孔虽仅有三个，却可发出很多音符，且发音并不直接依靠气体的冲击，而是以丹田之气，致牙齿和嘴唇的震动来发声，故吹奏难度极大。尔今，在图瓦人中，能吹奏"苏尔"的人已很少了。据说，"苏尔"就是中国的古

代乐器胡笳。因此，其也被称之为中国乐器的活化石，现"苏尔"已作为非物质文化遗产受到了较好的保护。

那天，为我们表演的是位小伙子，他也是当地为数不多的"苏尔"艺术的传承人之一。吹的是什么曲目我已不记得了，但据演奏者讲，这段音乐的内容是反映牧人与鹰的故事。其实，即使不介绍，也可听出旋律中所表现的独特意境。

林中的图瓦族牧童

令人惊奇的是，"苏尔"的三孔之间所出来的低、中、高频皆全，音色时而像箫，时而似笛，音质古朴深沉，幽远辽阔，如秋风于林中回荡，似春水在涧中流淌，闻之令人心驰神往，遐想无限。一曲终了，四座皆静，于陶醉之中，久久未能回过神来。

漫步在白哈巴，会让人觉着，这也是一个适宜住下来，慢慢地欣赏风景和安抚心境的地方。回到家乡后，我多次与人说起白哈巴，他们都被我的描述所感染，但也会产生些疑问：那地方真的如你所讲的那么美妙？对此，我只能说，这只是我个人的感受，是否认同，只有自己去了看了才会有结论。颇感无奈的是，美好的地方怎么总是藏在这么遥远的天边呢！迢迢五六千公里，踏足于此，对任何人来说都是极为不易的。

真羡慕生活在这里的人们，都市中常有的生存与环境压力在白哈巴是根本感觉不到的。人们常说天堂，但所谓的天堂，究竟要如何诠释才算对呢？更要上何处才可觅得？当然，对一个地方的评价，更多的往往不是由自客观，而是主观上的认知。所以，不同的人，自然会有不同的体会和感觉，但至少在我的心目中，白哈巴绝对是一个与天堂无异的地方。

不管身在何处，一想到白哈巴或米堆、鲁朗这些风格各异的世外桃源，心中便会泛起深深的思念。

禾木——隐掩在白桦林中的村落

在很早以前，我偶然在一册旅游杂志上看到禾木的照片，才知道在新疆的最北端有这么一个美丽的村庄。那张照片中的风景所描述是禾木的冬日，厚厚的雪像白色的绒毛一样覆盖在一栋栋小木屋上，几缕淡淡的炊烟袅袅升腾着，画面的近处是雪地上的一串深深的脚印，这很像列维坦笔下的俄罗斯风光，清新而宁静。从此，禾木就给我留下了极为深刻的印象。

从喀纳斯去禾木的沿途，只要朝车窗外望去，皆是美不胜收的画面。虽然粗略一瞥，都是风格相似的北疆风光，但由于一路的海拔高度不断上升，群山里的森林与草甸的坡度也更陡了许多，落叶松、红松、冷杉等密密匝匝地矗立在山脊上，好像比其他地方的树更显高大挺拔，浓密的枝叶遮挡着秋日的阳光，使一望无际的森林更显着神秘和深邃，只有长在最外沿的那些白桦树为林子抹上了些妩媚而浪漫的色彩。

虽是晚秋了，但朝阳的南坡上，草却未完全变黄，有些石缝和角落里，居然还开着零星的野花，这种极具生命力的自然形态，不免让人遐想。显然，在这样的山坡上，春天一定是最美的。记得夏天来喀纳斯时，虽与最繁华的春天已相距了一个多月时间，但依然见到了漫山的野花。面对着远处的蓝天和森林，真想在这山坡上好好躺上一会儿，让躁动的心稍稍平静一下。我觉得，以当下的生活环境和节奏，持久的内心平静早已成为一种

奢望，纷繁世界中的庸俗的追逐，让许多人完全变成了物质机器。所以，在喧闹中获得稍稍的宁静，哪怕是短暂的，却也是弥足珍贵。

在快到禾木的一处山巅平台上，我们遇见了一户养蜂人家，他们正在路边销售一种产自于森林的白蜂蜜，质量特别棒。听导游讲，这户人家在当地很出名，不但产的蜜好，而且他们多年来一直将卖蜜的收入按固定的比例捐献给当地的希望工程。这的确很让人敬佩。我尝了一下这蜂蜜，口味与在市场上卖的大不一样，不但香，且很润滑。犹豫再三，最终还是没买，因为旅途还那么长，拎着几个玻璃瓶子，叮铃铛啷，实在太不方便了。

不知什么时候开始，天竟然阴沉了下来，司机嘟囔着：糟啦，看样子要下雪了。快！上车！上车！

车子费劲地爬上了一个弯道的顶端，不经意地朝下一望，偌大的一个山村突然展现在人们的视野里——禾木到了。给我的第一感觉是，禾木的房子似乎比我从前在照片上见到的要增加了不少，好些都是新盖的。我

禾木村落一角

想，这显然是受近些年的旅游大开发的推动吧。

禾木与白哈巴在景致上有许多相似之处，但又有很大的不同。相似之处在于，这两个村庄都处在森林包围之中，且房屋的式样也完全一样；而不同之处在于，禾木要比白哈巴大得多，人们居住得也较为集中，房子齐刷刷地排得像军营里的宿舍，且多数房屋都是有规则地建于禾木河畔的一片开阔地上，而不像白哈巴那么随意地依地形而筑。

与喀纳斯和白哈巴一样，生活在禾木村里的也以图瓦人和哈萨克族为主。与白哈巴相比，禾木的游客更多，因此，小饭店、小客栈，以及各种出售地方特产的小摊小贩也是随处可见，使得村里的角角落落，尤其是村口的大路两旁更是热闹。

我们在禾木虽然只有不到一天的时间，但安排还算不错，没有任何集中活动，时间皆自由支配。这正合我意，否则，若是像一群鸭子似的跟在导游后面，那可没意思透了。

我必须抓紧时间，尽量先将"关键区域"走掉。但玉章显然无法像我这么快节奏地折腾，因腰伤关系，他实在走不动了，于是我让他先在周边慢慢溜达一会儿，累了再找个地方歇下来喝喝茶。安排妥当后，我便快速朝村西面走去，因为那儿有一处很高的山坡，是俯瞰禾木全景的最佳地点。

跨过禾木河大桥，就来到了那山坡下面。坡下有一条清澈的小溪，小溪的两旁则是密密的白桦林。或许是因为靠近水源，这些白桦树似乎比长在坡上的要粗壮些。正是落叶时分，林子的地上已积起一层厚厚的枯叶，踩上去沙沙作响，听着分外悦耳。

在深秋的白桦林里散步是一种难得的享受，对于像我这类长年生活在海边的人来说更觉如此。因为在海岸边，身旁永远是喧闹的，即便是退潮，远处依然可传来那象征着大海生命的声音。而森林则不然，树木似乎

是一道吸音的幕墙，越进入里面，越能感受到其独有的寂静，林中的溪水缓缓地流动着，不泛起一丝涟漪，金色的枯叶像飘舞的雪花一般，轻柔如丝，落地无声。这让我想起了米堆冰川下的森林，那儿也是这么的美好而恬然。两处美景，相似，却又不相似。

信步于森林里，让身心获得真正的放松，这样的时光，真是美得没法形容。但遗憾的是，此时，我是一位匆匆的过客。独自陶醉了一会儿，便往回折返。出来的时候，遇到有两位情侣正在溪边拍照，一见到我，立刻递过相机请我帮忙给他们照几张合影，那小伙子有些不好意思地说，这么漂亮的林子，不留个合影太可惜了。

我笑道，乐意之至，你们要拍多少张都行。于是，我便以各种形态的白桦树为背景，为他们拍了好几张照片。正当我要将相机交还他们时，眸中突然闪入一幅我刚才未曾留意的画面——由于小溪的流

静谧的白桦林

速很慢，水面静如明镜，挺拔的白桦树倒映在水中。太美了！我立即又让这对恋人站到溪边拍了两张，回放给他们看，引得连声赞叹，说这是他们最为满意的一张照片。

从白桦林出来，继续沿着山坡往上走，见在一棵很大的树桩上架着只三脚架，云台上固定着一只单反机。正好走累了，便停下与那位摄影者

聊了起来。这是位来自东北的摄影爱好者，不，严格地说，应该是位摄影家了，因为他说他常给一些杂志、报纸提供摄影稿件，来禾木已是第四次了。显然，不管咋说，这摄影水平肯定要比我了得。

我问他有没有拍过禾木冬季的景色，不料他听后竟哈哈大笑起来，说："你可问到我的痛处了。"

我表示不解。他便解释道："我也正为这事纠结呢，如果要拍禾木的雪景，那就有可能整个冬天都得待在这儿，因为到时候大雪封山，不但车不能开，人也根本出不去。"

他说的没错。在车上，导游曾跟我们说起过，一到冬天，这儿就与外界完全隔绝了。前年冬季，村里有一位女孩子得了阑尾炎，因通不了车，人们只好拼着性命，踏着没膝的雪将她往外抬，结果还没走出几里地人就断气了。

我略带遗憾地说道："这的确是个问题，但舍不得孩子套不住狼，要想拍出好照片，付出牺牲是免不了的。"

"哎呀！话虽这么说，但一想要在这儿连续待上几个月，别的事都得放下，还真是有点儿让人发怵。"他皱起了眉头，显得有点无奈。

我不禁笑道："都说禾木是天堂，看来天堂也不见得能留住人哪！"

他赶紧说："倒也不是，主要是时间实在太长了，这么一来，我所有别的事情都得放下。"

看得出，此事还真的让他犯难呢！

与那位纠结的摄影家告别后，我继续向坡顶攀爬。那坡顶其实就是山腰下的一个长满绿草的大平台，上面站着好些游客，也有十几只带着脚架的相机设在那儿，这些摄影者们似乎都在等待着最佳的光影时段。但是，阴沉的天气一点也没有绽露蓝天的迹象，我知道，在这样的天气里，光线

二　穿越大北线

245

平淡，雾气朦胧，是很难拍出令人满意的照片的，但好不容易来一趟禾木，拍不到心仪的照片总是有所不甘。虽然谁都知道这样的天气是很难好转的，但那些人依然顽固地痴等着。不过，这都是些今晚甚至明后天都可能住在禾木的主儿，倘若当天要返回的话，那是耗不起这时间的。

站在这个平台上朝下望去，禾木的全貌尽收眼底。山村的周围虽群山环伺，但近处的山势都不高，形似南方的丘陵，正因为如此，这儿也就成了气流通透、阳光充沛的桃花源。我忽然又想到了这儿的冬天，想象着那厚重的冰雪覆盖下的木屋，想象着那只有踏雪之声的寂静，想象着那蜿蜒的冰河，这样的银白世界，仿佛真的距纷繁的人间很远、很远。

可能是朝向的原因，对面山坡上林子的树叶已基本落尽，以致在灰蒙蒙的天色中，成片的枝干也变成为没有明暗反差的物体，色泽也显得有些单调。这画面拍出来显然会很平淡。若是天气明朗，空气通透的话，站在这高台上拍几张全景照片一定是非常棒的，但今日只能是带着遗憾离开了。所以，要拍得好风景，除了景致和技巧，有时运气更是关键。

离开禾木，已是下午。风大了起来，天色变得更加黯然，车未开出去多久，天空骤然下起了暴雪，山野间顿时迷蒙一片，几十米外几乎看不清东西。这雪似乎比前年在珠峰脚下遇到的还要大。大家不由地发起愁来，因为这蜿蜒的山路若积起厚雪，开车将十分危险。不过运气还算好，待行至半山腰，雪竟戛然而止，大家这才松了一口气。

三、独行滇西北

此次的云南之行，是以香格里拉一带为主的滇西北，而具体的路线图一开始并不清晰，直至自己启程时，只有一个目的地是明确的，那就是雨崩村。这个与人间烟火相隔甚远的地方，一直是传说中的仙境，已诱惑了我好久。除雨崩以外，还有哪些地方要去，一时还拿捏不定。当然，还有一个地方会时不时地在我心头闪现，那就是哈巴雪山。自从前年在进藏途中藏族朋友丹增跟我提及哈巴雪山后，对它始终念念不忘，但此次是否会去攀登，还真无法确定。毕竟，攀登一座雪山，绝不是一件小事，其中所含的风险，还有装备、气候及体能，等等，都是个未知数。所以，一切只能等到了那儿再说了。

此次的出发时间是五月下旬，之所以选择这个时节，主要是想顺带观赏一下云南的高山杜鹃，因为前年走318线时，在滇西北境内的山上见到了许多高山杜鹃树，可惜那时花期已过。但早就听人过，这一带是世界上杜鹃品种最多的地方，高山杜鹃不但花朵大，色彩也异常丰富。

一天，我给丹增去了个电话，问他山上的花都开了没有？电话那头显得很兴奋："陈哥你快来吧，现在杜鹃刚刚开，可漂亮了！"让他这么一说，我有些急不可耐了。说走就走，马上去订机票！

这是一次没有旅伴的旅行，因为在具体的行程还没有敲定的情况下，

很难找到合适的人与己同行。更何况，此行要去的地方多以徒步为主。事先我作了了解，光是从西当进至雨崩的单程徒步距离就有 18 公里之多，且多是海拔近四千米的陡峭山路，而雨崩村至周边几个景点的单程距离也都在十几至二十余公里不等，连续不停地在高原上徒步，一般人的体力恐怕会吃不消。所以，要找到既相互熟悉，体能又过得了关的同伴，是很难的一件事。当然，更重要的原因还在于，如果我要去登哈巴雪山的话，更不想让旁人跟着我一同去冒这个未知的风险。

此行还有一个重要目的，那就是想去看望一下丹增。他在前年下半年发生了一次意外，头部受了重伤，我一直对他放心不下，虽说隔了这么久再去看望也是于事无补，但见了面至少心里能稍稍踏实一些。

重回香格里拉

在交通高度发达的今天，地球内任何一个点对点的距离，哪怕再远，都不再是遥不可及的了。以相对论的观点看，空间在时间的作用下已被明显地压缩了。那天，下午三点多从宁波上飞机，途中再在昆明转机，晚上九点多钟就到了香格里拉。这样的时间效率，在从前是难以想象的。

丹增开着车来机场接我。真是光阴似箭啊！自前年在珠峰脚下分别至今，已近两年过去了。丹增已在接客大厅里等待多时，他眼尖，老远就冲我挥手。骤然相见，我心里不由地沉了一下，因为他明显消瘦了许多。显然，那次严重的创伤，给他身体造成的影响还是很大的。见到他头部因开颅手术而留下的长长的疤痕时，着实让我心颤不已。

经他用并不十分流利的汉语向我讲述后，才感到他那九死一生的经历实在让人惊悚不已。原来他前年年底在接送一批游客的途中，夜宿飞来寺，可能是喝了些酒的缘故，晚间出来时不慎从旅馆四楼坠落，造成重度颅脑损伤。医生都说他的恢复是一个奇迹，因为他居然是在昏迷了二十多天后才苏醒过来的。此时，看着他依然自如地驾驶着汽车，心里才稍稍宽慰了许多。

丹增说，他已订好了旅舍，让我先将随身的东西去放好，再陪我到外面吃晚饭。待都安顿妥当，已是晚上十点多了，街上也冷清了下来。不知怎的，虽才相隔不到两年的时间，但感觉香格里拉似乎有不少的变化。丹增说："不会有大的变化的，可能是你上次住在老城区的缘故。"我笑道："可能是今天飞机坐的时间太长，脑子转晕了，这一带有没有来过还真有点想不起来了。"

此时，街上的饭店多已关门，见路边有几个帐篷还亮着灯，那是当地藏民开的小吃摊，我们便走了进去。从前来香格里拉时，见识过这类小吃摊，他们多以烧制烤肉为主，听说还是有些特色的。与丹增这么久没见面了，这第一顿晚餐，我们理应好好干上几杯，但丹增却是一脸歉意地说："陈哥，真对不起，我再也不能喝酒了，医生让我绝对禁酒，嘿嘿！没法子了。""行！那我就独饮了。"我向来不善客套，再说，丹增是个特实在的人，也没有客套的必要。于是，丹增就坐在一旁抽着烟，看着我大快朵颐。晚餐既简单又丰盛。点的菜虽只有一个烤羊肉串和烤牛肉串，但量却很大，每一串上面至少得有二两肉。当时我心想，天哪，这怎么吃得掉。但让我奇怪的是，最后居然将丹增给我点的六串烤肉吃了个精光，还外加一碗米线。这般饭量，让我自己也有些吃惊。可能自己天生就是犯贱的命，素来对大饭店里的"正统餐"兴趣索然，反倒是对这种"路边餐"情有独钟。不过，我的这种上不了台面的吃相给苦行僧式的"驴游"倒是带来了不少方便，尤其是在藏区，各种食物我都能吃得津津有味，这也应该是自

己能在高原上保持良好体能的直接原因吧。

第二天一早，丹增就驱车带我去他父母家。他的父母住在香格里拉的尼西乡汤满村，离县城约三四十公里，距帕纳海也很近，沿着214国道开一个来小时就到了。汤满村是个环境不错的地方，我们从公路主干道拐入乡道后，站在路边，即可望见山坡下整个村居和田野。

这里的山虽高，但形态不像滇西北其他地方那么峻峭，山头略有些浑圆，好似放大的江南丘陵，虽算不上极秀丽，但也不失西南藏区村寨具有的独特风情。葱郁的大山脚下，是一溜狭长的平地，农田都垦于其中。田地虽不广袤，却拾掇得很整齐，没有一寸是撂荒的，到处长着茂盛的玉米、青稞等作物，一畦畦绿色像涂抹在红土上的油彩，将村寨点缀很有情调。或许是受汉文化的影响，也可能是滇西北多雨水的缘故，这里的民居轮廓在外表上与汉民居的式样差异不大，都是尖顶屋，只是房顶多用红、蓝、灰等色的瓦楞玻璃钢覆盖，角度也不似内地的民居那么陡。待我进得村子才知，这些外表与汉民居相似的房子内修饰则完全保持着藏族的风格。

丹增指着左侧山坡下的一栋大房子说："我父母家就在那儿。"沿着村道蜿蜒而下，路旁忽出现了一位正背着柴的老人，丹增说："这是我父亲。"丹增的父亲与我之前所见的其他藏族老人一样，脸上始终洋溢着慈祥的笑容，相遇的第一眼就能让人感到一种柔和与亲切。老人让我们先过去，说自己随后就到。

几分钟后，车停在了一宽敞的宅院跟前。这里的村民住宅面积都不小，而且，房前屋后都有绿树隐掩，不远处的坡地上则长满了郁郁葱葱的庄稼，除了偶尔传来狗吠和鸟鸣，村里几无其他声音，清静幽然。丹增的家人都出来迎接我这位远客，虽都是初次见面，但从他们那纯真朴素的笑容和善良的目光中，能让我感觉到这家子人与我的天然亲近感，这种感觉由何而来很难说得清楚，但可知彼此的心灵贴得很近很近。或许，这就是一种缘分吧。与丹增相识是缘分，而与其亲人们的相识则更是这种缘分的拓展。

丹增的父母与他姐姐一家生活在一起，丹增向我介绍说，按照他们藏民的传统习俗，长子或长女必须留家照顾父母。这与我在北疆见到的哈萨克族风俗相似。这让我好生感慨，跑了那么多地方，才发觉貌似最讲究孝道的汉民族，在敬奉长辈方面其实远不如一些少数民族做得好。记得从前我在内地的农村蹲点时，多次见到儿孙们住着厅堂宽敞的楼房，老人却住着昏暗逼仄的柴房的现象。辛劳一生，子嗣满堂，最终却老无所依、孤独而终。

那天，除了丹增的姐姐外出，其他人都在家。多次去藏区，对藏民质朴的秉性也渐渐有些了解。应该说，好客是他们的一大特点，只要进了家门，都会热忱待之。而对待像我这样的远客，那就更是不必说了。一家人忙前忙后，为我端来酥油茶、酸奶渣、糌粑等自制的食品，摆满了桌面。丹增的父母不太会说汉语，由丹增替我当翻译。

他们所居住的房子很有特色，从外形上看，似乎融合了某些汉文化的元素，但屋内的功能、格局、装潢依然保持着明显的藏文化特色。丹增的姐夫见我对这些室内装饰感兴趣，便陪着我到每个房间转了个遍。那些有着明显的藏文化特征的装饰的确很吸引人，尤其是经堂，里面的巨幅木雕和壁画极为精美。最让人好奇的还是这木雕工艺本身，因为面对这复杂的构图和细腻的雕刻，再将之与巨大的墙体结合在一起，很难想象这浩繁的家庭文化工程是如何完成的。

我问道丹增的姐夫：这得用多长时间才能做完？他说，全部完工差不多要三四个月时间。他还说，这里家家户户都有这种装饰，但从事雕刻工艺的工匠都来自云南大理那边，当地几乎无这样的工匠。至于为何大理

那边盛产这类民间艺术大师，我一直未得到肯定的答案。这般装饰的费用自是不低的。经问得知，雕刻、涂刷、描绘等加在一起要三万左右。作为宗教意味和艺术性都很强的室内装饰，这样的费用其实并不算贵，毕竟这都是靠着手工一刀一凿、一笔一画而成，耗工费力是不言而喻的。

不知不觉中，已在丹增父母家待了个把钟头了，两位老人让我留下吃中饭，但因为接下来还要去奔子栏镇和飞来寺，时间很紧，我们只好告辞。一家人把我送到门口，大家依依不舍地挥手告别。在车启动的刹那间，我默默地在心中告与自己，以后一定还要再来！车开出一段路后，我才想起，哎呀，刚才怎没与他们一起合张影啊！这让我至今仍觉得非常后悔。

丹增自己的家就在奔子栏镇，前年我第一次进藏时曾来过这地方，但仅仅是歇了个脚，未作久留。奔子栏坐落在白茫雪山脚下的金沙江畔，是214国道上的一个重镇，其区域面积比我们舟山本岛大一倍多。奔子栏，藏语的意思为"美丽的沙堤"。其不但是德钦的一个镇，而且还是"茶马古道"的必经之路和咽喉要地，与四川省的德荣县仅一江之隔。在路过横跨金沙江的伏龙桥时，丹增指着对面说，过了那桥，对面就是四川省界了，这让我有些惊奇。从地形上看，我想，这里的陆界从前定然是相连的，显然是金沙江长年累月的冲刷，才导致了如今的隔江相望。

跟着丹增在镇里兜了一圈，我发现这个富有异域情调的镇子很是不错，错落在山坡、河畔的民居周围，几乎都种满了各种果树，团团簇簇的绿色与当地大片的深褐色土地形成了强烈的视觉反差。这里的生活服务设施还是很齐全的，虽没有内地乡镇那么具有现代气息，但感觉人气还是挺旺的，狭窄的小街里也是商铺林立，行人摩肩接踵。镇子里以藏族居民占多，但人们的穿戴、生活习惯以及建筑外表等明显受到内地文化的影响，徜徉其间，能感觉到氛围与西藏境内的藏民聚集区有点不太一样。

丹增说要去菜场买些肉和菜，带到他妻子的"家"里去。丹增的妻子次里卓玛，就在离镇子不远的德钦第二小学当老师，故在那儿也有一个住所。菜场虽不大，但里面的物品却是很齐全，鱼肉蔬菜啥都有。出乎我预料的是，在这么一个偏远的小镇里，肉、菜的价格并不比我们沿海地区便宜多少。看来，而今不少地方的物价与当地的经济发展水平已没有直接关联了。

来到德钦二小，学校规模之大让我吃惊不小，那年初次路过这儿时，这所学校还在建设之中，没想到现在竟是这般气派了。因学校建在山坡上面，从路边看去需抬颌仰视。拾阶而上，上下落差不少于二十米，再加上建筑体量很大，整幢楼看上去还真有点顶天立地、气宇轩昂的感觉。

由于西部区域广袤，山河纵横，交通十分不便，中小学生多在校寄宿，故所有藏区的新建学校内除了教学用房外，还都建有学生和教师的宿舍楼。德钦二小也不例外，在多层的主教学楼右侧，还有好几幢楼作为生活用房。从学生宿舍旁路过时，我特意朝里观察了一番，每间约住六个孩子，各种生活设施很齐全。后听丹增的妻子讲，学生们的生活、学习费用基本都由国家包下来的。的确，依藏区经济实力看，要普及教育，国家的大额投入是必不可少的。

到了丹增在学校的"家"一看，其条件之好完全出乎我的意料。我原以为那会是一个单间宿舍，没想到竟是约有四十平米的小套间，厨、卫以及小客厅都有。丹增的妻子说，每位已成家的老师都是这样。教师们的这种待遇即便在我们沿海地区也是不易达到的。我开玩笑道："有这般条件，干脆以后我也来这儿支教算了！"

他妻子下午还要上课，便匆匆地为我们烧了些简单的饭菜。她显得有些过意不去，说陈哥大老远地来这儿一趟，招待得太不周到了。其实，

我倒更感到有些歉意，因为来之前一直想着要给他们带些什么礼物，但又想不出该买些啥。藏族一般是不吃鱼的，而我们舟山唯一的特产又只有鱼。又想给他们的孩子买些衣服、鞋子之类的东西，却又不知高矮胖瘦。实在没辙了，只好带了两盒普陀佛茶去。虽说这佛茶也是不错，但毕竟不是藏民们常喝的马茶，不知是否合他们的口味。

又见梅里

车子自东向西飞驰在214国道上，沿途的峡谷、溪流、草滩等都显得那么的眼熟——这是前年进藏时已经跑过的一段路。望着窗外的一切，我不由想起了前年一同进藏的许兄、小唐、小张。现许兄长住在上海了，常常电话联系。小张则刚刚远嫁去了加拿大魁北克，只能偶尔在QQ上遇见。曾经的西行路上，每个人的举手投足、一颦一笑，皆恍若昨日，历历在目。如今，我们这支神勇的"西藏部队"中，只有我和小唐没"调防"，仍如磐石般地驻扎在涛声依旧的海岛上。

人们常叹光阴似箭，只有当你回忆起最最难以忘怀的往事时，才会真真切切地觉着，时光实在消逝得太快了，慢的只是自己的心，可以留住的只有每个人如初的记忆。回想过往的岁月，不免让人徒添几分感慨！

在去飞来寺的途中，有两个地方是可以去看一下的，且这两个地方离奔子栏镇很近。其一是著名的东竹林寺。东竹林寺位于奔子栏镇书松村旁，该寺是滇西地区的藏传佛教发源地，具有很大的影响力。更值得一提的是，东竹林寺内有很多高价值的文物，特别是一些佛像和唐卡等，更是其他寺院中所没有的。路过时，丹增曾问我，要不要进去看看。我看了看表，显得有点犹豫，但最终还是放弃了。因为进这样的寺庙，应留足时间好好地看，太过粗略似不够敬重。况且，里面值得欣赏的文物甚多，匆匆掠过也太可惜了。但可以确定的是，有丹增在这儿，下次我一定还要再来奔子栏的，届时定要去好好地拜访一下东竹林寺。

其二是金沙江大拐弯。其实我头一次进藏时曾路过这个地方，却因我事先未做足功课，开车的小李对当地的人文自然也是懵然不知，未作提醒，故大家竟都不知这

金沙江月亮湾

天下著名的美景就在身边。金沙江大拐弯在川、滇、藏三省区交界的四川得容县境内，但最好的观赏位置却在云南德钦县的奔子栏。离开香格里拉，一路上，蜿蜒的金沙江像是担心旅者在途中会寂寞，总是会在滇藏线旁时隐时现地闹腾一阵。待到了大拐弯处，却是声息大减，此时的江水虽无惊涛拍岸之势，实则更为汹涌湍急，水面上旋涡无数，交相累叠，俨然是威风暗藏，气魄无穷。看着呈"U"字状的金沙江大拐弯，不免让人陡生疑窦，这不可思议的大自然的构成机理究竟为何？后来我查了一下资料，方知，对于这个问题，地质界至今仍未有定论。但我认为，这应与地质运动和激流的冲刷相关联。

下午四点左右，我们赶到了飞来寺。前面曾已提到，飞来寺原先只是梅里雪山对面的一个小村落，由于近年来此看雪山和去雨崩村的人逐渐增多，才热闹了起来。时隔近两年，再次到此，发现路边和山坡上的宾馆、

客栈又增加了不少，尤其是街后面的坡坎上建起了一座体量硕大的宾馆，其过于现代的外观与飞来寺的原有的格调很不相谐。

一到飞来寺，首要的任务是要找到王莉向我推荐的"季候鸟"客栈。王莉是我在兵团时的战友，皇城根底下的人。那是位女侠，背着几十斤重的摄影器材，整日里天南海北地疯跑，亚洲、非洲差不多已跑遍了。几年前，她还不知单反相机为何物。一次，她来舟山游玩，见我手里的单反相机会"咔嚓"作响，而她的卡片机却默然无声。她似乎由此受到了刺激，有些不甘地问我：我的相机快门摁下去怎么不"咔嚓"作响呀？回到北京后，她立即斥巨资买了一台上乘的单反机，还扛来了像迫击炮筒一样的长焦镜头。从此，尽情地玩起了职业。而今，她已是京城里著名的拍鸟专家了，除了凤凰还没拍到，别的珍稀鸟类差不多已被她一网"拍"尽。

此次来云南之前，这位老姐又十分隆重地向我推荐"季候鸟"，之所以让她心仪，归纳起来是：位置好、老板好、环境好、卫生好、情调好，等等，反正啥都很好。受其"蛊惑"，我也变得一根筋，非要找到那只"鸟"不可。但奇怪的是，沿着这一两百米长的"街道"走了几个来回，却连个"鸟"影也没见着。丹增也说，他常来这儿，也没听说这儿有什么鸟客栈呀。再一细问，说"季候鸟"客栈是有，但不在这里，而是在十几公里外的迎宾台方向。丹增忒实在，也没与我说迎宾台到底有多远，他大概以为我非要住到那儿不可，便二话不说驱车向那"鸟"客栈驶去。

过了迎宾台，便拐入一条冷僻的山间公路。我真有点怀疑，谁会来这冷冷清清的地方办客栈？一路问过去，我们终于摸到一山腰上，那是这条路的尽头。抬头一看，见坡上的平地里有一幢与藏民居差不多的二层小楼。下车一打听，原来那就是"季候鸟"。天哪，"鸟"竟然藏在这样的犄角旮旯里。看来，住到这儿的人要么是瞎撞上去的，要么是像我这样，被

"高人"指引而来的。

进入客栈，里面的布置和装潢还是不错的，挺有格调。一问价格，把我吓了一跳：标间360元？啊？太贵！这是我数次进藏区中遇到的最砍肉的价格了。但想想费了老鼻子劲才找到老姐给推荐的"鸟窝"，再返回飞来寺又心有不甘。算了，算了，权当是丢了几百块钱。培根老先生说得对：不要爱惜小钱。不就是一个晚上嘛！向来疏财的我有时也很会自我宽慰。丹增则一个劲地替我心疼：啊呀！陈哥，这价钱太厉害啦，这个价，在飞来寺能住两个晚上了。我却反过来劝慰他：算啦，没事，没事，反正就一个晚上，别太在意了。

后来我给王莉打电话，说你推崇的这个"鸟窝"可真会斩人吸血哪！那老姐还真有意思，她说：住得好才是关键呀，价钱嘛，是次要的。哈哈！我由此揣摩，要么是这位老姐比我还疏财，要么是钱挣得太多，不然，咋会面对此等价格连眼都不会眨巴一下呢！

安顿完毕后，我与丹增便驱车前往德钦县城里去吃晚饭。德钦县城离迎宾台很近，车行约半个小时就到了。县城所在地叫升平镇，四面环山，地势陡峭，以致镇内的街道也呈明显的斜坡状，高低差位很大，站在街口，能俯视到下面街上的房顶，感觉有些怪怪的。县城很小，又因平地少，民居商铺间相互都挨得很紧，街道尤其狭窄。由于此地与西藏的芒康、左贡和四川省交界，来往车辆和行人很多，故十分热闹。吃罢晚饭，未在县城里多停留，就立刻赶往客栈，因为我一直惦记着拍摄梅里雪山的照片。刚才从客栈出来时，西边的云层很厚，但这一带的气候瞬息万变，也有可能过了一会儿云就绽开了。上次来此未能拍成梅里雪山，所以，极想这次能够弥补。

待车快行驶到客栈时，忽见西面的云层真的有些绽开了，我催促丹

增开得快些，争取赶到客栈里去拍。"季候鸟"客栈的顶楼搭建有专门的观景平台，位置正对着梅里雪山，拍照是再好不过了。

一下车，我旋即以最快速度赶往观景平台。此时，平台上已有七八位住客端着相机等在那儿了，有几位还支起了粗壮的三脚架，看那架势挺专业的。有趣的是，这梅里雪山似乎故意在逗弄我们，主峰卡瓦格博多半个山体已然褪去了云层，却始终不肯露出最关键的顶端，让你站在那儿只有干着急的份儿。

客栈的老板倒是替客人考虑得挺周到，平台上早就备着一些休闲用的躺椅和小桌子，长时间的等待让大家站得有些累了，于是，都随势找地儿坐了下来。平台的一头与客栈的酒吧相连，那位当班的服务员很是热情，见状又为我们端来了茶水。我见这小伙面相善，料定好说话，便半开玩笑道：你们这客栈啥都好，就是价格太不讲理了，咋会那样贵？旁边的人也立刻附和着表示了同样的看法。

那小伙子忙解释说，你们不知道，主要是这幢房子的租金提得太高了，老板既已投资，就只好这么经营下去，我们也知道这儿价比别的地方高，没法子呀！听他这么一番说辞，我们竟一时不知该说啥了。

等得无聊，大家便喝茶聊天，驴友们走的地方多，身上故事也多，自然，共同语言就更多，不一会工夫，相互都混得十分热络了。其中有两位从广东来的女孩子很有意思，说她们已是第三次专程来观赏梅里雪山了，但至今仍未看真切过，每回都是云雾缭绕。她们说，前两次都是在放暑假时来，这次是特地请年休假过来的。

为了鼓励她们，我说："你们这次看到的可能性比较大。"

她们问："为啥？"我说："因为前两次正值雨季，而现在不是雨季，肯定有希望的！"她们一听特高兴，一个劲地说，借您陈叔的吉语，但愿，但愿!

令人错愕的是，正当我们正聊着的时候，卡瓦格博峰和神女峰的云层突然逸得无影无踪了。旁边一对情侣大

日照梅里

叫：快看呀！雪山全出来了！众人连忙端着相机起身拍摄。但此时已是晚上八点多了，太阳早已下山，光线十分黯淡。但是，有，聊胜于无吧，谁也料不准明天及此后几天还能否遇上好天气。噼噼啪啪一阵忙乎，总算将暮色中的梅里留在了相机里。

末了，大家又开始议论起明早的天气，都希望能碰上好运，拍到日照金山的好照片。客栈的另一个服务员是本地人，大家便向他讨教翌日的天气预测。不问还好，一问却似被当头浇了一瓢冷水。那人说，够呛，看样子可能好不了，这两天山上一直云很厚。

那两广东女孩听罢，随即晴转阴天，一脸的沮丧，刚才那股高兴劲忽地没了。我忙安慰道，没关系的，这里的天气谁都说不准，很可能明天一觉醒来外面艳阳高照了呢。但愿吧，但愿吧。她俩轻声嘟囔着，带着明显的失望。

过了一阵，天渐渐黑了下来，风一吹，似乎比刚才冷了很多，众人进入酒吧聊天。此时，神女峰的上方出现了几颗星星，很亮。雪山的剪影与星星的组合，非常的美。为之吸引，我未离去，只是倚栏而坐，静静地等待着更多的星星升上来。我想，若再多些星星的话，应可拍得很漂亮的

"雪山星辰",这可是非常难得的。

观景平台下面是一个分布得很散的自然村落,在朦胧的暮色下,可见阡陌上还有人赶着牛群走来,偶尔一声哞叫,能传得很远很远。面对着雪山,凭栏独处,内心也好似找到了归宿。尔今,当我回想起这万籁俱寂的藏寨和默然昂立的雪山,依然感慨万分:这样的独处,是我人生中一段难忘的美好!

天色越发暗了,但星星却并未明显增多,云雾也是忽来忽去地环绕着太子十三峰。望着巍峨的梅里,心中突然又冒出几经思考的一个问题——这次我是不是真的应该去登哈巴雪山呢?几次进藏区,经过了无数的雪山,都是默然遥望,从未去真正地攀登过。这,似乎是我人生阅历中的一个缺憾。

从酒吧里飘出的咖啡香味和熟悉的旋律将我的目光引向那透着柔和灯光的玻璃窗,外面有点冷下来,或许,我该进去了。这酒吧布置得简单而又富有情调,尤其是播放的背景音乐十分优美。管吧台的小伙子是跟老板一起过来的昆明人,戴着副眼镜,文质彬彬的。

我夸赞他选的音乐都很好听。他只是笑着说:"谈不上好呀,只是这些曲目都是自己喜欢听的而已。"

我问他:"你整天绑在这儿觉得单调吗?"

他的回答却让我若有所思:"我就是喜欢这种简单的生活方式,更喜欢这里的环境,每天抬头即可看到梅里雪山,上哪儿去找这样的好地方呀!而且,每天跟你们这些来自各处的背包客交往,心情也特别的好,真的。"

"是吗?你认为我们这些背包客有什么不一样的地方?"我对他的说法产生了一丝好奇。

"我特欣赏你们这些人的生活态度,譬如说,随遇而安,不计较条件,崇尚自然，追求美好。反正能从你们身上看到一种少有的洒脱。"他说这些话的时候显得十分诚恳。二十多岁的年轻人，却能如此言简意赅地诠释生活，很有哲学意味，也很深邃，我觉得他很了不起，因为我在他这个年纪的时候，根本不具有这种认知。其实，最本真、最简单的生活恰恰是许多人最不当回事的，有多少人正是在不顾一切地追求功名利禄、荣华富贵中失去了最最重要的东西。故所谓人生的大智慧，看似繁弘，实则至简。

那晚睡得很好，似乎是吧台里的那位年轻人的话给了我某种启迪，随遇而安吧，不必像去年那样，总是惦记着天气的好坏，惦记着能不能见到雪山，一切顺其自然吧！这次若仍然见不到完整的梅里雪山，那就再等下次。那两个广东女孩不是来了三趟了吗，我才第二趟呢！

翌日五点左右，闹铃将我唤醒，推窗一看，不禁让我喜出望外。东边已是晨曦微显，梅里雪山云淡雾薄，芳容初露，看来今日天气差不了。我连忙穿戴完毕，捧着相机痴痴地等在观景平台上。

过了一会儿，昨晚一起拍照的那几位驴友也陆陆续续地上来了。那两个广东女孩子最逗，一上来就兴奋地嚷嚷起来了："哎呀！陈叔，还真让您给说着了，没想到今天天气竟变得这么好了！"

我说："一定是老天爷让你们给感动了，都来了三次了，再不眷顾你们有点说不过去了，看来是我沾了你们的光哟。"

渐渐地，东方泛起一抹嫣红，此时尚有几缕轻雾环绕着卡瓦格博峰和神女峰，但太子十三峰的主体已然清晰显露。约莫半个小时后，卡瓦格博峰在旭日映照之下，立刻变得通体金光，熠熠生辉。随着霞光的色泽越发浓郁，被高空强风吹散的云朵像片片金色的羽毛漂浮在山脊，使雪山变得异常绚丽。此时，神女峰更美，其山头染着一簇迷人的朝霞，似一柄烧红的刀尖耸立在天幕，格外醒目。更让人惊讶的是，那红色的雪峰顶端不

知何时又被一条长长的旗云缠住,在风的拉扯下,那旗云动感十足地紧绷在空中,像极了策马而擎的巨大战旗。

当地藏民说,这种旗云是很难遇见的,那是献给梅里的哈达。如果神女峰和卡瓦格博峰同时出现旗云,会更加壮观,当然,这更难以遇见。不过,我觉得,今日能观赏到梅里的这般景色,已非常知足了。但好运还不止于此,在雨崩,依然是晴好天气,近在咫尺的神女峰与我相伴了三天,这种感觉之美好,简直无法用言语来形容。

徒步雨崩

关于雨崩村,一直有个传说:在不久的从前,雨崩村并不为人知,但人们常可见到一鹤发童颜的长者从雪山那边过来,到西当村与人换取粮食,而人们却始终不知其究竟来自何方。为了摸清那位长者的底细,有人便随后跟踪,但跟着跟着就不见了踪影。有一次,村里人故意跟那长者说,青稞、小麦都没了,这次只能给你小米。他们在帮长者将口袋上肩时,趁机在口袋上扎了个小洞。小米一路慢慢泄漏,村民则尾随其后,依迹而寻,终于发现了这个长期与世隔绝的小山村。这个传说很美,也更使雨崩增添了一丝神秘的色彩。

上午八点多,我们驱车前往雨崩景区的入口处——西当村。西当村的徒步起点处距飞来寺约有一个小时的车程,其实路倒不远,只因中间隔着条被金沙江切开的大峡谷,那条简易公路只好沿着山沟七拐八拐地弯弯绕,徒增了不少距离。

公路的外侧就挨着大峡谷,很窄,似与通麦那段路差不多,两辆小车对开也很勉强。望着那幽深的沟壑与咆哮的江水,心里不免有些发虚。

雨崩这个纯属自然造就的地方，进雨崩，也可说是一种短暂的人生历练，因为，那段长达十七八公里的崎岖陡峭的山路多在 3000 米以上的海拔高度，全需步行或骑马。丹增怕我体力吃不消，再三劝我雇马骑行。他说，你不仅仅是走今天这一段路，进到雨崩之后，你每天还要在走几十里山路，才可玩遍周围几个景区呀，而且接下来你还要去登哈巴雪山，不能让身体太疲劳了。

让他这么一劝，向来自以为能走善爬的我便有点儿心里没谱了。虽然自己未最终决定要去登哈巴，但如果这几天都硬扛着走，万一真要是把自己累垮了，届时再想登哈巴也登不成了。为保险起见，我还是听从了丹增的建议，花两百元钱雇了一匹壮硕的云南骡子。

但这么一路下来，我感觉骑行似乎更累人，因为那路不但坡度很陡，且十分泥泞，泥泞中又掺和着好些牲口的屎尿和大小不一的乱石。马走在这样的路上，跟跟跄跄，摇晃得极厉害，人骑在上面要费很大的劲才可控制身体的平衡，稍一疏忽，人就有可能从马背上掉下来。如真摔下的话，要么滚成个臭不可闻的大泥猴，要么就摔成个脑袋开瓢的放血猪，下场都好不了。

好在骑行仅有一半多的距离，余下的路都是下坡，我便可改作步行了。在马背上颠了半天，双脚踩到地面才感觉到踏实。更何况，在步行状态下，可随意地取景拍照，不像在骑行时，因担心会把相机给摔坏，只好将之放入包内。不过，好在进雨崩的路因多是在密林间穿行，视野基本上被遮挡了，故值得拍摄的景色并不太多。

如果有人问我，走完这条路，留下印象最深刻的是什么，我的回答或许会让人觉得好笑：那些牲口真的太可怜了！因年轻时在内蒙古支边，我没少跟骡子和马这类牲口打交道，但从没见过它们这副疲惫相。因坡度太陡，再加上海拔高，道路又泥泞不堪，以致它们常常仅走上几步就要停

下来。在歇息的时候，你能清晰地听到胯下的它不停地喘着粗气。有时，我实在不忍心继续骑在上面，但这时想下来却也困难，因满地的泥泞让人根本找不到落脚的地方。此时，我唯一可安慰胯下这位朋友的，就是在心中默默地与它说：你老弟算是幸运的，我加上那背包等物，毛重总共也才140多斤，你看我后面骑着的那位胖子，净重也得180以上呀！辛苦的是骡马，拿钱的却是人。唉！当然，我也不是空发慈悲，在途中的一休息点，我破费了几个铜板，买了两只青稞饼喂给它吃，聊作犒劳吧。

雨崩是这些年才红火起来的一个地方，其美妙之处在于这个村落的原始而美丽的特质。前面曾提到，在藏地一带，具有原始特质的地方很多，但多位于交通相对便利的地方，路况再不济，也只是多受些颠簸而已。而雨崩则不同，因不通公路，只能靠最环保、最费力气的方式进去，辛苦当然是自不待言。也正因为这一点，才使雨崩较好地保持了原有的风貌。

走了五个多小时，终于抵达了雨崩村的村口，站在坡顶朝下望去，不由让人一振：雨崩这景致果真名不虚传啊！尽管从前在网上见过一些关于雨崩的照片，但感觉实际的景色更美。雨崩很小，四面环山，地形高低落差极大。然而，因其被梅里雪山的神女峰和迦瓦仁安峰近距离地围裹，使村庄更是显得狭小。山腰下，森林茂密，巨木参天，条条云带飘浮于树梢；云层之上，皑皑的雪山映衬着片片翠色，宏大的气势之下是一片精致与婉约；稀疏的民居坐落于山脚下块块绿色的农田和树丛间，零星的房顶上悄悄地冒出几缕淡淡的炊烟。这些，都构成了雨崩所独有的迷人风韵。

雨崩与318线上的米堆、以及鲁朗的扎西岗村类似，都有着无法形容的旖旎和宁静之美。但相比之下，雨崩似与人间烟火隔得更远。这，或许就是雨崩那无可比拟的魅力所在吧！而当下有灵悟卓尔者在喧嚣红尘中所苦苦寻找的超然之地，恐非此处莫属了！也难怪有国内外专家认为，雨崩才是真正的香格里拉。对此，我也比较认同，因为雨崩不仅有着香格里拉的形同，更有着诱人的神似。

当然，如要落根于此，灵悟再卓尔不凡也是不易做到的，因为，完全依靠自我去求得生

雪山下的雨崩村

存与以旅行者的身份来此短暂栖息完全是两回事。毕竟，这地方对于过惯了都市生活的人而言，恐太过清寒了。所以，真的要将此地作为自己灵魂与身体的归宿，必须有苦行僧的悟性和境界，既要吃得了苦，更要耐得住寂寞，否则，就纯粹是矫情了。

出乎我的意料，尽管进雨崩的路如此艰难，然来此游玩的人却是不少。据当地人讲，到了七八月份，游人会更多，甚至连住的地方也难找。因此，我以为，这地方可千万别开凿公路。路未通，游客量已至此，若通了公路，滚滚车流涌将进来，整个雨崩都用来建停车场恐也不够。到了那个时候，天成大美的雨崩就真的不复存在了。

雨崩村地方虽小，却因地势高差大而形成了上雨崩和下雨崩两个自然村落。我入住的"云飘飘"客栈位于上雨崩，老板叫阿那司，是丹增的朋友。由于生意很不错，阿那司还叫来帮手。客栈的设施极简单，全是用木板分隔的（无卫）小统间，床也是最简易的木板床，洗漱及卫生设备极简陋且都是集体共用。客栈虽说设施并不完备，但住着让人感到很随意也很舒心，首先是老板人很不错，言谈举止中能明显感受到雨崩人的纯朴与

真诚。住下不多时，大家就混得很熟了，全然没有了刚来时的生疏感。再加上住客都是来自天南海北的驴友，性情相投，爱好相近，故在一起也很能聊得来，使客栈里的人文环境显得十分和睦、自在。

客栈里没有专门的餐厅，故一个通向客房的堂屋就权作吃饭、娱乐、交际兼用的"多功能厅"了。阿那司老婆与雇的那位藏族姑娘兼当厨师，吃什么全由住客自己点，客人也可自己下厨。就餐的时候大家端着各自的饭菜，随意地围坐在一起，边吃边聊，其乐融融。

那位藏族姑娘长得清秀，人也勤快。第一次见到她时，我问："怎么称呼？是不是也叫你卓玛？"我知道，在藏区，卓玛有女神、仙女之意，也是对女性的尊称，很多女孩子都会以此取名。不料她却笑着纠正我："我叫红英，不叫卓玛。"我很奇怪，因这是汉族名字呀！她很认真地说："对呀，因为我是天主教徒。"

因前年进藏时，在芒康的盐井已见识过当地的多宗教特性及相互和谐共处的情景，故我对藏民信天主教并不感到奇怪。但有一点还是让我有些不解："那平时你上哪儿做礼拜呢？你们那儿有教堂吗？"

"茨中教堂呀，离我们家不太远。"红英说。

我恍然大悟，因为位于德钦县的茨中教堂在滇藏一带名气很大，我早就听说过。我开玩笑说，茨中教堂名

雪山下的雨崩村

气那么大，我还没去过呢，下回我一定去看看，顺便也到你家里去作客哟。她显得很高兴："好呀，好呀，欢迎你来！"

雨崩从前是不通电的，最近刚刚由县里出资帮着架了输电线，电通了，这个地方便与现代生活稍稍接上了轨，电视机、洗衣机、电冰箱等也都进了藏民家中，这不但改善了他们的生活质量，也给游客带来了不少便利。

那天，红英正在门口用洗衣机洗被套，由于没有自来水，她便用塑料桶拎着山泉水往洗衣机里倒，我故意逗她，问："你这洗衣机是半自动的还是全自动的？"

她一脸的认真，"当然是全自动的，现在谁还买半自动呀，这面板还是全触摸的呢！"我说："现在它可成了半自动的啦。"

"为啥？"她有些不解。

"不是还要你给它往里倒水吗，全自动哪用得着这么费劲！"

"哈哈！"红英笑起来，"现在已经省劲多啦，从前没电的时候，全靠手洗，那才累人呢。"

后来跟红英有点混熟了，我便有点忐忑地问了她一个问题：这村子里现在还有没有兄弟共娶一妻的现象？因为我在西藏时就听说过农牧区有些地方至今仍有这种风俗，云南、四川都有。对此，曾有社会学家作过调查，得出的解释还是颇有道理的，认为这是藏区长期以来自然地理环境和宗教、政治、经济、文化的产物。因为藏区生存环境恶劣，小家庭不足以支撑家业，而一妻多夫的家庭则因男丁多而力量大。对此解释我较为认同，婚姻习俗与生产力的高低也是密切相关的，故也可这样说，某种存在就印证着某种合理。

红英回答说："有啊！这村里有好几户呢。不过，现在很少有这种婚姻了，都是以前延续下来的。"也对，如今山村里的经济发展起来了，那

种旧的婚姻习俗自然就会丧失其存在的必要性。由于住的时间太短，难有机会去更深入地见识一下这种特殊的婚姻现象，似隔纱窥物，终未得究竟，但至少已证实，它的确是存在的。

神瀑一日

雨崩并不是我此行的终点，因为雨崩周围还有几个景点是非常值得去的，主要是神瀑、冰湖和尼农。在余下的两天时间里，我先后去了神瀑和冰湖，但尼农未去，因尼农路程最远，单程距离约有 25 公里，且极陡峭。担心自己在短时间内过度消耗体力而影响攀登哈巴雪山，只好暂时放弃。现想来，我的这个决定是正确的，否则，尔后的登山计划恐难以完成。这或许就是舍与得的关系吧，反正风景还在，以后再来就是。

神瀑是一个有着神奇传说的景点，距雨崩约十八公里。原先，我对神瀑并不太了解，仅在网上看到过简单的介绍。丹增说，应该去看看，风景很不错的。

早上本打算早些出发，临走时在走廊里遇到住隔壁房间的两位女大学生，昨晚我们吃饭时已认识了，她们说马上要离开雨崩，准备从香格里拉坐飞机去拉萨玩，请我帮她们设计一下拉萨周围的行程。昨晚在闲聊时，她们知道我对西藏相对熟悉些。我随口说道："最美的风景在路上，你们这么乘飞机去真是可惜了，从这儿到西藏，值得看的地方太多了。"

两位一听，猛点头："是呀，有道理！您说，您说，怎么走更好？"我说如时间允许，等回到飞来寺或香格里拉后，再搭车直接沿 214 省道至芒康，拐入 318 国道后向西。我说，这一路然乌湖、林芝及米堆冰川、鲁朗扎西岗，等等，风景好的不得了，不去太可惜了。一说完，她们连声喊好，欣然接受了我的建议。

与她们匆匆作别，即与丹增一同踏上了去神瀑的旅途。去神瀑须从下雨崩走，到了山口就可见到神瀑所在的梅里五冠峰。俗话说"望山跑死马"，确实如此。虽看着这雪山近在眼前，但走起来却让人感觉这山似乎也在不断地与你拉开距离，怎么也挨不上。

与昨日进雨崩的路一样，这山道也是崎岖异常，但坡度更大，海拔也比昨日增高了很多。所以，这条路是无法使用骡马的，全程只能靠脚板走。不过，虽倍感艰辛，但沿途的风光却极其迷人。清晨刚刚下过一阵小雨，出发时，山坳的上空还是阴沉沉的，可才走了一个多小时，天色竟然变得通透起来，雪峰顶上的云层不断地绽开，向着远处急速飘去，不久，就露出了一片湛蓝的天幕。丹增说，陈哥你今天运气看来不错，肯定能拍到不少好照片。这不由地让我大为振奋，脚步似乎也轻松了不少。

与昨日的景致不同，去神瀑所途经的森林不但十分茂密，树木也长得粗壮高大，好些老树的下端都长着厚厚的青苔。林中还有不少倒下的枯树，浑身被青苔紧裹，似一根根绿色巨蟒横卧在地上。由于这一带空气十分湿润，森林里更是显得生机盎然。一切物体，甚至连每一块岩石，居然都披上了色泽深浅不一的青苔，树枝上挂着长髯一样的松萝。不少枯木下面，或长着形状各异的蘑菇、地衣，或开着鲜艳的野花，让人赏心悦目。

走出森林，眼前豁然开朗。日头渐高，阳光将雪峰照得异常耀眼，巨大的雪坡不断地闪现出斑驳陆离的光芒，让人无法直视。远处的山脚下，覆盖着成片的灌木和野草，冰川融化形成的溪水缓缓而下，至近处的一片石砾中，水流悉数钻入石隙，忽然消失得无影无踪。似乎马上就能走到山的跟前，却总也走不到。丹增说，不要急，越急越到不了。显然是空间上的错觉让人对距离产生了误判。是呀！如此之近，甚至近得连冰川上露出

的每一道裂隙都看得清清楚楚，但就是到不了。

来到一山崖处，见崖壁边上垒着一间很简陋的房子，里面住着一位正在修行的年轻喇嘛，我们便入内歇息。那喇嘛戴着副黑边眼镜，模样很斯文。他问我从何处来，我说舟山，他有些懵然，再告之，普陀知否？其大悟：哦！当然知道，那是观音道场嘛！我似沾了些普陀的光，那喇嘛顿时热情起来，请茶端凳，又与我聊了好些关于普陀的事。临别时，他问我可否给他留个手机号码，他说以后想来普陀看看。我欣然告予，忽又想与他合个影，旋转身想让找丹增帮我们拍一下，却见他早已走出屋外，只得作罢。

一路上，随时会遇到从神瀑下来的大汗淋漓的驴友，见到我们便说：不远了，快到了！尔后又会关切地向我们送上几句鼓劲的话。由于坡度越来越陡，上行就显得越发让人疲惫。此时，我真羡慕他们已然达成了目标，走上了省劲的下坡路，而我们却还须像驴一样艰难地向上攀爬着。不过，这些陌生人的鼓励还是让我们振作了许多。后来我才知晓，所谓的"就要到"，其实还远着呢。之所以"骗"我们，只是为了不让我们泄劲。呵呵，善意的谎言。

待我们到达神瀑跟前时，已近中午十二点了。回望来时路，发现延伸至山坡的雪线，此时已在我们脚下了。丹增说，我们走得还是挺快的。一路上已有好几拨驴友被我们赶超了，现望过去，这些人竟还在距我们很远的地方"蠕动"着呢。

神瀑其实就是五冠峰下面的一处高崖，冰川的融水漫过崖顶后垂直泻下，形成了长长的水帘。由于崖壁高达六七十米，部分水流下来后被山风一吹，便四处飘散，似垂挂的巨幅哈达，轻轻摇荡，水流撞击地面时没有那种雷鸣般的轰响。丹增说，待夏季时，水流增大，神瀑会更宽，也更

270

加壮观。

神瀑在当地藏民心目中是神圣之水，相传能消除灾难，恩赐众生，故藏民们会定期来此沐浴圣水，以图吉利。丹增虔诚地脱光上衣，跑向神瀑。他说要在瀑下跑

神瀑

足三圈，这是不成文的规矩。我说你要快一点，别感冒了，因为我担心这水会很凉。丹增很认真地说，这是圣水，淋湿了也不会感冒的。待他跑回来，身上水淋淋的，我赶忙帮他擦。他却摆手说，没关系，没关系，一会儿就会干的。他还说，只有心诚，水珠才会落到你身上。心若不诚的话，跑上几圈出来身上仍是干干的，就是这么奇怪。

末了，丹增对我说："陈哥，你也去淋一下吧，好让神灵保佑你。"既是为了丹增的一片好意，更是为了一种难得的体验，我也向神瀑跑去。当然，我是穿着冲锋衣的。在轻柔而凉爽的水帘里来回跑动，这种感觉很神奇。在阳光下，眼前的水幕里出现了几圈重叠的彩虹。这一瞬间，我似乎忘却了一切，不禁高声大喊：太棒了！太棒了！这过程，总共不过一两分钟，却让我难以忘怀。

我以为，从唯美的角度看，单独将神瀑拿出来点评的话，很难说其是极致的美景，但若将神瀑与周边的环境，尤其是近在咫尺的梅里五冠峰下那巨大的冰川、雪坡和森林统合起来观赏，那么，这无疑是一道极具气势的壮丽画面。因为站在三千几百米海拔高度的山脚下，再仰望着头顶上

绝对高度尚有 2000 多米的雪峰，顿时会让人感受到凛然不凡的气势。

在返程的路上，再回望梅里，我突然感到了一种从未有过的满足，因为能来到神瀑（包括翌日去冰湖），且又遇上这么好的天气，这都大大超出了我的预期。原来自己仅仅是想一睹梅里清晰的容貌，现不曾想，竟然意外地让走进了她的怀抱！此乐至斯，夫复何求！

但让我没想到的是，至此，梅里似乎还未展尽其精彩。刚下山不到半小时，突听得身后一阵震耳的轰鸣，丹增忙喊：快看，雪崩！我连忙转身——这是我平生头一次目睹雪崩。只见五冠峰下最大的两处雪坡上的积雪正如巨瀑一般，顺着雪山的裂壑奔泻而下，与崖壁冰面撞击而起的雪雾在山上急速升腾着。这阵势犹如雷霆万钧，横扫着一切。刹那间，我被这场景惊呆了——这是大自然以她独有的方式在怒吼，一种人类永远难以读懂的怒吼！

我默然而伫，定神注视着雪山，半晌未再挪步。这，可说是我平生见到的大自然所展示的最为磅礴有力的画面。敬畏！此时除了敬畏，心中再无它念。就在我心境尚未平复之时，紧接着，又一次大雪崩发生了。地动山摇之势复又完整地演绎了一遍。丹增有些激动地说，陈哥，你今天运气真是不错啊！是呀，此行不虚，今日之所见，对我来说，是大自然额外的赐予。当然，更没想到的是，此后，这样的大雪崩此后竟又发生了三次。不过，此时我们已走远了，听着从身后飘过来的闷雷一般的声响，已不似刚才在山脚下听到的那般震撼了。

回到客栈，我激动地与阿那司讲起今天遇见的雪崩，他却表情有些凝重地与我讲，这里的四五月份是雪崩多发季节，因这时的雪有些软化了。2007 年 5 月，神瀑上面突发雪崩，死伤了好几个游客呢，其中包括一对新婚夫妇也在那儿遇难了。他又脸色黯然地说道："他们离山脚太近了，不该走到那儿的。"闻之，我不禁有些伤感，这出悲剧虽在时空上离我很远，但这种痛楚却是让人感同身受。这更让我感到，人类在大自然面前竟是那样的无助与无奈。

冰湖之行

翌日早起，天气格外晴朗，霞光已在东方隐隐展现，这是个拍摄霞染雪山的好机会。尽管前几天住在"季候鸟"客栈时，我已拍到了日出时分的梅里雪山，但如此近距离地拍摄，效果定然会不一样。由于雨崩离梅里很近，直线距离顶多只有八九千米，故当面只能看到神女峰完整地矗立着，右侧紧挨着的五冠峰则全被近处的山峦给遮挡了，仅有一小部分显露着。正因为距离近，故每一张神女峰的照片拍出来都有点特写的风格。当然，在霞光照耀着的时候，这山峰无疑会更加壮美。

在梅里十三峰中，有人说主峰卡瓦格博最美，也有人说神女峰最美。但我觉得两者之间很难分出伯仲，但相较而言，神女峰更显妩媚、妖娆，而卡瓦格博则因山峰体量巨大更显魁伟雄壮。我很庆幸自己的运气。那天，在霞光最艳丽的十来分钟时间里，我连续拍下了几十张神女峰的照片。现回想起来，在整个漫长的旅途过程中，往往这短暂的片刻是最让人激动和难忘的。

今天接下来的任务十分艰巨，因为要去的另一景点——冰湖，行程比昨日去的神瀑更远，来回大概有约四十里路，且行走的难度更大，途中要翻过海拔达 3900 米左右的那宗拉垭口，坡度也更大。怕丹增太疲劳，毕竟曾受过那么重的伤，再让他跟着我长时间地翻山越岭，实在令我有些担忧，故冰湖之行我决意不再让他作陪了。但丹增始终对我不太放心，主

要是怕我一个人会迷路，因为此行有一多半的路程是在原始森林中穿行。但我自认为具备一定的野外生存常识，至少辨别方向的能力还是有的，故再三请他放心。

因早上拍照片耽误了一些时间，出发时已是7点多钟，而其他前往冰湖的人都至少早于我个把小时走了。不过，对此我倒无所谓，因虽说有很长的一段路是在森林里，但常有人行走的地方总会有明显痕迹的。再说，今天有太阳，确定方向会更加容易。我刚走出村口，只见后面上来两位年轻人，他们也是去冰湖游玩的。自然，我们就结成了旅伴。那两位是一对夫妻，女的姓朱，男的姓宋，来自云南的德宏。我们一路相互照应，相处得很愉快，至今仍保持着联系。故有时想来，萍水相逢本身就是一种缘分，人生就是在无数的偶遇中延续着各自的故事。

至于丹增所担心的迷路问题，其实也基本不存在。除了开头的一段大路有些岔道外，进了森林里面反倒是不会走错了，因为这一路每隔上个百来米就会在路边设置个垃圾筒，或在树上绑个垃圾篓，这无形之中便成了最好的路标。原先一直很当回事的问题现在却变得极其简单了，只要顺着垃圾篓走就行，绝对迷不了路，有时因林子太密，路径的痕迹实在太不明显时，我们就干脆站到高处找垃圾筒。此时，小朱他们便会开玩笑地念叨：亲爱的垃收篓啊，你在哪儿呀？只要远远地看见，我们就立刻像见着亲人一样朝其奔去，不禁让人觉得十分好笑。

刚进林子没多久，我们见到一棵径粗约两三米、断成两截的巨大枯树。这样的大树本就不多见，而其残缺的外形更是令人生奇，断缘处像是被什么强大的外力所击，折得很整齐，树的内部已成空洞，且被烧得一片焦黑。我们便猜测起这棵树的命运：或许，它是被雷电劈断的。这个可能性是有的，此树在林子里当属翘楚。木秀于林，风必摧之。同样，雷电

274

也必眷顾高挑者。树虽断，却残枝挺立，气势依然。

冰湖之路的艰难程度远超乎我的预料，就两个字：陡峭。当然，现未到雨季，否则还得加上"泥泞"二字。实际上，雨崩离冰湖的直线距离顶多只有七八千米，但被几座大山这么一阻隔，绕来绕去，就徒增了好些距离，再加上海拔较高，累人是自不待言了。不过，话得说回来，穿行在这样的森林里，我觉得也是一种福分和至高的享受，因为这是真正的原始森林。昨日去神瀑时，我已为见到的森林景色感叹不已，岂料今日的森林却是更美。或许是因为山势高，迟滞了暖湿气流的缘故，朝南坡面的多是些一二十米之高的百年古树，树干笔直粗硕，所有的树干都上垂松萝，下裹青苔，顶天立地，风骨傲然，显露着一种强烈的莽野气概。

太阳透过树冠照下来，形成绵密而零乱的光柱，使宁静的森林像极了真实的童话世界。偌大的森林，只有我们三个人，静静地走着，只有当偶尔踩到地上的落叶或枯枝时，才会发出些声响；密集的树木似乎把外面的风儿都给阻隔了，连枝头上的松萝也笔直地垂着，一动不动。空气中弥漫着淡淡的清香，既像松枝的味儿，又像青草的芬芳，沁人心脾；常有不知名的鸟儿在远处啼鸣，悠悠地飘到耳边，让林子显得更加寂寥和神秘。我开玩笑说，现在要是真的有蓝精灵和格格巫出来就好了。

旅行的意义在于什么？这可以有很多答案，但此时，我想到的只有一个答案：感受美好！行走在梅里雪山的森林里，美好，真的无处不在，不管是远是近，是宏是微，展示于面前的总是如此仪态万千，赏心悦目。只有在这样的自然环境里，可让人抛却一切烦恼，心，也与大森林一同宁静下来。

用了两个多小时，我们终于翻过那宗拉垭口，走出了森林。接下来，是一段长长的下坡路，看似没有上坡那么累了，但同样因为坡度极陡，再

加上那所谓的路有时就是宽不过一二十厘米的小径，蜿蜒在嶙峋的乱石之中，边上就是成九十度的危崖，稍有不慎，极易崴脚或滑坠。所以，行走的难度依然极大。我们更是小心翼翼，相互照应着慢慢往下爬。下完大坡，前面出现了一片平缓的草坡。因至冰湖脚下的距离还很长，故那坡看上去显得较为平坦，但实际上升的幅度还是很大的。

这一片草坡其实是夹在左右两山之间的狭长地带，两边山势很高，林木虽不十分茂密，却也长得甚是高大，在褐色的山岩上形成点点深绿。冰川融化下来的水在此形成了一条湍急的溪流，朝山下奔去。从山顶的形态和积雪状况可以看出，这里在冬春季节肯定经常发生雪崩。这地方的雪崩无疑是让人刻骨铭心的，发生于1991年的那次特大雪崩不但夺去了17名中日登山队员的生命，而且其形成的巨大气浪也摧毁了山上的许多树木，这也是导致那儿树木变得异常稀疏的原因。

又走了约半个多小时，眼前突然出现了几间简易的木屋，这就是让人伤感的笑农大本营。笑农大本营是1990年中日联合登山队为了攀登卡瓦格博峰而修建起来的。现仅有一当地人在那儿开了个小茶室，兼卖一些食物，也可说是旅行者的一个中继站。时隔二十多年，那用原木搭建的木屋已是破败不堪了，屋子都成了穿风透光的破棚子。

对于发生在1991年头一天的那场灾难，我印象尤深。毕竟，在世界登山史上，发生一次性牺牲17人的巨大山难是绝无仅有的。1996年，中日再次组织联合登山队向卡瓦格博峰发起挑战，但因天气恶劣而以失败告终。此后，因为那次山难和梅里雪山那难以琢磨的凶险，以及因山难使登山探险与当地的文化产生了某种抵牾，最终，国家明令禁止了一切攀登梅里雪山的活动。可以想定，卡瓦格博或许会永远成为一座无法登顶的雪峰！

经过这几天在梅里雪山一带的游历，我真切地感受到，梅里的确是座桀骜不驯的雪山，其主峰虽仅海拔 6740 米，与珠峰的高度差了许多，但因其极为陡峭，再及积雪奇厚，气候多变，极易引起雪崩，这也是梅里雪山恐怖与诡谲之处。

望着大本营遗存的一切，遥想十七勇士当年就是从此地启程，背负行囊，向着从未有过人类涉足的主峰进发，那是何等的豪情啊！尔今，雪山依旧，人却已逝，这种悲怆，实在难以言表。

我们在大本营里补充了些饮用水，稍事休息后，继续向着冰湖进发。此时，体力也有所恢复，大家的步履也轻松了一些，面对着近在咫尺的冰湖，显得很是信心满满。却不料，昨日在神瀑遇到的"望山跑死马"的经历竟又被复制了一番。站在大本营向上望去，神瀑所在的五冠峰下面的冰川已近得似在自家窗沿一般触手可及，但走起来总觉得远在天边，怎么也挨不着。再加上此时海拔已近 4000 米，空气中的含氧量渐少，这更导致了身体的疲惫。然而最让人崩溃的是，离冰湖直线距离仅有几百米之遥时，坡度竟陡然上升，面前形成了一座高墙般的陡坡。此时，每个人已完全不是"走"的模样了，都像是螃蟹一样手脚并用地爬着。

一番狼狈之后，我们终于"爬"到了冰湖旁的边小山岭上，朝下望去，只见方圆不过千余平方米的冰湖像一汪小小的池塘，静静地装盛在冰川的底部。湖面之小，实在出乎我的预料，原以为这冰湖会有之前常在西藏看到的"措"的风格呢！不过，我旋即明白，到冰湖，当然也包括昨天的神瀑，值得欣赏的并不是这趟旅程的终点，而是其全程。最美的风景在路上！此时，套用这句话是再合适不过了。

为了近距离地接触一下冰湖，我们便径直往下走去。冰湖实际上就是冰川末端消退时形成的冰碛型洼地，从唯美角度讲，其并不出彩，但它的美在于整个环境的有机融合。在冰湖上方约百余米高的垂直崖壁上方，

覆盖着厚厚的冰雪，在正午太阳的照耀下，发出幽幽的蓝光，仿佛是在用莫测高深的眼神注视着来人。想起昨日阿那司与我说起的那次夺命的大雪崩，忽然觉得这冰川真的暗藏着骇人的杀机。

随意拍了些风景，我们便进入到山崖下方的冰川上。小朱让我给她拍张坐在冰川上的照片，我刚要摁快门，忽见冰层下面有一些很大的空洞，融化的冰水已形成了一条暗河，哗哗地流动着。我便大声提醒她不要乱动，怕其踩塌了冰层掉到水里去。还好，小朱平安无事地下来了。见那景还不错，我也忍不住爬到冰层上想拍上一张，孰料我刚走到冰面上，脚下的一大块冰突然崩塌了，整个身子随即坠下。就在双脚将要触水的瞬间，我猛然张开双臂，像练双杠

冰湖

一样将两手撑在了未垮的冰面上，紧接着侧身腾起一跃，连滚带爬地跑出了险区，着实把小朱他们吓了一大跳。刚才幸亏双手撑着的冰没碎掉，否则，这掉下去非把我冻个半死。一番惊魂，心里自是暗笑：真是够狼狈的，还一个劲地提醒别人小心，没想到自己却差点掉到冰河里去。

从冰面上逃下后，看时间还早，我们便想绕着湖走一圈，体验一下那种仪式感。刚挪了几步，猛然见到头顶的岩石上面居然悬着厚厚的冰雪，再顺着岩壁往下看去，先前已有很大一片冰雪从巨大的裂壑中泻下，形成了上窄下宽的狭长雪坡，其尚未融化的冰雪已被顶到了湖水里，像翻白的

278

鱼儿一样横躺着。显然，此处刚刚发生过雪崩，我们立即止步。

就在这时，我突然看见随后抵达的一位在杭州读大二男孩已走至对面，刚才我们在小山岭下面相遇时还攀谈过几句。他显然也想绕湖走一圈。我立即大喊，让他立刻折返。因为此时我猛地想到了昨天阿那司与我讲过的那可怖的雪崩，而从刚才见到的环境可以断定，雪崩，在这里是随时可能发生的，而再过几分钟那男孩就要走到那股巨大的雪坡下面了。我至今也弄不清楚那男孩究竟是无畏还是无知，面对我们的大声劝阻竟完全不当回事，一边摆着手说："没事，没事。"一边依然没有停下脚步。待他行至那雪坡下端时，我不由地屏住了呼吸，更不敢大声喊叫，生怕真的会因声音太大而引起雪崩。其实，这个时候根本无需一场雪崩，只要有一小堆冰雪滑下来就可将他冲入湖中，因为那里连个躲避的地方都没有。

总算还好，有惊无险。待那小伙子折回来，我有些生气了："你这样出来玩，你父母能放心？你自己看看，这儿才发生过雪崩。"他却是依然是一副懵懵懂懂的样子："雪崩？这里有雪崩？不会吧？"老天爷哟，简直是在鸡鸭对话，我顿时感到很哭笑不得。

下午一点多钟，我们踏上了归程。此时，饥饿、疲惫一齐向我们袭来。粗略一算，从早上出来到现在，已近六个钟头了，更何况，这是在高海拔地区的长途跋涉呀！走的又是原路，已然没有了起先那种新鲜感，两条腿的劲头也没来时那么足了。

又到了笑农大本营，我们决定好好休息一下。那位藏民老板为我们提供了一顿简单而又不便宜的午餐。当然，这地方所有的东西都是靠人扛进来的，不贵才怪。末了，我们又在周边地逛了一圈。大本营至左右两侧的山脚间，是一片石滩、灌木、草地夹杂地带。因正值春天，各种野花躲在灌木里开得甚欢，低头花红草绿，抬头蓝天白雪，此情此景，不免让人

心旌荡漾。呵！真正的仙境怕也不过如此吧！

余下的路程虽还有很多，但因时间尚算充裕，我们不紧不慢地走着，这样不会太疲劳。山道上比上午要冷清多了，因为此时再无进山的人了。然而，有趣的是，就在我们快要走出森林时，却迎面遇见了一位去冰湖的驴友，而且还是个女孩子，我们顿时惊呆了。她来自昆明，姓李。经问，方知她今天与同伴们刚去了神瀑，明天就要返回，故想下午将冰湖也玩了。我问她，你的伙伴们呢？她说，他们都累了，不想再走了，故只好独自前来。天哪，刚走完神瀑，马上又走冰湖，太神勇啦！看来这是个体力超强的牛人。

我暗忖，这姑娘可真是个傻大胆，不要命了。此时已是下午四点多，还没等她走到冰湖，天早已黑下了。况且，村民告诉我，这森林里有黑熊等野兽，这么做显然极为冒险。我竭力劝阻她，小朱、小宋也与我一同帮着劝，但她似乎仍有点不死心，显得犹犹豫豫。我只好以近乎不可置否的口吻告诫她：不能进去，绝对不行，晚上摸黑回来，这不是明摆着去送命吗？大家一番苦口婆心，总算把她给说通了，最终，小李只好怏怏然地跟着我们下了山。

小李是个挺逗的女孩子，走着走着，她突然说，我回头去唬唬他们（指她的伙伴们），就说已去了冰湖。他们当初都劝我不要去，回去要是说自己半道折回，一定会让他们笑话。我们立刻在一旁附和她："对，对，就这么说，他们以为你这么快就跑了个来回，一定会佩服得五体投地的。"

小李又问："你们谁有用手机拍过冰湖的照片，能不能用微信传几张到我的手机上，我好拿着去哄哄他们。"这倒是挺有趣的，我们都说这主意不错。

于是，小朱他们随即将自己用智能手机拍的一些照片发给了她。细细欣赏了一番，小李不无得意地说："哼！到时候他们要是不信，我就翻出来给他们看，看他们信不信，服不服！"我跟小李说，这下子你的同伴一定会惊奇得掉牙，神人呐，这么快就能从冰湖跑个来回，这简直是在飞呀！大家都忍不住大笑起来。

一整日穿行在森林里我们都没有迷路，却想不到在就要走出森林时竟然迷路了。当时，小宋走在最前面，走着走着，突然不见了他的身影，于是，大家便开始寻找。这一找却把我们给转晕了，连原先的路都搞不清在哪里了。正转悠着，我忽然发现小朱莫名其妙地跑向另一个方向，我和小李忙把她喊住，问她为何朝那儿跑？小朱的回答差点没把我俩给笑翻，她说要去找垃圾筒。天哪！她真的是把垃圾筒当成唯一的路标了。我忙宽慰道："放心吧，跟着我走好了，早上出发时太阳是从右边出来的，现在我们往太阳的相反方向走就可以了，即使找不到路也没关系的，只要方向对头，肯定能走出林子。"

走了不多一会儿，我们在坡下看到了一简易的伐木场。我知道，伐木场须拉出木材，肯定有通向外面的路。果然，又走了十来分钟，只见两道长长的车辄印伸向林子外面。我说，就此往前走吧，没问题了。没多久，大路便展现在我们面前，小宋也远远地在那儿傻站着。我开玩笑道："你怎么搞的？把老婆也给弄丢了？"小宋则嘻嘻地笑着，一时不知如何作答。

太阳即将西沉之际，我们终于走到了村口。去年，我在中央四台看过一部关于雨崩的专题片，片中介绍了这所小学校和从上海来此支教的两位年轻的志愿者，很令人钦佩，也一直很想见见那两位可敬的年轻人。所以，进村的时候，我特意拐到学校里，想去拜访一下两位支教的志愿者。但村民告诉我，学校不久前刚撤掉，学生们都被安排到县里条件好些的完小去了，那两位志愿者也回了上海。闻之，心里不禁有点失落。

望着这透着些许现代文明痕迹的校舍和刚刚用水泥浇筑好的操场，想象着这里的曾经，心中不免五味杂陈。对于雪山脚下这一段办学历史的结束，我一时真说不出该为之高兴还是难过。但是，待我真正静下心来想想，还是觉得，外面更优良的师资和就学条件，对新一代雨崩人的成长毕竟是有益的。如此，心里也就稍稍释然了。

客栈狂欢夜

见到我平安回来，丹增自是高兴得很。晚上开饭时，他说，陈哥，晚上咱们该改善改善伙食了，好好补充一下体力，明天还要走好多路呢。其实，在雨崩这几天，倒也不是说要刻意节约，只是条件所限，即便想吃得好一些也不易，因为一则整日穿行于大山里，常以干粮充饥；二则在雨崩这地方，生活习惯有异于内地，饮食方式也相对简单。不过，好在我这人吃得糙，逮啥吃啥，故也没觉得因此而影响体力。

这时，在一旁的阿那司从灶台上端起满满一脸盆刚从森林里采来的红菇笑着对我们说：晚上给你们做个野红菇炒肉吧，红菇免费，仅收肉钱。靠山吃山，此话一点都不假。梅里雪山脚下，云雾缭绕，空气湿润，森林里盛产各种野生菌，也包括松茸、猪拱菇等名贵菌类，其中红菇产量最大。

从前我曾在福建的武夷山一带吃过这种野红菇，味道很不错，想必长于这神山中的野菇，其味一定会更棒吧。还未待开饭，厨房里已飘来了阵阵扑鼻的香味，忙入内察看，只见老板娘正在铁锅里翻炒着红菇，见之，不禁让人垂涎欲滴。不一会儿，一大盘热气腾腾的红菇炒肉片端了上来。红菇经猛火一炒，色素全渗了出来，汤汁和肉全是嫣红色。这可是难得一尝的现采现做的山珍呀！我立马跟阿那司要了罐啤酒，想与丹增对酌，却不料丹增显出一脸的无奈：陈哥，你忘啦？我不能喝呀，医生可是再三提醒的。

我这才反应过来：喔，对、对，你不能喝，全给忘记了！只好跟自己干杯了。

尽管藏民的烹饪方式极其简单，但由于食材优良，这盘看似普通的菜便显得极不普通了。或许是这几天体力消耗过大，也或许是这红菇味道实在太美，满满一大盆菜不多时便被我扫了个精光。我想，自己当时的吃相一定是斯文扫尽，我也更由此断定，这世上应该再没有比这更香的菜肴了吧！至今想起那盘红菇炒肉，仍似余味犹存。

吃罢晚饭，天色将暗，原先飘浮于山巅的一些云彩竟都跑得无影无踪了，山背后的天幕上隐约出现了几颗闪亮的星星。神女峰像一尊巨大的雕塑矗立在面前，弯月即将爬上峰顶，银辉映亮了雪山的边缘，形成一幅极具立体感的剪影。这画面简直是天地之奇观啊！在这无与伦比的壮美感动之下！一个念头再次冒上心头，而且是那么的坚定——去登哈巴雪山。我必须去！人生苦短，不能再犹豫了！此刻的决定竟是如此的坚定。刹那间，接下来的行程该怎么安排，一下子全清晰了——走完雨崩，立即去登哈巴！至于其他地方，待完成这两项任务之后再说！

思绪澎湃间，忽闻堂屋那边传来一阵响亮的歌声，只见丹增站在门口大声喊着让我过去。进到大厅一看，呵！里面真热闹，老板阿那司正拿着一把叫不上名（有点像京胡）的当地乐器在演奏，旁边散坐着十来位住客，都随着他的旋律时断时续地哼唱着。来自天南海北的驴友们，相聚在一起，共同抒发着情感和欢乐，这场面让人颇感温馨。

大家唱的都是人们熟悉的藏族歌曲。原先还真没看出来，阿那司竟是个很有艺术才华的人，琴拉得非常棒。身在藏地，听着、唱着那空旷、

悠远的旋律，心，似乎能被融化。不经意间，朝窗外望去，星辰寥落的天际映衬着神女峰，山坳里下雨崩民居的窗户中透过来点点温暖的光芒。再往远处看去，黛色的天光下，白茫雪山像巨大的剪影，延绵在视野之中。窗檐下的小径，偶尔还传上来一阵零乱的踏步声，这一定是那些刚抵达此地的游客。这个小山村，不管是白天还是夜晚，总是透着一种安详与温馨。

此时，一些路过的客人也被这歌乐声吸引了进来，堂屋里的人越聚越多。被这氛围所感染，尽管没有像样的伴奏音乐和卡拉 OK 画面，但每位游客都会争相上来以清唱的方式来展露自己的歌喉。此时，有一对来自广东的情侣进来问宿，连背包都没卸下，却被阿那司给拉住，非要让他们也献上一首不可。那两位倒是挺落落大方，像模像样地用粤语唱了首最新潮的流行歌曲。待他们唱完，阿那司才郑重其事地告与人家："对不起，我这儿客满，房间已经没了。"

那对情侣嗔道："你早些告诉多好呀！让我们被你白白耽误了这么些时间。"众人哄堂大笑。阿那司扭头向我们笑道，没事的，耽误不了他们，这季节住的地方肯定有的是，实在不行就回到我这儿，沙发上也能睡。

我本以为，晚上的节目就这么唱唱歌完事了，没想到的是，真正的高潮还在后面。一位中年藏族向导，瘦高个，至今我也不知道他叫什么名字。那天在进雨崩的路上我曾见到过他，他一边牵着马，一边手舞足蹈地在跟游客耍着贫嘴，一看就是个性格特别外向的人。

那天晚上，他俨然成了主角。每当别人唱歌时，他都会主动地跑到人家跟前来伴舞，当然，动作都是自创的，夸张、随意、滑稽。所以，与其说是伴舞，还不如说是添乱，人家常会被他逗得唱不下去，见此，他会更来劲。如此闹腾了一会儿，他突然又一本正经地向大家宣布，说要表演一场济公戏。少顷，"济公"猫着腰从旁边一间屋子里钻了出来，身上套了件又肥又脏的破长衫，头上戴了顶不知用什么材料折成的船形帽。众人一下子被他这副装扮给愣住了，随即便是哄堂大笑。我身旁的一位游客因笑得太厉害，竟然身子失衡，一屁股坐在了地上。"济公"的即兴表演当然没什么艺术含量，但他的装扮像极了电视剧里的那个济公形象，再加上其有趣、夸张的表情与动作，一个个都被逗得前俯后仰。

看得兴起，我在一旁故意激他："人家济公专门有把破蒲扇，你却没有，不像！"谁知他还挺当真，灵机一动，随手从门后抓起一把脏兮兮的扫帚倒插在了自己的后衣领里。这下屋子里更像是炸了窝一样，一个个都笑得差点岔了气。

待"济公"闹腾完毕，立即又上来一位叫索朗的藏族小伙子，说给大家表演几个节目，他是西当村人，今天下午刚带着客人进来。索朗个头中等，稍偏瘦，看上去显得很精干。他先是为大家唱了一首《山里来的孩子》，一曲终了，四座皆惊，没想到索朗的歌喉竟如此之好。如果说刚才"济公"纯粹是在逗人穷开心的话，那么，索朗则完全是在像模像样地为大家演出了。唱罢，索朗说再为我们跳两个藏族舞蹈。那晚，索朗给我留下了很深的印象，因为，他跳的那两个舞蹈都具有一定难度和强度，而对于刚走了几十里崎岖山路的人而言，显然是极疲劳的。

索朗先是给我们表演了一个"甘孜踢踏舞"。从前我曾在电视上见到过关于这种舞蹈的介绍。这种舞蹈在西藏已有几百年的历史，虽也叫踢踏，但与爱尔兰等国家的踢踏还是有着很大的区别，主要是舞动的部位不单是以腿脚为主，而是辅之以许多大幅度的上肢和躯干的动作，故显得更为潇洒和粗犷。由于舞者衣袖垂长，通过上肢的挥动，使这种舞蹈看上去十分飘逸峻朗。

因没有伴舞的音乐，索朗便打开手机里的音乐播放功能。这个独

285

舞时间很长，但他极为认真投入，跳得一丝不苟，直至额头上渗出了密密的汗珠。末了，索朗还向我们介绍了一下关于甘孜踢踏舞的背景和特点。

未待歇息，索朗表示再为大家表演一个滇西"蹉子舞"，我们怕他太累，让其先休息一下。"没事，没事。"他显得很执着。"蹉子舞"动作奔放舒展，但比"甘孜踢踏舞"更有难度。从其表演的过程看，我感觉索朗很有艺术功底，似乎受过这方面的训练。经问，果然，他是毕业于州艺术学校的艺专生。

他说，他带客人时，常会为大家即兴作些表演，这样子也使得他所带的临时团体里氛围特别好。现在，很多客人都与他成了朋友，艺术便是友情最好的媒介。他还说，虽然学的是表演艺术，但也不一定非要在文艺团体里干，现在这样子挺好，人们都很认同他，他也觉得在带客的过程中，所学的专业也很好地体现了其价值，而且，他觉得这种生活方式很自在，很快乐。

索朗的汉语说得十分流利，这得益于他所受到的良好教育。在向我表述时，他的脸上始终洋溢着一种发自内心的兴奋。这世上的人，各有各的活法，只要自己感到满意就可以，不一定非要按照他人的观念去选择自己的生活方式。起初，我竟替索朗感到有点惋惜，觉得有如此棒的艺术专长应去表演团体工作更合适些。让索朗这么一说，才觉得自己的想法有些陈旧狭隘了。

藏民多性情豪放，乐观且善于展现自己。是狂野的高原环境造就了他们自由不羁的个性魅力。有人开玩笑说，十个藏族人，九个会歌唱，剩下独一个，居然是歌王。此话虽有些夸张，但藏族同胞以能歌善舞而见长却是不争的事实。

那晚，是我在雨崩度过的最后一个夜晚，也是我最为难忘的一个夜晚。在那短暂的时辰中，阿那司、"济公"、索朗等人所营造的无拘无束甚至是有些狂乱的欢乐，像是一场刻在脑海中的永不谢幕的喜剧，一俟想起，总会让我忍俊不禁。

别了，雨崩

翌日清晨，天气出奇的好，东方已渐渐透亮，月亮却还在神女峰旁边静静地悬挂着。随着旭日像烧红的弯刀从山顶上露出刺目的边缘，一缕霞光骤然而升，雪山似被霎时点燃。在雨崩这几天，虽已拍了不少这样的美景，但还是被这重复出现的朝霞所吸引，忍不住再次取出相机，啪啪地一阵狂拍。其实，一再地拍摄同一景观，只是因为面对这异常动人的绚丽，自己的审美似乎也变得有些低能了，会觉得昨日的景致似不如今日的好，再拍一些，才会觉得心里踏实。但是，最终将照片拿出来一比较，其实效果都是差不多的。

8点多钟，告别了阿那司他们，便与丹增一同踏上归程。离开雨崩，总有那么一点不舍。究竟是什么在隐隐地牵绊着自己的心，很难说得清楚。大概，是冥冥中念想的天堂太过虚幻了，当自己踏足于此，方觉这个离凡尘最远的山村，才是离天堂最近的地方。腾格尔曾歌唱过他的天堂，那是一种风吹草低现牛羊的辽阔与宏大，是一种可让浪漫的心自由放飞的抒发。而此时，眼前的这个天堂像是镶嵌在梅里雪山下的一颗精美到极致的宝石，让人百赏不厌。置身于此，心，会不知不觉地沉静下来。更难得的是，这个山村有着一种无以言表的温馨，这种温馨带着些许原始的质朴和无欲的淡泊，而这，更会勾起我的怀念。

霞照神女峰

　　说来也奇怪，当我走出雨崩时，感觉没像进来时那么累人了，可能是这几天总是不停地跋山涉水，身体已完全适应了这种高强度的运动。但丹增却出了点小状况，由于他的鞋不太合脚，竟然将脚趾上的皮都磨掉了，趾背露出了红红的肉，血也渗了出来，以至腿都有点瘸了。这很是让我过意不去，若不是为了陪我，他也不会遭这份罪了。

　　刚走完上坡的路，只见前面一马队正慢吞吞地行进着，上去一看，原来赶马人竟是"济公"。"济公"见到我热情得不得了，非要让我将登山包驮在他的马上，又是一阵老哥长，老哥短的。呵呵！这个"济公"，太可爱了，永远忘不了他。

　　快到达西当村时，不想迎面遇见了小李，她说自己本已抵达西当了，只是同行的几个同伴迟迟未到，她有些不放心，便回头去找他们。真是好体力呀，刚走完几十里山路，竟还有力气重走回头路。

　　赶到西当村，头件大事就是先填饱肚子。但这地方有钱也弄不到可口的饭菜，只好在村民开设的简易店里买了两碗方便面权作午餐了。正吃

288

着，只见小李偕她的同伴回来了。

"哎呀！咱们又见面了！"我说。

她的同伴问："这是谁呀？"

小李指着我笑答："喏，昨天我们一块去的冰湖呀。"

几位同伴"哦""哦"地应着，用钦佩的眼神看着小李，我则在一旁偷着乐，当然，我也未去"戳穿"她的小谎言。显然，小李的同伴们都已相信了她所编的故事，现在，小李在她同伴的心目中一定是个无比神勇的牛人了。

小李知道我还要去登雪山，便与我谈起她自己的一次登雪山的经历。她说的是哪座雪山我已忘了，她说那次攀登没成功，山上实在太冷，爬了一多半，体力已经跟不上，身体严重失温，最后还是在同伴的搀扶下才勉强下了山。让她这么一说，我对自己即将实施的雪山之行更显忐忑了。

依丹增的建议，今晚就住在飞来寺，明天再经香格里拉去哈巴雪山脚下的哈巴村。丹增说，登雪山，天气是最最重要的，这几天看来气候还不错，要抓紧时间。我欣然同意。当车行驶在去飞来寺的路上，我不禁回头久久地望着那延绵的远山，这是我一路走过来的大山呀！别了，雨崩！正感慨间，忽见前方七八米远的山崖上有一串落石正在飞速滚下。后退已来不及了。当时，我未作过多思索，电光火石之际，本能地大喊一声："冲过去！"丹增也很果断，猛踩油门，在石头坠地之前，车子如疾风一般掠过，只听得身后迅即传来砰砰的撞击声。惊悚之余，再回望砸落在路面上的那些大小如碗盆的乱石，真有点生死一瞬间的感觉！

下午三点多钟，我们赶到了飞来寺，这又让我想起那天在此拼命找"季候鸟"的事，心里不免为自己的那股子蠢劲发笑。故这次的寻宿任务就全权交由丹增定夺了。当晚入住的这家客栈叫"雪域神川酒店"，

住宿条件比"季候鸟"好多了，标间仅收 120 元。后来丹增告诉我，这家旅店的杨老板是他的朋友，前年他受伤时，就是这位杨老板半夜里开着车，顶着风雪，翻越白马雪山将他送往州医院。所以，杨老板也是他的救命恩人。

丹增指着路边坡坎上的一幢楼房与我说："那晚他就是从那个地方掉下去的。"抬头一看，不由地让我倒吸了一口凉气。这房子的游廊与坡下的垂直距离至少在八米以上，何况当时丹增还是头部着地，想想都让人心有余悸。

杨老板十分热情好客，丹增向其讲述了我下一步的行程打算后，他立即帮我与哈巴村的朋友联系登山事宜。他说："没问题，我会安排妥当的。"不一会儿，他来告诉我，都联系好了，从住宿到登山装备等都已基本落实，并让我到了哈巴村后再作具体的接洽。他说："别的都不会有问题了，能不能成功登顶，就看天气和你的体能了。"

因从未登过雪山，心里着实没底，我便问他："如果天气条件好的话，一般能成功登顶吗？"他的回答却让我更是心里没底，他说："登顶不太容易，多数人不会成功，不少人登了好几次都失败了。"他又看了看我，"并不是说这山有多险恶，关键还是取决于身体因素。像你们从海边过来的人，可能对高原的适应性会差些，不行就带上氧气。"

天哪！听了这一番话，山还没登呢，气也差点泄掉了。反倒是丹增宽慰起我来："没事的，陈哥，不是非要登顶，上不去也很正常，爬一半也可以嘛！"对！这话说得在理，只要尝试过并尽力了就可以，不就是想体验一把吗！干吗非以登顶为唯一目标呢？如此一想，心里倒也释然了许多。

一切安顿妥当，已近晚餐时间。旅店的院子里有一个位置很好的餐厅，餐厅的大落地窗正对着梅里雪山。几日奔波，很想好好来顿"正餐"。

我们让服务员沏上一壶茶，面对着夕阳正炽的梅里雪山，一番轻啜慢饮，甚是悠哉。凭窗远眺，这又不由地让我想起了前年进藏路过此地时的情景，想起了许兄、小唐和小张。那时，就在距此不远的小饭店里，我们也是挨窗而坐，目光及处，梅里雪山云雾裹罩。时光荏苒，物是人非，而今，我却是独行者。

金沙江畔的哈巴村

哈巴村位于香格里拉三坝乡的 214 国道边上，处哈巴雪山西侧的山脚下，距香格里拉县城约 100 多公里。这是一个极具原生态特征的小山村，背靠大雪山，面朝金沙江，景色十分优美。恬然的田园风光和淳朴的民俗民风，让人觉得这里也是一处不可多得的世外桃源。

哈巴村人口仅 600 有余，村民主要由回族构成，据传他们的祖先多从大理、陕西一带过来。但是，由于哈巴村所在的三坝是一多民族的乡镇，故这里也呈现着各种文化的交融。杨老板为我联系的下榻处叫"云上哈巴"，老板姓包，是个热情而厚道的人，几天下来，我们成了很投缘的朋友。在我到达前，飞来寺的杨老板又与他通了电话，故他早早地开着车来到公路边等着我们了。一踏入客栈大门，我立刻被优雅别致的院落吸引。不似雨崩等地的农家客栈那么不加修

远眺哈巴雪山

饰。"云上哈巴"的庭院里，显然被这里的主人精心装扮了一番，但这种装扮又不显丝毫人工的痕迹，充满着自然、绿色的情调。除了窗棂，游廊等处挂着一些老玉米、牛头骨等饰物之外，其他地方的装饰则全是由各种植物所组成：靠着餐厅那头的墙面上垂种着正在盛开的蔷薇、牵牛花等。另几面墙边则种着大片的金银花、芍药花等。由于植物长势茂盛，花茎和藤蔓都爬上了二楼，把墙面也给遮住了，只能见得一大片夹杂着红、白花朵的葱葱绿色。空气中弥漫着金银花浓郁的香气，引得成群的蜜蜂在花丛中飞来飞去。

待安顿好房间，包老板陪着我和丹增在村子里兜了一圈。虽是走马观花，但浮光掠影间仍可觉察这个村子的许多独特之处。村落的风光是很吸引人的。逐渐增高的山坡上是层层叠叠的农田，因正是晚春，田间满是翠色，远看像是在巨大的山体上依次画着无数道美丽的油彩。踱步于村里，只见田陌相衔，古树参天，到处郁郁葱葱，生机盎然。

再往上走上一段，便可见到一大片山坡草地，茵茵绿色中还长着各种叫不出名的野花。但令我不解的是，草地上却十分突兀地散布着许多切面平整且长着青苔的树桩。这些树桩皆粗似脚盆，若未锯，皆是百年老树。

若没有这些人为的破坏，这个村子的环境定然会更美。有时，我真的搞不懂，不管走到哪里，总会见着许多绝世荒诞的痕迹。在民宅的周边，还长着不少珍稀树种。偶然间，我见到一株高大却已枯死的树，树皮全没了，只露着光溜溜的树干。一问方知，原来这是一株在当地闻名遐迩的古红豆杉，寿命已达数百年。只可惜在二十几年前，竟被一不良港商雇人将之剥皮换了钱。闻之，实在让人扼腕！这棵不幸的红豆杉似乎在昭示着自己的哀怨与愤怒，一片茂盛的青翠中，灰褐色的枝杈像刀剑般伸展着，极为扎眼。

由于村子位于雪山脚下，其地形呈现着很大的高低落差。从金沙江边的海拔 1500 余米一直上升至 2300 余米。故此，这里的植被自然垂直分带很明显，与垂直高差相

哈巴村

对应的是，农作物的种植也呈现着多样性，也正是因为这个缘故，又催生了当地的一些人文奇观。

包老板告诉我，这里至今还保留着以物易物的交易习惯，每逢农历初五、十五、三十，是村民们赶集的日子。地势、温差的迥异形成了同季不同稼的现象，这就为以物换物的交易创造了条件。每逢集市，大家都会拿出自己刚刚收获的农作物来相互交换，毋需用钱，彼此也不会锱铢必较，只要大体公平即可。包老板说，许多来到此地的外国游客对此尤感兴趣，常常会专程跑到集市上去作实地观察，毕竟，这种带有原始色彩的交易方式在当今社会中是极其罕见的。后来，通过与当地人的接触过程中，我方才了解，这种以物易物并不是完全意义上的商业行为，而是乡邻间互相在物产上的互通有无，并非为了赚钱。

哈巴村虽不算富裕，但食物的自给率却很高。由于山林及耕种面积较大，村民们除了种植庄稼，一般都还养有牛、羊、鸡、鸭等，故从肉、奶、蛋及至蔬菜、粮食，等等，基本上都可自给自足。

有意思的是，在村头的一处林子里，居然还保留着一座十分完好的

水磨坊，这种文物级的生产设备在当下是很难见到的。由于村子挨着哈巴雪山，从冰川上消融下来的水，通过漫长而蜿蜒的山涧流到村子里，然后再顺着山势的落差，汇入波涛汹涌的金沙江。

村民们很好地利用了这一宝贵的自然资源，用凿空的长条原木将水引至磨坊里。包老板见我感兴趣，便即时演示了一下磨坊的运作。他俯身将小水渠的闸板抽掉，立时，水被引入了磨房，木辘轳在水流的冲击下，推着石磨欢快地转动起来。包老板说，现村里虽早就通了电，但由于这里的水流从不干涸，且既省钱又方便，村民们还是喜欢用这种原始的方法来磨面。

近年来，登哈巴雪山的人逐渐增多，故在一定程度上增添了当地经济的活力。村民们因提供向导和后勤保障等服务，收入也有所增加。在云南，像这种极具原生态、文化沿承的痕迹颇为明显的村子可能不少，但哈巴村无疑是具有相当代表性的。

哈巴村与哈巴雪山的山顶有着近3300米的垂直高差，从村里出发开始攀登的话，要走上十几公里的陡峭山路后，才可到达海拔4100米的大本营，如天气允许，翌日再继续登顶。那天下午，在来哈巴村的路上，转过一个山口时，丹增停下车，指着远处的一座雪峰与我说：那就是哈巴雪山。通透的天色中，雪山的顶峰十分清晰。不想，才过了两个多小时，当我再次抬头眺望哈巴雪山时，发现那岿然屹立的雪峰已经看不到了，浓密的云雾缠绕在山腰间，我不由地有些担心，因为听包老板讲，天气好时，才可见到山顶。难道天气要发生变化了吗？这是最让我担心的。

在云端之上

当我站在海拔约5400米、狂风暴雪肆虐的哈巴雪山顶端时，很出乎自己的预料，原本我以为自己会很激动，但是没有。我只是默默地回望着来时的路，心中肃然。那路，其实就是自己在雪坡上踩出的一溜深深的脚印。

在离顶端的垂直距离还有 100 多米的时候，我仰望着山上那片陡峭的冰川和雪坡，心中确曾有过一刻短暂的激动，但很快，这种情绪被自己本能地抑制了。因为直到此时，我仍无法确定自己能否登顶。绝对不可小看这 100 多米，因为此时自己的体能已近极限，缺氧和疲劳无疑是最大的障碍。但莫名的兴奋还是有点的，这兴奋感纯粹缘于好奇，因为我不知道站在这座高耸云天的雪山顶端上是什么样的感觉。

登山之前的某一个晚上，我与几位来自全国各地的驴友在雨崩下榻的客栈走廊里一边喝着茶，一边闲聊。雨崩真是个美得让人不想走的地方，梅里雪山脚下的一切自然构成，犹如神来之笔所就，精致而婉约，宁静而艳丽。

这走廊还充当着阳台的功能，很宽，纵向摆放着些长长的木靠椅。大家或倚或躺，都显着几分慵懒。几次远行，让我更了解了这些旅行者的途中生活。一路的栉风沐雨，让这种慵懒更显得难得。他们中有几位是"资深"的行者，其中一位向我说，他在旅途上换的自行车外胎至少已有二十几副了。这很是让我敬佩，以这样的方式书写人生的人，一直都是我心目中的英雄。旁有人对我开玩笑："那你也是英雄呀！穿越藏北，翻越昆仑，走了那么多的险路。"我忙摆手："哈哈！不行，不行，跟你们比差远了，这帽子戴在头上可是消受不起。"

大家的声调都压得很低，因为在我们的对面，就是梅里雪山的神女峰，很近，近得似乎一伸手即可触摸到其洁白的肌体。尽管夜色早已笼罩了这个美丽的小山村，但神女峰却似一袭白衣的少女，清晰而安静地伫立在我们身旁。当地的藏民说，每一座雪山都有一个山神。显然，此时大家

都觉得，大声喧哗是一种失礼，更是一种惊扰。

一驴友轻声问我，接下来的行程怎么走，我说，有可能去登哈巴雪山。旁人都吃了一惊，登哈巴雪山？你能行？他们当然不敢相信。住在这个客栈里的二十来位驴友中，我是年纪最大的。一位来自昆明的驴友说，他也一直有这个念头，但始终未有行动。他说，哈巴虽不是最难登的雪山，但从哈巴村开始，攀爬的垂直高度达 3000 米左右，差不多接近珠峰大本营与珠峰的高差了，而且现在不是登哈巴的最佳季节，听说这时节山上的风特别大，还常伴有雾和雪，你不一定能上得去。

那位驴友说得很对，当我攀爬至约 4600 米的高度时，高空风之强烈，远超我的预料。好几次，我被突如其来的狂风吹倒在陡峭的岩坡上，幸亏及时用冰镐撑住岩石的裂隙，才未滚下山去。由此我才知道，强风与雪崩、滑坠一样，于登山者来说是最危险的杀手之一！

那天傍晚，我站在"季候"鸟客栈的观景平台上，遥望着暮色中的梅里雪山，突然产生了一种强烈的欲望：我必须去登哈巴，不能总是心之所向却始终没有行动！我似乎有点责备自己了，就这么白白地念想了一年多时间，人生可是有限的呀！此次不去，更待何时！

因事先并无充分的心理准备，故当我在大本营里凝望着被云雾笼罩的雪山时，心里不免存有一丝疑虑和忐忑：那么高的山，我真的要去攀登它吗？我能行吗？显然，这种疑虑更多的是来自于雪山的神秘抑或对于危险的未知。

哈巴雪山位于云南中甸县东南部，与玉龙雪山隔金沙江的虎跳峡相望，因之在两山之间形成了世界上最深的大峡谷。哈巴的特点是现代冰川发达，海拔 4600 米以上的冰川厚度可达几十米以上，常年积雪不化。哈巴雪山虽整体陡峭险峻，但上部除冰大坂外，稍显平缓，且其地理形状与地质构成与梅里相异，一般不会发生雪崩，安全系数相对较高，故此山也成为一些雪山攀登爱好者练手的首选之地。

当然，这也并不是说登哈巴就没有风险，自1995年人们首次登顶哈巴雪山以来，发生于这座雪山的各类伤亡事故还是令人闻之色变。至今，那深不见底的冰川裂缝中依旧躺着好几位登山者的遗体。所以，在登哈巴之前，每位登山者必须向保险公司办妥专项意外人身保险。我很当回事地多买了一份保险。尽管我知道，真要是发生了不测，这保险于已然没什么意义，充其量也只是让家人得到些物质上的慰藉而已。当然，我绝不能让这最坏的情况发生。所以，我虽然不是职业登山者，却绝对信奉登山界常说的那句警语：你不能轻视任何一座雪山！

临出发的那天早上，包老板两口子为我准备了可口的早餐：牛奶、鸡蛋、酥油茶、烙饼、酸奶等。老包说：这顿饭一定要吃好吃饱，一路上可辛苦了。这些食物没有一样是从市场上买的，全源自他们的自种、自养、自制，这也是当地村民的基本生活形态。此外，他们还为我另备了路上的午餐——油饼和鸡蛋。向导也是老包为我雇的——一位杨姓村民，他是老包的一位亲戚，在哈巴雪山当向导已有13年，从小就在山上狩猎、采药，熟悉那里的一草一木，是当地的资深向导。

与老包虽相识短暂，但彼此甚为投缘。他说，要给你找最好的向导，我必须对你的安全负责。除了向导，老包还为我雇了一位姓丁的马夫和一匹骡子。老包说，去大本营的这段路还是骑行比较好，这样可为明天的登顶保存些体力。而且，待登山回来，一般人都会体力透支，需骑行回来。但后来我仅骑了不到一半的路就下来徒步了，因为我自感体能状态还不错。再说，山路太陡，骑着也很不舒服。

赶到达大本营，已是下午三点左右。我让老丁先行回去了，因为让

他和骡子在这儿干等着没啥必要，这一则白白扔钱，二则这么走下来以后，我觉得自己徒步回去应该没问题的。

此后的时间里，我做的最多的一件事就是不停地走到屋外仰望明天即将攀登的雪山，不是为了观景，而是担心天气会否阻碍自己既定的计划。因为，此时山上的风已越来越大，哈巴的半山腰上缠满了云雾，而云雾之下的褐色崖壁上，则裸露着从上面延续下来的雪坡，予人以莫名的神秘。老杨说，看来明天很难成行。这不免让我有些沮丧。

果然，到了夜里，风力更大了。那晚，偌大的大本营仅有我与老杨住着。老杨睡在不远处的厨房内，那儿有火炉子，稍暖和些，我则睡在另一幢由六个房间组成的客房区。长长的一排屋子，唯我独宿。外面，风似鬼哭狼嚎一般，呼啸个不停。被吵醒了，就很难再入眠。听着外面的风如此闹腾着，心里直犯愁，看来明天是登不成了。

迷迷糊糊中，闹铃响了，下半夜三点——约定的起床时间到了。赶紧穿衣下床，走到老杨处，他却说：至少现时还不能登，这里风都这么大，山上还要大得多，待天亮再看看吧。我便快快地回到房内，又和衣躺下。

天亮了，风依然刮得很猛，云仍旧死死地缠绕着雪山，我彻底灰心了。于是，便对老杨说，再等一天吧，如明天还不能登，就打道回府。我想好了，如这次未登成，下回一定再来。

大本营所在的整个山坡上，可说是一座天然花园，那儿开满了五彩缤纷的高山杜鹃和山茶花，深红、浅红、白色、紫色，闹成一片，简直就是花的海洋。后我专门查了一下资料，才知道此地几乎集中了整个滇西北杜鹃种属，被国内外植物学界誉为"世界花园之母"。现世界上有许多杜鹃品种便是从这里移植出去的。这样的景色真是难得一遇。这又让我有点开心起来，心想：即便登不成山，能看看这美景也是很不错的呀！于是，那天上午，我与老杨俩人一直在花海里漂着，一边拍照，一边在草坡上采摘虫草，可惜季节有点早，我们连一棵虫草也没找着，倒是挖到了几棵壮硕的红景天。

哈巴山下的高山杜鹃

下午，又上来两批登山者，一批是迪庆州的州政府及旅游局的官员，这其中还包括一位分管旅游的年方40多岁的刘姓副州长，他们是来调研哈巴雪山景区的旅游开发事宜的。为了保证安全，随行中还包括阵容强大的向导和保障；另一批是来自昆明的登山爱好者，两拨人加起来约有三十来位。这些人的到来，让原本寂静的大本营一下子变得热闹了。但让我坐立不安的是，天气依然没有好转的迹象，天气、天气，脑子里总是绕不开这两个字，我还从未像今天这样为天气的好坏而犯过愁！

时近傍晚，驻地还发生了一小插曲。在离我们几百米远的缓坡上扎着两个帐篷，那是两位身强体壮的美国和加拿大男子的临时登山营地，他们还各自带着自己十几岁的儿子前来登哈巴。他们来过我住的地方，也作过一番交流。当我与老杨取消了当日的登山计划后，他们仍按原计划出发了，他们说无法再等待下去，因明天就要动身返回昆明了。

下午两点钟，那位加拿大人回来了。他说天气实在太恶劣，怕冻伤，刚上到雪线就下撤了，而那对美国父子则固执地不肯放弃。但现都已过了时辰，他们却仍然未归。这不由地让我们担心起来，若真的发生意外，救

援也是一件难事。即便我们尽速上去，到了山上，天肯定也黑了，不但救不了人，连我们自己的安全也保证不了。

下午五点多钟，那对美国父子终于蹒跚着回到了营地，人们这才松了口气。经问，方知他们在离山顶还有三百米左右的地方撤了下来。他们甚显遗憾，说：温度太低，实在是撑不住了，只得放弃。末了，他们又一再表示，明年一定再来！

待自己最终登了这座山后，我发觉那对美国父子的决定是对的，距山顶这段不算很长的距离，恰恰是攀登难度最大也是最最危险的。老杨说，不少人出事就是在这段路上。

总算还好，最终没有出现大家所担心的结局。

翌日凌晨，又是三点整，我被刺耳的闹铃惊醒。穿好衣服，便迫不及待地推开房门。外面漆黑一片，乌云密布。风仍在使劲地刮着，似乎与昨日差不多。看来，今天也绝不是个登顶的好天气，危险系数比平常显然要大些。此时，众人已集中在餐厅里，商议再三，大家还是决定，登！

从大本营到山顶的垂直高差有近1300米，整个行程约有十公里左右。由于海拔高，再及坡度多在35度以上，故攀爬起来并不轻松。而且，由于不是登山的最佳季节，登山者少，故雪线以上都未铺设保险绳，这无形中也增加了一定的难度。

因夜色浓重，登山者的头上都戴着头灯，望过去像是一条长长的光带在山脊上缓缓蠕动，煞是好看。刚出发时，登山者的队伍还能首尾相接，但随着高度的逐渐增加，相互之间便拉开了距离。我算是爬得较快的，最后，竟渐渐地看不到后面的人了。

哈巴雪山在地质结构上很具特点，岩石不像梅里和玉龙雪山那般风化严重，雪线以下长长的石板坡看上去光溜溜的一片，踩上去却并不滑。

这是因为其山体多为一种叫马牙石的硅酸盐类岩石构成，表面的摩擦系数很大。不然，攀爬于这种既陡又长的岩石陡坡上是很危险的。不过，听向导说，若在冬季攀登，一旦这石板坡上结了冰，那是极危险的。

高空风狂虐着，自第一次将我刮倒后，心里便时时提防着这可怕的无形杀手，我尽量将身子放低，把冰镐紧紧地攥在手中，一点也不敢松懈。这些日子，每天都是在高山和森林中穿行，也渐渐悟出了些攀爬高山的诀窍：保持匀速，控制呼吸。这一招很管用，如果以赶路般的方式去爬这样的雪山，那是绝对要失败的。更何况我没带氧气，故必须放慢节奏，缓和心境。

约两个半小时后，我爬到了海拔4900余米的C1营地。回望后面，山下原先还跟着的一长溜队伍，此时竟只剩下了稀稀拉拉的几个人。显然，大部分人已经放弃登顶了。从衣着颜色上分辨，那些人当中，主要是迪庆州政府的那批人，看来，还是生活在高原上的人厉害呀。

放眼望去，前面白茫茫一片雪光，刺得人睁不开眼，我赶紧将专用的雪镜戴上。雪越来越深，必须换装备了。说到装备，真的很惭愧，此次登山的所用的装备都是靠着客栈的包老板东拼西凑帮我租借来的。与我同住"云上哈巴"客栈的一位因体能不足而连续两次从C1处铩羽而归的苏姓登山者在得知我的情况后，笑得下巴也差点脱了臼，他头摇得像货郎鼓一样：

"你这一身除了背心和裤衩是自己的，别的全是人家的呀。菜鸟，菜鸟！从未见过像你这样的菜鸟，啥都没准备竟敢来登雪山！"由此，他更断定我这只懵懂无知的"菜鸟"是绝对登不了顶的。

当时，在丝毫不知哈巴雪山深浅的情况下，我只能"虚心"接受他的挖苦。当然，"反击"他的念头也不是没有，但自己从未登过雪山，心里没有一点点的把握，只能任由他去说了。况且，他毕竟已登过两次哈

巴了，不管有没有成功登顶，也完全有资格来评论我。当然，最好的"反击"便是用最终的结果来说话，即登顶！

我们找了个背风的冰川崖壁，老杨帮我往登山鞋上套好冰爪。一路走来，忽雨忽雪，不知是装备本身有缺陷还是别的什么原因，我的

在哈巴雪山冲顶换靴处留影

鞋子和手套竟全湿透了。此时山上的温度至少有零下20度，再加上风大，手脚被冻得又麻又疼，我不由地担心自己是否会被冻伤。老杨的情况也不有点不妙，他因忘将腿上雪套的拉链拉上，结果雪都悄悄地灌入了鞋内，也弄了个里外湿。但不知为何，此时的我竟没有一丝的踌躇，似乎是困绝的境地反而激增了体内的肾上腺素。上！即便是冻伤也要上！

想吃点东西补充一下体力，但又没有合适的食物。本来我想好要带上些诸如巧克力之类的高热量食品，这是登山所必需的。很不巧，出发时特地去了村里的小卖部，却被告知刚刚断货。没法子，我只好临时抓了几块压缩饼干塞进包里。但这时因空气中含氧量少，呼吸频率加快，口干得很，压缩饼干根本无法下咽。

老杨拿出保温瓶，内灌有葡萄糖水，他让我喝了几口，说这样会暖和一些，也可补充些能量。

几口热水喝下，身上感觉似乎好了些。为了减轻负担，我俩卸下了各自的登山包，撂在冰川的崖壁旁，待下山时再捎上，反正在这种地方也没有人会拿去。

再度出发！

最艰难的行程开始了。此时，体力的消耗、失温、缺氧，使攀登更显得费力。最让人心里发怵的是，上升的坡度越来越陡，而雪却越来越厚，一脚下去，竟都是没膝甚至没髋之深。由于雪太深，冰镐杵下去竟触不到底，完全失去了支撑的作用。接下来的攀登就好似在雪窝里打滚一般，费力至极。或许是冰爪的爪尖已被磨钝的缘故，双脚透过厚厚的积雪踩下去后，总会在坚硬的冰面上打滑，常常弄得自己走一步滑一下，既进不得，也退不得，好不窝囊。

如此磕磕碰碰、手脚并用地爬行着，终于来到了绝望坡下。绝望坡始于海拔 5100 米左右，其上行距离有 1800 多米，坡度接近 40 度，个别地方还要陡，据说甚至超过了著名的珠峰北坳冰壁。从绝望坡开步之后，才知什么是真正的意志考验，什么是体能的极限！脚下挪动的每一步，似乎都承载着自己的整个生命，沉重异常。呼吸越来越急促，胸腔里似总也吸不进足够的氧气。本来，为了防止被雪山上的紫外线灼伤，脸上还套了块丝巾，但为了保持呼吸的顺畅，我只好将之捋下。此时，呼吸是第一位的，别的已根本顾不上了。

快到危险的月亮湾位置了，月亮湾，这个有着好听的名字的地方却暗藏着杀机。在一片迷茫中，我猛地抬头，却隐约看见前方出现了一半圆形大线弧，而弧线的下方竟然是深不见底的悬崖。看得出，在多少万年前，这里本应是一座完整的山峰，或许是地质运动所致，近一半的山峰崩塌掉了，才形成尔今这刀切般的峭壁。待自己完全看懂了眼前的地貌，自然是大吃一惊。在这样的能见度下，若没有向导在前面引路，我可能会依然沿着切线直行，那结局可就惨了。

弯曲的悬崖边沿覆盖着厚厚的冰层，并顺着崖壁垂挂下来，形成了

形状奇特又很有美感的雪檐。这是我不曾见到过的。我想取出相机拍张照，但此时双手已完全冻僵，根本无法操控相机的快门，只得放弃。由此我也隐隐觉得，手指可能已经有点冻伤了（后证实确实被冻伤了）。前面的雪坡无限地延伸着，看不到尽头。由于没有任何参照物，我的挣扎般的移动似乎是在原地踏步。索性，我不再抬头前视，这样还能让人少一些绝望。

其后，在因缺氧所致的窒息感中，留给我的记忆好似一组慢镜头：自己挂着冰镐，机械地拖着疲惫的双腿，伴随着覆盖在积雪上的薄冰被踩碎的声响，一步一步地挪向顶端。

不知过了多久，前面有人喊道：登顶了！我有点不敢相信，这么快？因为我在心理上还没有作好迎接成功的准备，瞬时迸发的激情还在鼓动着我继续前行。但我必须停下了。

登顶时刻

山顶大雪弥漫，狂风怒吼，周遭苍茫一片。之前人们所说的哈巴雪山顶上呈现的可放眼千里的壮观景象，此时却全然没有。我曾想，若能登上山顶，定要好好遥望一下当年我曾去过的亚丁三神山，细细地端详一番近在咫尺的玉龙雪山和蜿蜒的金沙江。但眼下，飞雪和浓雾像厚厚的帘子遮住了一切，目光及处，只有几位登顶的山友正在刻着标高的柱子旁忙碌地拍照和发泄般地高声嘶喊。

心中虽有着一种莫名的兴奋，但我却很沉默。或许，在登上我的人生最高峰之时，自己的情绪还未及整理好。只有一个傻傻的念头在心中而过：哦！雪山的顶峰原来就是这样的！我抬腕看了看表，时间是早晨10:28分，早晨5：20分出发，我的登顶过程用了5个小时零8分钟，老杨说，这已比通常要用的速度快了近1个小时。

与我差不多同时登顶的一部分迪庆州政府的登山者中，有几位是资深的"山友"，他们的装备比我这个"菜鸟"自然要精良得多，故没冻得像我这般狼狈，还能自如地操作相机，于是，我只好请他们给我匆匆拍了几张照片了事。

强风，加上极度的寒冷，迫使我们必须尽快下山。老杨说，通常情况下，中午12点之前必须往下走，因为过了这个节点，雪会在阳光的作用下变软，使下山变得困难和危险。

10点40分，老杨带着我开始下撤。下山，更须小心。已有人告诉我，好多山难事件都是发生于返回途中。此时因体力透支严重，且长期在缺氧状态下，人的反应会变得迟钝，导致动作不协调。此时，即便你头脑很清醒，但敏捷度会明显降低，更由于坡度太陡，下行时的身体重心很难控制，易造成坠滑。

此时的老杨也是显得极为谨慎，一步不离地紧挨着我，再也不像上

山时那样，任由我跟在后面走。雪实在太深，一脚下去，身体立刻不受控制地往前倾，害得我好几次倒栽葱一般扑向雪里。于是，老杨便让我用右手撑住冰镐，左手与他相挽，一齐往下滑行。这么滑倒是轻松了些，但仅由一只手握冰镐，很难控制方向和力度，滑了几十米，只得又改为徒步。

　　还没走出雪线，迎面碰到了正在上行的那拨"州官登山队"，那位刘副州长也在其中，他已累得走不动了，后面有一人正用双手推着他。或许是缺氧的缘故，其嘴唇已完全变紫，表情甚为痛苦。他问我：大概还有多少距离？我告与，垂直距离约还有一百多米。他一听，忙连连摆手，带着些自嘲的口吻说：算了，算了，我不上去了，已到了这儿也差不多了，就算我已经登顶了吧。

　　其实，此时距山顶至少还有两百米的垂直高度，我故意少说一些，只是为了不让他太过绝望。由于风大，我便贴着他耳边大声说道：都快登顶了，千万别放弃呀！挺住，挺住，再坚持一下！他嘴巴张得大大的，拼命地呼吸着，似乎想把山上所有的氧气都吸进胸腔里去。又过了一会儿，他像是振作了一些，点了点头，又开始艰难地向上攀爬。

　　老杨不敢离我太远，总是不停回望跟在后面的我。此时，我似乎也琢磨出了一点下山的诀窍，遇到雪深的地方，我干脆不强迫自己去刻意保持平衡，而是尽量将身体后倾，挺不住时就顺势侧倒滑行，同时用双手将冰锥紧扣冰面，以增加下滑的阻力。

　　我觉得，从某种意义上讲，下山的危险恐怕不仅仅是地形和体能上的因素所致，更多的是一种自我激励的缺失。因为目的已然达成，精神上会有所松懈，而归途中又缺少了新鲜感，这就更容易为各种不幸的发生创造条件。故在老杨的一再提醒下，我一丝也不敢大意。一个多小时后，我们终于安全地走出了雪线。

再度回首仰望山顶，但顶峰尽在云雾之中，只有雪线上那覆盖着皑皑白雪的冰川，闪烁着幽幽的寒光。风，仍在不停地吼叫。难道这就是我刚刚登上过的雪山？雪山不语，默默矗立。

我有点不敢相信。我曾在前年进藏的途中遥望过她那冰清玉洁的躯体，那天，天色通透，云端之上的雪峰在周边山峦的衬托下，显得如此矜持。当时，她在我的心目中是凛然而高不可攀的。不曾想，今日竟会登上她的顶端，但我绝不敢用"征服"二字，因为，所谓征服大自然，向来都是极其愚蠢可笑的狂徒之念。相反，登过雪山，才更会感到人在大自然面前竟是如此的渺小。当我回望这座神圣的雪山时，心中不禁默念：对不起，惊扰了！

我曾多次问自己，历尽艰险，攀登一座如此高的雪山，究竟为何？答案既复杂也简单，复杂在于，见到的每一座雪山，总会对自己产生强烈的吸引，而为何如此，我始终难以明了；而简单在于：想挑战自己，也为着体验一种从未有过的经历，尽管这只是一个很短暂的时间片段，却可让我回味终生。

四、在川西高原上

　　写到这个章节的时候，已是 2014 年的 10 月下旬，距我从川西归来近一个月时间了。早就想动笔，但回到家后总有些杂事干扰着自己的思路，使我难以完全静下心来伏案。对于此趟旅行，我事先是做了些策划的。所谓策划，说白了，也就是选择一条好的路线和一家好的户外俱乐部而已，至于途中怎么个走法，是用不着多动心思的：从起点到终点，漫长的徒步，你就不停地走吧，一切都是简单而既定的。

　　此次之所以依然选择徒步旅行，一是乘车旅行已走得够多的了，川藏南线、北线、大北线、藏新线、青藏线、滇藏线等都已走过，觉得待在车轮上的玩法可暂时告一段落了；二是通过去年在云南香格里拉的徒步环行和登山，感到脚板上的玩法虽然很辛苦，却更能吸引人。而且，趁着自己现还有着较为充分的健康资本，先把难度高的地方走完，剩下的那些低难度的地方留待将来体力渐乏时再去，尤其是像攀登雪山这类极限运动，必须现在就去做。

　　借助于网络，我寻找着合适的线路。之前，究竟要走哪条线路？登哪座雪山？自己并没有明确的意向。其间，我在网上漫无目的地浏览着。一日，偶然在网上看到一些关于贡嘎雪山的图片和简介，便对那座山有了额外的关注。经了解方知，那座山在青藏高原东部边缘，海拔 7556 米，山势极凶险，是一般人所无法攀登的。因其危险系数远远超过珠峰，迄今为止，仅有 24 名中外职业登山家成功登顶，但也有 37 人魂断此山，其中包括 14 位外国登山者。故此，去作攀登，对我们这样的菜鸟级登山爱好者来说是不可能的了。这不仅有技术上的限制，更有经济上的限制。如今，登个纯技术型的山峰，没个 6 万以上的花销，你连想都别想。

但是，贡嘎却有着十分吸引人的徒步穿越路线，沿途风景极佳，整个行程约 100 公里。于是，我便萌生了去走一回贡嘎山穿越路线的念头。8 月下旬，我在网上找了一家户外俱乐部并正式报了名。此行的第二项任务就是登四姑娘山（开始定的是二峰，后临时改为三峰）。因为四姑娘山也在川西一带，与贡嘎相对近些。当然，选中四姑娘，首先是觉得这座雪山很美，是我所一直向往的。另外，花销少也是我选择的理由之一。除了来回机票，仅就登山本身的费用而言，加起来也就五六千元，像我这类不穷不富的人还是可以承受的。

对于挚爱户外运动的人来说，撩拨起火一般激情的无疑是展现于路上的风景，但不管是玩徒步穿越还是攀登雪山，都需有一种自虐式的近似无我状态的精神和毅力，否则，就很难达成目的，因为这毕竟是高海拔地区的超负荷运动，容易患高反的人是万万去不得的。此次，在我们穿越队伍中，就遇到了一位高反特别厉害的驴友，途中陡生的险象，竟让我强烈地担心其有无性命之虞！另外，要有良好的体力，不然，一天几十公里的陡峭山路是走不下来的。至于登雪山，显然要比徒步穿越更严酷得多。在缺氧状态下，面对头顶上陡峭的冰川和雪坡，有时真的会让人感到绝望的。

或许，会有朋友问我，走完此程，有何感受？若简单地形容一下，那就是：身子进地狱，眼睛上天堂！辛苦并快乐着，值！

露宿大草坝

　　我们这支穿越贡嘎的队伍原本有 13 个人，在成都集合那天，13 个人都到场了，但其中一位来自香港的驴友因为感冒发烧，临时退出了。待正式踏上行程并尝到那炼狱般的艰辛后，我不由地为这位离队的老兄感到庆幸——倘若他非硬撑着前来的话，那其自身的安全或这次穿越能否成功就很难说了。因为近四天时间，要在海拔 4000 米至 5000 米的山中跋涉一百余公里，对于一个患着感冒的人而言是无法承受的。

　　在下榻的宾馆里集合时，先到场的几位都是三十岁上下的年轻人，身上一个个披挂的装备都比我专业多了。看来是一帮"老驴"，并且都这么年轻，我跟他们相比，年龄上显然有些悬殊。我不由地有些顾虑：这样长距离的高原徒步，到时候可别拖他们的后腿哟。

　　这时，又有一位驴友走了进来，看上去比我还要大上好几岁，他姓刘，天津人，不仅仅因为我俩的年龄最接近，更重要的是我们还有着相同的经历，他也曾在内蒙古插过队，且待的时间比我还长，故而彼此就有了很多共同的话题。老刘有着北方汉子的特质，粗线条、不计较、不琐碎，这种秉性是我所喜欢的。一路上，我们彼此照应，相处得十分融洽而愉快。

　　组织这次穿越活动的是"哈雷户外"，其虽不是高等级的俱乐部，但途中各方面的安排还是十分周到的。队伍中除了一个领队，还另雇了两位当地的藏民马夫和十来匹骡马，保障应该是充分的。开始，我还不太理解，干吗要浩浩荡荡地带着这么多的骡马呢？后来我才知道，除了要驮运这几天的给养、帐篷和做饭的锅碗瓢盆外，余下的马匹是为走不动路的人准备的。起初，我认为这或许有点太杞人忧天了，这些人中就数老刘和我年纪大，别的人基本上都在三十岁上下，最小的才二十几岁，体力应该不会有太大问题的。更何况，敢这样出来闯的人，身体条件肯定不会差到哪儿去。但后来所发生的一切完全与我预料的相反，所有的 12 个人中，最终有 8 个人先后爬上了马背，在仅有的 4 位全程徒步者中，老刘和我竟在其中。

尽管途中陆续有人或高原反应或体力不支，但由于带足了马匹，使疲惫者有了可靠的依托，实在顶不住了，跃上马背便可了事。故一路上虽山高水险，劳顿异常，也未有大的意外发生，总算平平安安地走完了整个行程。

9 月 7 号上午 8 点多钟，我们正式从成都出发。线路是我三年前首次进藏时走过的川藏南线——318 国道，今次再度踏上，心中不免有些莫名的激动。3 年多了，沿途的变化并不大，窗外的景物依旧是那样的熟悉。在不经意的凝望中，前方猛然出现了写着"茶马古道"四字的碑墙，这是当年我们这支进藏队伍合影的地方。此时我又想起了许兄与我谈及的徒步这条古道的宏愿。呵呵！从西藏回来至今，他再也没提过此事，或许，他早已忘了。可我一直记着，说不定哪天我一心血来潮，背起背包真的就走入了那路口。

世事沧桑，不变的唯有记忆。

由于正在修建雅安至康定的高速公路，所以，这一路上大吨位的工程车辆特别多，交通异常拥堵，车子磨磨叽叽地时开时停。318 有时也是磨炼耐心的地方，好在那天我们的时间还算宽裕，故也用不着太着急。况且，沿途风景也不错，慢就慢吧，权当是来观景了。

傍晚 5 点多，我们的车子在一个叫老榆林的地方停了下来。领队说前方没有路了，接下来需徒步 3 公里，方可抵达今晚的露营地——格西草原的大草坝。大家匆忙下车，紧张地整理着自己的物件。领队说，先带上贴身用品，重的东西等会儿都驮在马上。

遥远的风
——天涯八万里

于是，我们跟着领队来到了一家藏民的院子里，进得院内，只见里面拴着一大群骡马，一位藏民正忙着整理鞍垫，另一位则往蛇皮袋里塞着锅碗瓢盆之类的生活用品，其中甚至还有大号的压力锅和小煤气罐、灶具等。没上过高原的人是不知道的，要是不用压力锅，这一路就只能吃夹生饭了。

这两位藏民是我们的协作，一位叫汪德，约三十五六岁的样子。另一位好像是汪德的表弟；已记不得名字了。在几天的穿越过程中，这两位藏民给我们留下了很好的印象，大家也都相处得十分融洽。

走到位于格西草原的营地——大草坝，天已微微擦黑。大家赶紧解开行囊，着急地为自己搭建帐篷。睡帐篷于我而言可是平生头一次，从前的徒步旅行不管有多辛苦，至少还用不着露宿。我开玩笑道：这大山里头没什么凶兽吧，别等到半夜我们都被食肉动物当点心了。一位协作说：这山上野兽当然有啦，狼、熊都有，但它们一闻到烟火味早就躲得远远的了，野兽再怎么凶总还是怕人的。

所谓格西草原，其实只是这么一个叫法而已，称其为草原不免有些夸张了。准确地说，那应是一处高山草甸。营地处于两山相夹的一片平缓的草滩上，草滩边缘的山脚下，流淌着一条湍急的冰川溪流。领队说，春夏两季，这里还是一个理想的牧场。所以，有牧民沿着山脚拉起了几道铁丝围栏，以圈住散放的牛羊。由于此处的海拔已有 3600 余米，故两边的山顶上已不见寸草，全是嶙峋怪异的灰色岩石，在微黛的暮霭映衬下，像极了面目狰狞的怪兽。再顺着站满"石头怪兽"的山巅望过去，便可见到闪烁着皑皑银光的不知名的雪山山峰。很美！可以想象，如是六七月，此地必定是遍地的野花，绝对是一处拍风光照的好地方。

虽已入秋，但滩上的青草长得依旧茂盛，在这儿露宿倒是个不错的选择，有这么厚的草垫着，晚上躺着一定不会觉得硌。而且，这里离水源近。除了旁边那条冰川溪流，滩上还有一条很清冽的小溪，那是从山上下来的泉水，水质极

扎营大草坝

好，故饮用或洗涮都很方便。

那天是阴历八月十四，正是月圆时分，大家围坐在草地上吃着饭，不经意间一抬头，只见月儿已从山顶上露出了大半个脸，地上顿时洒下一片清辉。在川西高原上，在雪山脚下，一轮圆月高高地悬挂于天穹，映照着宁静的草滩。太美了！

离我们不远的滩上散布着几个大小不一的水洼，每个水洼像镜子一般倒映着天上的明月，微风吹来，水面霎时皱起，像撒上了一把碎银，把周遭映照得斑驳陆离。大家不由地兴奋起来，纷纷感慨这是一生中见过的最难忘的月夜！几位头一次参加户外活动的人更是显得激动。我说，看过今夜月，从此不看月！

不知谁开玩笑道：这儿有没有爱写诗的文学青年呀？该好好写上几首诗了，这景上哪儿找去呀！我说：好诗早让前人写光了，光唐诗里就有多少写月夜的诗哟！思乡、爱情，等等，该写的都写过了，后人只能自愧弗如。

汪德说，你们运气真不错，前几天这儿还一直下雨呢。明天是中秋节，要是天气还这么好的话，月亮一定会更漂亮的。他这么一说，我们才想起，对呀！明天就是中秋呀，怎么差点给忘了！

因为明天要徒步近 50 里的山路，为保持体力，大家吃好晚饭就早早地钻入帐篷歇息了。但那晚睡得很不好，上半夜怎么也睡不着。我知道，这是由于缺氧的缘故，初上高原，每个人多少都会有这种症状。

已过子夜，刚有些犯困，突然帐篷外响起叮叮当当的马铃声（此地的藏民在每匹马或牛的脖子上都套有铃铛），我一下子被惊醒了。原来，同来的那些骡马本来都放在远处的山坡上吃夜草，不知怎么，吃着吃着竟吃到我们的帐篷区里来了。这些牲口围着帐篷，不但吃得有滋有味，还放肆地打着响鼻。我担心那些马会将固定帐篷的绳子给绊掉，便冲着外面不断地喊叫着驱赶它们，可这些牲口跟人混得太熟了，任你再怎么吼也不怕，依然自顾自地埋头吃草，清脆的铃声一直在耳边响个不停。这声音频率特别高，又尖又脆，在寂静的山谷里显得格外刺耳。如此这般地一番折腾，顿时睡意全无，只好睁着两眼熬到了天亮。

上日乌且的篝火

此次穿越的全程距离约 90 公里，沿途可见到 4 座海拔 6000 米以上的雪山，它们分别是：6027 米的小贡嘎；6540 米的嘉子峰；6376 米的日乌且峰；6112 米的勒多曼因。

昨日到达大草坝时看到的位于营地东北面的那座山就是小贡嘎，小贡嘎是一个呈三角锥状的像金字塔般的山峰。由于正值秋季，山腰以下已无雪，顶端部的道道岩沟底部却还积存着厚厚的冬雪，在褐色的山岩衬托下，极像一幅富有立体感的黑白版画，冷傲，卓尔不群。

嘉子峰位于康定和泸定的交界处，海拔 6549 米，是蜀山之王贡嘎山的著名卫峰之一。猛一看，嘉子峰的形状稍有些像小贡嘎，但因其与我们穿越的路线挨得近些，再加上海拔高度更高，山体上端的冰川也较发达，故感觉嘉子峰的山形更为峻峭雄奇。

与前面两座雪山相较，日乌且峰算是与我们作了最亲密的接触，因途经的路线离日乌且冰川最近。日乌且峰看上去似乎不像小贡嘎和嘉子峰那么险峻，但恰恰相反，日乌且的山体实际上是极陡峭的，只是因其山尖部分并不十分锐利，主峰又与旁边的雪山连接着，且高差不太明显，故整个山体看上去好像较平缓些，而它所暗藏的杀机恰恰正在于此。用一个数字就可说明它的凶险：至今为止，已有20多位登山者长眠于这座雪峰上。

勒多曼因峰是此次行程中见到的除贡嘎雪山之外的最后一座6000米以上的山峰，遗憾的是，那天天气虽不错，但山腰以上的云层很厚，我们只目睹到了下部山坳里的冰川。冰川较发达，虽相距甚远，但可看得出，呈流状的冰舌起码厚达几十米。

当然，一路上还有许多海拔6000米以下的雪山时时出现在我们的视野里，有的形状十分奇特、漂亮。向领队小伍和协作小邱打听那些山的名字，有些他们也答不上来，问得多了，他们就干脆嘿嘿一笑：反正这些山都属贡嘎山脉，别管它的具体名称了！

"哈！也对，也对，接下来只要你不主动介绍，我也不再问了。"我说。想想也对，这么多的山，能都记住名字吗？就拿自己住家旁边那几座小矮山来说好了，至今我还不知道它们的名字呢。

今天的目的地是上日乌且，行程大约有25公里。早上出发时从领队口中得知，今天走的基本上都是上坡，且有些地方坡度还很大。这让我隐约有些担心，因为我们这支队伍中有几个人是头一次来高原，都不知自己的耐缺氧能力如何。一般情况下，进入高原地带后，最好能先待上一两天，让身体适应一下低氧环境，而后再开步。这样，就可在一定程度上缓解高

四

在川西高原上

反。现在，我们刚从海拔仅 500 米左右的成都来到 3600 以上的高原，便立即投入如此高强度的穿越，似乎太急了一点。果然，后面所发生的事情印证我的忧虑不是多余的。

我们的终点是贡嘎山旁的上子梅村，全程一般需行走四天，但不知是什么原因，此行的时间被压缩到了三天，这就进一步增加了每个人单日的体力消耗。而且，随着我们的前行，海拔也越来越高，至下午，海拔基本上都在 4000 米以上了。因此，有人已开始出现高反症状。去过高原的人都知道，一旦出现高反，心跳大幅加快、血压也会紊乱，人的各项机能便大大下降。此时，平日里纵然有再好的体能也没有用。而行进在这样的路上，是容不得掉队或半途返回的，否则会影响整支队伍的目的达成。所以，未到彻底崩溃的地步，再难受也得咬牙坚持。

有几位年轻人显然是走得太快，当他们从我身边过去时，发现一个个喘得十分厉害，嘴唇也有些发紫。这是高反的初始症状。我劝他们走得慢些，但初生牛犊不怕虎，他们一个劲地摆着手表示没事。我则依据以往长途徒步和登雪山的经验，始终奉行"中间路线"，即匀速行进，既不殿后，也不领先，因为这才是保持体力的最佳方式。

贡嘎山的地质条件与汶川那一带很相似，好些山体从上至下都是很陡峭的碎石坡，有不少路需从坡中横切过去。我猜测这些碎石多是汶川大地震形成的。有趣的是，由于这里是穿越者的必经之路，走的人多了，竟在厚厚的碎石上踩出了一条二十来厘米宽羊肠道。真得感谢那些驴友，否则还要难走得多。但有些地段则连一点路的印辙都没有，或许是被新近流下来的石砾给盖上了，脚踩在上面，常会有成片的碎石被推挤出去，噼噼啪啪地滑落到崖沟下的冰河里。

但最大的危险还是来自结构怪异的山体，其中有一段路位于海拔

4300米左右的山崖边上，山崖与下面的冰河有至少百来米的高差，而路的上方则是有些悬空的山体。这些山体的构成既不是泥土也不是岩石，居然全是碎瓦状的黑色砾石，层层叠叠地

上日乌且沟

垒在头顶上，真不知这种地质结构是怎么形成的，更无法想象这些石头是靠着什么东西给黏合在一起的，猛地抬头，真能让人倒吸一口冷气：天哪！这地方可随时都会崩坍的呀！

几次进入青藏高原，见到过许多奇形怪状的地质现象，而像这种碎石墙一般的山体还是头一回遇到。看来，这片被印度板块和欧亚板块碰撞、挤压而形成的高原的演化过程实在太过仓促，以致未待成型就被外力顶出了海面，内质极为脆弱。

每每经过这种高危地带，我总是尽力加快步子，边走还要边抬头朝上张望着，生怕头顶上那黑乎乎的崖体真的垮塌下来，或者有零星的石块掉下来。当然，这样的事如果真的发生了，是很难躲避的。惶恐间，我本能地用手护住脑袋，只想着千万别让曾受过伤的脑袋再被落石砸上一次。

下午4点左右，我们到达了上日乌且营地。我的状态还不错，除了稍有点头疼外，其余无恙。见光线尚好，搭完帐篷，我立刻去拍照，因这儿周边的山好像比大草坝的还高，太阳肯定落得还要早，必须抓紧时间。

　　汪德和他表弟果真很牛，累了一天，待到了宿营地还得卸鞍、放马、做饭，可看上去却跟无事人一样，丝毫不显疲惫。他们生于此，长于此，对高原的适应能力显然要强于我们。见他们如此忙乎，我还是有些过意不去，便想去给他们搭个手，而他们则显得很无所谓，摆着手说：

　　"没关系，没关系！我们忙得过来，你们就等着开饭吧。"

　　上日乌且营地的地形与昨天扎营的大草坝很相似，但山间的腹地要稍宽阔一些。由于海拔又增高了几百米，山上的植被更显稀少，薄薄的草皮上只长着些低矮的灌木，高原的氛围也变得愈加浓郁。随着太阳渐渐落下山头，沟里的气温也随之骤降，阵阵山风吹来，让人感到丝丝的寒意。我赶紧去到帐篷里添衣裳，没走几步，突然看见来自杭州的小李仰面躺在草地上。我以为他可能累了，只是想舒展舒展身子而已。

　　走过他身旁时我说："你赶紧起来吧，地上太潮，这么躺着要着凉的。"可他却并不答理我，身子一动也不动。我有些奇怪，便上前瞅了瞅。这一瞅，立马让我感到了紧张。只见小李双目紧闭，眉头紧皱，嘴唇发紫。坏了！这是典型的高反症状，且瞧那样子程度还不轻。我立刻将与其同来的小池叫了过来，小池一看也大吃一惊，却不知如何处置。还是汪德有经验，叫大家赶紧将他抬入帐篷，并盖上厚些的衣被。接着，又忙不迭地给他吸氧、喂水。此时的小李似乎已经神志不清，并开始剧烈呕吐。这真的让我担心起来，这样的高反症状比我的同学玉章当年在西藏时还要来得厉害。这儿前后不着地方，真要是病情加重了的确是件很麻烦的事。吸过氧后，小李才稍稍安静了下来。

　　小池说，今天在路上他可能走得太快了！没错，小池的话让我想起白天的情景。中午时分，小李他们从我身边像一阵风似地掠过，步子迈得极快。当时我心里还在想，到底是年纪轻呀！走得如此之猛，不想现在居然躺倒了。其实，小李的高反之所以会这么严重，除了本身耐缺氧能力稍差外，走得太猛，过早地消耗了体内原有的血氧，也是一大原因。显然，他太缺少在高原生存的经验了。

汪德说："先让他躺着休息吧，晚上要是能熬过去就问题不太大，不过明天走路可能是不行了。"汪德这么一说，我反而更担忧了，因为经验告诉我，犯高反的人到了夜间往往会更加难受。况且，今晚营地的海拔已在4300米左右，即便是正常人也会觉得不舒服。不过，此时有一点尚可让人觉得宽慰，那就是小李并未患感冒，否则，两者齐至，后果真的会更可怕的。现只有等待了，看明天会怎样，但愿他能好起来。

到了开饭时间了。领队和两位协作心思蛮细，为今天的中秋节特地多准备了一道荤菜，在这样的大山里，能吃到些热乎的都已让人觉着心满意足了，谁还会去奢求什么加菜。所以，当一大锅香喷喷的土豆炖肉端上来时，让我们直呼意外。更没想到的是，汪德居然还给大家带来了月饼。惊奇之余，不免让人有点感动，只可惜那晚因每个人都有不同程度的高反，胃口较差，月饼都基本未动。我的那两只月饼待到了目的地才吃掉。时隔两天，对高原已完全适应了，胃口渐开，才发觉那月饼居然挺好吃的，甜中带辣。呵呵！四川人真有才，连月饼馅里都放着辣子。

望着小李那恹恹的样子，汪德建议最好让他吃点东西，不然体力很难恢复。但小李只是很勉强地吃了几口，就再也咽不下去了。此时的他脸色已经发青，显得很痛苦。我们离开帐篷才没多一会儿，小李便又大口呕吐起来。另一位领队小舒说，干脆就让他好好睡吧，这个样子是吃不下东西的，现在休息可比吃饭还重要。这让大家有点发愁了，要是小李病情再加重的话，那我们的穿越计划也肯定进行不下去，唯有走回头路了，何况，明天的穿越地带海拔比今天还要高出许多，即便是骑马也不一定受得了。

吃过晚饭，天色更加朦胧。此时钻进帐篷睡觉显然还太早，大家便或站或坐地侃起了大山。我们这一行人马中也有喜欢寻乐子的，都很会逗哏。一位南京的老兄装出很诚恳的样子，请汪德帮他找一位好一点的藏族姑娘，他想在这里度过一段美好的岁月。

汪德说："好呀！这不难，好姑娘多得是，就怕你受不了。"

"哪儿会呀！哄女人我最拿手了。"这老兄摆出一副满不在乎的样子。

"这可不是靠嘴皮子说说的事哦，你娶了人家，就得好好地养着人家，最起码放牧、挖药、种地样样都得会。我看你这一把瘦骨头，在马背上颠上几天就得散架，把姑娘还给人家怕都来不及，还养老婆呢！"

"啊？这么辛苦呀？那消受不起，消受不起！"大家又是一阵哄笑。

谈笑间，天已黑得差不多了，气温也骤然下降，阵阵山风吹来，让人直打哆嗦。汪德见状说："我去弄点柴，点堆火就不会那么冷了。"未待我们弄明白，只见他和其表弟已蹭蹭几步爬上了坡。过了不一会儿工夫，他俩就背着两大捆枯树枝下来了。

耀眼的篝火熊熊燃起，立时驱散了周遭的寒气。不知不觉中，一轮橘黄的月亮已在山坳上跃出，哇！大家有些傻傻地喊了起来："这月亮咋那么大呀！"因为海拔比昨日又上升了近千米，空气更显稀薄和通透，月亮像是压在山梁上的巨大的发光体，夸张而又炫耀地悬浮在眼前，近得似乎触手可及。这是我平生第一次在高原上度过的幻象般空寂的中秋之夜。不曾想，夜夜可见的月亮，已让我们对其存在感到有些麻木了，却会在这里展现着那么不可思议的光彩！

在这寂静的山谷里，雪山簇拥，皓月如镜，大家围着篝火，远离都市，远离喧嚣，远离烦恼，尽情地享受着生命中最浪漫、最快乐、最轻松的片刻。在这样美妙的意境中，才能让人体会到，与自然的亲近与融合，是生命中最简单，最难得的幸福。

不知是哪位，一边用木棒拨弄着篝火，一边若有所思地说道："如果可以的话，真想在这儿搭上间小木屋住下来，那一定很惬意，起码比城里生活要强多了。"

另一位说："这可不好说，过这种生活完全是一种苦行僧似的修炼了，而且还要看每个人的生存能力和对过简单生活的承受能力。当然，还要有异于一般人的生活理念。"

"不过，也许人类未必真的需要太过上舒适的生活，像现在这样也挺好呀，没有现代的厨具也不打紧，用这样一堆火也可让我们吃上熟食，或许还会觉得味道更美呢！"顺着话题，大家开始不着边际地扯了起来。

"对呀！生存本身就无须过于复杂，简单才是至上的完美形态。"

立刻有人表示异议："简单也得有个度呀！太简单了也不行，要是没有复杂、先进的技术，没有现代交通工具，这样的地方我们想来也来不了吧！"

"哎！真的，要是时光倒流几万年，那现在的我们就是一群刚刚从山上狩猎回来的原始人吧？那也不错，哎……谁的手机在响？扔了、扔了，不是追求原始吗！还用什么手机呀！"大家又是一阵哄笑。在远离现代文明的莽莽大山里，真的会让人产生时空错位的感觉，甚至连昨日里刚刚经历过的喧嚣的凡尘也会觉得缥缈虚幻。

火光映照着每位行者，大家互相说笑着，即便是在短暂的缄默中，脸上也无不洋溢着兴奋和激动。此刻，我觉着，一切物质的堆砌与引诱似乎都是徒然的东西，人生中，还有什么比精神的愉悦与高亢更具有意义呢！而这，该是行者的心灵深处对幸福的一种诠释吧。

众人聊兴甚浓，直至篝火完全熄灭方才钻入各自的帐篷。本以为，

累了一整天，晚上或许会睡得好一些，但显然是海拔陡然升高的原因，大脑极度亢奋，人躺在帐篷里，思绪却是满山野乱跑，怎么也睡不着。浮想联翩之余，又担心起小李来了，祈祷他快快好起来，否则那后果太可怕了。直至那边的帐篷里传来小池和小李的对话声，心才稍稍放下一些。待迷迷糊糊地睡去，已逾子夜时分了。

天边的日乌且沟

天刚蒙蒙亮，汪德兄弟俩就起身为大家做早饭了，一阵锅碗瓢盆的磕碰声把我吵醒，掀起帐篷门帘，只觉一股寒气直逼进来。看看时辰也差不多了，索性穿衣收帐。

此时，洗漱纯粹是象征性的。刷牙只好免了，因为溪里流淌着的是冰川的融水，奇冷无比；而洗脸也是简单的敷衍，双手捧点水，往脸上糊抹一把了事。不一会儿的工夫，汪德便把一大锅稀饭端到了大家面前，他关照大家尽量多吃一点，说今天会蛮辛苦的。小伍告诫大家，今天是整个行程中最艰辛的一天，距离也远，有近三十公里，而且有一大垭口——日乌且垭口要翻越，该垭口海拔高度有 4900 余米，坡度也在 50 度以上。

虽然胃口依然很差，但为了保持体能，我还是硬往肚子里多填了一只饼子。老刘递给我一个熟鸡蛋，说在路上吃。也幸亏这只鸡蛋，让我撑了一天，因为在高原上，普通的干粮很难下咽。

小李仍未缓过劲来，脸色极差，整个人显得蔫蔫的。今天他只能选择骑马了。至此，队伍中骑马者已增至五人。

正式出发了。我问小伍朝哪个方向走，小伍随手往身后的大山一指："从这儿上！"大家一看，立时有些惶恐起来，我们本来都以为今天的起点应是从西端的山沟里开始，没想到一上路就是爬大坡。这山因为光秃，更像是一面墙挡在跟前，看上去显得特别陡。呵呵！未待开拔，老天爷就给我们来了个下马威。

"天哪！这么陡的大坡呀！"有人不安地嘀咕着。

我有些担心老刘，问他："怎么样，行不行？要不要骑马？"

老刘以一口浓重的天津腔回应道："没嘛事，放心吧。"

呵呵！到底是下过乡吃过苦的人，意志力就是不一般呀，这样的回答，让我放心了不少。老刘昨天一直跟在我身后，相距不远，从急促的呼吸声中可觉察到他其实走得并不十分轻松，毕竟这是在高原上爬山呀！我提醒他步子把放缓一点，尽量不要用嘴呼吸。

走了约一个半小时，队伍到达了一个坝型的山坡上，我正忙着迈完最后几步，只听得前面已有人"哇哇"地叫了起来。抬头一看，喔！一座洁白的冰川从高高的雪山上延伸下来，像凝固的河流匍匐在山体之中。冰川末端的山脚下，是一个呈淡蓝色的、像镜子般平静的小海子。小伍说，这就是日乌且冰川。冰川，我已见过不少了，在我的心目中，每座冰川都具有非凡的神圣和美丽。尽管日乌且冰川的名声并不是很大，但其却有着非同寻常的风采，猛然见之，足以让人感到一种莫大的震撼。

那天的天气还算不错，但当我们到达冰川面前时，雪山顶上却聚集了一片不厚不薄的云层，光线也稍稍暗了下来，使整座冰川和雪山散发着苍白而神秘的光泽，尽显其冷傲和险峻。记得当年我攀登雪山时，即便是行走于冰川之中，也未曾有过这样的感觉。的确，每一座雪山及冰川，虽都有着相似的构成和外表，却可予人以很不一样的视觉与感受。而这，只有在见识了众多的冰雪风景之后才能真正体会到。

从冰川上下来继续前行，约个把小时后便到了日乌且大垭口的坡底，

引颈眺望，只见垭口高高地耸立在天上，坡很长，且陡得有些吓人，坡面密密散布着大小不一的片状砾石，行走在这种砾石坡上定然是十分困难的。这时，我立刻想到那几位骑马的人，因为这样的路，让骡马负重上行是不可能的，人必须得下来。此时，不管他们的体力是如何的不支，都得由自己苦苦独撑了。

当我登上垭口顶部时，没有继续往前走，而是停在了原地。主要是担心后面原先骑马的那几位扛不住，或需帮上一把。队伍被拉得很开，会出现什么状况还真不好说。接着，老刘也上来了，他的脸色不是很好，呼吸粗得有些吓人。我问他怎么样？他摆摆手："没事，没事，还行！"

后面的人还在缓慢地爬行着。我很担心小李，但好在协作小邱很尽心，一直寸步不离地搀扶着小李。这位在高原上长大的黎族小伙子体能奇好，人也憨厚，一路上还总是不声不响地帮助着他人。后来我才知道，他的两只脚趾也都磨出了血，却未曾吭声。

垭口的风很狂，吹得人有些站不稳，我撑着身旁的岩石，等待着后面的人上来。此时，山下还有四五个人，他们相互间的距离拉得很开，步履极为艰难，每个人的身后都好似拖着一只沉重的石碾。

终于，小李被小邱搀扶着摇摇晃晃地爬上来了。他的登顶让大家悬着的心终于放了下来，毕竟，在患有严重高反的情况下作这样的攀登，真的太不容易了。

此时的他脸色灰白，嘴唇紫黑，两手撑在一根登山杖上，俯下身子拼命喘着粗气，我赶紧上去将小李扶到一旁。就在我转身去迎候其他人时，不知怎的，目光却是下意识地向小李那儿瞥了一下。这一瞥立时让我大惊失色——或许是因为强风，也或许是高反的缘故，只见小李的身子摇晃着正往左后侧倒下去。他的身后有一段几近垂直的崖壁，崖壁下面是七十度左右的坡，落差至少有五十米，这要是掉下去不死也得重伤！来不及多想，我一个箭步上去将他的右臂牢牢攥住。但此时的小李明显因大脑缺氧而处于一种混沌状态，全然没有感知到

骑涉冰河

刚才的危险，目光有些茫然而疑惑地看着我，似乎是在问：怎么回事？

"坐下，快坐下！"我真的被吓坏了，赶紧将他拉至一块石头上坐下，并把小池喊了过来，嘱其看好他，生怕再出意外。

人到齐后，我们开始一起下坡。这坡与山的另一面一样，也是极陡，稍不留神就会来个仰面摔。好在我带了两根登山杖，向前杵着走还算稳当。都说上山容易下山难，但我觉得在高原缺氧的状况下，还是下山来得稍轻松些，至少人不会太喘。

刚走了没一会儿，后面却出了状况，说是小池走不了路了。我觉得很奇怪，因为小池一路过来，体能还是不错的呀！一问，说是他膝关节出问题了，我有些吃惊，赶紧折回。原来，小池的髌骨因前段时间在学校参加体育活动时不慎骨裂，距今才两个月左右。小池说他刚才上坡时没什么不适感，而一下坡就不行了。无疑，他的伤根本就没好利索，经过这两天高强度的跋涉，伤势复发是很自然的事。我不免有些责怪："你的腿刚受伤过，你爸妈怎么放心让你来这种地方？"

小池有些不好意思："我没跟他们讲是来这儿。"

"年轻人哟！这是长距离的高原徒步啊！可不是在家逛马路，你这样

子对自己太不负责了，这个部位要是愈后不好的话会影响今后生活的。"

　　但此时再多的责怪也没啥意义了，现在首先要考虑的是怎么让他走出这段最艰难的路，可也没有什么好办法，在这种状况下，各人能照顾好自己已是不错了，很难帮上忙，即便想去搀扶一下也显得困难，因为路不但陡，且极窄，仅能容一人落脚。

　　稍稍歇息了一下，小池只好硬撑着开始起步。看着他一步一瘸的样子，我心里很替他担心。未再犹豫，我便将一根登山杖给了他——这也是我眼下唯一能帮他的。有了两根登山杖，他的下肢负重可减少些，也更能保持身体的平衡，兴许会走得顺当一点。

　　小池有些不好意思要，我说："你不用担心我，我有一根登山杖就够了，现在首先要保证你能走，你要是抛锚了，大家都得跟着趴窝。"

　　在余下的行程中，我一直以与他相等的速度跟随其后，只为着需要时可予以应急性的照顾。幸运的是，翻过日乌且垭口后，余下的行程中再无这么陡的上下坡了，这在一定程度上缓解了小池的痛楚。

　　这一天走得很艰辛，每个人的体力消耗极大。由于高反的原因，大家的胃口都很差，平时吃起来倍觉香甜可口的点心，此时已是味同嚼蜡。那天，从早上出发至抵达宿营地，我总共才吃了一个苹果、几片巧克力和老刘给的那只煮鸡蛋。

　　按照以往这条线路的行进计划，那天的行程应是分作两天走完，但不知是出于什么原因，组织方将两天的行程并为一天。在高海四千多米的高原山区作如此长距离的徒步，对体能的确是极大的考验。到了下午，由于热量摄入过少，身体更是觉得疲劳，上坡时两腿像灌了铅一般沉重，速度越走越慢。这期间，又有三位驴友因体力不支而趴在了马背上。在极度疲惫的情况下，趁早骑马也不失为明智的选择。

作为这支穿越队伍中最年长的两位，老刘和我依然坚持徒步，至少到目前，我们还没动过骑马的念头。事后想想也觉得奇怪，人怎么能有这么大的潜能！

但那天我所犯的一个很弱智的错误，给自己徒增了一些困扰，那就是没带够水，因为我的小保温杯只有 360 毫升的容量，当然，不是不知道这么点水不够用，而是认为路上有这么多的溪流，渴了就喝那水得了，水带多了也累赘。岂不知，那山谷里的溪河水矿化很严重，不能直接饮用。而且，那水都是从冰川上下来的融水，冷得瘆牙，根本喝不下去。小伍提醒我，找流量小一些的小水沟里的水饮用，因为那水在流经草滩的过程中，起到了一定沉淀和过滤作用，水质会好一些。事已至此，也只能这么办。不过，好在自己的肠胃功能还可以，在余下的路途中，虽一直都以喝路边水解渴，倒也没把肚子弄坏。

一老资格的驴友见状向我建议："以后到野外旅行，可带上一种笔形的水过滤器，用起来很方便，效果也不错，喝着也放心一些。"

"还有这么小的过滤器？"之前我真的一点也不知道，那年在哈巴雪山大本营里，我见过两外国人使用便携式水过滤器，但体积比那位驴友介绍的要大得多。

"有的，你回去到网上搜一下就可找到，型号很多的。"

后来我回家上网一查，果然，各种各样的过滤器多得很。立刻买了一支，不贵，体积也小得难以置信，真后悔自己之前太孤陋寡闻了。

下午三点左右，我们被一条湍急的冰河挡住了去路。隔得老远，河水的咆哮声便传了过来，那气势还真有点吓人。由于日乌且沟一带冰川融水多，这一路上，我们过的溪流或山涧不下十几处，多可以踩着石头或从横架的独木上走过去，但这条河宽约十几米，深达一米多，水势显得很凶

猛。面对这大河，我们不免有些犯怵。

汪德说，大家都骑马过去。说实在的，对于骑马过河，我心里很没底，主要是担心马的力道是否顶得住这激流的冲击。要是在这样的冰河里落了水，不淹死也得被冻死。但是，我们没有任何别的选择。对于我的担心，汪德仅回以一笑："放心吧！没问题。只要人坐稳了就行。"汪德随即将驮在马背上的货物卸下，让我们逐个骑了上去。然后，他又像串蚂蚱一样将马匹之间用绳子连接上，这样做是为了更保险一些。

人多马少，过河的队伍被分成两拨，我在第一拨里。一俟蹚入河中，

勒多曼因冰川

即刻感到水的冲击力非常之大，马似乎正顺着水流往一边倾斜过去。我立刻紧张起来，双手牢牢地攥着缰绳，两眼紧盯着水面。突然，我感觉骑着的马已被水冲得浮了起来，而且正向一侧快速漂去，身子好像也有点坐不稳了。顿时，我脑子一片空白：看来今天是凶多吉少了！怎么办？我赶紧抬头察看河岸，以应对即将到来的危险。可就在我抬头的一瞬间，哎？发现前面的马队怎么依然走在原来的线路上呀，它并未移位。我这才猛然明白过来，原来是湍急的水流与横向前行的马队之间形成了速度反差，使眼睛产生了错觉。虽说这错觉仅有短短的十来秒时间，但的确把自己吓得不轻。

328

过了河，对岸是一条又陡又窄的山道，骑行在这样的路上极不舒服，我便下了马。谁知我着地的那一侧是个大斜坡，脚刚触地便滑了一跤，右膝盖被扭了一下，立时感到生疼。这让我很是担心，接下来还有很长路要走呢，接下来还要去登山，这腿要是伤了可就麻烦了。不过还好，膝盖疼了几天，竟慢慢自愈了。

过了河不久，我们又遇到了一条宽约十几米的溪流，不深，但也可没过腿肚子。此时所有的马匹已被重新装上了货物，再卸下来换乘太麻烦。故汪德仅让老刘骑马过去，他最年长，照顾一下理所当然，其他的人则全部脱鞋蹚水。

蹚这样的溪流要是搁在别的地方，绝对是件乐事，可这儿流淌的是刚从冰川上融化下来的水啊！我刚把脚放入水里，便觉浑身被凉了个透，又过了不一会儿，腿肚子以下开始发疼，继而又由疼变麻。

生怕脚丫子被冻坏，我想快一点过去，却不料那河床下面尽是边角尖锐的大砾石，开始被冻麻的脚底被硌得生疼生疼的，怎么也迈不开步。没法子，只好又跟人借了根登山杖，一瘸一拐地用双手撑着，像蜗牛一般慢慢爬着，一条窄窄的小溪竟然蹚了差不多有十来分钟。一到对岸，我便瘫在了地上，这两只脚好像已不是自己的了。我使劲用手搓揉着脚丫子，想让它尽快恢复知觉。如今的人，这脚板已养尊处优惯了，偶尔光个脚竟会如此痛苦不堪！再托起脚丫子一看，天哪！右脚的脚趾头赫然鼓着一只暗红色的血泡，而左脚掌则被砾石割开了一个口子，由于低温，血管都收缩了，豁口处竟没见到鲜血渗出来，且一点也没感到疼。想来顶着这大血泡走路一定会硌得难受，后面还有那么长的路要走呢。长痛不如短痛，趁着歇息的机会，我索性用小刀将那泡划开，把血挤掉，再将带的黄连素片捏碎撒在伤口上。

继续前进！

过了河，大家都越走越慢，为了鼓舞士气，向导不停地说：马上到了，马上到了，大家再坚持坚持啊！粗略算来，这一天我们差不多走了有三十公里，这对我们这些从城市里来的人而言，这个距离是相当了不得的，每个人的脚上多多少少都打起了泡，离营地越近，越感到累。最恼人的是，因地形高差的关系，再加上坡度大，路线皆呈S形，故营地的直线距离看似很近，却怎么也走不到，这最后一两里路惹得大家叫苦连天。我倒还好，那个血泡处置了以后，走起来反而一点也不觉得疼了。

六点左右，我们终于到达了一个叫"冬季牧场"的地方，这是今晚的宿营地。像前面的营地一样，这儿也是高山环伺，一条湍急的河流自西北方向奔腾而来，河面到了这儿略微变得宽敞，水势陡然和缓了许多，激流悄然贴着营地下面的山崖款款东去。

选择这地方做营地挺不错，周边的高山顶上虽危崖高耸，怪石嶙峋，山腰以下的地形却较为平缓，从河岸至半坡，放眼望去，草木格外茂盛，一片葱翠碧绿。一条清澈的小溪从营地旁边汩汩流过。向导说，这溪水的水质极好，即使到了冬天也不会干涸。所以，到了隆冬时节，山外已是一片萧瑟，此处却是形如春天，牛羊依然可以吃到充足的饲草。而徒步者选择在此扎营的一个重要原因，主要是这里有一大片适合扎帐篷的平坦草地，而且，离取水点也近。营地里还垒有两间石屋，虽破，却也可遮风挡雨。这房子是为当地人放牧所用。小邱说，这里由于地理环境较特殊，小气候很好，所以，冬天这儿要热闹得多，坡上尽是畜群。

俟抵达营地，汪德兄弟俩便又成了最忙碌的人，卸货、喂马、洗菜、做饭，跑了这么多的路，他们还能像开足马力的机器一样继续运转着，这真的让我很佩服。我们则忙着给自己搭帐篷，因天快黑下来了。待收拾完毕，我想好好"伺候"一下自己这双悲催的脚丫子。本以为，刚被自己动过"手术"的脚掌板一定会惨不忍睹的，但脱掉袜子一看，哎？还好，血泡虽然一碰触还是很疼，但豁口的血已经凝结，而那个被砾石划破的口子也完全"合拢"了。我琢磨了一下，似乎有了答案：或许是经冰水浸泡后，血管的收缩起到了止血的作用。这让我稍微放心了一些，只要脚板没有大问题，就不用为余下的路途担心了。

不远处，高压锅"哧哧"地喘着粗气，一阵饭菜的香味飘了过来，引得我肚子呱呱直叫，双脚便鬼使神差般地向伙房挪去。不料，刚刚走到门口，却见炉灶前着起了火，汪德兄弟俩正在奋力扑救。我立刻冲进屋去察看。只见我们随带的液化气瓶正在地上横躺着，阀门处呼呼地冒着很旺的火苗，显然是密封阀漏气了。我顺着喷出的火苗往上一看，猛然发现这屋顶低得很，粗圆的原木房梁上铺设着密密的条木椽子，这火要是把房顶给引着了那麻烦可就大了。

我一下子紧张起来，大喊："快把钢瓶先弄到外面去！"这一喊，好像提醒了他们，汪德立刻连踢带推地将裹满火焰的钢瓶"请"到了屋外的空地里，旁人又迅速拿起一块毡子将钢瓶裹住，过了一会儿，火终于熄灭了。万幸！房子没烧掉，钢瓶也保住了，否则，今天的晚饭肯定吃不成了。

这场火来得快，灭得也快，以致正在四处忙着给自己搭帐篷的人都未觉察到刚才的那场危险。开饭时，我与他们说起刚才这惊险的一幕，都显出一脸的惊讶："啊，什么时候？我们怎么一点都不知道？"

也许是刚才的一番紧张，也许是因为太劳累，突然感到肚子实在饿得慌。这是自进山以来头一回感到肚子竟如此之饿。这或许是个好兆头，因为我知道，至此，自己已开始适应了这种缺氧环境，高反症状正在渐渐消失。在海拔四千多米的高原上玩徒步穿越，哪怕是很轻微的高反也会让

人感到很不舒服。

高反的消失，使胃口好了许多，这是我上路以来吃得最香的一顿饭了。可以断定，此时的自己肯定是一副狼吞虎咽之相，旁边的人见状跟我开玩笑："是不是想把这几天拉下的顿儿都给补回来啊！"

呵呵！看来，我不用再为接下来的体能问题担心了。

老刘则在营地里遇到了一点小"悲催"。不知为何，他总不肯戴帽子。高原上紫外线极强，我一路上多次劝他把帽子戴上，可他一直不当回事。

吃过饭，天边尚有微光。老刘去厨房斜对面的一间破屋里看望几个在那儿搭帐篷的人，出来时不小心将头顶磕在低矮的门框上。当他将捂在脑袋上的手拿开时，把我吓了一跳——一大块头皮竟然被撞掉了，露出一片嫩红色，上面还渗出点点血珠。原来，老刘有些谢顶，没有了头发的遮蔽，头皮硬生生地被紫外线给灼伤了，稍一磕碰，便立刻皮肉相离。虽是小伤，看着却让人瘆得慌，而老刘依然是一副大大咧咧的样子："没事，没事。"

第二天，老刘老实多了，早早地就把帽子戴上了。我看了心里直发笑：唉，早戴上不就没这倒霉事了吗？

进发上子梅

以为，昨天如此疲劳，晚上应能睡个好觉，但事与愿违，因搭帐篷时没选好地方，身下这几尺地高低不平，硌得人怎么躺都不舒服，一整夜仅仅睡了两三个小时。早上出发时，领队与我们说，今天大家得有思想准备，沿途虽没有像日乌且垭口那么陡的大坡，但全是呈上升趋势，再加上已走了两天，体能消耗都很大，可能会更加疲劳。而且，今日的行走距离跟昨天差不多。

我却认为这可能是领队的一种心理术，先将要做的事说得难一点，以降低人们的心理预期。我想，既然没有像日乌且这样的大坡，应该不会像领队说得那么艰巨吧？但是，当这一

途中小憩

天的行程结束时，才知领队说得一点都没错，那甚至是一种炼狱般的感觉。

沿途的风光依旧是诱人的，山其实就是昨天所看到的那座山，只因与它更近了，故而又有了不一样的视觉效果；河也依旧是昨天那条河，只是随着我们的上行，汇聚的水脉减少，其水势也变得稍稍小了一些，但更加清澈了。

临近中午，我们在山林的一块空地上坐下休整，顺便吃些干粮。这是今天上路以来的第一次休息，因为大家都担心时间不够，不敢多歇。这片山林的树木都显得较粗壮，树冠也很茂盛，这说明此处的海拔又降低了不少。但是，这也不是什么值得高兴的事，因为目的地海拔很高，这也就意味着前面将会有相当高度的上升。反复的上下坡，把大家都有点搞怕了，尤其是我们这几个徒步的人，只要见到前面有明显的上升地势，都会惊讶而失望地叫起来。

昨天稍好了一些的血泡现又有点鼓了起来，脚趾蹭在鞋垫上那真叫一步一个疼啊。或许是连续几天的缺觉，慢慢地，眼皮也开始上下打架，

阵阵困乏袭来，双腿竟有些飘飘然的感觉。在这种山道上行走，需随时保持状态，不然很可能会出危险。此时，脚趾产生的疼痛反而起了一种提神的作用，为了清醒自己，有时，我甚至会故意用力地将脚踩下去，虽疼得龇牙咧嘴，却困乏顿消。当然，最好的提神效果，莫过于眼前突然出现的好风景。

离贡嘎寺不远处，路的下方是一道山涧，山涧底部是一条蜿蜒的冰河，水流湍急，浪花翻腾。河的两岸是苍翠的山崖，而在河流的一拐弯处，竟裸露着一大片平坦的绒毯般的草地。有人惊叫起来：这多像喀纳斯啊！川西的喀纳斯！这景致确实很有特色，在川西高原上，构成美景的元素多是冰川、雪山、草原等大画面，蔚为壮观。而眼前的山水却是很精致，这在川西一带还真不太常见。只可惜我所站的地方与这山涧有好几百米的垂直落差，相隔又远，且没带长焦镜头，故无法拍出让自己满意的照片。记得有位摄影家说过，好风景往往是留下遗憾的记忆。这话说得很在理。有多少风景，只能成为永恒的记忆！

围着这道风景一阵拍摄，困盹感也消失了许多，脚步变得稍稍轻松了一些。走了没多久，前面忽然出现了一个小亭子。领队说贡嘎寺快到了。大伙一听顿时兴奋起来，因为这意味着离目的地不太远了。而领队的另一番话却让人好不纠结，他说："如果要去贡嘎寺的话，从左边的山道进去，来回得走十几里路。如果不想去，我们就往右侧走，直接去上子梅村。怎么样，你们去不去？"

大概犹豫了几秒钟，我很干脆地说："去！必须去！都走到这儿了哪能不去！"其实，这个时候，有两个自己在脑子里打架——身体上的自己显然是不想去的，筋疲力尽之时，哪怕是多走一步也是极累极累的事，更何况是一下子额外增加了十几里的路程！而精神上的自己却是格外的毅然决然。现在不去，更待何时！世上能有多少人来得了贡嘎寺？老刘也很决然地表示要去。于是，我们便立即拐入左边的山道。

这条路与我们一路所走的羊肠小道比，算是宽敞，跑个小型农用车绝无问题。但是，走起来也并不轻松，因为一路全是上坡，虽不算很陡，但对我们这些已呈强弩之末状的疲惫之师而言，无疑是一项异常艰难的任务。

步态蹒跚，迈出的每一步都显得很机械，很沉重。不远处，是贡嘎山的侧翼，上端，被云雾遮挡着，而下端则袒露着厚厚的冰川和山体垮塌时形成的石屑流。这山形看上很粗犷，甚至有些可怖，其色泽在背阴处显得格外沉郁，像是铺着一大片灰褐色的煤渣。而山脚下竟然莫名地堆积着厚厚的砾石，看上去也不像是由上面滑坠下来而形成的。由于那山离贡嘎寺还有一段很长的距离，我们不可能走过去细探这奇特的地质奇观。

终于见到了贡嘎寺。贡嘎寺建于13世纪，距今已有600多年，与其显赫的名声相反，贡嘎寺很小，占地面积仅千余平方米，也很旧，建筑上

贡嘎寺

的油漆都已剥落。寺内极冷清，只见几位喇嘛在不紧不慢地整理着院子，寺内也未闻燃烧的藏香味道。显然，交通的极度不便，使这儿缺少了内地寺庙的那种人气。这个寺庙给我最深的印象是寺内的那位主持，其胖乎乎的身材再配以大圆脸上的那圈浓密的络腮胡子，形象十分逗趣，加上其面相和善，脸上总是堆着憨憨的笑容，所以，看上去很显得很亲和。

遥
远
的
风
——
天
涯
八
万
里

　　我一进去，首先碰见的就是他。他一见面便问我是不是还要往前走？我一时没弄懂他的意思，疑惑着说："我们就来看看，一会儿就去上子梅。"

　　听我这么一说，他点点头："哦，那好，喝点水，歇一会儿吧。"完了又跟我说，"屋里有开水，你们可以去灌上一些。"旁边的一位年轻喇嘛见状忙进屋给我拎了一只大号的暖瓶出来。灌完水，我便与主持攀谈起来。

　　我说："平时来这儿的人不太多吧？"

　　他笑道："山高水长，来一趟多不容易呀，平时很少有人。不过，到了转山时节，这儿的人可就多了，至少有上千，庙里根本住不下，甚至连外面想找个搭帐篷的地方也没有。"

　　"是吗？你们庙里也可以接待呀？"

　　"可以呀！做饭、住宿都行，不过条件很差，你们或许住不惯的。"他这么一说我才明白，刚才在门口碰面时，他问我是否还往前走？意思只是要确认一下我们是否在这儿过夜。

　　"你们的客房在哪里？"我问。

　　胖主持指了指上面："也谈不上客房，只是摊个铺盖卷吧，就在楼上。"

　　于是，我腾腾几步跑了上去。只见靠楼道的头一间屋内支着两张木板床，地上还摊着几个铺盖卷，未叠的被子乱哄哄地推在那儿。呵呵！与我们当年在内蒙古搞水利会战时住的临时工棚差不多。不过，真正的驴友的兴趣点尽在山水之间，倒是不会太在意住宿条件的好坏，有个遮风挡雨的地方就满足了。

　　待我下楼，只见胖主持正在门口逗弄着一只半大的白屁股黄羊，旁边还围着好几位看新奇的驴友。我好生奇怪，黄羊胆子是极小的，而眼前的这只黄羊不但不怕人，反而黏着人讨吃，小碎步一走起来，挂在脖子上的铃铛便"叮叮"作响，模样可爱极了。原来这是一只从小被僧人收留的野黄羊。哦！怪不得与人这么亲近呢。我走过去想搂抱一下它，不料这小家伙猛地低下脑袋朝我轻轻顶了过来。大家都看得乐了：犄角还没长出来就想顶人啦！

我问旁边的一位僧人："它长大了会走掉吗？"

那位僧人抚摸着黄羊的小脑袋："那顺其自然啦，反正我们也不拴着它，让它随便走。以后也许会跟它的同类走，也许就一直待在这儿了。"末了，他又补了一句，"这小生灵很有灵性，挺乖的，它现在离不开人。"

一只小黄羊的命运，让我感受到了贡嘎寺僧人的温情与善良。在藏区，诸如此类的人与野生动物和谐相处的事例随处可见。当地人还告诉我们说，冬季大雪封山时，常会有雪鸡、獐、鹿之类的动物跑来向人讨吃的。

离开贡嘎寺显得很突兀，当时，我正在寺外拍照，我的同行者们走过来吆喝道："老陈，走啦！走啦！"我本应与那位主持告个别的，也算是相识了，不辞而别总不太好。而且，我原还打算与这位颇有鲁提辖风范的主持合张影呢。但此时若再返回寺内，来回得十来分钟。怕大家干等，我只好犹豫着踏上了归路。

贡嘎寺到上子梅还有近十公里的路程，开始走的都是下坡路，身体虽然极度疲惫，心里还挺高兴，以为大功告成了，余下的路应该不会太难走。但是，万万没想到，走了约半个多小时后，发现前面的路突然变成了十分陡峭的大坡。原来，临近上子梅，是一个垂直落差很大的峡谷，从谷底望向山头，能让人感到一阵绝望。大山里日头落得早，天色也有点昏暗起来。旁边有人开始埋怨："走不动啦，晚上在这儿过夜了！"但说归说，走还是得走。等到达上子梅村，一个个都累得东倒西歪，溃不成军了。

子梅村很小，总共只有九户人家。而整个村子又依地势高低分成为上、中、下三个自然村。我们所在的上子梅地势最高，故能望得很远。暮霭中，

秀丽的山色依稀可见，乳白的云带飘浮在悬瀑危崖之间，远处的雪峰还染着一丝落霞。这不由地让我想起了张大千的《山村野趣图》中的画面。

上子梅村

天色渐渐暗下，我决计明天一定要早点起来，好好欣赏一下这个高原上的小村落。每个地方的藏民都十分好客，我们入住的这户藏民也不例外，见我们像软脚虾似的都横七竖八地斜躺在沙发上，主人扎西立刻给我们沏上酥油茶，热情地招呼起来。扎西家房子很大，共有上下有三层。见我惊讶，扎西说，这几年来游玩的人越来越多，房子不整得大点接待不了。扎西两口子把客栈打理得不错，房间的布置虽简单，却还蛮整洁。将我们安顿好后，扎西便忙着去给他老婆帮厨。闲来无事，我也跟着进了那间大客厅兼厨房。其实，我更多的是想看看晚上吃些啥。这一路风餐露宿，伙食都是"粗放"型的，现到了目的地，自然不能再委屈肚子。

扎西往砧板上端了一脸盆土豆切了起来，随意地一瞟，让我不由地吃了一惊：这些土豆中有不少已发青并发芽，且全未削皮。我知道这里的人切土豆是基本不削皮的，但土豆一旦发青抽芽是有毒的，但我又很难指点人家该如何做。于是，我便上前跟扎西说："这么多人，你先忙别的去吧，我来帮你切。"扎西倒没客套，立刻将刀给了我。这时，同行者们已安顿完毕，纷纷来到了客厅里。他们见我如此不知疲倦地干起了炊事，不禁"好评"一片：

338

"哎呀！老陈难道你不累呀？还帮着切这么一大盆土豆，真是不得了！"

我有些哭笑不得，便轻声向挨着我的两位说道："你们当我是铁打的？现在我真巴不得立刻躺下休息呢！可你们看看，"我将削下的那些青皮放到他们面前，"我是怕大家吃坏肚子，才来当这厨工的。"

如此一说，他们才恍然大悟。其中一位似乎有点不好意思，表示要替我代劳一阵，可一看其操刀的架势就知那肯定是个在家吃现成的主。我说："算啦，算啦，别害得你把手指头都切掉了，还是我自己来吧。"待我将满满一脸盆土豆丝切完，觉得两条腿已僵得打不了弯了。这种累，真的只有自己知道。此时，整个脚掌和每一根趾头都是酸痛酸痛的。现在能这么站着而不倒下去，完全是凭着自己最后那点意志力硬撑着。

餐前，我与扎西在炉灶前作过一番交流，他的叙述让我很有感触。扎西家原先的收入主要靠农牧两业，来此旅游的人增多了以后，家庭客栈的收入渐成主要。扎西说，他们现在的日子过得很快乐，也很满足。我很羡慕他们，日出而作，日落而息，这种生活简单而朴素，其中的快乐，是我们这些来自像名利场一样的城里人所体会不到的。在这样一个几近与世隔绝的小山村里，幸福，像沉寂无声的流水，平淡而宁静。将岁月日复一日地付诸青山秀水之中，当是人生的美好境界。当然，前提是不能对生活有过高或无度的奢求，因为，幸福是靠感受而不是凭享受。

与藏民接触多了，让我对这个民族有了更多的了解。藏民的家庭似乎都有一个共同的特点，那就是特别宁静。他们的家庭氛围一般都很好。我所去过的家庭中，全无内地汉族人家庭所常见的那种浮躁纷攘。这种宁静不仅仅是指声音的轻谧，而是一种文化习惯的体现：夫妻间交流是

轻柔的，孩子间说话也是低分贝的，与客人的交流也总透着一股子沉稳与亲和。在这种氛围中，我们的内心也会不由地安宁下来，这种感觉有点奇妙。这让我想起了我的藏族朋友强巴向我说过的话：与人交流的这种方式也是他们这个民族所一直具有的，但是，现在因与内地的汉族人交往接触多了，这个特点也在悄悄地改变。说实在的，我真不知这种改变究竟是好还是坏。

扎西的厨艺不错，晚餐做得蛮丰盛，竟也摆了满满的一桌。今天是整个徒步行程中的最后一天，大家都显得很兴奋。看着一桌好菜，老刘顿时来了兴致，叫扎西端来一箱啤酒，大声宣布："大家喝啤酒，今晚的啤酒我请客！"老刘算不上有钱，但绝对是个大度而豪爽的人。那顿晚饭大家吃得很开心，每个人都像开庆功会一样开怀畅饮，场面好不热闹，惹得扎西的两个孩子在旁看得直抿嘴偷笑。

吃饱喝足，天已漆黑。离开酒桌，一个个真的变成了软脚虾，摇摇晃晃地向着各自的床铺挪去。深山的秋夜，寒气甚重，尽管窗户紧闭，但屋内仍十分清冷。这个时候，唯有尽快钻入被窝了。扎西家养着两只大猫，特别黏人，从进入客栈开始，就一直跟在我们身后。那两只猫极乖巧，给它们点吃的便显得激动万分，竖起尾巴围着我们在腿上蹭来蹭去。待我们上了床，其中一只猫儿竟也大摇大摆地跟了进来，巡视一番，旋即跳到小池的铺上，径直钻入被窝里。

众人大笑："看来这猫也会选人啊，挑了个小鲜肉的被窝。"

挨着小池的一位成都人大惊："猫身上是有跳蚤的！"欲起身驱赶。

我忙为猫矫枉："放心吧，我去了五六趟高原了，唯一的重大发现就是高原上人不长虱，猫不长蚤。"

"真的？为啥呢？"众人半信半疑。

"没为啥，可能是缺氧呗！"

小池人善，又特别喜爱猫，故不忍心将它从被窝里揪出来，就由着那大猫与他同衾共眠了一整晚。

心醉贡嘎

大山里天亮得晚，再加上大家数日劳顿，昨晚又都喝了点酒，所以，睡得特别沉，待大家起床，已是上午八点左右了。按原定计划，今天我们一整天都将待在上子梅，其间的主要安排是上午和傍晚分别两次去子梅垭口去看贡嘎雪山。傍晚那趟观山是为了看贡嘎的落霞，因为贡嘎山体宏大，山形巍峨，故霞光中的贡嘎与云南的梅里雪山一样，是一道名声显赫的风景。昨晚汪德还说，明天天气可能不错，应该能看到贡嘎全景，对此，我充满了憧憬。

对于这个安排我很满意，因为这样不但可充分欣赏到不同时辰下的贡嘎，而且，还可利用余下的时间在子梅村好好走一走。上、中、下子梅上下垂直落差达六七百米，且山上溪流纵横，古树参天，是典型的原始森林风貌。行走于这样的山林中，是无论如何也不会让人感到失望的。当然，肯定还能拍些不错的风景照，运气好的话，没准还可遇到金丝猴呢！

但后面发生的变故让原先的方案全落了空。未待开早饭，领队跑来通报了一个消息，说是有辆面包车要去上木居，那儿居住条件要好一些，问大家去不去？结果多数人都表示愿意去，见他们都这么急切地想去舒适点的地方住，我也不好说什么，只得由着大家了。

离出发还有半个多小时，我匆匆吃罢早饭，立刻拿上相机朝村外走去。昨天傍晚抵达村口时，见坡上有大片金黄的青稞田，田边围着木栅栏，

在青山的衬托下，很有意境。但其时太阳已经下山，只好作罢。现马上就要离开这儿了，必须抓紧时间将这小小的心愿了掉。

那段路蛮长，我是一路小跑着过去的。我围着青稞田想尽量找一个好点的拍摄位置，但此时正是大逆光，远处的雪山对比度很差，要想拍出好照片是根本不可能了。无奈，只好随便拍上几张，权当到此一游吧。唉！我实在想不透，既然出来作徒步游，为何如此在乎舒适与否？白白错过这么好的景色，真是天大的遗憾！

待我急吼吼地赶回客栈，只见领队小伍正站在门口打听着我的下落。见我来了，便说："还以为你去了哪儿，急死了。"我一听有点不太高兴，便说："你这计划临时一改变，搞得我措手不及，本来我可以有充足的时间好好拍些照片，现在却害得我在海拔3000多米的地方跑着步拍照！"让我这么一说，他显得有些不好意思："哎呀！计划赶不上变化，考虑不周，考虑不周！"

见他如此，我也不好意思多说啥，便赶紧上了车。

九点半左右，我们便向上木居开拔。从子梅村到上木居约有个把小时的路程，其间须路过子梅垭口。子梅垭口海拔4550米，与贡嘎雪山遥遥相望，直线距离约7公里，因此，观赏效果极好。由于垭口附近唯独子梅村具备住宿条件，故而，来贡嘎者必须在此落脚，这就为村民们提供了不错的收入来源。

村口至子梅垭口这一段路是狭窄的简易公路，据说刚刚修建不久，所以路面还算平坦。当车子拐过几个弯口，从车窗向外望去，只见贡嘎雪山的云雾正渐渐散去，顶峰虽还没有全部显露出来，但轮廓却是越来越清晰。大家开始兴奋起来，因为这说明今天完整地看到贡嘎全貌的可能性很大。这时，不知谁说道："赶紧先拍上几张吧，不然等我们到了垭口恐怕连这景色都看不到了。"于是，坐在靠右侧车窗的驴友们纷纷将相机伸出

342

窗外噼噼啪啪地拍了起来。

汪德笑道："不用着急，今天肯定能看到贡嘎的。"但人们仍不放心，担心好景色会突然变

贡嘎雪山

没，依旧不停地拍摄着。想想也对，反正现在都是数码相机，不像从前的胶卷年代，会造成承受不起的浪费，不满意就删掉重拍。我的座位在另一侧，再加上车子太晃，无法跟着他们凑热闹，只好眼睁睁地看着远处的雪山云卷云舒。不过，我们的运气还是挺不错的，待到达子梅垭口，天气变得更好，除了贡嘎主峰的顶端还有少量云层遮挡着，周边的山峰已清晰地显现出来。

作为登山爱好者，我自然想到了攀登，便向小伍打听这座山近年的攀登情况，他眨巴了几下眼睛，有点惊异地："这山？根本不可能登上去，连国家专业登山队现在都不敢登了，死亡率比珠峰还要高上几倍呢！"

我笑道："只是打听一下而已，咱这菜鸟级的哪敢登这样的山！真要去玩命啊！"

旁边有人插话道："呵呵！哪怕是最普通的雪山，你敢去登就算不错了，我是不敢登。"

小伍说："登雪山真的不太容易，除了体能和技术，还得抗高反能力特别强，不然很难的。"这话在理，当年登哈巴时，这么多比我年轻的人都没上去，除了天气原因，主要还是因为高反太厉害。大家正七嘴八舌地

议论着，贡嘎主峰上的最后一片云彩忽然散去，山尖完整地展露在我们面前。"哇！快，快，赶紧拍，赶紧拍！"有人兴奋地大喊起来。

只有见到到了贡嘎，才知其缘何会被尊之为"蜀山之王"。在高达7556米的主峰周围，6000米以上的山峰就达45座。而且，与主峰一同排列于前的雪山形状都十分雄奇壮观。与梅里一样，贡嘎的山体及冰川规模很大，更由于冰川的作用，其山峰都呈锥状，冰壁陡峭，危崖嵯峨，格外壮观。因为几年前去过贡嘎雪山东坡的海螺沟冰川，故而在想象中将两者的地理位置一相衔，便会感觉这座山系特别漫长，规模似乎更胜梅里雪山。或许，我的直觉是对的，毕竟，贡嘎的海拔比梅里高出千余米呢！

今天的时间安排还算宽裕，拍完照，我便在坡上坐下，只想好好地享受一下与贡嘎近距离相望的美好时光。此次穿越的最后一个目标终于实现，该让心绪好好沉淀一下了。我一直觉着，面对雪山时，内心总会得到一种奇特的宁静。这种宁静甚至近乎达到忘我的状态，这不是对神，而是

贡嘎雪山徒步穿越者全体合影

对大自然的一种景仰和敬重。许多雪山之所以被当地的人们尊之为神，正是因为其圣洁的形象太具有感染力。作为无神论者，我当然不会相信有任何真实的神的存在。但是，转换一个视角看问题，结果又会不一样，人们如果都笃信山河皆有神的存在，那么，在并不遥远的从前，我们还不敢或不会干出那么多荒唐的"人定胜天"的"壮举"。所以，信神未必是件坏事，但前提是，信仰中不能夹杂任何功利目的，否则就是典型的虚伪。

中午十一点左右，我们抵达了上木居。上木居村不大，只有三十几户人家，但由于居住得相对集中，故看上去还显得挺热闹。今天的下榻处是登巴客栈，客栈就位于路边，是座二层的藏式小楼，楼外是一大院子，院内的地上晾晒着好多刚从山上采下来的菌子。客栈的主人似乎对我们的到来有些措手不及，说房间还得整理一下，让我们先在院里稍作等待。一时无事可干，我便跟着主人一同上了楼，想看看房间怎样？哎！还真不错，一个房间三、四张铺，床单、被子也还干净，当然，洗手间是公用的。在藏区，能有这样的住宿条件真该心满意足了。

等我走下楼，却见我们这拨人正围着小伍在紧张地讨论着什么。一问，原来是有几位驴友要求临时更改计划，想提前回去，今晚要住到康定。没想到的是，这要求还得到了多数人的附和。这回我真的有点生气了，因为这么一来，就意味着原定的下午再上子梅垭口拍摄贡嘎的"日照金山"计划彻底泡汤了。

我说："没什么特殊意外的情况，为什么要改变计划呢？"

那几位有些不好意思，赶紧向我解释道："哎呀！原先将出行的时间算得太满，没留余地，现在再一算，只怕是没法准时上班了，单位管得紧……"

我们意见不一，小伍也显得有些为难，不知如何定夺是好？毕竟，

严格按照当初的协议办的话，这种变更是没有道理的。但看着略显尴尬的窘况，我的态度又不由地软化了下来，心想，他们这么做虽然不太妥，但或许真的是迫于无奈。此时，只得换位思考，否则，真的无法妥协了。

"算啦，算啦！"我说，"随你们怎么办吧！"

于是，大家又呼呼啦啦地上了车。沿着215省道，向康定进发。

约一点多钟，车抵沙德镇。若不是我们这些来自远方的不速之客的惊扰，沙德应该是个十分宁静的高原小镇。镇里人不多，但由于地处交通要道，路两旁开了好些饭店和卖土特产的铺子。显然是与外界接触较多的缘故，沙德人都显得落落大方，向当地人问路，你肯定会得到热忱的指点。

吃过饭后，见还有点时间，我想去附近了解一下松茸的行情。因为我们每个人都在上木居买了松茸干，500元一斤，说是买得多，算是优惠价。对于这个价格，有些人说便宜，有的人说贵，所以，想证实一下这东西价格几何？在路边遇一个八九岁的藏族小姑娘，便将她拦住。在我这个陌生人面前，她一点也不羞涩，举手朝路对面一指，嘻嘻笑道：

"那是我家开的店，我陪你去好吗？"

我说："好呀！你前面带路吧。"

还没进店门，小姑娘便脆脆地用汉语喊道："妈妈，有客人要买松茸。"

我怕引起误会，连忙纠正道："只是看看，只是看看，刚才在路上已经买过了。"

"没关系的，您看吧！"她说话轻声轻气的，一看就是个好脾气的藏族女性。我向她请教关于松茸干的常识。她便拿起一片松茸干向我说：

"松茸最好是吃新鲜的，不过你们不好带，也只能买干的，"然后她又说，"你要挑没开伞的，开了伞的鲜味就差些了。"

我又向她询问我们的货价，她显得有点为难的样子："哎呀！没看到货，可不好说，同样是松茸，档次也是有高低的。"在我们说话期间，小姑娘一直抬头笑嘻嘻地看着我，末了突然说了句让我有点尴尬的话："嗯……"她好像是在思索该怎么称呼我，"你不买吗？"

我笑了起来，"哎呀！实在对不起啦，我已经买过了。"为了向她表示一下自己的歉意，我从兜里摸出一块巧克力递给她。她立即被我"收买"了，高兴地接了过去，笑道："谢谢叔叔！"

"啊？叔叔？"从她嘴里喊出这个称谓，让我觉得有些别扭，"你妈妈叫我叔叔还差不多哩！"我心想。从店里出来，只见我们的人开始上车了，我赶紧三步并作两步地跑去。

车开起来，大家嘻嘻哈哈地闹腾着，发动机突然变得怪声怪气起来，"突突"了一阵就没了声响，车子渐渐停了下来。此处离九龙县城还有一半的路程呢。

"咋回事？咋回事？"众人惊诧。倒是开车的藏族司机显得不慌不忙，跳下车来，打开车头盖子，自信满满地说道："别着急，小毛病，小毛病，一会儿就修好！"

大家都下了车。我突然发现这儿的风景与新都桥的风格十分相似，也全是由草甸状的小山头、林子、河流等元素构成，简约而秀丽。于是，我索性拿起相机往路基下面走去，那路基下面是个只有几户人家的自然村落。此时的光线不错，只可惜视野内拉着好些横七竖八的电线，妨碍了取景。为了避开这些电线，我只得继续往下走。

待我拍完照回来，已过去近半个小时了，车子依然没修好，那司机仍在拼命地捣鼓着车子，额头布满了汗珠，脸上也没了刚才那股子自信。一位驴友轻声跟我说："你看看这是什么年代的老爷车，机器都脏成什么样了！"我过去仔细一瞧，果然，发动机表面积着一层厚厚的灰尘，漏油的

地方则积着发黑的油腻，皮管子也老化得不成样，上面布满了细细的裂缝。

我说："在藏区，旧车管得很松，这没准是辆报废车呢！"

让我这么一说，这老兄像是突然明白了什么似的，便跑过去问那司机："哎，我问你，你这车是不是报废的啊？"见他如此直白地质疑人家，我心里有些不安。不料那司机的回答却让我们都愣住了，他毫无掩饰地说道："车子是旧点，但刚翻新没多久，气缸都镗过的，好着呢。"

天哪！翻新车，那不就是报废车吗？司机见我们都一脸的惊愕，显得很是不屑："放心吧！这车性能还是不错的！马上可以走了，马上可以走了。"我们面面相觑，都有点哭笑不得。又过了不一会儿，车子终于启动了，看来这老爷车还没到彻底完蛋的时候。

傍晚时分，我们终于赶到了康定新城。记得第一次来康定时，这儿还到处是脚手架呢，才三年多时间，新城已完全成形了。算起来，这已是我第三次到康定了，一直想去跑马山看看，尽管也知道那山的景致不过如此，去，更多的是为了实现一种仪式感，但不去，还真的像是缺了点什么。其实，天还很亮，我问小伍，现赶去跑马山是否来得及？小伍说不行的，现在打车过去，再上山下山，来回怎么也得两三个小时。听他这么一说，我只好打消了去"跑马"的念头。望着那远山，心里不免觉得有点好笑，唱了多少年的跑马山啊，几次到了跟前，竟总也上不去。小伍说："没事的，你不是说以后想穿越年保玉则吗？还有机会的。今晚就一门心思好好聚餐吧！"

那晚，我们在康定新城里挑了一家不错的火锅店，大家围坐在一起，开怀畅饮。刚见面时，彼此还有些拘谨，几天下来，现都已成了无话不谈的朋友了。这也是旅行的另一种乐趣的体现，它能让你结识不少志趣相投的人。

今晚是大家相聚的最后时刻，明天一早，绝大多数人将从康定和成都踏上各自的归途，唯独我，将一人前往日隆镇，继续我的登山旅程。

日隆小镇

说起日隆镇，我已不是第一次去了，两年前穿越大北线时，曾经路过那儿的，只是由于跟着人家走，没法子依着自己的想法定夺去留，只好匆忙掠过了事，故对这个地方没留下什么印象。此次总算稍稍弥补了之前的遗憾，在这儿停留了整整两天。日隆镇的区域面积不小，约有480平方公里，但人口仅有三千左右，以藏、汉、回为主。由于地处高原山区，地形地貌及气候的多样性，使日隆的物产颇为丰富，农、牧、林各业都较发达。

日隆位于阿坝藏族羌族自治州小金县界内，不知从什么时候开始，这里已改名为四姑娘山镇了。其实，日隆这个名字对天下的驴友们来说早就耳熟能详了，如今一改，不但听着觉得陌生，讲着也感到拗口。所以，尽管改了名，现人们一般仍习惯于称其为日隆镇。得益于四姑娘山的名气，现在来这儿玩穿越、登山的人越来越多了，使小镇的旅游经济得到了极大的提升。据当地人讲，尽管这几年盖起了许多新客栈，但在旅游旺季，尤其是暑假期间，团队订房必须提前预约，否则，就只能在外面搭帐篷了。好在我的登山期已避开了旺季，再说，我们这支队伍总共才两个人，不愁没地方住。

说起来还挺有意思，本来，我从俱乐部得到的信息是，此次报名登四姑娘山二峰的总共有六人。谁知，等我到了成都才知道，另几个人不知啥缘故都打了退堂鼓，整个队伍竟只剩下我一人了。好在那个俱乐部还颇有职业操守，表示即便只有我一个人也要陪同到底。显然，这是一笔亏本

生意，该俱乐部恪守信用的态度让我有些感动。

我的领队是位体格健壮的小伙子，姓乔名亮，他说，就叫他亮亮吧。亮亮是山西人，在大学里读的就是体育专业，毕业后留在了成都。现在从事这一行，专业倒是对口，但经常在野外带队，很辛苦。不过亮亮心态很好，乐观豁达，尽管觉得未来有点渺茫，但他觉得自己年纪还轻，只要努力，机会还是会有的，现在吃点苦没啥。这让我颇为欣赏。

我们入住的客栈叫"三嫂客栈"。这个客栈在户外圈的名气比较大，之前我早有耳闻。而之所以有着如此大的影响，缘于一个真实的悲剧性事件。"三嫂客栈"坐落在镇子最高处的三岔路口旁。三嫂的丈夫卢三哥在当地曾是位有名的高山协作，由于其为人淳朴热忱，口碑甚好，带过的山友后来都成为了他的朋友。所以，他的家庭客栈建起后，很多山友都会慕名前往。2004年12月23日，卢三哥在陪同一对夫妻攀登骆驼峰时遭遇雪崩，不幸遇难。卢三哥的猝然离去，让很多相识和不相识的山友深感惋惜。卢三哥身后留下了三个儿子和一个女儿，家中的顶梁柱没了，生活顿时陷入困境。

情谊是人生最宝贵的财富，这个句话放在卢三哥身上是再恰当不过了。三嫂一家的不幸在山友圈里传开后，许多山友来日隆旅游时，都会特意选择在"三嫂客栈"下榻，将生意惠顾于她。这么做，为的就是想用自己的微薄之力帮一下这个家，以告慰卢三哥的在天之灵。2009年，川藏高山向导协作队将三嫂客栈设为专门的接待站点，这无形中也使客栈形成了巨大的宣传效应，由此也带来了很多新客源。

三嫂约四十多岁，高高的个子，看上去蛮健壮，但额头已刻上了与其年龄不太相符的皱纹。丈夫去世后，生活的重压定然让这个不幸的女人承受着很多。亮亮告诉我，几年前，客栈进行了扩建翻新，客房比原先增加了许多，所以她也劳碌得很。三嫂不但说话语速快，动作也十分麻利，似乎身后还有许多活儿正等着她去处理，总显得很匆忙。

她大步流星地带着我们去后院看

日隆镇老街

房间。三嫂客栈盖在一个斜坡上，方圆逼仄，两三百平方米的面积上盖着呈口字形的两层圈围式建筑，中间是个大院子。作为一个私人兴办的家庭客栈，这规模已不算小了。客房的条件虽较简陋，但收拾得还算干净，卫生洗涮的功能也基本具备，在藏区，能有这样的条件已算不错。三嫂将钥匙交给我们，末了又叮嘱道："有啥事找我哦，等会儿还有客人要来，我得赶快去买些菜来。"说完便风风火火地离去了。

我问亮亮："这么大一个摊子，三嫂一人忙得过来？她孩子呢？"

"好像现在孩子都不在身边，有两个还在念书，"亮亮说，"不过有另请的帮手。"

此次再来日隆，这个镇子给我的感觉不错。镇子很清静。显然是经历了5.12汶川大地震的缘故，镇里的房屋基本上都是新盖的。与在映秀镇看到的一样，所有建筑的式样都突出了藏民族的独特风格，民居、街弄和商业点的布局也规划得很好，镇里的角角落落都拾掇得十分简洁。由于镇子建在山坡上，地形狭长，两端高差很大。受制于地形，穿镇而过的公路就成了当地的主要街道，路两边则密密地排列着客栈、饭馆、商铺。

遥远的风
——天涯八万里

　　镇子实在是小得可爱，走了才七八分钟，这条街就到了尽头，而让我颇觉意外的是，尽头的右侧下方竟还有一条修缮过的老街，街口的牌楼上以藏、汉两种文字写着："日隆镇民族风情老街"。说实在的，这风情老街，"老"味倒是有一点，但风情却是感觉不出来。街宽不过六米，两旁基本都是民居。整条老街竟阒然无声，除了见一坐在家门口做事的老妪和一匹拴在窗框上的马儿，再未见到任何可自行移动的活物。我说，这恐怕是全世界最冷清的街道了吧！亮亮说："这里经济不太发达，旅游是主要产业，不过凭着旺季的收入，差不多也够人们的日常开销了。这儿的旅游生意可陆陆续续做到年底，冬天也常会有人来登山、攀冰。"

　　逛完街回到客栈，已到了吃晚饭的时辰了。我们刚在大厅里落座，又进来一男一女两位客人，看这一身行头便可断定他们也是来登山的，一问，果然是。不过，他们是去登三峰的。男士姓张，三十岁左右，来自江西赣州，女士姓闵，二十多岁，是四川人。当他们得知我只是一个人时，便动员我跟他们一起去登三峰。这让我一阵惊喜，因为一开始我就是打算登三峰的，后因时间上有冲突，只好改为二峰。单就登山而言，三峰当然更具有吸引力。同时，还有一点也很重要，就是途中有伴，更能有个照应，也不会寂寞。好！改登三峰！于是，亮亮立刻与三嫂商议，请她叫人再准备一套登山装备。

　　三峰比二峰稍高，属初级技术型雪山，攀登难度比二峰要大。所以，登三峰需使用安全绳、头盔、升降器之类的装备，尤其是接近峰顶的那段陡崖，不用升降器是很难上去的。不知怎的，当最终确定改登三峰后，我心里总有股莫名的兴奋。因为，毕竟，相较于二峰，自己最心仪的雪山还是三峰。

　　又可实现自己的初始目标了，这当然是让人欣慰的。为了庆贺这支临时登山队的组成，晚餐时，我们几个凑成了一桌，又额外点了些酒菜，大家举杯相祝：愿明天的攀登能顺利、完美！

惜辞三姑娘

每次登雪山前夕，人总是特别亢奋。那天早晨，天还尚未彻亮，我就被自己给"激动"醒了，迷糊间听得窗外正滴答滴答下着小雨，我猛然清醒：今天要登山了，咋下雨了呢？立马起身下床，拉开帘子往外一看，情形不太妙！目之所及都是乌云，看这架势，一时半会儿恐怕晴不了。我们急忙穿好衣服走到露台上，希望看到天空的某一角落绽露着高原上特有的瓦蓝色，这样，老天爷还有放晴的希望。但是，环视一周，天上竟没见一丝的蓝色，且云层还特别厚。我心想，完了，看来今天够呛。倒是亮亮还挺沉得住气，宽慰我道："先别灰心，高原的天气说不准，也许雨会停的。"但只见雨越来越大，我心中暗暗叫苦：看来登山要遇上好天气还真是不容易呀！

到了早餐时间，我们几个趴在餐桌上紧张地商议着，定夺下一步的计划。其实，在这种情况下，只能看天行事了，再商量也难以拿出什么好主意。哎！奇怪的是，待我们吃完早饭走到门外一看，雨又明显变小了，且路上已出现了好几支登山队伍，一问，多数是去二峰的。

有个山友见我们一脸的疑虑，大声说道："放心吧，人家听气象预报了，今天雨会晴的。"我们几个躁动起来，让亮亮赶紧去找三嫂和协作。因为我们知道，下过雨后，山上的路一定很难走，必须留足时间。过了不一会儿，三嫂给我们找的协作杨二哥来了。杨二哥是日隆当地人，听说也是老资历的向导了。不过，从后来他在大本营教授我们使用登山器

械的过程中，感觉到其不太善于交流，这作为高山协作来说似乎是一种欠缺。因为在登山者中，多数是像我这样的菜鸟级人物，遇上个惜字如金的主儿，就很难得到有效的指导。不过，好在其人还实在，跟着他心里还倒也踏实。

杨二哥牵来了两匹马，以帮我们驮运生活物资和个人装备。亮亮原先并未与我说还要租用马匹，所以，我早已做好了重装上山的准备，现一看有骡马可帮自己驮运，心里顿时觉得轻松了许多。我开玩笑道："本来我还发愁呢，这下子不用当牛做马了，终于可以舒舒服服地逛山了。"

亮亮说："舒舒服服可谈不上，这山势很陡的，轻装也累人。从日隆到 4400 多米的大本营，有 1200 米左右的高差呢，要是在这段路上消耗太多的体力，明天登顶就会很困难，所以一定要雇马。"

这个安排显然是合理的，因为，只有在高海拔地区登过山的人才知道，攀登的过程是极其累人的。况且，从大本营到顶峰的绝对高度还有千米左右，这段距离对体能的要求可是不容小觑的。所以，必须为明天的关键时刻留足体力。为了让登顶更有把握，我将随身所带的东西全部按轻量化要求作了取舍，甚至连一直背在身上的单反相机也不带了。因为经过几年的高原徒步和登山，我逐渐悟出这么个道理：如果是以徒步、登山为主的话，那就不要带单反，当你疲惫不堪之时，这沉重的机子真的会成为你想扔而又舍不得扔的累赘。单反，只是适合在以摄影为主并相对休闲的旅行中使用。当然，面对四姑娘山的美景，摄影是必须兼顾的，只是这种兼顾仅侧重于一般性的记录。所以，我在贴身衣兜里放了一只富士的 Q1，机子很轻巧，成像质量也还不错，用作记录性的摄影是足够了。

临出发时，雨忽然又大了起来，这实在是件让人丧气的事，除了担心雨中会增加攀登的难度，更担心安全问题，因为这一带山体石质构成多属沉积砂砾岩，表面风化较厉害，经雨水长时间浸淫，极易出现落石或岩体崩垮。但退缩是不可能的，既已走到这一步，我们就必须走下去。

　　杨二哥领着我们先到四姑娘山管理局办理登山登记手续，其实就是像签生死状一样，将自己的身份信息填写在一张表格上。同时，再告知一些注意事项。这些事项中，除了安全方面的告诫之外，再就是公德方面的要求，譬如，不要乱扔垃圾、要

四姑娘山

保护森林，勿乱用火种，等等。一同在旁的人对此有些不以为然，说是太拿人当小孩看了。我说，还是有必要的，有些驴友真的不如小孩子懂事。高原的生态已经十分脆弱了，容不得恣意对待。填完表格，工作人员又很认真地关照，下山时别忘来备案。这主要是为了让管理部门能随时掌握每位登山者的安全状况，不测发生时可及时采取救援措施。因为四姑娘山景区每年都有伤亡事故发生，尤其是三峰和骆驼峰等，绝对容不得有丝毫的大意。

　　出发了，雨依旧未停歇，似乎在预告我们，此行必然坎坷。我已做好了半途而返的心理准备，但是，内心倒并无焦虑，因为，俟进入山脚，就觉得景色很不错，川西高原的大山，由于水汽丰沛，有泥处必覆绿，处处春色葱翠，林木参天，绿影婆娑，野瀑垂挂。再及刚下过雨，山水已经动起来，清澈的溪流顺着林间的低洼处潺潺而下。远处的云雾一层层地挂

在山间，因为没有风，云雾久久地贴吻着山崖，一动也不动。有趣的是，这些云雾并不迷漫混沌，边缘十分柔和清晰，使得云雾的空隙间看过去格外通透明亮。在这样的风景中行走，即便最终没有达成登顶的目的，那也是值得的。

进到山脚位置，前面出现了一小片平缓的草地，草地的右侧坐落着一栋藏族风格的民宅，屋外围着一圈木栅栏，木栅栏上绕着些许藤蔓，上面盛开着许多野花。民宅很普通，但在如此幽静美好的环境中，这栋普通的房子似乎成了神仙居住之地。杨二哥将马往树上一拴，说，我去家里拿点东西，你们稍等一会儿。我们都"啊"地叫了起来，原来这是杨二哥家的呀？太漂亮了！待杨二哥出来，我们与他开起了玩笑："杨二哥，好福气啊！住着这么棒的地方，能成仙啊！什么时候我们也来你屋旁盖栋房子吧，产权归你，我们来住，我们不在的时候你还可以对外揽客，收入也归你，行不行？"杨二哥则一副闷声发大财的模样，嘻嘻笑着不作答，挥挥手催道："快走吧！快走吧！我们已经有点晚啦。"

去往大本营，其实根本就没有路，而所谓的路只是硬生生被人踩瓷实的脚印而已。如果没有向导领着，在林中这么绕来绕去，肯定会迷路。又走了一阵子，雨竟完全停了下来。我们顿时兴奋起来，且不说登顶与否，至少眼下走起来要方便多了。更重要的是，拍照时再也不用遮遮挡挡，总担心雨滴将镜头打湿。

不同于青藏地区的高山，这里因为植被极其茂盛，空气中的含氧量相对高些，这也使得自己在行走过程中可保持较快的速度。此时，求快，是为了以速度换时间，不然，如果用与别人同样的速度行进，就很难从容地拍照。亮亮见状夸道，陈叔好体力！我说：要是走慢了可就没法拍照啦！不过，通过几次进藏和穿越、登山，我对自己的高原适应能力越发有了信心。我说，好！借你吉言，明年争取去登更高的山。小张在一旁说，明年他想去登雀儿山，那座山的冰川极漂亮！身在四姑娘山，心里却做起了雀儿山的美梦。小张这么一提，把我的胃口也吊了起

刚爬上一个山头

来，我说要么明年我跟你一块儿去吧？我这不是随便的信口开河，因为我见过不少雀儿山的照片，的确很美。所以，登那座山还是很有意义的。但是，最终雀儿山之行未能成行。从四姑娘山回来后，我与小张作了几次联系，他都说暂安排不出时间，要继续往后推。翌年，因一个偶然因素，让我改登了青海的玉珠峰，这在后面还会写到。

爬四姑娘山与登哈巴感觉不太一样，深秋时节，除了幺妹峰，其余3座山上的雪已基本消融殆尽，只能偶尔在个别朝阴面的岩壁上见到些冰雪，所以，全然没有了踏雪攀冰的刺激感。还有一点也很特别，走了大半天时间，海拔也上升了千余米，但当你回头往下望去，日隆镇依然清晰可见。杨二哥解释说，这是因为山势陡的缘故，所以直线距离短，如果山势平缓的话，像这样的上升高度，距离就会拉得很长，那么镇子也就看不到了。

最后那段路走得很辛苦，坡度越发陡峭，且碎石极多，脚踩上去很不得劲，再加上海拔高度已超过 4000 米，不免开始有些气喘吁吁了。下午 3 点多，我们终于到达了大本营。未待歇息，杨二哥便拿出登山装备，说时间不早了，催促我们赶紧练习使用攀登器械。

去年登哈巴雪山时啥器械也没用，就凭一把冰镐和冰爪，现想来不免有点后怕。头一回使用登山器械，感觉很新鲜。但杨二哥太不善于表达，对器械的作用、原理统统不作解释，便让我们套上安全带在路绳上练习起来。练了没几下，还似懂非懂之际，就很快结束了训练。对于我们的疑惑他也不当回事，只是说，没事的，反正明天他始终在我们身边，言外之意是他会在现场提供保姆式服务的。

搭完帐篷，天色还很亮，我便在山坡上闲逛着。我们扎营的地方是山上的一块平地，面积不大，刚够我们搭帐篷用，而周围全是陡峭的大坡。幸亏今天加上另一支登山队总共只有八九个人，要是再多的话真不知该往哪儿扎营呢。

突然，我看到前面有许多东西咕咕叫着在快速地跑来跑去，再细察，才发现那竟是一群藏雪鸡。记得三年前我头一次进藏时在途中曾见到过藏雪鸡，但今天这数量可是惊人，几乎每一棵灌木或草丛中都蹲着一两只，由于其颜色与周围环境十分相似，不细看根本发现不了。这些胖乎乎的家伙激起了我极大的好奇心，见它们都只会跑不会飞，便想抓上一只玩玩。几只藏雪鸡摇摇摆摆地奔跑着，我则在后面使劲追。那藏雪鸡好像是在故意逗人玩，始终与你保持着等距离，但你就是够不着它。一向导见状朝坡下大喊："你在干啥呢？"我边跑边回答："抓藏雪鸡呢！好大呀！"那向导显得很哭笑不得："别追啦！逮不着的，当心高反，累死你！"

当我去喘吁吁地回到大本营时，杨二哥带着点嘲笑的口吻说道："你能追上那东西？"我说："它又不会飞，要不是缺氧，我没准真能追上。"另一位向导哈哈大笑起来："谁说它不会飞！你要是真的追上它，早就飞起来了。"啊？原来这东西会飞啊！早知道它会飞，我费那劲追它干嘛！一位马夫面无表情道："你太厉害了！4000多米高的地方还能追着鸟玩！"

我瞅瞅他，搞不清其究竟是夸我还是损我。至今想起这事，我心里还直笑自己当时真的有点傻。

吃过晚饭，天已擦黑，但见远处又涌上了厚厚的云层，心里不由地担心起来：可千万千万别下雨呀！亮亮说，早点休息吧，明早三点半出发。此时才晚上八点多，但高山上的秋夜寒气很重，再加上风大，外面是不能待了。于是，大家只好钻进帐篷里。躺下没多久，只觉得头有一点疼，我知道，肯定是刚才追雪鸡时跑得太猛了，有些缺氧。亮亮说，好好休息一会儿吧，等会儿会好的。我老老实实地静躺了个把小时，头倒是不疼了，但开始犯困。干脆，一步到位，直接套上睡袋睡吧。

不知过了多久，忽听得雨点落了下来，像敲碎鼓一样打得帐篷啪啪作响。这雨点像是打在心头，直叫人焦急。若是雨水不停，那此次的登顶计划肯定要泡汤。约莫夜里十点多，雨势变小。看来明天还有希望？可还没高兴几分钟，雨竟然变成了鹅毛大雪，且越下越大。都说落雪无声，但或许是山野里太安静了，那纷扬的雪花分明发出了扰人的沙沙声。不一会儿工夫，帐篷顶上就积起了一层雪。看着渐渐下垂的顶部，担心帐篷会被雪压垮，我们隔上个把小时就得朝上端拍打几下，以便让积雪滑落下来。几番折腾，几乎一夜无眠。亮亮说，看来是无法冲顶了。我说，这雪不会很厚吧？去年我登哈巴时雪深的地方都到了腰部呢！最后不也登上去了！亮亮说，这不一样的，刚下的新雪很软，附在崖壁上特别滑，最容易出事了。是吗？还有这么一说？顿时，我的情绪一下子跌到了谷底。

转眼就到了凌晨两点多，大家隔着帐篷向杨二哥询问是否按计划冲顶，杨二哥此时还有些犹犹豫豫：等天亮吧，现在还不好说。于是，大家都又躺下，睁着眼睛等天亮。雪，依旧在不停地下着。我说，肯定没指望了。亮亮宽慰道：三峰的一次登顶成功率本来就不高，那位小张已是

第二次来了，头一次也是天气原因没上去。亮亮又说，连续来好几次的人可多了，独次登顶那都是运气特别好的人。这么一讲，我心里释然了许多，至少，我还不算是最倒霉的吧。

5点来钟时，天蒙蒙亮了，大家都迫不及待地钻出了帐篷。只见杨二哥向着顶峰方向张望着，其实，此时的三峰早被浓雾裹得严严实实，根本看不见啥。我们都争相向他问着同一个问题："冲不冲顶？"杨二哥的回答就两个字："不行！"再问他为什么，他的解释与亮亮说的一样："太危险，新下的雪最滑了，这可不是闹着玩的。下回吧，下回再登吧！"小张无奈地笑了起来，说："看来我真的还得来第三次喽。"

我问杨二哥，如果冲顶的话应该朝哪儿上？不知为何，我很想知道这一点，似乎这样子才能弥补一点遗憾。杨二哥朝山顶的东侧指了指："从那儿上去。来，我带你走一段吧。"于是，我跟着杨二哥向着峰顶方向走去。现只能走上这么一点点冲顶之路了，算是过过瘾吧！走了几百米，我们在

在四姑娘山大本营合影

一个悬崖旁停了下来。杨二哥指着右侧的一个呈 40 度的碎石坡说："如要上去的话，我们得从那儿横切过去，然后再往上走。"顺着他所指的方向看过去，这条横切的路虽仅半尺之宽，但仍依稀可见其像一条细绳般地蜿蜒在陡峭的山腰上。这种满是石砾的"路"，稍不留神就会踩空向外侧滑下去。从横切段再往上看去，则全是与天相衔的云雾，啥也看不清了。今天取消登顶看来是对的，这样的视距，即便没有雪，走在上面也是很不安全的。我问，从这儿横切要设保护吗？杨二哥说，这种地方咋设保护！只能靠你自己小心一点。呵呵！这看着也够危险的，下回再来领教吧。

站在脚下这个位置，能将周边看得非常真切，如果天气好的话，肯定能拍出好照片，因为对面有婆缪峰等几座海拔 5000 米以上的雪山，山形皆很美。但厚实的云层将所有山峰的上部遮得密不透风。不过，奇怪的是，这云彩像是用剪子剪好后放上去的似，全都齐刷刷地沿着半山腰悬浮着，形成一条直线。而没被云彩遮住的山腰以下部位则展现得十分清晰，这种景象在别的地方还从未见到过。缺少了阳光，拍照的劲头也没了，随便照了几张，再给自己"立此存照"，折回。

登顶行动到此戛然而止，不免让人觉得突兀而失望。亮亮劝慰我们：没关系，山还在，人也在，下回再来吧！我知道，话虽这么说，但迢迢千里赶过来，却未实现目标，终归是件令人沮丧的事。我想，下回，如果有下回的话，我可能会选择登二峰，因其难度系数相对低些，或许可少受气候因素的影响。总之，不管登哪座峰，四姑娘山，我是一定会再来的！

五、在昆仑之巅

雪山之梦

长久以来，雪山，对于我而言，是遥远而神秘的梦。在 20 世纪 60 年代初的孩提时代，我曾被一本描述中国登山队首登珠峰的彩色连环画深深地吸引：湛蓝的天幕和洁白的雪峰，像一幅极度唯美的画面，永远定格于我的脑海之中。从此，雪山就成为我心中的神祇，而那些穿着厚厚的羽绒服、戴着雪镜，背着氧气瓶的登山队员便是我心中的超人！这种情结与《进入空气稀薄地带》的作者乔恩·克拉考尔在年幼时，将登上珠峰的翁泽尔德当作最伟大的英雄一样。但是，我从不曾想过自己要去攀登她，我只能仰望，因为那是云天之上的山峰。

每次进入藏区徒步，常常是孤身一人。但是，远近总会有美丽的雪山不离不弃地陪伴着我，像是久违的老友，默默地注视着我这个独行者。我甚至可从心底里与她作情感上的交流，而且非常的直接和真诚。我并不完全崇尚自然主义，但我能感觉得到，雪山，是有灵魂的，她，定然与我有着某种默契。所以，有她相伴，我的旅途就不会寂寞。

自我于 2013 年、2014 年攀登了哈巴雪山和四姑娘山后，继续攀登新的山峰的念头总是萦绕在我的脑际。而想方设法地去将这一念头付诸实践，似乎已成为我生活中的一件阶段性的大事，因为，攀登任何一座雪山，不但要作各方面的物质准备，更需对山作充分的了解，从某种意义上说，登山，更像是在与山作一次透彻的交流，让彼此相识、相融，只有这样，山，才有可能接纳你。

玉珠峰是我于年初临时确定的目标，本来我是想去登雀儿山的，但因无伴，只得改变初衷。玉珠峰既是我的第三座雪山，也是我迄今为止所登的最高一座雪山。因玉珠峰是纳入国家体育部门管理的可攀登雪山，故手续相较于我之前登的两座山要更严格和复杂。报名是在网上进行的。审查（主要是身体条件、登山经历这方面）合格后，再经登山俱乐部报青海省登山协会批准，缴付定金，办妥保险，一切便 OK 了。

但是，在正式启程之前，对于此次攀登活动的成败，我一直处于忐忑之中。因为，去年登四姑娘山的失败，证明攀登雪山存在着太多的不确定因素，我实在没有把握自己最终能否登上那座雪山，除了有点畏惧其高度，更多的还是担心天气，雪山的天，太变化多端了。

不冻泉——可可西里的珍珠

在广袤的可可西里荒原上，在演绎着藏羚羊故事的地方，竟会有一汪很不起眼的泉水，而那水，让这儿获得了宝贵的生机，萌生了生命的原色。在客栈住着的时候，路过的客人告诉我，春季，是藏羚羊大迁徙之际，其时，这里便是这些高原精灵通往卓乃湖的主要通道。或许是这个缘故，不冻泉，这个在地图上难以找到的地方，竟会成为众多旅行者热切的向往。

玉珠峰离格尔木市约 160 公里，位于青海省玉树藏族自治州曲麻莱县境内，系昆仑山东端的最高峰，海拔约 6100 米。之所以选择登这座山，

主要在于她的高度。之前我所登的山都在海拔 5400 米以下，而玉珠峰的高度则要远超以往。而且，登山界有这么个说法，若能上得玉珠峰，攀登其他更高的山也就不会有太大的问题了。这更多的不是指技术层面，而是指自然层面。据资料介绍，玉珠峰处可可西里戈壁，植被稀少，在重重峰峦环绕的山谷之中，气流交换慢。故在同等海拔下，空气中的含氧量要明显低于其他地方。经测，玉珠峰海拔 5080 米的大本营空气含氧量与珠穆朗玛峰的 6300 米一样稀薄。登山界也历来把玉珠峰大本列为世界上最难受的大本营之一。所以，有些成功地登上过七八千米雪山的人，却惜败在玉珠峰脚下——都是被严重的缺氧所击垮。据记载，自玉珠峰开始攀登以来，已有多位登山者长眠于这座山上，其中多数系死于肺、脑水肿疾病。

"艾尚峰"的默竽是我们这支业余登山队的领队，他在登山界有着相当的影响，曾多次带队登顶慕士塔格峰及阿式全程领攀博格达峰等其他高难度山峰，实力非常了得。因为之前的攀登都是由当地的"土协作"带领，在技术保障方面总归有点欠缺。现能在这么一位出色的职业登山家的带领下攀登玉珠峰，让我感到十分荣幸。对于此次登山的程序安排，默竽还是很费了一番心思的。正因为考虑到玉珠峰的特殊情况，离开格尔木以后，我们并没有直奔大本营（尽管当天是可以赶到的），而是在不冻泉住了一天半时间，目的就是让我们有一个由低到高的逐渐适应

可可西里不冻泉

的过程。

不冻泉位于可可西里自然保护区边缘，也是青藏公路和青藏铁路的交汇处，海拔 4600 米左右，若不是青藏铁路和青藏公路从此穿越，这里绝对是个人迹罕至之地。其之所以叫不冻泉，是因为铁路南侧的不远处有一个经年不涸的泉眼，其水质极好，是当地人的主要饮用水源，过路的司机也都会在此给车辆加水。不冻泉是个非乡非村的地方，其之所以有着一定的人气，应与这汪泉水相关。我探触过这水，温度如常，但从来不结冰，即便是隆冬季节，泉眼也照样突突地往上冒水。只可惜，这么好的一处泉水未能得到很好的保护，当地人仅是绕着泉眼用薄塑料板围了一圈栅栏，井坑也未作任何垒砌，完全呈自然的洼状，井坎与地面齐高，杂物极易落入，这让我十分不解。

这儿的铁路与公路交汇之后，在很长一段距离上彼此间隔得很近，两条路看上去像是难分难舍地缠在了一起，故常可见到火车与载重卡车在同一个轴线上并列赛跑，不时发出的隆隆声给这亘古不变的荒原平添了一丝闹意。

我们入住的客栈是当地藏民开设的青年旅社，这也是玉珠峰攀登者的一个前进基地。这客栈的名称虽叫青年旅社，却因地处偏僻，条件较为简陋，其所应有的青旅特质却并不多。但在那儿住着，倒是让人觉得非常轻松自在。客厅很宽敞，容下二三十个人落座绝对没问题。还有，只要你喜欢，香气扑鼻的酥油茶也绝对管你喝个够。

偌大一个客栈，里外张罗着的仅有一位藏族妇女，其既是老板，也是服务员。不过，她还有一位帮手——她的小侄女看卓。女老板人特勤快，总是一刻不停地忙碌着，脸上始终挂着憨憨的笑容。看卓下半年就要读初三了，现正值放暑假，此次是特地来这儿看望姑姑的，顺便也帮

着打理一些杂事。看卓是个极可爱的小姑娘，性格很开朗，言谈举止间透着一股子内地孩子身上所不具有的纯真与活泼。与我们混熟了，她便时时会向我们提出各种各样的问题，所围绕的也都是关于她尚未接触过的"外面的世界"。

她管我叫叔叔，我说你把辈分给搞小了；她管灰灰叫阿姨，我说你又把辈分给搞大了，她不解地眨巴着眼睛，嘻嘻笑着。直到现在，她依旧在电话或微信里叫我叔叔。呵呵，她既称之，我则应之。其实，我肯定比他父亲的年纪还要大呢。看卓身上具有一种朴素自然的特质，这一点很吸引我。我与她开玩笑："看卓，我给你拍几张照片好吗？到时候往杂志上一登，说不定明天你就成为大明星了呢！"

灰灰也说："哎！真的，这小姑娘的形象不错，淳朴、纯洁，很上照的！"

小看卓一点也不扭捏，一扬脸，落落大方地说："好呀！好呀！"于是，我们走到门口。此时，即将西沉太阳全被乌云吞没了，光线有点暗淡。我叫灰灰举着一块钉有白铁皮的旧窗框站在看卓身旁，以起些反光板的作用。小看卓看不懂灰灰的这个举动，被逗得嘎嘎直笑。末了，看卓很认真地给我留了通信地址，一再叮嘱我要把照片寄给她。在我动手写这篇文章之前，小看卓已收到了我寄去的照片，她给我打来了电话，听到电话那头传来的小看卓那百灵鸟一样的欢笑，我心里不免泛起一丝怀念。

缺氧——可怕的高原之魔

没上过高原的朋友问我，高原反应是什么样的？我说，举个例子吧，火柴和普通的打火机是永远也打不出火苗的。还有，除了头疼、恶心、失眠等，你还很容易拉肚子，因为，连肠道内的益生菌也受不了这种缺氧环境，消化功能很容易紊乱。

同行的登山者灰灰和小明抵达客栈不久，便开始出现明显的高反症状，两人总是歪躺在客栈的木沙发上昏昏欲睡。尽管默竽一再叮嘱不要睡，但他们实在控制不了自己。最后，默竽只好硬拉着他俩到外面去不停地兜风，以驱散睡意。

让我颇感不解的是，有两位路过此地的藏族司机居然也因为高反而跑到客栈里歇息来了。他们眉头紧锁着，一进门，二话不说便躺在了最靠里的长沙发上。此时我正在帮老板娘往暖瓶里灌酥油茶，见状便将一只刚灌满酥油茶的暖瓶拎到了他们的桌前，并递上两只碗："来！先喝点酥油茶吧。"说这话的时候我感觉自己好像突然成了这儿的主人。

其中一位司机眯着眼睛，半天没接手，直至我把碗放到桌上他才睁开双眼，连忙说："哎呀，不好意思，不好意思！您是……我还以为……"

我问道："你们应该是常跑这条线的吧，咋也会高反呀？"

他有些答非所问地嘟囔着："跑了好多回了，每次上了这一段就不舒服，比在唐古拉还难受。"

接着他问我："你是从内地来的吧？去西藏玩？"

我说我是来这儿登山的，他一听，眼睛立刻睁得老大："啊！你去登山？厉害，厉害！"

我说："厉害啥呀！我也不好受的，也有点头疼。"

那司机笑着摆了摆手，有些自嘲地说："在这地方谁不头疼？反正现在你是站着的，我们是躺着的，你还是比我们厉害！"

我一直觉得自己算是抗缺氧能力比较强的人，多次进出青、藏、川、滇高原，素无明显反应，但这次却没那么舒坦。在大本营的头一天多时间里，我的状态还很好，甚至在冰川上作攀冰训练时也未觉有何不适，显得劲

五
在昆仑之巅

头十足。但从翌日晚饭后开始，嗜睡和头疼一齐袭来。到了天黑时，就越发难受了。默竽拿出氧气让我吸，我谢绝了，我说还没到那个地步。默竽笑着劝我："你试试吧，没准吸了就好了呢！"他这一说让我动了心，便接过管子吸了几口。未曾料，不吸还好，吸了反而更加难受了。其实那个时候我的血氧并不算太低，80不到一点，心率也尤其的好，始终未高于85（其他人都在90多至100多），但这种难受缘于何故还真叫人有些搞不懂。

晚饭后，默竽给我们上技术课，主要是讲解攀登器械的使用方法。此时，只觉得耳朵像是塞着棉花，啥也听不进去，我拼命地提醒自己：别睡着！别睡着！就这样，昏昏沉沉地硬撑到"授课"结束。末了，默竽搭着我的肩膀说："早些歇息吧。没想到连陈哥都成这副模样，完了！完了！"那声音好像是从很远的地方飘过来似的。我虽神情有些恍惚，但思维还是清晰的，心里不禁发笑：难道陈哥是铁打的不成？

可是，连我自己也没想到，第二天一早，我居然又恢复如初。昨晚我还一直在担心，这高反会不会像我的那两位山友一样，没完没了地持续下去？现在，那恼人的症状竟突然消失了，这让我很是兴奋。昨晚吃得少，早上又醒得早，我感到肚子很饿，便起身穿戴好，一个人钻到大帐篷里去找吃的。

大帐篷是我们的客厅、餐厅兼会议室，除了训练和休息，其余时间都在此度过。"艾尚峰"随车带来不少好吃的干果，还有各种饮料冲剂、糖果等都放在桌上，只要你有胃口，可以随便吃。待别人起床，我差不多已吃饱喝足了。旁人见状调侃道："陈哥的高反怎么来得快去得也快？"我有些得意："要是一直像昨晚那样蔫巴下去，还能登山吗？"

在大本营的那几天，其实最让我担心的还是那两位山友。灰灰来自北京，30岁有余，她之前曾登过雀儿山等六千米以上的雪山，且跑过马拉松全程，体能是绝对没问题的。但是，严重的高反把她给折腾得够呛，

远眺玉珠峰

没完没了的呕吐，好似要将她的身体掏空。小明来自江苏南通，他年方26，血气方刚，体格健壮，在家乡长期从事攀岩等户外活动，但高反也将他彻底击倒。吃不下饭，且总是不停地流鼻血，这是最让我感到害怕的，看着他没完没了地把一团团餐巾纸拭得殷红殷红，我心里直瘆得慌，真不知一个人究竟能流失多少血。而让我惊诧和佩服的是，尽管如此，他们最后竟都凭着顽强的意志和毅力，终于登上了顶峰，这简直是个奇迹。

　　然而，真正的奇迹是灰灰。几个月后，她竟然又成功登顶了海拔8100多米、攀爬难度大于珠峰的马纳斯鲁雪山。我与她说，你的高原适应性并不是很好，却能登上这么高的山，太伟大了！强烈佩服你的勇气和毅力。对于我的夸奖，她只是淡然回应：凭您的体能登哪儿都没有问题的。呵呵！这句话岂不是在撩拨我对山的新的冲动吗！

　　那天，我始终不敢说出自己的担忧，生怕挫伤他们的信心，但我已开始作最坏的打算：他俩可能无法与我同登玉珠峰了，或许，这次又会是我一个人的攀登。这使得我有些心神不定：如果最终真的又是我独自攀登，那该咋办？这毕竟是海拔6000多米的雪山呀！我倒并不担心自己的攀登能力，通过这几天的状态比较，我相信，只要天气好，成功登顶的

概率还是较大的。但是，即便你能很轻松地登上去，身旁如果没有队友的身影，相互间没有一种关照和支持，在与天齐高的雪山上，唯有自己在踽踽独行，这也未免太无趣了。

6月14日，领队默竽也开始为灰灰和小明担忧起来，因为他俩已连续几天未能好好休息和吃饭，这样下去恐怕会体力不支，并最终导致攀登的失败。于是，他决定当晚将他俩送到不冻泉的基地去休息。虽说不冻泉仅比大本营低了500米左右，但此时，这么做也是缓解他们高反症状的唯一办法。

与那两位相比，我则属幸运之人了，因为，即便是在最难受的时候，我仍基本上做到荤素不避，羊肉、猪肉照样大快朵颐。可别小看了这吃，在高原上，能吃就能赢。有一天中午，厨师二北炖了一大锅羊肉，味道极好，那顿饭我吃得特香，甚至连肥肉都被我挑出来吃掉了。默竽望着我这副吃相，笑言："像你这样的状态真是不多见，也就百分之二十以内，属极少数。"我借机问道："你看我登慕峰（新疆的慕士塔格峰，海拔7500多米）能行吗？"默竽点点头："可以，像这样的状态你应该没问题的。"可下面的话茬我不敢接了，因为攀登慕峰的费用要6万左右。这不免让人有些踌躇，我只好暂时缄默。尽管从我第一次见到慕峰起，便深深地喜欢上了那座雄伟的雪山。

进发 C1 营地

虽然之前已上过几次冰川，但与之最亲近的接触当数在玉珠峰的那些天。冰川的形成，就像我的下笔，文字的不断码砌便成了文章。冰川，也是如此，只是其材料是一颗颗雪粒。无数场雪，在岁月和重力作用之下，逐渐变为坚硬的冰层。站在彻骨之寒的冰川之上，你感觉不到冷，却能感受到千年一瞬间的大自然漫长演化过程的浓缩和其魔幻般的神力。但不知是由于人类的罪孽还是自然本身的使然，现在，冰川的演化已进入了一个新的拐点——持续的退化。

我们在冰川上训练

正式攀登之前，我们在离大本营仅四五百米的南坡冰川上进行了为期两天的冰上攀登技术和适应性训练。玉珠峰的现代冰川面积有好几十平方公里，其名气虽不大，但形态很美。有幸在这样的冰川上磨砺技能，感觉十分奇妙，因为当冰爪奋力踩下去的瞬间，蓝白色的冰碴连同上面覆盖着的硬雪像晶莹的花朵一样在脚下绽开，在阳光的折射下，呈现出缤纷斑斓的色彩。我甚至感到有点不安——担心我们这样做会否对冰川产生负面影响。因为只有在登雪山的人才知道，所有的冰川都在明显地退化。据说，我们扎帐篷的地方原先离冰川只有两百来米，这从冰川的边线地带留下的冰蚀痕迹中也可以看出。领队说，不会的，冰川的退化主要与气温升高相关，冰爪那点印痕仅仅是表面上的破损，只要一两场雪就能给修补上。这么一说，我心里稍微释然了一些。但是，看着冰川的日渐萎缩，终归还是让人担心的，因为这毕竟关系到我们人类的未来。

六月十五日早晨，钻出帐篷一看，玉珠峰已被层层的云雾裹住，仅有最末端的冰川还隐约可见，强烈的高空风将厚厚的乌云吹得像巨大的怪鸟在山巅发着飙。从远处云朵的形态上可知，此时的山上正下着大雪。很快，雪云飘至山下，细雨夹着零星的雹子斜击过来，打得帐篷"叭叭"作

响。疾风送寒，雪花扑面，在外面站了不一会儿，我便被冻得缩回至帐内。我心里暗暗叫苦：这下子完了，莫非又要让我铩羽而归不成？去年四姑娘山就因为天气缘故未登成，这次看来极有可能再遭受同样的结局，我的情绪变得有点沮丧起来。

帐篷外面传来了汽车的马达声，一定是默竽他们回来了。我心急火燎地冲出帐篷，见到默竽便问："怎么样？今天能登吗？"默竽抬头看了看主峰方向，表情凝重地回了一句让我从头凉到脚的话："你看这天气能登吗？"这时，我见灰灰和小明仍坐在车上未下来，便又问道："他们怎么啦？"默竽说："他们不登了。"我一下子被搞糊涂了，到底是登还是不登？如果仅仅是因为他们的身体原因而取消这次攀登行动，那我是难以认同的。我不假思索地说："如果他们去不了？那我就一个人登吧！"见我这般认真，默竽笑了起来，拍拍我的肩膀："跟你开玩笑呢。登！当然要登！"这下子，我悬着的心总算放了下来。

当日中午，我们——三名队员和一名领队及协作——正式向海拔5600米的C1营进发。临出发时，还发生了一个小插曲：默竽怕灰灰和小明体力吃不消，便在不冻泉叫了一位藏民给他俩当背夫，说好将两个登山包背到C1营地给他300元。谁知，不一会儿，竟不请自到地来了两位藏民。起初，我们也没在意，认为多来了一个就平分这300元呗。不料，等到要上路了，

出发前的合影

他们却来了个狮子大开口，要求我们各给600元。这一进一出需要多付900元，领队一听气坏了，天下哪有这么敲竹杠的！约定好的事怎么说变就变？

我也火了，还真不信了！少了他们难道就登不成这山了？我们断然拒绝了他们的无理要求。于是，我们将绑好的东西又重新拆开，分摊到每个人身上。如此一来，我们三位的负重差不多平均在30斤以上。默竿和协作小金则分摊得更多，怎么也得有个40斤以上。须知，在5000多米的高原上，这分量至少相当于内陆地区的一倍以上。但此时，我们已没有别的选择，只能硬着头皮把自己当骡马使唤了。

如此的负重攀登，让我多多少少有点担心自己的体力。昨晚我几乎一夜未眠，在高原上，睡眠可是最重要的。下午，我们在山梁上见到一只狼，又听说这一带常有狼出现，弄得气氛有些紧张。晚上，他们三位去了不冻泉，整个大本营里只剩下了我和两位协作。半夜里，我被外面发出的"砰砰"声惊醒，像是有什么东西在撞击帐篷。我猛然紧张起来：这会不会是狼？我一边抓起一把匕首，一边拼命地推搡旁边的协作小金。可他睡得很死，咕噜咕噜地迷糊几句便又转过身去。这下子我更紧张了，他们都睡得这么沉，要是真的有狼闯进来可咋办？如此一番折腾，搅得我整宿睡意全无。而帐外依旧时不时地响起"砰砰"的怪声，究竟是啥东西弄出这么大的动静，我始终未能弄明白。

一夜的高度紧张，搞得我很疲劳，脚步似乎也没有前两天那么坚实了。当爬至海拔5400米左右的时候，山上风雪骤起，地势低凹处积雪很厚，步履也变得愈发艰难，每行进一步都须十分认真地调整好呼吸。尤其是当狂风刮过来时，必须立刻转过身去，不然，突如其来的强气流会把人噎得很难受。由于此时我们还未套上冰爪，走在一些冰雪与岩石混合的坡上，强风一吹，脚底极易发飘打滑。幸亏我拄着两根登山杖，使自己多了

一个支撑，才未至摔下坡去。但这一路的负重攀行，对我们每个人来说都不啻是一种炼狱般的考验。

C1——5600 米的冰川露营

继两年前登上哈巴之巅，这是我第二次来到真正意义上的冰雪世界。连绵的昆仑，银装素裹，群峰相拥，一路浩荡向西。此时，对于看惯了车马骈阗的我来说，像是置身于与世隔绝之地。无声的雪花、银色的寂静、山下偶尔掠过的飞鸟，西边消沉的云霞中透出的一丝嫣红，勾勒出一种莫名的凄美，悄悄地催发着我藏于内心深处的某种忧伤。目光及处，遥无尽头，思绪飞得很远、很远。此刻，家人、朋友，一切与己亲近者，都会成为我如烟似缕的思念！

下午四点左右，我们抵达了 C1 营地。此处有一小片平地，可搭建帐篷，故登山者一般都将营地设在这儿。默竿与小金早已提前赶到了那儿，因为他们要赶紧搭建帐篷。这样的海拔高度上，不管是搭建帐篷还是做其他任何的事情，都是极为累人的。虽说这是他们的工作，但这种兢兢业业、一丝不苟的行事态度，让我十分钦佩。

我觉得，真正的登山英雄应是他们这些人。我们只是登这么一次山，就自认为很不寻常了，而他们，需反复地攀登这同一座山，默默地为我们打冰锥、铺路绳、搭帐篷、烧水做饭，等等。他们也同样要被高反折磨，却无法像我们那样面向一隅，心安理得地闭目而憩。

返回格尔木时，我曾就此与默竿作过一番交流。我说，你们这个职业太辛苦了，这不是一般人干得了的。默竿说，的确辛苦，但也很快乐，很自由，没有拘束，他喜欢这种生活状态。他的话让我颇有感触，能这样乐

观地看待自己的职业和生活，说明他们真的是一批卓尔不群的人。也只有他们——所有职业中的最小众者，能以如此洒脱的方

向 C1 进发

式去苦中寻乐，以不间断的攀登来诠释自己的人生意义。

　　这里的雪极深，下坡处皆可没膝，有些地方更是深及腰髋。有朋友在看了 C1 营地的照片后问我，在那么高的地方过夜最痛苦的事是什么？我的回答有些出人意料：如厕。因为离帐篷稍远处，便是一个很陡的大冰坡，雪厚薄不一，要是没找准地方，稍不小心就会滑下去。所以，晚上如厕时，我会紧攥着一把冰镐，以便遇上险情时作制动用；再就是雪太厚，你先得用冰镐刨开周围的雪，整出一小块胯下之地，不然，你根本没法子蹲下去。

　　这可是在玉珠峰的 5600 米海拔呀！按含氧量算已相当于珠峰区域的 7000 米以上了。据资料介绍，像这样的海拔高度，大气中的含氧量仅为平原地区的 1/3 左右，一般人的肺部已较难通过血液将氧气顺畅地输送至全身组织中。我想，或许我这方面的机能比前面提到的"一般人"要稍稍强些，还不至于因此而趴下，但是，如此费力地在雪窝里折腾，显然也是件很不轻松的事。

　　的确，在这从未到达过的海拔高度上，做任何一件很平常的事都已变得极不平常了。雪地登山靴鞋帮上有两层，鞋带也有两副，故穿、

脱起来颇为麻烦。为了避免把粘在鞋子上的雪带入帐篷，"操作"时须把脚放在帐门外，身子则要端坐在帐内的垫子上，完了再猫腰屈腿，从低矮的帐篷门帘里爬进爬出，这看似简单的过程竟能把人累得大口大口地喘息好半天。吃饭就更不用说了，除了我和领队、协作还保持着较好的胃口，灰灰和小明完全将之当成非完成不可的任务来对待了，吃得极少，我甚至担心摄入的这么点热量不能维持他们的体能。

为了减轻负重，我们只带了一顶帐篷，晚上，五个人只能挤在一起了。呵呵，真正的男女"混帐"。但登山者中少混账，无畏者中多君子——"混

在 C1 营地

帐"也是无妨！头一回在如此高的雪山上过夜，我既担心自己，当然更担心那两位山友。这不仅仅是因为高度所带来的许多未知，同时，似乎还有一种隐隐的警示在提醒着什么。因为这是一道坎，死于玉珠峰的登山者中，多数是由于高反所致。

由于在藏区见识了太多的由高反引发的可怕的故事，有时会不知不觉地让我处于不安之中。印象最深的一次是去年9月，在穿越贡嘎雪山的途中，一位来自杭州的同伴差点因高反而送命，此事一直在我心里留有阴影。5600米的海拔，预示着什么，谁也说不准。记得我第一次进藏，在海拔4014米的理塘过夜时，还有人提醒我们要小心高反。而现在，竟是在这样的高度过夜，真有点无法想象。

我在资料上看到过，有几位丧命的登山者就埋在离帐篷不远的冰雪之下。毫无疑问，在这样的高度上，身体一旦出现意外，那将是无可逆转的。倘若如此，看似甜美的睡梦或许就会变成可怕的噩梦！所以，夜里醒来时，我总会下意识地抬头去观察那两位山友的状况，见他们尚在均匀地呼吸，才会感到放心一些：哦！他们都还好好地活着呢！

向上，向上——仰望中的坚持

我一直记着一位山友说的话：登山，需要一种意境，亦即内心的宁静！对的，面对着高高的冰峰雪岭，登山，更是一种沉默的仰望和韧性的坚持，你不用多想，摒弃一切杂念，小心地走好当下的每一步，不断地向上，向上！

6月16号是冲顶之日，凌晨 2:30 起床。在此，也有必要说明一下，攀登雪山，之所以选择在凌晨天黑时进行，是为了下撤能早一些（一般须在中午 12 点前下撤）。在这个时间节点内，因阳光照射时间短，雪还比较硬，行走的安全系数相对高一点。出得帐篷，只见昨天踩出的那片凌乱的脚印已不见了，帐篷的北侧也压满了新雪，说明昨夜又下过一场大雪了。

天上没有星星，也没有月亮，远近见不到任何清晰的物体，目光及处只有雪色的淡淡的反光和巨大雪坡的轮廓。我们匆匆吃了些东西，穿戴好装备，5:05 分，向顶峰发起了最后的冲击。其时，周遭依然漆黑一片，狂风呼号，雪花纷飞，这让我想起了攀登哈巴雪山和四姑娘山时的情景：难道这是登山者的宿命？注定碰不上好天气！

套上登山靴和冰爪后，两只脚的负荷至少在十二斤以上，再加上雪深，走起来感到很不适应。好在这两天来在大本营所作的攀登训练对我帮

助很大，尤其是意念与节奏的掌控——平缓的呼吸、扎实的步法、纯净的思维，使自己没有了在以往登山中所出现的那种体能上的挣扎感。无丝毫的急躁，无迫切的心绪，每一步都走得很实、很稳，就像小舟在平静的水面缓慢而无声地划行。

约个把小时后，我和协作小金走至几面冰坡的交汇处，因天色太暗，雾雪又大，我们一时辨不清方向，便停了下来。这一带的地形较为复杂，两侧都有巨大的冰川和暗藏的冰裂缝。在雾雪随风飘散的瞬间，可隐约看到右侧的冰川上覆盖着一层新雪，而其断面的下端则是很陡的雪坡，如果一旦偏离既定线路是很危险的。于是，小金用对讲机与后面的默竽进行了一番商议，待重新确认路线后，我们才又继续向上攀登。

幸运的是，待天色渐亮，风竟然慢慢地小了一点。这有些出乎我们的预料。因为根据原先的气象预测，好气候的窗口期已经结束，近日这段小周期内天气会变坏。在我们攀登的前一天，一支来自香港的登山队刚刚登顶回来，他们遇上了极好的天气，一个个心满意足的不得了。所以，我们认为，好天气既已眷顾了香港队，就不太可能再持续下去了，却没想到情况比我们想象的要稍好些。

说实在的，这个时候我并不奢望能遇上阳光明媚的艳阳天，只要风雪不再变大就心满意足了。后来得知，就在我们返回格尔木后的第二天，山上的气候大变，狂风暴雪持续了好长时间。登山，就是这样，成败往往取决于天气！

天开始蒙蒙亮了，在我不经意的回望中，猛然发现我与跟在身后的两位山友拉开了很长的距离。透过纷纷扬扬的飞雪，只见他们像是趴在冰脊上的蚂蚁，似乎根本没在动。我怀疑自己是不是走得太快了？这似乎没有必要，因为我们总共才三位登山者，必须是一个整体。出发时大家曾有约定，只要上得去，我们要在山顶合个影。而且，如果我登顶太早，在那零下二三十度的雪峰上长时间地等待，肯会冻坏身子！想到这儿，我觉得应该放慢脚步，便与小金说："我们走慢一点吧，这样大家才能一同登顶。"随即，我又向后面大声喊道："你们不要急，我们会放慢速度的，大家一起在山顶会合！"在强风尚未发飙的间隙，雪山上特别安静，声音可传得很远很远。山下有人在回应我，听得出，那是默竽的声音，现在只有他才有力气发出这牛一般的吼叫。

但奇怪的是，此后，尽管我们刻意地放慢了脚步，彼此间的距离似乎并未在缩短。这不由地让我产生了另一个疑问：他

玉珠峰冰川

们是不是走不动了，不上来了？如是这样，那真的太让人失望了。我偶尔想到一个问题，那就是默竽是否带着氧气罐。昨晚曾好几次想问，但总被别的话题给岔开。如果带着的话，我可能会稍稍安心一些，这样，至少在他们需要的时候或可帮上一把。所以，在其后的时间里，我总是在一次次的回望中犹犹豫豫地迈着步子，生怕他俩真的不上来了。

玉珠峰最险难之处在于那一溜长达 2000 米左右的亮冰区，坡度大，冰层厚，其中有一小段特别陡，故每迈出一步，须先将右脚用力地踢向冰面，此种方法在登山专业界称之为"踢冰"，这是为了使冰爪的前刺能足够深地扎入冰体。与此同时，左脚须迅速跟进，将冰爪整体性地斜扎在冰坡上。如此循环往复，才能在冰坡上行进并保持身体的平衡。"踢

冰"是攀登雪山时中常用的方式，但这是极其耗费体力的。因为需不停地蹬脚发力，走久了之后，以前伤过的膝盖甚至会觉得有些发痛。为了不使膝盖受力太甚，在最陡的一片冰坡上，我就尽量地借助路绳和冰镐来节省体力。

或许是听了不少关于山难的故事，我总是提醒自己要小心，因为随着海拔的不断增高，缺氧会使大脑的反应和协调能力下降。尤其是在路绳上换快挂时，很容易未拴保险就撤挂，在这种情况下若遇上强风是很危险的。默笙曾一再关照我们要时时注意细节，对的，细节对于登山者而言，往往决定着成败与生死。我的协作小金十分负责，每次换快挂时总是两眼紧盯着我的动作，生怕出现纰漏。毕竟，以攀登技术而言，咱还绝对属于菜鸟级的水平。

冲击——向着顶峰

漫长的冰坡，总也走不完。前方除了一片迷茫的白色，再见不到任何景象，这会多多少少让人感到一丝无望。还有多远？并不是心里着急，而是因为没有了真实的距离感，自己似乎无法合理地分配体力。当一阵强风掠过，忽见山下露出了几个尖尖的雪峰。那几座山峰在玉珠峰的东北侧，海拔约5600米至5800米，这说明我现在所处的高度已经在它们之上了。显然，离顶峰已经不远了，我的精神为之一振。

在离峰顶大约还有近一个小时路程的时候，小金说，我们休息一下吧，顺便也等等他们。雪太深，无法坐下，我只能拄着冰镐站立着。山脊很窄，两边都是陡峭的冰崖，尽管腰上拴着快挂，但还是有点担心突如其来的狂风，故我铆着劲将冰镐往深里扎，并把身子俯得很低。小金则显得不太在乎，顾自拿着冰镐走到一旁使劲刨了起来。我问他刨啥呢？他嘻嘻笑着：

"我有好东西埋在这儿。"

漫长的冰坡

这可把我给逗乐了："你什么时候来过这儿了？"

他说上个月份带着一批登山者来过。不一会儿，厚厚的冰雪下面果然露出了一包用塑料袋包着的小食品，有巧克力、能量棒、各种糖块。于是，我俩美美地享用了一顿临时加餐。末了，小金将未吃完的东西重新包好，放至原来的坑中，又覆上厚雪，做好标记，笑道："下回来了还可以再享用。"

"下回？什么时候？"我问道。

他笑笑："这不好说，或许就下个月，你们后面还有几期登山的呢！反正埋在这冰天雪地里永远也坏不了。"

呵呵！这倒是登山人绝好的懒办法，把吃不了的东西埋在这儿，也免得再费力气将它带下山，要知道，在这样的雪山上，负重的增减甚至要以克来计算。而且，倘若真的在山上发生什么意外，遇到断炊断粮的窘境，这些食品或许还可作应急之用呢！

让我觉得有些奇怪的是，昨晚在这创纪录的高海拔区域过夜，我却休息得还不错，虽说早上两点多就起来了，但之前差不多入眠了三个多小时。在这样的海拔高度上，能睡上几个小时已是相当不错了，这或许是得益于自己较强的耐缺氧能力吧。因此，在冲顶过程中，我

并未体验到人们常说的那种空气极度稀薄地带所特有的窒息感。我当时甚至在想，按今天这样的状态，如果这山再高上个几百米，我应该也能上得去。

由于玉珠峰 5400 米以上的山体全部被冰川或厚雪覆盖，到处是像白色琉璃一样的反射面，故当初绽的朝霞穿透云层投射下来时，眼前顿时

登顶啦

闪烁起一片明晃晃的金光，层峦叠嶂的雪峰皆如海市蜃楼一般虚幻艳丽，场面之壮观，直催得人感动落泪。随着攀爬的步伐不断地向前，海拔在不断地升高，视野也越加开阔起来，山的风景在不停地变化着，直至周围所有的山峰都静静地匍匐在我们的脚下。

上午 9 点整，我和小金首先登顶！拿出手机一看，山顶上居然有信号，且还不错。我立刻将登顶的消息以短信和微信的方式发送给家人和朋友，直至小金大声告诫："当心手！"我这才如梦初醒般地赶紧将手套戴上。前年登哈巴雪山时我已将手指冻伤过，可不能再犯同样的错误了。山顶上太冷，而我穿的羽绒服不是很厚，怕受凉，我便以踱步的方式来提升体温，但是，雪太深，步履十分艰难。

9 点 40 分，在我的企盼中，另两位队友也终于出现在通向顶峰的山脊上。他们的登顶让我格外感慨，因为，在朝夕相处的这些天里，我真切

在顶峰合影

地感受到了他们所忍受的痛苦和巨大的付出。经过与狂风暴雪，与雪坡冰崖，与体能极限的抗争，最终能站在心仪已久的雪山顶上，这不但是胸臆间酣畅淋漓的激情释放，更是生命中的一个最精彩的瞬间。为着这一刻，付出再多也值！

这是令人兴奋与激动时刻！6178 米——这是我的第三座雪山，也是我的一个新的高度！

下撤

对登山者而言，攀登是对毅力的考验，而下撤，则是对心智的考验。默竿一再关照我们要小心。我知道，登这样的雪山，下撤非但不轻松，且更具危险性。来青海之前，我专门在网上对玉珠峰做了些功课，心里明白，只要不偏离路线，下撤过程是相对安全的。反之，在既定线路之外的左右两边雪坡上，冰裂缝或者被厚雪覆盖的陡崖可能会随时要了你的性命。所

以，只有安全撤至大本营，此次攀登活动才算是圆满成功。

那段漫长的光冰区依然是最艰难的下撤路段，幸亏铺设了路绳，用快挂与身上的安全腰带连接后，倒是不用担心迷路或滑坠。但是，依然需要十分谨慎，因为即便是穿着冰爪，若不用心去踩实每一脚，人很容易往后仰摔。要是在坚硬的冰面上仰七八叉地摔上一跤也是够你受的。为了控制好平衡，我的一只手始终紧攥着路绳。或许是因为紧张，有些用力过度，至回到C1营地才发现，新买的登山专用的保暖手套竟然已经磨烂了。

尚未走出亮冰区，自己突然觉得有一阵莫名的疲乏袭来，这种疲乏感甚至在刚才向上攀爬时都没有出现过。我感到很纳闷，按理，这个时候是不应出现体力透支的状况的。过了一阵，这疲乏感又慢慢消失了。直至第二天晚上，嗓子有些发痒，并开始咳嗽，我这才恍然大悟，自己一定是在峰顶上待了太长的时间——受凉了。按照常识，在如此高度的雪山顶上，是绝对不可停留太久的。但是，由于无奈的等待，再加上同伴们登顶后休息、拍照所用的时间，我差不多在山顶上傻傻地待了近一个小时。

当我走至没有路绳的地段时，疲惫再度袭来。好几次，我想干脆坐在雪地上顺坡滑下来算了，但又不敢。因为，没有了路绳，方向和制动全靠冰镐来控制，难度较大。那年我从哈巴雪山下来时曾滑过一段，感到方向很容易偏。而且，这一段雪很厚，冰镐很难插入到冰层，故根本起不到制动的效果。那条"路"的两旁都大斜坡，要是不小心滑到危险地带，那可就把自己彻底玩完了。没法子，只好继续老老实实地一步一步往下挪。

零下三十度左右的低温及肆虐的狂风，加上身体激烈运动后又突然转入静止状态，山顶上的寒气似乎已悄悄地渗透至骨髓深处。第三天，咳嗽变得剧烈起来。此后，一咳就是十几天。幸亏自己身体底子尚算硬朗，其间没有出现发烧及其他并发症，仅吃了些口服药，竟也慢慢地自愈了。在果洛藏族自治

在冰川末端

州的玛多县医院，为我配药的是位藏族医生，他不解地问我：在雪山上受的凉？是不是衣服没穿够呀？因为当时我嗓子很痒，一说话就会猛烈地咳嗽，故不想与他细述，只是简单地答道："山上等人等得太久了。"他愣了一下，便笑了起来："什么？跑到雪山上等人？太逗了你！"继而又大笑起来。我一时无语。依刚才向他说的那几个简单的字句，他一定以为我在跟他开玩笑呢。是呀，说在大街上等人那很正常，可谁要是说在雪山上等人，人家恐怕真要摸摸你的额头究竟有多烫了。

下撤虽然累人，但周围的风景却是极好，让人望之神怡。早上由于天黑及雾雪，沿途的一切多在朦胧之中，无法好好欣赏。当下，风疾风徐、云卷云舒之际，天空时时露出高原上独有的深蓝。这深蓝又让我想起了孩提时代所看的那本关于攀登珠峰的连环画，那时，我完全以为画中的蓝色是纯粹的艺术夸张。但是，眼前的蓝色甚至比所画的更蓝、更深。

远方高傲的雪峰昂首屹立，在飘忽如絮的轻云中时隐时现。这壮阔无比的画卷只有在这样的高度上方可见到。我忽然觉得自己实在太幸运

了：生活没有亏待自己，让我有着尚算不错的体魄，让我到达了常人难以到达的地方，让我见到了常人难以见到的风光。我甚至以为：倘若生命就此结束，我也应该比他人少了一些遗憾了！

下午 12 点左右，我们终于回到了 C1 营地。此时，每个人都已累得连脚趾头都懒得动了，灰灰甚至又开始呕吐起来。但接下来还有更艰巨的任务等待着我们——继续下撤至大本营。我认为我们都已到了体能的极限，再继续在雪山上行走几个小时简直是不可思议。但奇怪的是，休息了一阵子，又吃下些热食，体力又恢复了不少。默竽问："怎么样，能行吗？"我说："没问题，现再让我登一回玉珠峰都可以！"默竽乐了："原来陈哥也挺会吹牛的！"

冰河惊魂

我怎么也想不到，在离大本营仅有咫尺之遥时，会遭遇意外。虽然这个意外最终未酿成任何灾难性后果，但还是让我真切地感受到，生与死，有时就像隔着一张纸，当厄运降临时，其根本承受不住生命的重量！这或许是对自己今后登山生涯的一个实实在在的警告——任何时候都不可松懈！

从 C1 下来，有一段积雪与砾石相间路是极难走的，尤其是有雪的地方，因为已脱掉了冰爪，登山靴的附着力不够，稍有不慎，整个身子便会往后来个大仰摔。尽管已是万分小心了，但我还是被狠狠地摔了好几回。在这种乱石遍布的地方挨摔可不是闹着玩的。不过，此时背在身后的那只鼓鼓囊囊的登山包，却意外地成为我极好的安全靠垫，每次往后摔倒，背部以上却总是意外地被它托挡住。哈！这下完全不用担心后脑勺挨磕了。

下山的体力消耗虽不及上山，但疲劳程度却是更甚。显然，这除了疲劳的累积之外，精神上的松懈也是一个原因。越往下走，越会缺少好奇与激情。而登山的任何一个环节都容不得有丝毫大意的，即便离最终目标仅有咫尺。

离开 C1 后，起初我还尽量与两位山友保持同速，但走着走着又将他们甩在了后面，默竿认为这时没必要再彼此等候了，便示意我与小金先走。在离大本营大约六七百米的地方，有一段很宽的冰面，冰层下面是湍急的冰川融水。那儿有一处不起眼的冰裂缝，昨天路过时我们都特别小心。此时，小金在前面与我拉开了一段距离。大本营那顶黄蓝相间的帐篷已清晰可见。最多再半个小时，就能吃到二北做的热腾腾的饭菜了。想到这里，整个人便有些松弛下来，完全忘却了前面的险境。我正抬头左顾右盼着，突然，感到右手的登山杖空了，猛然低头，只见脚下是一道黑漆漆的大豁口，昨晚的那场大雪将冰裂缝基本遮盖住了，不仔细看很容易忽略。

"冰裂缝！"我脑子嗡的一下。此时要刹住脚步已来不及了，我只好顺势加速，顾不上拔出还斜插在冰缝中的登山杖，一个腾跃，跳到了对面。待心境稍事平复，我蹲下身子，默默地看着这道夺命的裂缝，但看不出其究竟有多深，只听得冰层下的水在哗哗地发出声响。被这电光火石间的恐惧一激灵，懵懵然间，身上的疲惫感似乎消退了许多，我赶紧加快步伐朝着大本营走去，似乎是要逃避着什么。

如果今天真的掉进这裂缝里又会怎样？在路上，我一直不停地自问着这个假设。或许，这水并不深，仅仅给自己来个"透心凉"而已；或许，这水很深，人钻到冰盖下面永远也出不来了。回到大本营，我一字未提刚才遇险的事，我觉得说不出口，甚至为自己感到有些可笑，因为这根本就是个不该犯的低级错误。

二北果然给我们做好了一锅可口的汤面。一闻到那诱人的饭香，便感到了极度的饥饿。此时的我，斯文早已扫尽，立马风卷残叶般地干掉了两大碗。二北在一旁嘿嘿笑着："陈哥总是好胃口呀！"灰灰和小明则依旧食欲全无，不紧不慢地扒拉了几口就又搁下碗筷。幸亏登山已如期结束，马上就可回归至正常的生活轨道，如果再延续几天，真不知他们该怎么熬下去！看来，玉珠峰区域的缺氧真的不是一般人所能忍受的。

马上就要撤营了。今晚，我们将赶回格尔木。当真要离开这地方了，我很有些不舍，见我如此，队友笑道："怎么？这鬼地方你还没待够呀？你看人家香港队，一下山就跑回去了。"是的，昨天我们出发时，香港队的旗帜还在帐篷外迎风招展呢，今天，他们没准都已到了西宁，甚至坐上飞机回到香港了呢。

回望

在返回格尔木的路上，我透过车窗，向着远方的雪峰久久地凝望，那是我刚刚登上去过的雪山，那儿留有我的体温和我的足迹。那山，会是我永远的念想！玉珠峰，今后，我是否还会见到你？

为什么要去登雪山？有人曾这样问英国登山家乔治·马洛里，他的回答是：因为山在那里。现在，也有一些登山者以此来作为自己对登山的解读。但我觉得，如果这是一种认真的回答，那么，未免太过随意抑或太过抽象了些。从逻辑上讲，我觉得这话很有点无厘头的意味。其实，作为一种爱好，未必都需要明晰的理由。也曾有朋友问过我这个问题，当然，我也问过我自己。其实，这很难有一言简意赅的答案，因为它仅是发自于内心的一种追求和启悟。

我以为，登山的意义已然超出了登山本身。因为，在极端恶劣的条件之下，依旧能不屈不挠、义无反顾地冲击自己既定的目标，对人的意志的磨砺是不言而喻的。毫无疑问，这更是一种严酷的自我挑战；攀登雪山也是一种难得的人生体验，这艰辛的过程所带来的激情与快感是任何东西都无法替代和比拟的！还有一点也必须强调，雪山实在太美了，简直美到极致。从这个角度讲，登山更像是另一种形式的观景。而这，也应该是驱使我去攀登雪山的原动力吧。

　　那么，攀登雪山又能带给你什么呢？我以为，登山是没有任何功利可言的，其收获完全是精神层面的。简言之，真正意义上的登山，能让你开阔心胸、拓展视野！人，只有站到了一定的高度，才会领悟从前所无法领悟的许多道理，才会觉得在大自然面前，自己是如此的渺小，这样，才会更加敬畏和热爱自然。同时，也会把一切与名利相关的东西看得很轻、很淡，而这，对人的精神境界的升华是会起到某种作用的。

　　在我成功登顶玉珠峰之后，有朋友说我是舟山雪山攀登第一人。如果这个夸奖并无水分的话，那么，或许这恰恰是我们舟山的一个小小的遗憾。因为，几次登山的过程中，我在下榻的前进基地或大本营里，见过不少挂在那儿的全国，也包括浙江省许多市、县在内的登山队的旗帜，上面密密地签满了攀登者的名字。但是，却从未见到过我们舟山的旗帜。同样，我也从未在家乡找到能与我一同毅然向雪山的人。

　　为了避免登顶时光看着人家自豪地迎风展旗，临行前，我特地带上了定海的一家户外用品商店——"舟山自由基地"送给我的一面旗帜，上面印有"舟山自由登山队"几个大字。这个有点抽象意义的名称是我自己取的，展示着它，我并未觉着有何不妥，一个人，也可以算是一支队伍吧！我既是队员，也是队长。其实，我只是想给咱舟山这小地方挣个脸面而已。

不过，我并不想在此鼓动人们去贸然地攀登雪山，将这种具有一定危险性的极限运动作不切实际的轻描淡写，或强加于所有人身上都是不恰当的，因为每个人的身体条件等都不尽相同，相互间没有丝毫的可比性。况且，山的那头召唤着我们的，不一定非得是义无反顾的脚步，而只是放飞的心灵和高远的情怀！有一种向往就已足矣！

我还想说的是，我们只是要具备一种精神，即具有强烈进取心的探险精神。因为，探险精神是人类进步与创造的一种原动力，如果没有了这种原动力，那么，我们只能始终在温婉雅致、歌舞升平的氛围中享受着安逸。我以为，像我们这样一个城市，不用多，只要有几十个，哪怕只是十几个人去从事真正意义上的登山，那么，一定会给我们，尤其是年轻人的生活带来些许激情！

尾声——向着诗和远方

当我独自行走于高原上时，苍凉的寒风中，情感竟会变得异常柔软而细腻，在这特定的时间和空间里，许多已经模糊的往事，竟像坐上了光梭机一般，又清晰地回到你的面前。此时，巍峨的雪山、翠绿的草原、碧色的湖泊、湛蓝的天空、游荡的牧群，还有脑海中沉淀的记忆，似乎都成为了繁复的哲学元素，慨然之余，心头不免涌上一丝"浮云阅尽经沧桑"的凄楚。

在大自然的逻辑中，我也是物质的一分子，思维与情感，让自己觉得此时的我只是纯粹的精神存在，躯壳已然无关紧要。在这片高原上，我永远只是匆匆来去的过客，我不可能真正停下脚步，为自己莫名的感动与惊奇找寻注脚。在没有同伴的旅途上，思维是单向的，又是极其辽远而宽泛的，有时，心境犹如野马脱缰般驰骋；有时，又如林涧止水般沉静无漪。

在可可西里、在玉珠峰下、在祁连山下、在青海湖、在玛多的黄河源湿地，一路上，风格迥异的风光总是让人流连。当洁白的云雾渐渐散去，瞬间，一座雪山突兀地傲立于你的面前；当历尽艰辛，翻过一个垭口，忽见一汪碧玉般的湖水正静静地荡漾着。这种震撼，是无法用语言来形容的！此时，心脏仿佛也会激动得停止跳动。而生活在这片广袤土地上的人们，以素描般的无华和质朴，谱写着曼妙的生命之歌，让人凝神，让人陶

醉。高原，不仅仅是风景，高原，是一种情怀，是一种诗的情怀。

途中，我曾遇到一位真正的背包客，他比我小十几岁，但几乎已经走完了环中国边陲的行程。他说他并不在乎行走的方式，能搭车就搭车，不管是什么车，马车、牛车、拖拉机都行，实在搭不上车就徒步。这样子已断断续续地走了五年，光是旅行笔记就写了十来本。我问他，这样的旅行生活给你带来了什么？他想了想说："从物质层面而言，只有巨大的付出，不可能带来什么。而所谓的得到，完全是精神层面的。"

我说，那你怎么来形容精神上的得到呢？他略作沉默，然后从嘴里蹦出四个字："看淡生活。"尔后轮到我沉默了。是呀！这样的话从别人的嘴里或从书上都曾听到或看到过，但从他嘴里说出来更不显矫情，也更加真实可信。因为从他的经历中可以看出，他给自己安排的完全是一种苦行僧式的生活，这可不是一般人能模仿得了的。他又说："正因为走了那么多的地方，看了各式各样的人和事，才会逐步理解生活的真正含义。我觉得，人的精神上的痛苦都是来自于过多的欲望，欲望越少，则越感到幸福。"

说到这儿，他突然笑起来："你知道我现在每天最高兴、最满足的事是什么吗？"我摇摇头。他竖起手指比画着："一是能搭上便车，二嘛，就是能找到便宜实惠的安身之处。今天就不错，搭上了便车，为我节省了不少时间。至于今晚容身何处，那就顺其自然啦。"说这话的时候，他有些喜形于色，显得十分满足。

他的这种很有哲学范的处世理念，我是极赞同的，平常，我也基本能够秉持这种理念。但是，无法实践得像他这么彻底。他比我从容，比我洒脱，他说他这趟已出来五个多月了。天哪！这我做不到。我说，旅行是生活中不可或缺的元素，但不是唯一的元素，生活应该是多维的。其实，这么说，更多的是给自己开脱。我所指的"多维"，当包括世俗的羁绊。说透了，自己并未真正做到"放下"！虽说"放下"是人生的最高境界，但这永远是说着容易，做起来却是最难的事情。任何轻言"放下"者，难免带着一丝矫情，我一定也不例外吧！

青藏高原是佛教文化真正深植于人的灵魂深处的地方，虽然佛教是哲学意味最深厚的宗教，但是，藏民族则以最简单直接的方式——身体力行的修炼，去追求解脱世间诸苦，去获得现、前、后世的安乐幸福。那里的人们对利益的追逐欲望不像我们汉民族来得如此执着和强烈，这是凡到过那儿的人的普遍认知。当然，他们也要挣钱，也要为生计奔波，但他们要求不高，只要能满足基本的生活需求即可，多出来的钱财往往会高高兴兴地捐到寺庙里去。劳作也是如此，把该干的活计干完，余下的时间就去转山、转湖、朝圣，而不会竭尽全部精力去撑足钱包。他们可称得上是极简主义的至高实践者。由是，我更加理解，前面提到的那位旅行者所说的"看淡生活"绝不是凭空而来的顿悟，而是这高原民族的不沾功利的纯洁的信仰所予以他的深刻启迪，这种精神力量是伪信徒们根本不具备的。所以，这也是我喜爱这个民族的重要原因。

我每次去藏区都会入住于藏民家中或他们开设的家庭客栈，发觉他们的生活方式与他们的理念很吻合，也是极简单的：一碗酥油茶，一碗糌粑就是一顿饭；将从老绵羊身上剪下的绒毛变戏法般揉成一团毛线，织成一件毛衣。甚至连快乐都是非常简单的，一件我们认为不过尔尔的事，却会让他们觉得十分开心。尤其是那儿的孩子，纯洁得像一张白纸，每一个眼神，每一个笑靥，都会让你动心。有一次，我将一块巧克力糖递给一位三岁的孩子，这可能是他从未见过的东西。接过后，他先是很认真地低头琢磨了一番，然后抬起头仰望着我，脸上绽开了久久的微笑。

这微笑，竟会让我好一阵激动。清澈的目光，像高原的天空，一览无余，直至心灵的深处。

去年6月，我在可可西里登完山后，又前往果洛藏族自治州待了一段时间。一天，我从黄河源牛头碑回来，在路边见几位藏民带着孩子席地而坐，正在开心地玩着当地的一种抛骰子游戏，欢笑声回荡在一片绿野中。被这天地间最本真、最纯粹的快乐所吸引，我遂朝他们走去。这是姊妹两家人，乘着春光的明媚，一起来出来游玩。在藏区，这样的场景是常可看到的，大自然就是他们歌唱和欢乐的源泉。我知道，高原的生活是清苦抑或是辛苦的，但是，有一点毋庸置疑，那儿定然更少些尘世的雾霭和人间的炎凉。

自小开始，在我们所受的教育中，常将人生的坐标定得很高，自觉不自觉地诱导着每个人如何脱离平凡，走向功利化的高尚。这固然很可笑，也很虚伪，但我们却都将之视为不二的信条。这，当然是对人生一种误导。这种人为地在平凡与高尚之间制造对立是没有意义的。依我之见，平凡与高尚是一枚硬币的两面，两者并无相悖。其实，平凡就是至简的体现，而至简才是通向高尚乃至幸福的捷径。但是，在我们的潜意识中，却总是想着如何将纷繁的生活变得更加纷繁，而不是理智地剪去多余的枝枝蔓蔓。

在阿里的一个小客栈里，我曾问过一位十几岁的男孩，此生最大的愿望是什么，他的回答令我有些意外。他说，最大的愿望是转完神山和神湖（指冈仁波齐和玛旁雍措），然后再一路叩拜到拉萨。男孩子的这一番表述，让我对固有的价值观中的许多内容不得不重新审视。寄托于凡体的永远只是平凡的灵魂，以超越平凡而存在的灵魂可能只属于圣人。故而我觉着，人生当须努力，只是为着别让平凡堕落为平庸，若能如此，于我而言，就是一万分的满足了！

一个人的旅行，常会让人多生感慨。独处时，只能自己与自己默默地对话，而这种对话，或许最具内心的通透和理性。它是灵魂的浅吟低唱。蓝天白雪、荒野碧水间，不断变换着的苍茫之美，是最叫人难忘的。只有在如此的辽阔无垠之中，方感生命个体的渺小。天文学家说，地球的生命，乃至太阳系的生命，也只是宇宙史上的一个瞬间。生命，让我想起泰戈尔的诗：生如夏花之绚烂，死如秋叶之静美。而生命的价值体现，也恰如史铁生所说，在于你能够镇静而又激动地欣赏这过程的美丽与悲壮。生命的过程如此，旅行的过程也是如此。

　　在高原上，须对生命持有的理解和敬畏，绝不仅仅限于人类，而是一切，甚至是一朵朵无名的野花。在恶劣的环境中，每一个生命总是体现着非凡的坚毅与顽强。在玉珠峰登山大本营训练时期，我们偶然在雪山上见到一只孤狼。这是我首次在野外见到真正的狼。这种感觉很奇特，我们在山下惊奇地喊叫，而它，只伫立了一会儿，便又心无旁骛地向上攀行，连头也不回，极冷静。狼，居然有如此的定力！悲凉中又带着一种威仪，无以言表。忽而，我觉得，狼才是心气高傲的动物，这一点，我们人类是无法企及的。

　　一个人的旅途，总会让我想到曾经有过一面之交的余纯顺。他是我最钦佩的苦旅者，有空时，我常会翻翻他的日记，除了获得精神的激励，更可一窥其孤独旅程中的心迹。我在一篇游记中谈到他：仅仅是一面之交，却未曾相识，这样也好，不会让自己因他的猝然离去而过于伤感。

　　余纯顺是位理想主义者，这一点我曾与他完全相似，只是尔今的自己已被粗粝的现实磨蚀得太多，但骨子里的东西依然顽固地存在着。所以，余纯顺日记中所流露的心迹，常会与自己的思想交集在一起。我也常自问，如果人生可以重来，我会像他这样去远行吗？

遥远的风——天涯八万里

　　余纯顺的离去，显然是在昭示，真正的旅行，并不全是美好与浪漫。那么，我们该在旅途中追寻什么呢？发现美，欣赏美，当在其中。但是，这还远远不够。我不可能去探究所有未知的答案，我也不可能为人们去定义旅行的内涵。但是，我可以记录、采撷新奇而深刻的一切，让人们陪着我一同思索，与我同乐，与我同忧。

　　一个人的旅行，沉默地前行，向着诗和远方……